오늘부터 주인공 II

초판 1쇄 인쇄 | 2020년 2월 11일
초판 1쇄 발행 | 2020년 2월 17일

지은이 | 성지혜
펴낸이 | 권순남
펴낸곳 | 페리윙클

주소 | 서울특별시 노원구 동일로237가길 17, 신영산업빌딩 602호
전화 | 02-2091-0291 **팩스** | 02-2091-0290
메일 | marubooks@mayabooks.co.kr
출판등록 | 2008년 1월 7일 제310-2008-00001호

ISBN | 979-11-368-0147-0(04810) / 979-11-368-0145-6(세트)
정가 | 10,800원

※ 이 책은 페리윙클이 저작권자와의 계약에 따라 발행한 것입니다. 본사의 허락 없이 내용을 무단 복제하거나 무단 전재하는 것은 저작권법에 의해 금지되어 있습니다.

※ 저자와 협의하여 인지를 붙이지 않습니다. 잘못된 책은 구입한 곳에서 바꾸어 드립니다.

※ 이 도서의 국립중앙도서관 출판시도서목록(CIP)은 서지정보유통지원시스템 홈페이지 (http://seoji.nl.go.kr)와 국가자료공동목록시스템(http://www.nl.go.kr/kolisnet)에서 이용하실 수 있습니다. (CIP제어번호:CIP2020004963)

페리윙클은 (주)마야마루출판사의 로맨스 판타지 문학 레이블입니다.

오늘부터 주인공

성지혜 장편소설

PERIWINKLE ROMANCE NOVEL

16장. 소설의 시작 (1)　　007

17장. 소설의 시작 (2)　　062

18장. 오해와 진실 (1)　　104

19장. 오해와 진실 (2)　　143

20장. 왕국의 겨울 (1)　　180

21장. 왕국의 겨울 (2)　　234

22장. 즉위식 (1)　　279

23장. 즉위식 (2)　　325

24장. 두 명의 주인공　　365

25장. 소설의 엔딩　　413

외전 1. 첫날밤　　434

외전 2. 기념일　　466

외전 3. 황녀와 사냥터　　510

16장.
소설의 시작 (1)

 마차 안에서 쥐 죽은 듯이 잠든 에린의 모습을 펠루스는 물끄러미 응시했다.
 평소와 다름없이 잠든 것일 뿐인데 안색이 지나치게 창백했다.
 아를레인 공작과 에린은 사이좋은 부녀였다.
 두 사람 사이에 다툼이라는 게 존재하긴 할까 싶을 정도로.
 그런데 대체 무슨 일이 있었기에 에린이 저렇게 창백한 낯을 하고 있는 걸까.
 펠루스는 도통 감을 잡을 수가 없었다.
 마음 같아서는 에린이 깨어나기 무섭게 이유를 묻고 싶었다.
 문제는 그녀가 순순히 제 사정을 털어놓을 리 없다는 점이다.
 늘 웃는 낯으로 생글거리며 무르게 구는 것 같으면서도 본인에 대한 이야기는 잘 하지 않았다.
 에린이 펠루스에게 허락한 선은 딱 그 정도였다. 그는 그 선을 넘을 수 없었다.
 입 안이 썼다.
 결국, 아무것도 모르는 척 넘어가는 것 외에 펠루스가 할 수 있는 일은 없었다.
 쿵! 쿵쿵.
 갑작스레 들려온 소리에 그가 고개를 들었다.
 등받이에 기대어 잠을 자던 에린이 마차의 벽에 머리를 부딪치는 소리였다.
 쿵, 쿵쿵.
 다른 생각을 할 틈도 없이 몸을 일으킨 펠루스가 그녀의 머리와 벽 사이에 손을 가져갔다.
 펠루스의 손이 머리를 받치자 더 이상 쿵 소리는 나지 않았다. 안도한 그는 곧 에린의 옆자리에 앉았다.
 그러고는 그녀가 제 어깨에 머리를 기대도록 했다.
 바로 지척에서 고른 숨소리가 들려오자 안심이 됐다.
 "으음."
 에린 역시 아무렇게나 기대어 자는 것보다 지금의 자세가 더 편한지 몸을 뒤척이며 그의 품에 파고들었다.
 덕분에 펠루스는 잠시 숨을 멈췄다. 목뒤가 뻣뻣하게 굳고, 얼굴에 열이 오르는 것이 느껴졌다.
 당황한 그는 에린이 깨지 않도록 조심스레 밀어 내리고 했다. 물론 턱도 없는 일이었다.
 얕게 잠든 에린을 깨우지 않고 뿌리치는 것은 불가능했다.
 결국 펠루스는 에린이 제 뜻대로 하도록 놔두는 수밖에 없었다.

꽃

아침 일찍부터 움직이는 거라 그런지 눈이 시릴 정도로 푸른 하늘이 보였다.

오늘 날씨 진짜 좋네.

"근데 갑자기 고아원은 왜 가시는 거예요?"

그것도 식량과 아이들에게 나눠 줄 간식까지 잔뜩 실은 채로 말이다.

"원래 매년 이때쯤 방문했어."

"이것도 황제 폐하의 명령인가요?"

걱정 섞인 물음에 펠루스가 고개를 저었다.

"아니, 이건 내 의지로 하는 일이야."

"전하께서요?"

나는 진심으로 놀란 얼굴을 했다. 다른 사람도 아닌 그가 고아원의 아이들을 돕는 데 관심이 있을 줄은 몰랐다.

혹시, 이곳에서의 고아원은 내가 아는 것과 다른 개념인 건가? 사실은 암살자나 용병 집단을 가리키는 은어라든가.

"…무슨 생각을 하고 있는지 모르겠지만, 일단 아니야."

미간을 찌푸린 채로 펠루스가 말을 이었다.

"물론 정말 순수한 마음으로 그들을 돕겠다며 가는 것도 아니야. 그냥 대외적으로 좋은 이미지를 만들기 위함이지."

"아, 그런 거군요."

나는 무심코 고개를 끄덕였다.

굳이 따지자면 정치인들이 선거 때 패딩 입고 재래시장에 가서 악수하고 그런 거랑 비슷한 의미인 듯했다.

응? 잠깐, 근데 그게 여기서 의미가 있나?

별생각 없이 수긍했던 나는 얼마 안 가 의심을 품었다.

루릭스 제국은 철저한 계급 사회고, 대륙을 이루고 있는 다른 나라들 역시 마찬가지다.

그런데 이런 세계에서 평민, 그것도 고아원 출신 아이들의 지지가 과연 펠루스에게 도움이 될까?

아예 도움이 안 된다고 단언할 수는 없지만 솔직히 애매했다.

대외적인 이미지 역시 마찬가지다.

이런 일보다는 차라리 연회 때 마주친 귀족들을 구슬리는 편이 좋은 이미지를 만드는 데 훨씬 도움이 될 것이다.

즉, 이번 고아원 방문에는 내가 모르는 다른 뜻이 숨겨져 있을 가능성이 컸다.

"근데 이건 뭐예요?"

나는 문득 든 다른 의문을 입 밖에 냈다.

내가 앉은 자리를 기준으로 마차의 양쪽 벽면에 푹신한 천이 여러 겹 깔려 있었다.

분명 저번에 마차를 탔을 때까지만 해도 없었던 것 같은데.

"요즘 유행하는 마차의 내부 장식이라고 하더군."

"……?"

나는 진심으로 두 귀를 의심했다. 이게 요즘 유행하는 장식이라고?

"…대체 무슨 용도인 거죠?"

"용도는 무슨, 그냥 장식이지."

그런 것치고는 그렇게 예쁜 것 같지도 않은데.

물론 대놓고 말하지는 않았다.

펠루스와 나의 미적 취향이 다른 걸 수도 있고, 또 이곳 세계 사람들의 눈에는 예쁘게 보일 수도 있으니까.

우리는 대여섯 곳 정도의 고아원을 돌았다.
갓난아이들만 있는 곳부터 곧 성인이 될 아이들이나 10대 초반의 아이들이 주로 있는 곳까지.
그리고 마지막으로 방문한 고아원은 아이들의 연령대가 가장 다양했다.
서너 살쯤 되어 보이는 아이부터 성인으로 추정되는 아이까지.
그 많은 아이들이 모두 밖으로 나와 우리를 맞아 주었다.
다들 긴장한 기색이었으나, 그 얼굴에는 감출 수 없는 기대감이 깃들어 있었다.
"매년 이렇게 찾아 주셔서 감사합니다."
옆에서 들려온 목소리에 나는 고개를 돌렸다.
고아원의 원장이라는 사람이었다. 그녀는 상당히 푸근하고 인자한 인상을 가진 편이었다.
"이 은혜를 대체 어떻게 갚아야 할지……."
"아, 아니에요."
오늘 처음 고아원을 방문한 주제에 이런 감사 인사를 받고 있자니 상당히 머쓱했다.
"모두 황태자 전하의 뜻이고, 전 그저 명령에 따랐을 뿐인걸요."
당사자인 펠루스가 마차 안에 박혀서 코빼기도 비치지 않고 있기에 더욱 그랬다.
좋은 이미지를 만들러 온 거라더니.

핑계를 댔으면 적어도 그에 맞게 행동하는 성의 정도는 보여야 하는 거 아닌가 싶었다.

그래서 나는 평소보다 과장된 태도로 펠루스를 칭찬, 아니 찬양하기 시작했다.

"제가 모시는 황태자 전하로 말할 것 같으면, 이렇게 매년 다양한 시설을 방문하시고 또 지원을 아끼지 않으실 만큼 대단히……."

그때, 마차의 문이 벌컥 열렸다.

열린 문 사이로 미간을 찌푸린 펠루스가 모습을 드러냈다. 그가 짜증 섞인 눈짓을 했다.

'쓸데없는 소리 하지 말고 빨리 타.'

대충 그런 의미인 것 같았지만, 나는 그것을 못 알아들은 척 웃으며 고개를 끄덕였다.

"어머, 저기 문 열린 거 보이시나요? 아무래도 전하께서 직접 행차하실 모양인가 봐요."

"정말요? 그동안 한 번도 마차에서 내리신 적이 없었는데."

원장의 말에 나는 가슴이 턱 막히는 기분이었다. 아니, 이건 또 무슨…….

"한 번도 나오신 적이 없다고요?"

"네. 항상 물품들만 지원해 주고 가셨어요."

"…그러니까, 매년 직접 오셔서 물건들만 주고 가셨다는 거죠?"

"네."

허, 나는 그대로 할 말을 잃었다.

아니, 그럴 거면 왜 굳이 여기까지 오는 거야?

여긴 마차를 타고도 수도로부터 세 시간이 넘게 걸리는 곳이었다.

물론 갈 때도 마찬가지다.

이곳에 올 때마다 도합 여섯 시간을 마차 안에서 보내야 한다.

나는 의심과 의문이 눈덩이처럼 불어나는 것을 느꼈다.

"저, 그리고 이거……."

그리 말한 원장이 내 손에 봉투 한 장을 쥐여 주었다. 돈 봉투……? 일 리는 없고.

"이게 뭐죠?"

"전하께 편지를 쓰고 싶다는 아이가 있어서요. 매년 이런 식으로 편지를 받아 가셨으니 전하께서도 아실 거예요."

"아."

평민에 고아인데 글을 읽고 쓸 줄 아는 데다가 편지까지? 솔직히 조금 신기했다.

많이 영특한 아이인 모양이다.

어쩌면 펠루스는 이런 아이들을 후원한다는 생각으로 고아원에 대한 지원을 아끼지 않는 것일지도 모른다.

"잘 전해 드릴게요."

편지를 받아 든 나는 그대로 마차에 올랐다.

"영애, 미쳤나?"

그와 동시에 들려온 잔소리에 나는 일부러 활짝 웃는 낯을 했다.

그러고는 가볍게 손을 흔들어 아이들에게 인사한 후, 마차의 문을 닫았다.

"제가 뭘요? 전하께서 바라시는 대로 좋은 이미지를 만들기 위해 노력하다 온 건데요."

문이 닫히기 무섭게 내가 뚱한 얼굴로 답하자, 펠루스는 어이가 없단 얼굴이었다.

하지만 어이가 없는 건 나 역시 마찬가지였다.

"오늘 전하께서 개인 예산을 털어서 지원하신 식량, 옷, 장작 등이 다 얼마인지 아세요?"

그게 얼마든 펠루스는 관심도 없겠지만, 그만큼 돈을 썼으면 일단 생색 정도는 내란 의미였다.

"그게 뭐."

"…그게 뭐, 가 아니죠. 전하께서 분명 대외적으로 좋은 이미지를 만들기 위해 여기 오신 거랬잖아요."

같은 생각을 대체 몇 번씩이나 하게 하는 건지 모르겠다.

아니, 이럴 거면 그냥 다른 꿍꿍이가 있다고 대놓고 이야기하든가.

"편지는?"

펠루스의 물음에 나는 일단 원장이 준 편지를 건넸다. 그러고는 다시 입을 뗐다.

하지만 펠루스가 한발 빨랐다.

"평민들의 지지가 나한테 얼마나 도움이 될 거라고 생각하지?"

나는 잠시 말을 골랐다.

솔직한 심정으론 당장 큰 도움이 될 거란 기대는 하지 않는 게 좋았다. 하지만.

"당장 눈에 보이는 이익은 없을 거예요. 하지만 그렇다고 앞으로도 그럴 거라곤 장담 못 하죠."

오늘 지원한 저 아이들이 결국 나중엔 루릭스 제국을 이루는 국민이 될 테니까.

"그래, 그렇겠지. 사람 일은 모르는 거니까."

펠루스 역시 그 의미를 알아들은 듯 고개를 끄덕였다.

그가 잠시 생각에 잠긴 틈을 타 내가 입을 열었다.

"그래서 전하께서는 대체 무슨 이유로 여러 고아원들을 방문하신 거예요?"

"……."

"방금 하신 말씀을 보면 좋은 이미지를 만들기 위함도, 평민들의 지지를 받기 위함도 아닌 것 같은데."

갑자기 정곡을 찌르는 물음에 펠루스는 침묵했다.

이럴 줄 알았기 때문에 놀라지는 않았다. 한두 번 본 패턴이 아니었으니까.

"내가 그 질문에 대답하면."

끝까지 침묵으로 일관할 줄 알았던 그가 입을 열었다. 나는 고개를 들어 상대를 마주했다.

"영애도 내 질문에 대답할 건가?"

"무슨……."

"그날, 아를레인 공작과 무슨 일이 있었는지."

"……."

"대답할 건가?"

펠루스의 제안에 나는 그대로 입을 다물었다. 고민할 필요도 없는 문제였다.

마음을 정한 나는 고개를 저었다.

"아뇨."

그는 그럴 줄 알았다는 얼굴이었다.

"그래, 그럼. 서로 모르는 척하는 게 좋을 것 같군."

나는 고개를 끄덕였다. 그 모습을 물끄러미 응시하던 그가 말했다.

"마음이 변하면 말해."

담담한 대답을 끝으로 우리는 더 이상 그 주제를 입에 담지 않았다.

덕분에 마차가 움직이는 내내 대화가 묘하게 빙빙 돌았으나, 아무도 그 사실을 지적하지 않았다.

❦

시간은 빠르게 흘렀다. 어느덧 가을이 성큼 다가왔고.

"건국 연회가 처음은 아닐 텐데, 긴장한 건가?"

"그럴 리가요."

정신을 차리고 보니 건국 기념 연회 당일이었다. 소설 〈붉은 새벽〉이 시작되는 날 말이다.

펠루스한테는 단호하게 아니라고 말했지만, 사실은 긴장하지 않을 수가 없었다.

곧 있으면 오델론과 다시 대면하게 될 테고, 또 벌써부터 원작 소설과 달라진 점이 있었다.

"참석자 명단에 두 신관님들이 계시던데, 혹시 뭐 들은 거 없으세요?"

"전혀. 그들이 나한테 그런 정보를 흘렸을 것 같은가?"

"그건, 그러네요."

원작 소설과 달리 흑의 신관과 백의 신관이 건국 기념 연회에 참석하겠다는 뜻을 전해 왔다.

최근 몇 달간 사람들의 방문을 거절한 것이 마음에 걸린다는 이유에서였다.

물론 그게 진짜 목적일 가능성은 낮았다.

대체 무슨 꿍꿍이일까.

"이제 입장할 시간이야."

"아, 벌써요?"

나는 놀란 얼굴을 했다.

황태자인 펠루스와 황태자의 보좌관이자 공작 영애인 나.

황제를 제외하고 유일한 황족인 펠루스 덕분에 우리의 입장 순서는 뒤에서 두 번째였다.

그 말은 즉, 현재 연회에 초대받은 모든 귀족들이 입장을 마친 상태라는 소리다.

건국 기념 연회라서 그런가? 다들 성격도 참 급했다.

"제국의 차기 태양이신 펠루스 하이시온 루데릭 황태자 전하와 아를레인 공작가의 에린 세르틴 아를레인 영애께서 드십니다."

시종이 큰 소리로 입장을 알리자, 우리는 그에 맞춰 연회장으로 들어섰다.

수많은 사람들의 시선이 단숨에 날아와 꽂힌다.

지금껏 이와 비슷한 상황을 몇 번이고 겪어 봤지만, 오늘은 느낌이 달랐다.

평소에 열리던 소규모 연회나 티 파티하고는 비교할 수 없을 만큼 촘촘하고 은밀한 탐색이 이루어지고 있었다.

"귀찮은 게 따라붙어도 그러려니 해."

"귀찮은 거요?"

이쯤이면 됐다 싶을 정도로 펠루스와 꼭 붙어 다니다가 헤어질 시기가 됐을 즈음이었다.

"그런 게 있어."

펠루스가 뜬금없는 말을 꺼냈다.

나는 의아했지만, 대충 말을 얼버무리는 것을 보니 대답해 줄 마음이 없나 보다 해서 그냥 넘겼다.

그리고 그길로 펠루스와 헤어져 각자의 자리를 찾아가려는데.

"오늘따라 정말 아름다우시군요."

펠루스와 거리를 두기 무섭게 아처가 접근해 왔다.

지금의 내겐 오델론만큼이나 반갑지 않은 상대였기에 표정을 일그러트리지 않으려고 노력했다.

"말씀 감사해요. 영윤께서도 평소와 달라 보이시네요."

입에 발린 칭찬을 해 주기도 싫어서 대충 대꾸하자, 그가 웃었다.

그러거나 말거나 나는 드레스 자락을 쥔 채 허리를 숙여 인사했다. 작별의 의미였다.

그러고는 아처가 인사를 받을 틈도 없이 자리를 옮겼다.

연회장 안은 사람들이 떠드는 소리와 음악 소리로 인해 제법 시끄러웠다.

하지만 바로 뒤에서 들리는 발소리를 듣지 못할 정도는 아니었다.

나는 고개를 돌려 힐끗 나를 쫓아오던 아처를 응시했다. 눈이 마주치자 그가 빙긋 웃었다.

…뭐 하자는 거지?

그런 그를 무시한 내가 다시 걸음을 옮겼다. 이번에는 아예 대놓고 방향까지 틀었다.

그럼에도 아처는 여전히 나를 따라오고 있었다.

한 번 더 몸을 돌려 아처를 응시한 내가 말했다.

"왜 자꾸 따라오세요?"

"저도 원해서 이러는 게 아닙니다."

"네?"

나는 황당함을 감출 수가 없었다.

자기가 먼저 따라와 놓고 그건 제 의지가 아니었습니다, 라니?

"제가 그 말을 아 그렇군요, 하고 이해하길 바라신 건 아니죠?"

그리 말한 내가 아처를 향해 한 발 다가섰다. 그러자 그는 정색을 하며 뒤로 물러났다.

나는 재차 한 발 다가섰다. 아처는 다시 물러났다.

"…지금 뭐 하세요?"

"제가 뭘요?"

뻔뻔하게 되묻는 아처의 모습에 나는 조금 전에 그랬던 것처럼 그를 향해 다가섰다.

아처는 이번에도 나를 피해 뒤로 물러났다.

나는 헛웃음을 터트렸다.

"왜 저한테서 도망가시는 거죠?"

"도망이라뇨. 살기 위해 필사적으로 고군분투하고 있는 것뿐입니다."

이건 또 무슨 헛소리람.

"농담에는 별로 재능이 없으시네요."

"농담이 아닙니다."

"아, 네. 뭐 사실 어느 쪽이든 별로 관심 없어요. 그러니 전 이만 가 보겠습니다."

부디 즐거운 시간 보내시기를.

말을 마친 나는 망설임 없이 돌아섰다. 하지만 그게 끝이 아니었다.

나를 쫓는 발걸음은 멈추지 않았다.

짜증 가득한 얼굴로 고개를 돌리자 여전히 아처가 있었다.

"지금, 대체 뭐 하자는 거죠?"

내게 온갖 폭탄을 투여한 후 사라진 장본인이면서 이토록 태연하게 장난질이라니.

"영애께서 무슨 말씀을 하고 계신 건지 저는 잘……."

"솔직하게 말씀드리자면 불쾌해요. 그러니 더는 따라오지 마세요."

자신의 말을 단칼에 잘라 내는 나를 보며 아처는 그제야 웃음을 거뒀다. 그러고는 한숨을 내쉬었다.

"아까도 말씀드렸지만, 이건 제 의지가 아닙니다. 저 역시 제 죄를 알기에 영애의 얼굴을 보는 게 썩 기껍지 않습니다."

"그럼 왜……."

"아무 언질도 받지 못하셨습니까?"

"네?"

"아뇨, 됐습니다. 못 들은 걸로 해 주세요. 친절하게 언질 같은 걸 주실 분이 아니라는 사실을 잊고 있었네요."

푸념에 가까운 아처의 말에 문득 떠오르는 것이 있었다.

설마, 펠루스가 말한 귀찮은 것이 아처였나?

"혹시, 전하께서 보내신 건가요?"

"생각보다 눈치가 빠르시군요."

빈정거리는 건지, 진심으로 놀란 건지 알 수 없는 어조였다. 동시에 긍정의 말이기도 했다.

"허……."

덕분에 나는 할 말을 잃었다.

아니, 이 사람 많은 연회장에서 굳이 아처를 내게 붙여 준 이유는 또 뭔가 싶었다.

호위? 그런 의도로 붙여 줬을 가능성은 낮지만, 다른 가능성을 찾긴 더욱 어려웠다.

펠루스는 대체 무슨 생각을 하고 있는 거지?

"두 분, 사이가 좋아 보이시네요."

문득 들려온 목소리에 나도 아처도 고개를 돌려 상대를 응시했다.

화려한 주황색 머리카락에 영롱한 녹색 눈동자의 소유자.

베스였다.

"오랜만에 뵙는 것 같군요."

"그러네요."

서로를 마주 본 채 웃는 낯으로 대화를 나누는 두 사람을 보며 나는 어리둥절한 얼굴을 했다.

둘이 아는 사이인 건가?

"이런 곳에서 뵙게 될 줄은 몰랐네요. 그것도 아를레인 영애와 함께 말이죠."

"그러게요. 그건 저도 마찬가지예요."

아는 사이 같기는 한데, 서로를 썩 기껍게 여기는 것 같진 않았다.

둘 다 웃고 있긴 하지만, 묘하게 날이 서 있었다. 느낌이 좋지 않았다.

새우 등 터질 기미가 보였다.

"그런데 메테니아 후작 영윤께선 언제부터 제 친구와 이리도 친밀하셨죠? 저는 미처 몰랐네요."

"그야 영애께선 최근에 타국에서 유학 중이셨으니 소식이 느릴 수밖에요."

"그건 제가 제국에 있었어도 모를 소식 같은데요?"

예감은 적중했다. 두 사람은 생글생글 웃는 낯으로 날카로운 대화를 시작했다.

그것을 얼마간 지켜보던 나는 슬슬 타이밍을 쟀다. 이 광경을 계속 구경하고 있을 수는 없었으니까.

"죄송하지만 전 이만……."

"어디 가세요?"

"어디 가십니까?"

두 사람의 시선이 동시에 내게로 향하자 움찔하지 않을 수가 없었다.

아니, 방금 전까지 나는 안중에도 없더니, 갑자기 왜 이래?

"…그냥, 두 분이서 오붓하게 대화하시는 게 더 좋을 것 같아서요."

"필요 없어요."

"필요 없습니다."

"……."

미리 짜기라도 한 것처럼 서로를 냉정하게 거절하는 모습에 나는 헛웃음을 터트렸다.

왜 이럴 때만 둘이 죽이 잘 맞고 난리지?

"따로 만날 사람이 있는 거 아니면 그냥 저랑 있는 게 좋으실 텐데요?"

베스가 여전히 생긋 웃는 얼굴로 말했다.

굳이 해석하자면 너 어차피 친구도 없잖아, 그냥 나랑 있어, 정도였다.

반박하고 싶었지만 불가능했다. 진실이었으니까.

"그나저나 메테니아 영윤께선 왜 계속 제 친구 곁을 맴도시는 건지 모르겠네요."

"그거야 저희가 의외로 제법 친밀한……."

"아를레인 영애, 이분이 곁에 있는 게 기꺼우신가요?"

"아뇨, 전혀."

베스의 물음에 나는 단번에 고개를 저었다. 아처랑 내가 친밀? 지나가던 개가 웃을 일이다.

"대답 들으셨죠?"

"……."

그녀의 말에도 아처는 여전히 웃고 있었다. 하지만 조금 짜증이 난 기색이었다.

"저도 원해서 이러고 있는 게 아닙니다."

"그럼요?"

"…입니다."

그는 내 눈치를 보며 베스에게만 들릴 정도의 목소리로 말했다. 대체 무슨 일이기에 저러는 거지?

꽃

연회장은 소란스러운 편이었다.

하지만 그렇다고 해도 사람마다 유독 귀에 걸리는 단어 하나쯤은 있기 마련이다.

"저기 아를레인 영애 아닌가요?"
"맞는 것 같아요."
펠루스의 경우 에린의 이름이 그러했다.
연회장의 어느 곳에 있든 에린의 이름이 들려오는 것만큼은 귀신같이 잡아냈다.
"함께 계신 건 메테니아 후작 영윤인가요?"
"로레즈 백작 영애도 함께 계시는 것 같군요."
"의외의 조합이네요."
그건 펠루스 역시 같은 생각이었다. 그는 아닌 척 고개를 돌려 그들을 살피고 있었다.
모두 웃는 낯이었지만 로레즈 영애와 아처는 끊임없이 대화를 나누는 것 같았다.
아처의 표정으로 보아 짐작할 때 좋은 이야기가 오가는 건 아닐 터다. 한숨이 절로 나왔다.

'아를레인 영애를 호위해. 누구도 함부로 접근하지 못하도록 철통같이 지켜.'

그게 펠루스가 아처에게 내린 명령이었다.
누구도 접근하지 못하도록.
그 안에 로레즈 백작 영애가 포함되어 있었던 건 아니다. 하지만 그렇다고 해서 그녀와 신나게 언쟁을 벌여도 된다고 한 적은 없다.
"저기 저분이 아를레인 영애 맞으시죠? 엄청 아름다우시네요."
"맞을 겁니다. 정말, 소문이 과장된 게 아니었네요."

"말이라도 한번 붙여 볼 수 있다면 소원이 없겠는데. 어렵겠죠?"

그나마 다행인 건 두 사람 덕에 에린에게 접근하려던 영윤들이 눈치만 볼 뿐 직접 행동하지는 못하고 있다는 사실이다.

"전하, 이번 회의에서 …에 대한……."

펠루스가 에린에게 아처를 보낸 건 단순한 질투심 때문만은 아니었다.

무어라 확언할 수는 없지만, 어쩐지 느낌이 좋지 않았다.

"전하?"

"그래, 듣고 있어."

사실 반쯤은 흘려들었다. 오늘 같은 날, 이와 같은 장소에서 할 말이라면 뻔했으니까.

"전에도 했던 말을 다시 꺼내는 불충을 용서하소서. 하지만 그만큼 다들 지금의 상황에 대해 걱정이 많습니다."

"지금의 상황?"

이미 다 알고 있었지만, 그는 굳이 아무것도 모르는 척 한 번 더 물었다.

"모두 황태자비 자리가 아직까지 공석인 것에 대한 걱정이 이만저만이 아닌 듯했습니다."

그렇게 말을 꺼낸 노귀족 역시 펠루스의 눈치를 보고 있었다.

그는 펠루스가 별 반응이 없자, 고민 끝에 조금 더 센 말을 덧붙이기로 했다.

"불경한 말씀이나 전하께서 사내를 마음에 두신 게 아니냔 말까지 나오고 있습니다."

"그래? 아직도?"

"…예?"

정작 펠루스의 반응은 시큰둥했다.

헛소리 말라며 화를 내거나, 함구하라며 싸늘하게 굴 줄 알았는데. 예상이 빗나가자 노귀족은 크게 당황했다.

당황해서 귀족 회의에서 나왔던 말들을 전부 쏟아 내기 시작했다.

"소, 소문이 사실이 아니라면 더욱 잘된 일입니다. 전하께서는 지금 딱 결혼 적령기시지 않습니까? 제국의 미래를 생각하신다면 슬슬 황태자비를 들이시는 게 현명하시리라 감히 간청드립니다."

"흐음."

상대의 말을 되짚듯 펠루스는 잠시 말이 없었다.

노귀족에게는 영겁과도 같은 시간이었다.

이번에는 제발 먹혔어야 할 텐데.

"확실히 틀린 말은 아니군."

다행스럽게도 긍정의 말이 돌아왔다.

그는 기뻐서 당장 황태자비 후보 리스트에 올라 있는 영애들의 이름을 줄줄이 늘어놓으려고 했다.

"황태자비 후보로는……."

"예쁘지 않나?"

"예?"

갑자기 무슨 소리인가 싶어 그는 펠루스의 시선이 닿은 곳을 바라보았다.

그 끝에는 당연하다는 듯 에린이 있었다.

분홍색 머리카락에 푸른색 눈동자. 확실히 절세미인이라는 소문이 아깝지 않을 미모였다.

"저 정도가 아니면."

여전히 그녀에게 시선을 고정한 채로 펠루스가 말을 이었다.

"나는 안 될 것 같은데."

"……."

말을 마친 펠루스는 그대로 몸을 돌렸다. 노귀족은 그를 붙잡지 못했다.

그 사실이 펠루스는 흡족했다. 하지만 조금 씁쓸하기도 했다.

정작 에린 앞에서는 단 한 번도 꺼내지 못한 진심이었으니까.

"전하."

노귀족과 헤어지고 돌아서기 무섭게 누군가가 펠루스를 불렀다.

다른 이였다면 성가시단 생각이 먼저 들었겠지만, 이번만큼은 아니었다.

"공작?"

전혀 예상치 못한 인물이었던 탓이다.

"아를레인 공작가의……."

"인사는 됐어. 생략하는 걸로 하지."

"감사합니다."

공작은 평소와 다를 것 없는 듯하면서도 어딘가 초조해 보였다.

펠루스는 그 이유가 에린과 무관하지 않으리라 확신했다.

"안색이 좋지 않군. 아를레인 영애와의 일 때문인가?"

그래서 굳이 말을 돌려야 할 필요성도 느끼지 못했다. 공작이 먼저 알은척을 해 왔다는 게 그 증거였다.

귀족파의 수장이자 아를레인 공작가의 가주인 그는 타인의 시선을 신경 써야 하는 위치에 있었다.

그러니 평소였다면 공작은 이렇게 보는 눈이 많은 장소에서 펠루스를 찾지 않았을 것이다.

에린이 황태자의 보좌관으로 입궁한 걸로도 모자라, 황태자의 연인이라는 소문까지 돌고 있는 지금이라면 더욱.

"전하께서는 터무니없는 진실과 그럴듯한 거짓 중 어떤 것을 믿으시겠습니까?"

두서없는 물음이었다. 그 사실을 아는지 공작이 뒤늦게 덧붙였다.

"제가 요즘 답을 내리지 못하고 있는 문제입니다."

다른 이가 던진 질문이었다면 감히 자신을 시험하거나, 기만하는 것이라 생각하며 화를 냈을 것이다.

그러나 질문을 던진 이가 아를레인 공작이었기에 상황은 달라졌다.

공작은 펠루스를 시험하기 위해 저런 질문을 던질 사람이 아니었다.

그저 지푸라기라도 잡는 심정으로 답을 찾으려는 것뿐이다.

"끝까지 외면할 수 있는 진실이라면 평생 장님으로 사는 것도 나쁘지 않겠지."

펠루스가 담담하게 말문을 열었다.

"사실 난 공작이 뭐 때문에 이렇게 괴로워하고 있는지 관심 없어."

반 이상 진심이었다.

아를레인 공작이 오델론의 탈출을 도운 순간부터 펠루스와 공작의 인연은 끝났다.

그는 더 이상 루딘이 존경했던 스승이 아니다.

제자를 죽였을지 모를 인물을 도운 배신자일 뿐이다.

그 사실을 되새기자 한층 냉정한 어조로 입을 열 수 있었다.

"공작의 선택 역시 내 관심 밖의 일이야. 하지만 그 결과가 내 주변에 있는 누군가에게 나쁜 영향을 끼친다면."

"……."

"가만히 있지 않을 거야."

명심해.

말을 마친 펠루스는 돌아섰다.

과거의 공작이 그의 부탁을 거절했을 때와 마찬가지로 냉정한 태도였다.

오늘은 정말 운이 좋지 않은 날이었다.

"전하께 소개시켜 드리고 싶은 사람이 있습니다."

아를레인 공작과 헤어지고 연회장을 나온 뒤, 복도에서 흑의 신관과 마주친 펠루스는 그리 생각했다.

"나한테?"

그는 웃기지도 않는단 얼굴을 했다.

설마, 아까 그 노귀족처럼 황태자비 후보라도 들이밀려는 건가 싶었다.

"오랜만에 뵙는군요."

지척에서 들려온 목소리에 펠루스가 고개를 들었다.

◈

아처와 베스는 아닌 척 끊임없이 언쟁을 이어 갔다.

그러면서도 내가 자리를 비우려고 하거나, 다른 이가 내게 접근할 때만큼은 찰떡같은 호흡을 자랑했다.

"메테니아 후작 영윤이랑 감정 상하는 일이라도 있었어?"

아처가 메테니아 후작에게 불려 간 사이 나는 슬쩍 베스에게 물었다.

연회장 구석에서 후작과 대화를 나누면서도 아처의 시선은 여전히 나와 베스에게 고정되어 있었다.

나는 그의 눈치를 보며 재차 물었다.

"그리고 어떻게 알게 된 사이야? 엄청 친해 보이던데."

"잘 모르는 사람이야. 제대로 대화를 나눠 본 건 오늘이 처음이고."

으응? 나는 진심으로 놀란 얼굴을 했다.

"평소에는 스치듯 지나가면서 인사 몇 번 한 게 전부야."

"아니, 그럼 아까는 왜 그렇게 날을 세웠던 거야?"

"존경하는 아버지 때문에 누굴 구속하려고 드는 건 딱 질색이라서."

이해하기 힘든 대답이었다. 그래서 그 의미를 묻기 위해 입을 열었다.

"저기 좀 봐."

하지만 베스가 한발 빨랐다.

그녀가 가리킨 곳을 따라 고개를 돌리니 펠루스가 연회장으로 들어서고 있었다.

그 뒤를 따르듯 바로 뒤에는 새카만 흑발에 보라색 눈동자를 가진 흑의 신관이 있었다.

덕분에 의문이 들었다.

두 사람이 왜 함께 연회장에 들어오고 있는지, 흑의 신관은 왜 혼자인 건지.

이유는 잘 모르겠지만 느낌이 좋지 않았다.

그래서 나는 곁에 있던 베스의 존재도 잊은 채 무심코 걸음을 옮겼다.

"처음 뵙겠습니다."

그때였다. 불쑥 지척에서 타인의 목소리가 들려온 것은.

덕분에 나는 크게 놀라 뒤로 주춤 물러났다.

마치 방금 땅에서 솟아나기라도 한 것처럼 기척 하나 없는 접근이었다.

하지만 나는 그것보다 다른 사실에 더 놀라고 말았다.

"이런, 저 때문에 많이 놀라신 것 같군요. 죄송합니다."

그리 말한 상대는 진심으로 미안하다는 얼굴을 했다. 그러고는 내가 무어라 할 틈도 없이 허리를 숙였다.

"뵙게 되어 영광입니다. 저는 오델론 세릭 브란스라고 합니다."

한 글자씩 선명하게 귓가를 파고드는 이름에 나는 그대로 굳어졌다.

전혀 예상치 못한 타이밍에 등장한 오델론 때문에 내 머릿속은 혼돈 그 자체였다.

나는 그것을 겨우 수습한 후 입을 열었다.

"처음 뵙겠습니다. 에린 세르틴 아를레인입니다."

원작 소설에 따르면 두 사람은 오늘 처음 만났어야 했다.

하지만 지금의 우리는 그러지 못했다. 이미 두 번이나 만난 적이 있으니까.

"듣던 대로 아름다우시군요."

말을 마친 그는 내 손등에 입을 맞췄다.

아처가 그랬던 것처럼, 많은 영윤들이 그리하는 것처럼 자연스러운 태도였다.

하지만 어쩐지 상대의 메마른 입술이 손등에 닿는 것만으로도 소름이 끼쳤다.

나를 죽인 적 있는 사람의 손이라서 그런 걸까?

"안색이 좋지 않으시네요. 어디 불편하신가요?"

이어진 오델론의 말에 나는 가까스로 정신을 차렸다. 고개를 저었다.

"아뇨, 그냥 좀……."

"답답해서 그래요. 그러니 잠시 실례해도 될까요?"

애매하게 말끝을 흐리는 나를 대신해서 베스가 말을 받았다. 그녀의 말에 그는 싱긋 웃었다.

"아무래도 저 때문에 영애께서 많이 놀라신 모양이네요. 제가 기척도 없이 불쑥 나타나 인사를 드려서."

오델론 역시 본인의 등장이 얼마나 갑작스러운 것이었는지 정도는 인지하고 있는 모양이다.

"그럼 사죄의 의미로 제가 영애를 모시고 나가겠습니다."

하지만 이어진 제안은 전혀 반갑지 않았다.

나를 죽인, 게다가 또 죽일지도 모르는 인간과 함께 바람을 쐬러 나가라니.

제대로 미친 소리였다.

"혹시, 지금 저한테 작업 거시는 건가요? 제가 너무 예뻐서?"

그래서 나도 같이 미치기로 했다.

"……."

"……."

 조금 수치스러웠고, 곁에 있던 베스마저 싸늘한 시선을 보냈지만 견딜 만했다.

 예상했던 대로 오델론이 침묵했기 때문이다.

 대놓고 표정을 구기진 않았지만, 한쪽 눈썹이 올라가 있는 것만 봐도 알 수 있었다.

 그는 지금 짜증 이상의 감정을 느끼고 있었다.

"영애, 자신감이 좀 과하신 것 같네요."

 베스가 좋게 돌려서 말했다. 그러나 그녀의 눈에서 읽히는 메시지는 분명했다.

 너 미쳤어?

 마음 같아서는 아니라며 단호하게 고개를 젓고 싶은데 오델론이 있어서 그럴 수도 없었다.

"영애께서는 참으로 대단하시군요. 그런 말을 본인 입으로 직접 하시는 분은 처음 봤습니다."

 감탄하는 건지, 비아냥거리는 건지 알 수 없는 오델론의 말에 나는 제가 좀 대단하죠, 따위의 말로 답하려 했다.

"제가 좀……."

"대단하지."

 하지만 누군가가 내 말을 가로챘다.

"전하?"

"그래. 나야."

 펠루스였다.

 아니, 오델론도 그렇고 애도 그렇고 왜 다들 기척도 없이 불쑥 나타나고 난리야?

"제국의 태양이신 황태자 전하를 뵙습니다."

그때 불쑥 오델론이 펠루스에게 인사를 했다. 예상치 못한 전개였기에 나는 두 눈을 크게 떴다.

원작 소설에는 등장하지 않았던 상황이다. 결코 등장할 수 없는 상황이기도 했다.

"여기 계셨군요."

오델론의 인사라는 거대한 파장을 수습할 틈도 없이 백의 신관이 나타났다.

뒤이어 흑의 신관도 등장했다.

연회장에 있는 시선이란 시선은 전부 끌어모을 작정인 듯 주요 인물들이 모두 모여 있었다.

"그래, 오랜만이군."

그 시선 속에서 펠루스는 자신을 향해 고개를 숙인 오델론의 인사에 답했다.

정말 답만 했다.

인사를 받아 주지는 않았다. 하지만 오델론은 그것만으로도 만족한 얼굴이었다.

그가 허리를 펴고 웃자, 펠루스는 돌아섰다.

대놓고 화를 내지는 않았지만, 펠루스의 마음이 좋지 않으리란 것 정도는 알 수 있었다.

"어디 가십니까?"

그런 펠루스를 백의 신관이 붙잡았다. 그녀의 말에 그가 몸을 돌렸다.

"아직 용건이 남았나?"

"제 쌍둥이가 말하지 않던가요? 전하께 소개시켜 드리고 싶은 사람이……."

"그래, 이미 들었어."

펠루스는 그녀의 말을 단칼에 잘라 냈다.

"그럼 이야기가 빠르겠군요."

백의 신관은 그것을 전혀 아쉬워하지 않는 눈치였다. 그저 잘됐다는 듯 손을 뻗어 한 남자를 가리켰다.

"슬로레인 왕국의 이 왕자 오델론 세릭 브란스이십니다."

마치 마이크라도 사용한 것처럼 그녀의 목소리가 연회장 전체를 울렸다.

아무래도 신성력을 사용해 소리를 키운 것 같았다. 덕분에 주변이 술렁이기 시작했다.

타국의 왕자라니.

제국의 건국을 기념하는 연회에 참석하기엔 확실히 매우 묘한 신분이었다.

정식으로 초대를 받아서 들어온 것도 아니니 더욱 그랬다.

하지만 그럼에도 신관의 지척에 있던 이들은 그 사실에 놀라지 않았다.

나도, 베스도, 펠루스도 이미 오델론의 진짜 신분을 알고 있었으니까.

"오늘부터 이분의 신분은 저희가 보증하도록 하겠습니다."

그러나 다음에 이어질 신관의 말만큼은 우리 중 누구도 예상치 못한 것이었다.

아까와는 비교도 할 수 없을 만큼 시끄러워졌다.

소란스럽다는 표현으로 부족할 지경이었다.

그저 이름을 말한 것뿐임에도 이런 파장이 생긴 건 신관이 오델론의 신분을 보증하겠다고 말한 탓이다.

신분을 보증한다는 건, 그 사람을 제 소속이라 여기겠다는 의미였다.

동시에 그 사람을 건드렸다간 자신들과의 전면전을 각오해야 할 거란 의미다.

즉, 이제 오델론의 뒤에는 신전이 버티고 있는 거나 다름없었다.

"오늘은 이 말을 전해 드리기 위해 실례를 무릅쓰고 연회에 참석했습니다."

"앞으로 이곳에 계신 모든 분들께 신의 축복이 깃들기를 바라며."

"저희는 이만 돌아가 보겠습니다."

말을 마친 신관들은 그대로 연회장을 나섰다.

순식간에 벌어진 상황이 혼란스러운 동시에 흩어진 퍼즐이 하나둘 맞춰지는 기분이었다.

〈붉은 새벽〉 속 오델론은 이때 제국 내에서 도망자 신분이었다.

펠루스가 루딘 황태자를 살해한 범인으로 그를 의심하고 있었던 탓이다.

그런 오델론이 제국에 온 건 형인 일 왕자의 명령 때문이었다.

일 왕자의 입장에서 오델론은 제법 성가신 존재였기에 그가 펠루스의 눈에 띄어 죽기를 바란 것이다.

덕분에 원작 속 오델론은 타인 앞에서 스스로의 본명이나 진짜 신분을 밝히지 못한다.

하지만 방금 전처럼 신전이 그의 신분을 보증하는 경우엔 상황이 달라진다.

원작 속 펠루스의 가장 큰 패배 요인 중 하나는 신관들이 오델론의 손을 들어 줬다는 데 있다.

그만큼 신전의 힘이 막강하다는 의미다.

즉, 아까 오델론이 펠루스에게 대놓고 제 이름을 밝혀 가며 인사를 한 것은 조롱이자 경고의 의미였다.

더 이상 자신을 함부로 건드려서는 안 된다는 경고와 너는 결국 아무것도 할 수 없다는 조롱.

그것을 깨달은 나는 고개를 돌려 펠루스를 응시했다. 하지만 그는 이미 그 자리에 없었다.

다급하게 주변을 둘러보며 펠루스의 흔적을 찾으려 했으나, 보이지 않았다.

이미 연회장을 나선 듯했다.

펠루스가 떠난 후에도 연회장은 소란스러웠다. 한바탕 폭풍이 휩쓸고 지나간 것 같았다.

잔재가 남지는 않았으나, 그로 인해 생긴 상처는 분명히 존재했다.

"누님."

홀로 연회장을 나선 펠루스를 그냥 두고 볼 수도, 그렇다고 따라나설 수도 없다.

그래서 고민하던 찰나였다.

"잠시 시간을 내주실 수 있겠습니까? 누님께 드릴 말씀이 있습니다."

베스와 함께 있던 나를 카엘이 불렀다. 나는 고민했다.

카엘은 평소와 다를 것 없이 차분한 미소를 짓고 있었다. 그러나 한편으로는 어딘가 초조해 보였다.

느낌이 좋지 않았다.

하지만 이대로 영원히 외면할 수 있는 일은 아닌 것 같았다.

"그래, 알았어."

나는 고개를 끄덕였다.

"무슨 일이니?"

연회장을 나와 인적이 드문 정원에 도달하기 무섭게 물었다.

카엘은 뭔가를 망설이듯, 혹은 고민하듯 잠시 말이 없었다.

"아버지와……."

겨우 말문을 연 그를 나는 말없이 기다려 주었다.

"무슨 일이 있으셨던 겁니까?"

예상했던 질문이었다. 그러나 이어질 말은 아니었다.

"저는 누님께서 황태자 전하의 보좌관을 그만두셨으면 합니다."

왜냐는 가장 단순한 질문조차 나오지 않았다. 그저 물끄러미 그를 응시했다.

"공작가로 돌아오세요."

짤막한 카엘의 말에서 나는 어떤 절박함을 읽어 냈다. 그리고 웃었다.

"황태자 전하의 보좌관이라는 건 그렇게 만만한 자리가 아니야."

"…알고 있습니다."

"아니, 넌 몰라. 알고 있다면 내게 이럴 수 없어."

적어도 둘 중 하나일 것이다.

모르고 있거나, 알면서도 모르는 척하고 있거나.

"심지어 넌 제대로 된 이유조차 설명해 주지 않고 있잖아."

"그건 누님 역시 마찬가지십니다."

중얼거리듯 낮게 들려온 말에 나는 카엘을 똑바로 응시했다. 그는 혼란스러움을 감추지 못한 얼굴로 덧붙였다.

"대체 무슨 일이 있으셨던 겁니까?"

주어가 생략된 물음이었으나, 공작과의 일을 가리키는 것이 분명했다.

"그건……."

"전 아버지와 누님께서 다투신 이유가 황태자 전하 때문이라고 생각합니다."

그가 먼저 이유를 말했다. 그러니 내가 보좌관을 그만둬야 한다고.

이렇게 하지 않으면 내가 입을 열지 않으리라 예상한 눈치였다.

"황태자 전하와는 아무 상관 없어. 이건 전혀 다른 문제야."

나는 단호하게 부정했다. 덕분에 찾아온 고요 속에서 우리는 얼마간 말이 없었다.

"그냥 그렇다고 말해 주시면 안 되겠습니까?"

카엘이 말했다. 덕분에 나는 깨닫고 말았다.

"누님이 전과 다르다는 것 정도는 저도 알고 있었습니다."

"……."

그 역시 짐작하고 있었던 것이다. 내가, 아니 자신의 누나인 에린이 어딘가 달라졌다는 걸.

그게 한 사람으로서 달라질 수 있는 정도의 변화가 아니라는 걸.

카엘이 변명하듯 말을 이었다.

"그래도 그냥, 전처럼 아무렇지 않게……."

"내가 변한 게 황태자 전하 때문인 것처럼, 그렇게 변명하면서 아무것도 모르는 척 살라고? 지금까지 그래 왔듯이?"

"……."

"미안. 그렇게는 못 해."

그럴 순 없었다. 그렇게 외면한다고 해서 끝까지 외면할 수 있는 일이 아니었다.

"누님."

"미안 칼, 아니 카엘."

이젠 애칭을 부를 자격도 없다. 나는 그의 진짜 누나가 아니니까.

"내가 정말, 에린으로 보이니? 네 누나로 보여?"

나의 물음에 카엘은 그대로 입을 다물었다. 하고 싶은 말이 많지만 차마 할 수 없는 것 같았다.

내가 해 줄 수 있는 말은 여기까지였다. 이것 이상은 내 몫이 아니다.

이 시간 이후 아를레인 공작에게 진실을 확인할 것인가, 그렇지 않을 것인가를 결정하는 건 카엘의 몫이었다.

카엘과 헤어지고 난 후, 나는 정신없이 정원을 헤맸다.

신고 있던 구두가 불편해서 발이 아팠고 몇 번 넘어질 뻔하기도 했다.

하지만 멈추지 않고 걸었다.

이렇게라도 하지 않으면 견딜 수 없었다.

그러다가 문득 정신이 들었을 때, 정원의 어느 외진 곳에 도달해 있었다.

처음 보는 장소였다.

이런.

황궁에 있는 대부분의 정원을 돌아본 내가 알지 못하는 곳이라면 출입이 금지된 장소일 확률이 컸다.

그러니 어서 빠져나가는 게 좋겠다는 생각을 하며 걸음을 돌리려는데.

"또 뵙게 되는군요, 황태자 전하."

익숙한 목소리와 함께 수풀 너머로 두 사람의 인영이 눈에 들어왔다.

"저희 참, 오랜만이죠?"

한 명은 오델론.

"비켜."

한 명은 펠루스였다.

어째서 둘이 함께 있는 걸까? 의문이 들기 무섭게 오델론의 목소리가 들려왔다.

"아직 끝내지 못한 이야기가 있어서 왔습니다."

그는 놀랍게도 웃고 있었다. 소름 끼칠 정도로 담백한 웃음이었다.

펠루스의 표정은 보이지 않았다.

어느새 그가 나를 등지고 있었기 때문이다.

"죽고 싶지 않으면 꺼져."

"이 자리에서 저를 베고 신전과 전쟁이라도 하실 생각인가요?"

싸늘한 경고에도 오델론은 개의치 않았다. 오히려 그를 조롱하듯 여전히 웃고 있었다.

아니 '조롱하듯'이 아니라 조롱하려는 의도가 맞을 것이다.

오델론은 일부러 펠루스를 도발하고 있었다.

"마치."

그때였다. 펠루스가 입을 열었다.

그의 손은 차고 있던 검집 근처에 머물고 있었다.

"내가 그러길 바라는 눈치군."

"……."

"그런 뻔한 수법에는 안 넘어가."

그나마 다행인 건 펠루스가 그 점을 알아챘다는 사실이다.

나는 가슴을 쓸어내렸다.

원작 속 오델론은 이 시점에 펠루스를 도발해 그가 자신에게 검을 휘두르도록 한다.

그러고는 제국에 피해 보상을 요구한다.

자신의 진짜 신분을 밝힌 후, 제국 내에서 자유롭게 돌아다닐 수 있도록 허가해 달라는 내용이었다.

생각보다 별거 아닌 요구였지만, 이런 사소한 것들이 쌓여 결국 오델론이 승리하는 발판이 된다.

"리벨 에리아."

오델론의 입에서 불쑥 낯익은 이름이 튀어나왔다.

다른 생각을 하고 있던 나는 화들짝 놀란 얼굴로 그를 응시했고, 펠루스 역시 별반 다르지 않은 마음인 듯했다.

"네가 감히, 지금 누구의 이름을 입에 담은 거지?"

한 자, 한 자 씹어뱉듯 내뱉어진 말에는 감출 수 없는 분노가 느껴졌다.

조금 전의 침착함은 온데간데없었다. 감정만이 남아 그를 잠식했다.

"리벨 에리아. 그 시녀의 이름이던가요?"

반면 오델론은 여유롭기 짝이 없었다. 여전히 냉정하고 이성적이었다.

이런 식이면 상대가 되지 않는다.

상황이 지나치게 불리했다. 판을 뒤엎을 무언가가 필요하단 생각이 들었다.

그때였다.

어느 순간 얼굴에 띤 미소를 지운 오델론이 펠루스에게 다가섰다. 그러고는 무언가를 속삭였다.

거리가 좀 있었던 터라 내게는 들리지 않았다.

하지만 나는 지금 오델론이 펠루스에게 속삭인 대사를 알고 있었다.

내 기억이 맞는다면 분명.

"루딘 황태자 전하를 죽인 건 바로 접니다."
"리벨 에리아가 아니라."

원작 속 그는 펠루스가 이미 알고 있는 진실을 다시 한번 입에 담는다.

펠루스가 검을 뽑아 그에게 휘두른 건 그런 이유 때문이었다.

그 사실이 떠오르기 무섭게 나는 마음을 정했다. 펠루스를 말려야 한다.

그러지 않으면 펠루스는 이대로 오델론을 베고 상황은 더없이 불리해질 테니까.

"그래서?"

"예?"

"지금 네 입으로 네 죄를 시인한 건가?"

"……."

"나더러 널 죽여 달라고?"

하지만 의외로 펠루스는 담담했다. 입 밖에 낸 말은 살벌했지만 여전히 침착한 태도를 보였다.

덕분에 오델론의 얼굴에 찰나 당황한 기색이 스쳤다.

예상했던 것과 다른 펠루스의 반응에 놀란 듯했다.

나 역시 비슷한 마음이었다.

적절한 부분에서 원작 소설이 달라진 것 같아 기쁜데 동시에 묘했다.

이번에는 또 무슨 이유로 원작이 달라진 거지?

"걱정할 필요 없어."

다시 펠루스가 말했다. 오델론은 여전히 혼란 속에서 침묵을 지키는 중이었다.

"네가 그렇게 말하지 않아도 언젠가는 꼭 죽여 줄 테니."

"……."

끝까지 여유로운 태도를 보이던 펠루스는 주저 없이 돌아섰다.

그 모습을 오델론은 그저 망연하게 지켜보기만 했다.

나 역시 마찬가지였다. 그저 멍하니 펠루스가 사라진 자리를 응시하고 있었다.

그때였다. 뒤늦게 오델론의 시선이 나를 향하고 있음을 깨달은 건.

무심코 고개를 돌리자 눈이 마주쳤다.

너무 놀라 소리를 지를 뻔했다. 그것을 애써 참아 낸 나는 몸을 돌렸다.

방금 전 수풀 너머에서 나를 응시하던 보라색 눈동자에게서 벗어나기 위함이었다.

그에게서 도망치기 위해 몇 걸음을 디뎠다.

"왜 여기 계십니까?"

하지만 차분한 물음과 함께 손목이 붙잡혔다. 강제로 몸이 돌려세워졌다.

침착한 태도와 차분한 어조와 달리 오델론이 나를 붙드는 힘은 무서울 정도로 거셌다.

아무리 발버둥 쳐도 손목을 빼낼 수가 없었다.

"어디까지 들으셨습니까?"

기계적으로 이어진 물음에 나는 발버둥을 멈췄다. 그럴 수밖에 없었다.

그의 손에 들린 검 때문이었다. 오델론의 손에 들린 검이 내 목을 향하고 있었다.

"어디까지 들었냐고 물었습니다."

재차 이어진 물음 역시 차분했다.

문제는 질문을 던진 상대가 나를 죽인 적 있는 사람이란 점이다.

직감할 수 있었다.

같은 질문을 한 번 더 받은 순간 내 목은 바닥을 구르고 있으리란 걸.

"네가 말한 것 전부."

그래서 나는 주저하지 않았다. 주저할 이유도 없었다.

"지금 저한테 말을……."

"어차피 둘밖에 없는데 내숭 떨지 말자."

말을 마친 나는 목에 겨눠진 칼을 손가락으로 툭툭 쳤다. 잘못 건드려서 피가 조금 배어 나왔지만 개의치 않았다.

"이런 거 이제 하나도 안 무서워."

그러고는 웃었다. 아까 오델론이 펠루스에게 했던 것처럼 활짝.

"어차피 난 죽지도 않잖아."

그건 오델론도 마찬가지겠지만, 어쨌든 무의미한 일임은 변하지 않는다.

그도 그 사실을 알았는지 금세 태도를 바꿨다.

"신관들을 만난 모양이네?"

"그래."

"어디까지 들었는데?"

"글쎄."

성의 없는 대답에 오델론이 웃었다. 진심으로 우습다는 얼굴이었다.

어느새 내 목을 위협하던 칼이 사라졌다. 들고 있던 칼을 회수한 그가 말했다.

"어차피 너랑 난 두 계집의 체스 말에 불과해."

두 계집이라면 아마 두 신관을 말하는 것일 테다. 그런데 체스 말? 그건 무슨 의미일까.

"그게 무슨……."

"한 가지 알려 주자면, 걔들은 거짓말 못 해. 적어도 너와 나.

그리고 이 내기에 한해서는."

 무슨 뜻이냐고 물으려 했다. 하지만 오델론은 내 말을 단칼에 잘라 내며 덧붙였다.

 "그러니까 궁금한 게 있으면 직접 물어보든지."

 그리고는 그대로 몸을 돌렸다.

 나를 붙잡을 때와 마찬가지로 예상치 못한 타이밍에 그렇게 훌쩍 사라져 버렸다.

❧

 다음 날, 나는 펠루스의 집무실 앞에 와 있었다. 노크를 하자 들어오라는 대답이 이어졌다.

 "무슨 일이지?"

 문을 열자마자 펠루스가 물었다. 나는 여상한 태도를 보였다.

 "혹시, 지금 많이 바쁘세요?"

 "그런 건 갑자기 왜?"

 "저랑 같이 가 주셨으면 하는 곳이 있어서요."

 "귀찮게 무슨……."

 "뭐, 바쁘시면 어쩔 수 없고요."

 말을 마친 나는 진심으로 아쉽다는 얼굴을 했다.

 그리고는 속으로 한 번 호흡을 가다듬은 후 거짓말을 입에 담았다.

 "그냥, 어제 알게 된 영윤 중 한 분과 가면 되니……."

 "그게 무슨 헛소리야? 영애, 미쳤나?"

 펠루스가 미간을 찌푸렸다. 그는 진심으로 기함한 얼굴이었다.

"어제 알게 된 자가 어떤 사람인 줄 알고 동행하겠다는 거지? 무슨 일이라도 생기면 어쩌려고?"

아니, 사실 그런 거 없는데.

하지만 변명할 틈도 없었다. 그가 몸을 일으켰다.

"앞장서."

"…바쁘신 거 아니었어요?"

"그런 거 아니야."

펠루스는 단호했다.

내가 거짓말까지 해 가며 바랐던 상황이기는 하지만, 너무 거침없이 나오니 좀 얼떨떨했다.

"잠깐."

"네?"

나는 쓸데없이 요란하게 놀라고 말았다. 거짓말을 한 걸 들킨 게 아닌가 싶었기 때문이다.

"손은 왜 그래? 또 어쩌다가."

하지만 불행인지 다행인지 펠루스는 다른 것을 지적했다. 어제 오델론의 검을 툭툭 치다가 베인 상처였다.

세심하게 살피지 않으면 잘 보이지도 않는 상처인데.

이럴 때마다 나는 펠루스가 진심으로 존경스러워졌다. 대단한 눈썰미였다.

"아, 이건. 어제 유리에 베였어요."

"유리에 베였다고?"

"네, 실수로 들고 있던 잔을 깨트려서."

어젯밤 하녀들에게 했던 변명을 그대로 써먹기로 했다.

괜히 딴소리를 했다가 나중에 말이 맞지 않는 걸 들키면 곤란해지니까.

"이게 유리에 베인 상처라고?"

펠루스는 의심을 거두지 않는 눈치였다.

어쩌면 이미 검에 베인 상처임을 알아챘을지도 모르겠다.

"네, 아마도요."

하지만 그렇다 해도 내가 끝까지 입을 다물면 그도 어쩔 수 없을 것이다.

내게 대답을 강요할 타입은 아니었으니까.

그리고 예상은 적중했다.

펠루스는 내가 상처에 대해 말하고 싶지 않아 하는 기색을 보이자, 더 묻지 않았다.

그로부터 얼마 후 나는 펠루스와 함께 마차를 타고 목적지로 이동하고 있었다.

"근데 이렇게 순순히 따라오셔도 되는 건가요? 전 목적지도 안 알려 드렸는데."

"이 시기에 갈 만한 곳이야 뻔하지."

"아."

어쩐지. 목적지를 말하지도 않았는데 순순히 따라온다 했더니. 이미 짐작하고 있었던 모양이다.

"하긴, 건국제 둘째 날에 갈 만한 곳이라면 뻔하긴 하죠."

바로 저잣거리 축제였다.

모든 로맨스 판타지 소설의 꽃.

연회장에서 춤을 춘 다음에 이어지는 거리의 축제. 식상하긴 해도 정석적인 설렘을 맛볼 수 있는 코스였다.

원작 속에서도 비슷한 용도로 사용된다.

첫날 연회장에서 마주친 두 주인공이 당연하다는 듯 거리에서 재회해 호감을 쌓을 사건이 벌어지니까.

하지만 그건 오늘이 아니라 내일 벌어질 일이다.

둘째 날이 아니라 셋째 날.

그리고 당연히 나는 내일 있을 축제에 참가할 계획이 없었다.

미쳤다고 오델론과 추억을 쌓으러 가겠는가.

"잠을 설친 건가?"

"음, 조금요?"

나는 순순히 긍정했다.

어젯밤에 오델론과 펠루스의 모습을 목격한 탓인지 편히 잠들 수가 없었다.

걸리는 게 너무 많았다.

"축제가 열리는 장소까지는 거리가 좀 있는 걸로 아는데. 한숨 자 두는 게 어때?"

"아뇨, 생각보다 그렇게 피곤하진 않아요. 전하야말로 어제는 연회, 오늘은 서류 때문에 바쁘셨을 텐데. 좀 쉬는 게 어떠세요?"

"됐어."

단호한 대답이었다. 거참, 괜히 고집부리지 말지.

속으로 한숨을 내쉰 나는 등받이에 몸을 기대고 눈을 감았다.

"한숨 잘 마음이 든 건가?"

"절대 안 잘 거예요. 눈이 건조해서 잠깐 감고 있는 것뿐이에요."

"그래, 뭐 그렇다고 치지."

어이가 없다는 듯 펠루스가 웃었다. 이에 슬쩍 눈을 떠 그를 응시하던 나는 다시 두 눈을 감았다.

그리고 다시 눈을 떴을 땐 해가 뉘엿뉘엿 지고 있었다.
"……?"
당황하지 않을 수 없었다.
아니, 분명 아까 전까지만 해도 눈이 시릴 정도로 푸르렀던 하늘이 지금은 오렌지색을 띠고 있었다.
…이게 대체 무슨 상황이지? 내가 회귀에 이어 타임 워프라도 한 건가.
"이제 일어났나?"
"…전하?"
"영애는 마차에서 머리만 대면 자는군."
맞은편에 앉아 있던 펠루스의 시큰둥한 목소리가 들려왔다. 나는 여전히 혼란스러운 얼굴로 물었다.
"제가 꿈을 꾸고 있는 건가요? 아니 왜 시간이 벌써……."
"누가 업어 가도 모를 정도로 자던데, 아직 잠이 덜 깼나?"
꿈은 아니란 소리다. 정말, 아까 그대로 잠들어서 지금 일어났다는 의미다.
"…어. 근데 왜 안 깨우셨어요?"
"깨웠는데 안 일어났을 거란 생각은 안 하나?"
"…죄송합니다."
나는 미안한 마음에 고개를 숙였다.
같이 축제를 즐기자고 데리고 나와서는 이게 무슨 민폐인가 싶었다.
"그건 됐고."

하지만 펠루스는 그 사실에 크게 개의치 않는 듯했다. 애초에 축제에 큰 기대를 걸었던 게 아니라 그런가?

"앞으로 타인 앞에서 잠드는 건 자제하도록 해."

"네? 왜요?"

뜬금없는 충고에 나는 의아한 얼굴을 했다. 잠시 뜸을 들이던 그가 한숨과 함께 말했다.

"잠버릇이 고약하더군. 그나마 있던 정도 다 떨어질 정도로."

펠루스는 진심으로 정색했다. 나로서는 그저 황당할 뿐이었다.

아니 내가 잠버릇이 고약하면 얼마나 고약하다고?

과장이 좀 심한 거 아닌가 싶었다.

"진심으로 하는 소리야."

"아, 네. 그러시겠죠."

나는 대충 고개를 끄덕였다. 그래, 펠루스가 저러는 게 하루 이틀도 아니고 뭘 새삼.

"그나저나 이제 내려야 하지 않을까요?"

지금이라도 축제를 즐기기 위해서라면 말이다. 그 말에는 펠루스 역시 동의하는 눈치였다.

그렇게 우리는 마차에서 내려 인적이 드문 거리를 걷기 시작했다.

축제가 열리는 장소까지 황실의 마차를 타고 갈 수는 없기에 한 선택이었다.

"있잖아요, 전……."

"꺄아아악! 저놈이 내 가방을!"

내가 앞서 걷던 펠루스를 부르려던 찰나, 어떤 여성의 외침이 들려왔다.

소리가 들려온 방향을 따라 펠루스가 고개를 돌리고, 나 역시 고개를 돌리려는데 누군가 뒤에서 내 옷을 잡아당겼다.

몸이 뒤로 기울어졌다. 그 후엔 한 남자가 내 목에 칼을 가져다 댔다.

"움직이지 마! 귀찮게 굴면 재미없을 줄 알……."

퍽! 퍼억-

정확하게는 그러려고 했다. 하지만 그 전에 내가 반사적으로 남자의 얼굴을 팔꿈치로 찍었다.

"으윽! 내 얼굴!"

칼은 바닥에 떨어졌고, 남자는 제 얼굴을 붙잡고 주저앉았.

나는 주변에 떨어진 칼을 재빨리 발로 찼다. 최대한 멀리 날아가도록.

후, 놀랐네.

"다친 곳은?"

"없어요."

나는 고개를 저었다. 사실 무슨 일이 일어난 건지 아직까지 좀 얼떨떨했다.

어떤 생각을 하고 움직인 것이 아니라, 말 그대로 위험을 감지한 몸이 알아서 움직인 거나 다름없었기 때문이다.

방금 전까지 잊고 있었던 사실이지만 원래 에린은 반사 신경이 끝내주게 좋은 편이었다.

"호위는 따로 붙이지 않은 건가?"

"전하께서 계시니까요."

"……."

펠루스는 할 말을 잃은 듯하다가도 곧 이해한 얼굴이었다.

"하긴, 방금 전과 같은 반사 신경이라면 영애 혼자 왔어도 별문제는 없었겠군."

아니, 이 자식이?

놀림을 당한 기분이라 발끈하려던 찰나, 소란을 감지하고 달려온 치안대에게 펠루스가 남자를 넘겼다.

"황궁의 지하 감옥으로 보내."

"예?"

다들 어리둥절한 얼굴이었다. 나 역시 마찬가지였다.

황궁의 감옥이라면 제법 큰 죄를 지은 사람들이 가는 곳이다. 고작 소매치기를 했다고 갈 곳은 아닌 것 같은데.

하지만 펠루스는 끝까지 강경했다.

"그래서 이젠 어쩔 생각이지?"

나를 이용해 인질극을 벌이려 했던 소매치기를 기어이 감옥으로 보낸 펠루스가 물었다. 나 역시 물었다.

"뭐가요?"

"예정대로 축제에 참가할 생각인가?"

아, 그런 의미였구나.

뒤늦게 그가 한 질문의 의미를 깨달은 나는 고개를 끄덕였다.

"네. 전 괜찮아요."

그냥 하는 말이 아니라 정말 괜찮았다. 놀라울 정도로 아무렇지 않았다.

"하긴, 영애보다 영애에게 맞은 남자가 더 불쌍해 보일 지경이었으니까."

"……."

아니, 뭐 인마?

나는 표정을 잔뜩 구긴 채 한 소리 하려고 했다. 하지만 펠루스가 한발 빨랐다.

어느덧 나와 나란히 걷고 있던 그가 한 손으로 내 어깨를 잡아 제 쪽으로 당겼다.

덕분에 나는 얼떨결에 펠루스와 딱 붙은 채로 걷게 되었다.

타인이 보면 다정한 연인 사이라 오해할 법한 거리였다.

"…지금 뭐 하세요?"

당황스럽기보단 황당함이 먼저였다. 반면 펠루스는 태연하게 되물었다.

"뭐가?"

"지금 저희 너무 쓸데없이 가깝지 않나요?"

"쓸데없는 오해는 하지 않았으면 좋겠군."

내가 항의하자, 그는 여상한 태도로 덧붙였다.

"이건 그냥 방금 전처럼 귀찮은 일이 일어나지 않도록 하기 위함이니까."

마치 이 상황에 일말의 사심도 섞여 있지 않다는 태도였다.

"아, 네. 그렇군요."

영 신뢰가 가지 않았지만, 그 점을 지적하기엔 펠루스가 정말 일말의 동요도 없었다.

진심인가?

하긴, 나름 공과 사를 철저하게 구분하는 펠루스라면 그럴 수도 있지 않을까 싶었다.

그래서 나 역시 그와의 거리를 의식하지 않기로 했다. 쉬운 일은 아니었지만.

"일단 로브부터 사러 갈까요?"

이대로 축제를 즐기기엔 나도 펠루스도 너무 눈에 띄는 외양을 가졌다.

귀찮은 일에 휘말릴 가능성이 크단 소리다.

"됐어. 별 의미도 없는 것 같던데."

그가 단칼에 거절했다.

확실히 저번에 나왔을 때 인파에 휘말린 것을 생각하면 큰 효과가 있다고 보긴 어려웠다.

"그래도 이렇게 대놓고 돌아다니는 것보단 낫지 않을까요?"

"그 말은 결국, 다른 대책이 없다는 소리인가?"

"아뇨, 그건 아니에요."

나는 고개를 저었다. 그러고는 눈앞에 있는 가게를 가리켰다.

"저걸 사용하면 좀 낫지 않을까요?"

"가발?"

펠루스의 물음에 나는 고개를 끄덕였다.

로브를 두르는 것에서 끝내지 않고 거기에 가발까지 착용하면 어떠냐는 의미였다.

"의미가 있을 거라고 보나?"

"아무것도 안 하는 것보단 낫겠죠."

"부자연스러울 것 같은데."

"아니, 그럼 어쩌시려고요?"

나는 진심으로 궁금하단 투로 물었다. 설마, 정말 이대로 저잣거리를 돌아다닐 생각은 아니겠지?

"이건 어때?"

"뭐가요?"

펠루스가 내게 손을 내밀었다. 아무것도 없는 손바닥을 나는 그저 멀뚱히 응시했다.

다음 순간, 그의 손에서 빛이 나더니 작은 구슬 두 개가 생겼다.

"오 신기하네요. 이건 무슨 마법이죠?"

"변장 마법."

담담한 대꾸와 함께 그가 구슬 하나를 건넸다. 그 후엔 내가 사용법을 묻기도 전에 다른 하나를 삼켰다.

그러자 펠루스의 검은색 머리카락이 금빛으로 물들었다.

저렇게 쓰는 거구나.

나 역시 펠루스를 따라 구슬을 삼켰다. 특별히 어디가 불편하거나 하진 않았다.

"저 어때요?"

"뭐가?"

"지금 어떤 모습이냐고요. 괜찮은 상태인가요?"

"설마, 예쁘다는 말 같은 게 듣고 싶은 건 아니겠지?"

"…아니, 제 머리가 무슨 색으로 변했느냔 질문이잖아요. 저도 금발인가요?"

뜬금없는 펠루스의 말에 나는 황당하단 얼굴을 했다.

그러자 그는 자신이 착각을 했음을 깨달았는지 성의껏 내 머리색을 살피기 시작했다.

"금발은 아니고, 붉은색……. 아니, 붉은색에 가까운 갈색인 것 같군."

"아하, 그렇군요."

펠루스의 대답이 떨어지자 그제야 나는 어깨 아래로 떨어진 적갈색 머리카락에 시선을 고정했다.

그에게 묻지 않아도 알 수 있는 사실이지만, 그냥 확인차 물어본 것이었다.

"근데 저는 그렇다 쳐도, 전하께서는 오히려 전보다 더 눈에 띄실 것 같은데. 괜찮을까요?"

다른 것도 아니고 하필 금발이라니, 화려해도 너무 화려했다.

"색을 바꿀 수는 없는 건가요?"

펠루스는 대답하지 않았다. 대신 눈앞에서 머리색이 다시 한번 바뀌었다.

금빛으로 물들었던 머리가 어느새 은은한 은빛으로 물들었다.

정말 마법 같은 광경이었다.

넋을 놓고 감탄하는 것도 잠시, 나는 곧 현실적인 문제와 직면했다.

"금발은 너무 눈에 띄고, 은발도 좀 튀는 것 같아요."

이래서야 기껏 머리색을 바꾼 의미가 없지 않나.

"그럼 무슨 색이 좋은데?"

"갈색 머리 정도가 무난하지 않을까요?"

전 대륙을 통틀어 가장 흔한 머리색이 갈색이라는 말을 들은 기억이 있었다.

"취향이 참 한결같군."

"네?"

그렇게 중얼거린 펠루스는 내가 무어라 할 틈도 없이 머리색을 바꿨다. 이번에야말로 무난하고 평범한 갈색이긴 한데…….

"이제 좀 나은가?"

"어……."

펠루스의 물음에 나는 어색하게 웃었다.

나름 무난한 머리색을 찾았음에도 그는 여전히 평범함과는 거리가 있었다.

이제 보니 머리색의 문제가 아니었던 모양이다.

머리색이 아니라 얼굴의 문제였군.

"그냥 이 정도면 된 걸로 치죠."

벌써 머리색을 세 번이나 바꿨다. 그런데 또 다른 색을 시도하자고 말하긴 뭐했다.

바꿔 봤자 별로 의미가 없을 것 같기도 하고.

"아, 근데 저희 어디부터 갈까요? 혹시, 가 보고 싶은 곳 있으세요?"

그래서 나는 서둘러 화제를 돌렸다. 펠루스가 의심을 품기 전에.

"있다면 가 줄 건가?"

그는 의외로 긍정의 뜻을 표했다. 솔직히 제대로 된 대답을 기대하고 한 질문은 아니었기에 조금 놀랐다.

"그게 어디든?"

"물론이죠."

어딘가 미묘하게 찜찜한 물음이었으나, 나는 고개를 끄덕였다.

기껏해야 저잣거리 어딘가를 돌아다니는 정도일 텐데. 그 안에서 갈 만한 장소가 거기서 거기겠지 싶었던 것이다.

"…여긴 왜 오신 거죠?"

그리고 나는 얼마 안 가 매우 당황스러운 상황과 마주했다.

"뭐가?"

"그러니까, 음……."

펠루스가 나를 데려온 곳은 인형 가게였다. 그것도 뭐랄까 아기자기한 인형들이 잔뜩 진열된?

'이런 취향이었구나.'

처음에는 조금 당황스러웠다. 펠루스의 취향이 이런 쪽이리라곤 전혀 예상치 못했으니까.

하지만 금세 이해하고 받아들이기로 했다.

그래, 펠루스가 뭘 좋아하든 그게 나랑 무슨 상관이야. 남한테 피해를 주는 것도 아닌데.

나는 고개를 끄덕였다.

"영애."

그때 펠루스가 나를 불렀다. 네? 나는 한 박자 늦게 답했다. 그러자 그의 표정이 일그러졌다.

뭐지?

"또 무슨 이상한 오해를 하고 있는 것 같은데. 그런 거 아니야."

"아뇨, 저 그런 거 안 하고 있는……."

"받아."

내가 제대로 말을 끝맺기도 전에 펠루스가 뭔가를 안겨 주었다. 당연하게도 인형이었다.

붉은색 눈동자를 가진 흰색 토끼 인형. 크기도 제법 컸다. 베개랑 비슷한 크기 정도는 되는 것 같았다.

얼떨결에 그것을 받아 든 나는 펠루스를 빤히 응시했다.

설명을 요구하는 시선에 그는 말했다.

"잘 때 안고 자든가."

"……?"

나는 황당하다 못해 어이가 없단 얼굴을 했다. 뜬금없이?

"필요 없……."

"해고."

아니 얘는 항상 해고 타령이야. 지겹지도 않나.

"…지는 않네요. 감사히 잘 쓸게요."

하지만 나는 수긍할 수밖에 없었다. 우리의 계약 기간은 원작 소설이 시작되기 직전까지였다.

지금부터는 펠루스가 해고를 들먹이면 정말 그렇게 될 수도 있다는 의미다.

"근데 이 인형 뭔가 전하랑 닮았어요."

"…뭐?"

사실 하나도 안 닮았다. 눈앞에 있는 토끼 인형은 매우 귀엽고 사랑스러웠다.

하지만 이대로 그에게 순순히 고개를 숙인 것처럼 보이고 싶지 않아서 일단 아무 말이나 뱉은 것이다.

"눈이 빨갛잖아요."

솔직히 내가 말하면서도 어이가 없었다.

이 사랑스러운 토끼 인형과 펠루스가 닮았다니. 큰 죄를 짓는 느낌이었다.

"내가 이거랑 닮았다고?"

그리 묻는 펠루스의 표정은 미묘했다.

대놓고 미간을 찌푸리고 있는데 이상하게 기분이 나빠 보이진 않았다. 미묘했다.

분명 평소와 다른데 어디가 다른지 알 수 없었다.

17장.
소설의 시작 (2)

연회에서 돌아온 펠루스의 기분은 매우 저조했다. 저조하다 못해 끔찍했다.

그럴 수밖에 없었다.

'루딘 황태자 전하를 죽인 건 바로 접니다.'
'리벨 에리아가 아니라.'

이미 짐작하고 있던 사실이긴 했으나, 그것을 상대가 눈앞에서 직접 실토하는 것은 전혀 다른 문제였다.

그것도 저리 뻔뻔한 태도라니.

이성을 잃고 오델론에게 칼을 휘두르지 않은 것만으로도 기적이었다.

그가 이성을 찾을 수 있었던 건 에린 덕분이었다.

우습게도.

오델론의 도발에 넘어갈 뻔했던 그때 문득 에린이 떠올랐다.

이유는 잘 모르겠다.

그저 그녀라면 자신이 이런 식으로 상대를 베기를 원치 않을 것이란 생각이 들었다.

그 사실 하나로 그는 이성을 되찾았다. 그렇게 한고비를 넘겼다.

'저랑 같이 가 주셨으면 하는 곳이 있어서요.'

하지만 대뜸 다음 날 일찍부터 에린이 자신을 찾아올 줄은 몰랐다.

뜬금없는 방문이었다.

그 목적이 자신과 함께 축제에 가기 위함임을 알았을 땐 더욱 혼란스러웠다.

대체 무슨 일이지?

하지만 곧 그런 건 아무래도 좋다는 생각이 들었다. 그런 마음으로 마차에 올랐다.

평소와 다름없이 대화를 나눴고, 잠시 눈만 감고 있겠다던 에린은 곧 잠이 들었다.

예상한 결과였다.

마차에서 머리만 대면 자는구나 싶었다.

"으음."

에린이 미간을 찌푸리며 뒤척였다. 자세가 불편해서 저러나 싶어 똑바로 고쳐 주려고 다가갔다.

그러다가 멱살을 잡혔다.

"……."

혹여나 에린이 깰까 봐 소리를 낼 수도 없었다.

침묵을 지킨 채로 그녀의 손에서 벗어나려고 했다.

하지만 역부족이었다.

조금이라도 힘을 줘 뿌리치면 에린이 깰 것 같고, 그렇다고 그녀가 손을 놓을 때까지 기다릴 수는 없었다.

어쩌지.

"흐음."

그러던 도중 에린이 드디어 잡고 있던 멱살을 놨다.

하지만 안도하기 무섭게 이번에는 그녀의 양손이 펠루스의 목을 휘감았다. 그리고 당겼다.

뿌리치려고 마음먹으면 충분히 뿌리칠 수 있는 힘이었으나, 펠루스는 속절없이 끌려갔다.

"……."

덕분에 상황은 아까보다 더 악화됐다.

정신을 차리고 보니 애매했던 간격이 확 좁아져 있었다. 왜 마차만 타면 항상 이 모양인가 싶었다.

그저 당황스러웠다.

어린아이들이 안고 자는 인형이 된 기분이었다.

실제로 펠루스의 처지는 그와 별반 다르지 않았다.

저번 일과 이번 일을 바탕으로 생각했을 때 에린은 잠결에 뭔가를 껴안는 버릇이 있는 것 같았다.

좋은 버릇은 아니었다. 고약한 잠버릇이었고, 위험했다.

여러 가지 의미로.

어떻게 에린을 떼어 냈는지 기억이 나지 않는다. 그저 힘겹고 당황스러운 시간의 연속이었다.

 겨우 몸을 빼냈을 땐, 시간이 제법 흐른 상태였다. 일찍 출발한 것이 무색할 정도였다.

 하지만 에린을 깨울 마음은 들지 않았다.

 저렇게 잘 자고 있는데 무슨 수로 깨우나 싶었다.

 방법의 문제가 아니라 마음의 문제였다. 깨워야 할 이유를 찾지 못했다.

 감히 깨울 수가 없었다.

 덕분에 에린이 눈을 떴을 땐 이미 뉘엿뉘엿 해가 지고 있었다.

 크게 상관은 없었다. 저잣거리의 축제에 미련을 둔 적은 없으므로.

 '일단 로브부터 사러 갈까요?'

 저번에 있었던 일 때문인지 에린은 가발을 착용한 후 로브를 쓴다는 나름의 대책을 세워 왔다.

 하지만 그건 그도 마찬가지였다. 펠루스의 방법은 그녀의 방법보다 확실했다.

 그가 준비한 건 머리색이 바뀌는 구슬이었다. 정확하게는 구슬을 삼킨 사람의 존재감을 지워 주는 마법.

 효과는 바뀐 머리색이 원래대로 돌아올 때까지 지속된다. 즉, 머리가 어떤 색으로 물드느냐는 큰 의미가 없었다.

 하지만 펠루스는 그 사실을 에린에게 알려 주지 않았다. 문득 궁금증이 생겼다.

에린이 특별히 선호하는 머리색이 있을까? 하는 의문이었다.
일단 금발은 아니고, 은발도 아니라고 했다.

'그럼 무슨 색이 좋은데?'
'갈색 머리 정도가 무난하지 않을까요?'

에린의 대답에 펠루스는 찰나 숨을 멈췄다.
갈색 머리에 갈색 눈동자를 가진 남자.
레안 노르베이.
그를 떠올리자 입 안이 썼다.

'취향이 참 한결같군.'
'네?'

정작 에린은 큰 자각이 없는 것 같았다. 무심코 뱉은 말이었나.
그는 그 사실을 애써 머릿속에서 지우려고 했다.
인형을 파는 가게에 간 건 단순한 이유였다.
에린이 반길 것 같진 않지만, 잘 때 안고 잘 만한 걸 사 주는 게 어떨까 싶었기 때문이다.
마차에서와 같은 상황이 또 벌어지면 곤란하니까.

'근데 이 인형 뭔가 전하랑 닮았어요.'
'…뭐?'
'눈이 빨갛잖아요.'

그런데 그런 말을 듣게 될 줄은 몰랐다. 기분이 묘해지는 말이었다.

저 인형과 자신이 닮았다고?

에린의 말처럼 인형의 눈동자 색이 붉은빛을 띠고 있기는 했다.

하지만 겨우 그 정도로 닮았다니.

대체 무슨 의도로 그런 말을 한 건지 알 수가 없었다. 그냥 놀리려는 것뿐인가.

이상한 건 그런 말을 들었음에도 딱히 기분이 나쁘지 않았다는 사실이다.

뭐지?

정말 에린이 오해했던 대로 제게 이런 취향이 있었던 건가. 펠루스는 잠시 심각하게 고민했다.

"저건 뭐예요?"

에린의 물음에 그는 생각하던 것을 멈추고 고개를 돌렸다.

그녀의 시선을 사로잡은 것은 광장 중앙의 분수대를 기준으로 둥글게 모여 있는 사람들이었다.

"왜? 가 보고 싶은가?"

"뭔지는 잘 모르겠지만, 네, 가 보고 싶어요."

에린은 당차게 대답하며 고개를 끄덕였다.

그러자 펠루스는 별말 없이 아까와 마찬가지로 그녀의 어깨를 잡았다.

제 곁에 바짝 붙어 걸을 수 있도록.

"나를 놓치지 않도록 주의해."

인파가 워낙 촘촘하게 밀집되어 있는 탓에 이렇게 하지 않으면 중간에 서로를 잃어버릴 위험이 있었다.

그래서 이렇게 걷는 것이다.

물론 그렇다고 해서 사심이 전혀 없다고 단언할 수는 없었다.

※

나와 바짝 붙어서 걷던 펠루스는 거침없이 인파를 뚫고 지나가기 시작했다.

덕분에 우리는 금세 분수대 앞까지 도달할 수 있었다.

왜 이렇게 사람들이 몰려 있나 했더니, 젊은 남녀들이 짝을 지어 춤을 추고 있었다.

은은한 달빛 아래에 여러 쌍의 남녀가 음악에 맞춰 춤을 추는 모습은 제법 장관이었다.

"원래 있는 행사인 걸까요?"

"글쎄."

펠루스도 잘 모르는 눈치였다. 하긴, 그가 이런 축제에 자주 참가할 성격은 아니니까.

나와 그는 얼마간 그것을 눈으로만 좇았다. 영 낯선 춤인 것을 보니 평민들 사이에서만 유행하는 듯했다.

"그러고 보니 정작 저희 연회장에서는 한 번도 춤을 춰 본 적이 없네요?"

문득 생각해 보니 그랬다.

소문 속의 나는 펠루스의 연인을 넘어 당장 유력한 황태자비 후보라도 되는 것처럼 묘사되고 있는데. 정작 공식적으로는 그와 춤 한번 춘 적 없다.

그건 일종의 마지노선이었다.

공식적인 연회에서 펠루스와 춤을 추는 건, 내가 당장 황태자비가 될 것이라고 발표하는 것과 다를 바 없었다.

"서운한가?"

"그럴 리가요."

나는 고개를 저었다. 내가 무슨 애도 아니고.

황태자비가 될 마음도 없으면서 그런 사실에 아쉬워할 이유는 없었다.

그때 갑자기 불쑥 손이 내밀어졌다.

"아쉬우면 한 곡 추든지."

펠루스였다.

나는 잠시 멀뚱히 상대를 응시하다가 이내 내밀어진 손을 잡았다.

"좋아요."

긍정의 말을 내뱉기 무섭게 그가 나를 이끌었다.

정신을 차리고 보니 사람들 사이에 섞여 춤을 추고 있었다.

음악은 느리면서 차분한 곡이었다. 새하얀 달빛 아래의 광장과도 잘 어울리는 분위기였다.

펠루스의 손을 잡고 얼마간 춤을 추던 나는 곡이 빠르지 않아 다행이라는 생각을 했다.

곡이 느린 덕분에 춤을 몰라도 대충 스텝을 밟고, 턴을 하면 그럭저럭 넘어갈 수 있었다.

"형편없는 솜씨군."

"……."

그 와중에 펠루스는 냉정하게 내 춤 솜씨를 비판했다. 나는 즉각 반박했다.

"오늘 처음 춰 보는 거니까 어쩔 수 없죠."

마음 같아서는 나도 펠루스의 춤 솜씨를 지적하고 싶었으나, 아쉽게도 그는 상당히 능숙한 움직임을 보였다.

"…처음 춰 본 거라고?"

"네."

내가 긍정하자 그는 조금 놀란 얼굴을 했다. 대체 어느 부분이 그렇게 놀라운 거지?

"처음치고 너무 잘 춰서 놀라신 건가요?"

"처음이란 걸 감안해도 답이 없을 만큼 비참한 실력에 놀랐다."

"……."

아니, 얘는 진짜 말을 해도 꼭.

나는 대놓고 인상을 썼다. 그러다가 곧 그것을 지워 낸 후 입을 열었다.

"전하께서는 이 춤을 오늘 처음 춰 보신 건가요?"

"그래."

"…근데 이 정도로 능숙하시다고요?"

"다들 이 정도는 금세 배우지 않나?"

나를 놀리는 건지, 아님 진심으로 하는 말인지 구분이 가지 않았다.

덕분에 그저 멀뚱히 그를 응시하는데, 갑작스레 몸이 앞으로 쏠렸다. 펠루스가 내 허리를 당겨 안은 것이다.

"무슨 생각을 그리하는 거지?"

정신을 차리고 보니 펠루스의 얼굴이 코앞에 있었다. 그는 불만이 가득한 얼굴이었다.

"집중해."

"아, 네!"

나도 모르게 머저리처럼 대답하고 말았다. 펠루스가 웃었다.

대답을 하라고 한 말이 아닌데 대답이 돌아오니 웃긴 모양이다.

괜히 민망한 기분이 들었다.

돌아가는 마차 안, 우리는 잠시 말이 없었다.

"전하."

대뜸 들려온 부름에 펠루스의 시선이 내게로 향했다. 나는 잠시 뜸을 들이다가 겨우 물었다.

"어제 무슨 일이 있으셨나요?"

"아니."

대답은 빠르게 돌아왔다. 언젠가는 내가 이런 질문을 하리라 예상한 눈치였다.

"참고로 말씀드리자면, 전 사실을 확인하려는 게 아니에요. 이미 확신하고 있어요."

펠루스는 침묵했다. 나는 말을 이었다.

"슬로레인의 왕자와 무슨 일이 있으셨던 거죠? 혹시……."

"……."

"그 사람이 마차 사고의 배후인가요?"

"아니."

"거짓말을 하고 계시네요."

펠루스는 아까보다 자연스럽게 사실을 부정했다. 그러나 진실을 알고 있는 내 앞에선 의미 없는 행동이었다.

"그자였군요. 모든 일의 시작이."

나는 이미 알고 있던 사실을 재차 입에 담았다. 펠루스에게는 지금 막 사실을 확인한 것처럼 보여야 하니까.

"그러는 영애야말로 그자의 신분을 듣고도 놀라지 않은 눈치더군."

"친구의 옛 연인이었거든요."

그가 던진 의심을 곧장 지워 냈다. 방금 한 말에 거짓은 없다. 펠루스가 베스에게 사실을 확인한다고 해도 상관없었다.

그 역시 그 사실을 알았는지 더 물고 늘어지지 않았다. 대신 다른 걸 물었다.

"그래서 영애는 대체 무슨 말이 하고 싶은 거지?"

경계심 가득한 물음에 나는 고개를 들어 그를 응시했다.

"전하."

그를 불렀다. 대답은 없었다. 나는 아랑곳하지 않고 악수를 청하듯 손을 내밀었다. 펠루스가 미간을 찌푸렸다.

"저희 손잡아요."

"……."

역시 돌아오는 답은 없었다. 내 속을 가늠하듯 그는 여전히 미간을 찌푸린 상태였다.

침묵이 길었다. 그 끝에 펠루스가 입을 열었다.

"뜬금없이 무슨 소리지?"

설명을 바라는 물음이었다. 나는 반대쪽 손을 펼치며 그에게 뭔가를 보여 주었다.

"노선을 확실히 하기로 했어요."

오델론의 반지였다. 그것을 깨달은 붉은색 눈동자가 내게로 향했다.

"계약서 다시 써요, 우리."

공공의 적을 물리치기 위해선 동맹을 다시 견고하게 맺을 필요가 있었다.

"왜?"

잠깐의 침묵 끝에 펠루스가 물었다. 이해할 수 없다기보단, 이해하고 싶지 않은 얼굴이었다.

"왜냐니 그야……."

나는 조금 당황했다.

전에 했던 계약에 따르면 나는 진작 오델론의 반지를 펠루스에게 넘겼어야 했다.

하지만 반지는 아직 내 손에 있었다.

약속했던 기한이 지났음에도 그로부터 별다른 언질이 없었기 때문이다.

나는 그것을 공공의 적과 함께 싸워도 된다는 펠루스의 허락으로 받아들였다.

"그 남자 때문인가?"

"네?"

"죽은 약혼자를 그만큼 사랑해서?"

하지만 상황은 내가 생각했던 것과 전혀 다른 방향으로 흐르고 있었다. 나는 그 이유를 알았다.

죽은 레안에 대한 내 마음을 펠루스에게 제대로 해명하지 않은 탓이다.

"그건……."

그러나 그 사실을 고백하면 내가 오델론과 싸워야 할 이유가 사라진다. 어쩌지?

"미안."

점점 생각이 길어지던 찰나, 펠루스가 말했다. 나는 귀를 의심했다.

"네?"

"내가 실언을 했군."

"……."

"방금 한 말은 못 들은 걸로 해. 다시는 입에 올리지 않으리라 약조하지."

다행인지 불행인지 상황은 알아서 잘 마무리됐다. 그는 진심으로 사과했고, 나는 그것을 받아들였다.

"영애가 한 제안은 받아들이지."

동맹도 잘 성사됐다. 자세한 내용은 차차 조율하자는 말도 나눴다.

깔끔한 마무리였다.

이대로 눈을 감고 황궁에 도착할 때까지 조용히 침묵하기만 하면, 잘 끝날 것이다.

"드릴 말씀이 있어요."

"그게 뭔데?"

하지만 나는 굳이 입을 열었다. 이유는 모르겠지만 상처받은 기색이 역력한 펠루스의 얼굴을 보니 가만히 있을 수가 없었다.

"전하께서 뭔가 오해를 하고 계신 것 같은데, 저는 제 약혼자 안 좋아했어요."

"…뭐?"

"굳이 따지자면 진한 우정 정도의 감정이었다고요. 사랑이 아니라."

 말하다 보니 괜히 억울한 마음이 들었다.

 내가 진짜 레안을 사랑, 아니 하다못해 누군가를 좋아해 본 적이라도 있으면 억울하지도 않지!

 "그러니까 제가 그분을 사랑했다는 오해 같은 건……."

 "안 해."

 "……."

 "이제 절대."

 "……."

 "안 한다고."

 내가 처음 고백을 시작했을 때 크게 놀란 기색이던 펠루스는 어느새 차분하게 가라앉은 얼굴이었다.

 하지만 이상하게도 들떠 보였다. 덕분에 새삼 펠루스가 나를 좋아하고 있다는 사실을 실감했다.

 그렇구나.

 사랑에 빠졌을 때, 그는 저런 얼굴을 하는구나.

 달빛처럼 고요하고도 단 깨달음이었다.

※

 펠루스와의 동맹은 순조롭게 진행됐다.

 좀 더 정확하게는 바뀐 게 거의 없어서 순조롭지 못할 이유가 없었다.

 그러는 와중에 몇 가지 변화도 있었다.

 우선 신전에서 편지가 한 통 도착했다. 두 신관이 내게 보낸 듯했다.

 나 말고는 아무도 열어 볼 수 없도록 신성력으로 단단히 밀봉되어 있었다.

 이야기의 시작은 모든 일의 시작. 이야기의 끝은 모든 일의 끝. 두 신의 사자의 사명은 시작부터 극명하게 갈렸다.

 말이 좀 불친절하긴 해도 해석하기는 어렵지 않았다. 다만 그래서 더 의심스러웠다.
 이걸 보낸 사람이 정말 두 신관인지, 이 내용을 곧이곧대로 믿어도 되는 건지 도통 감이 잡히질 않았다.
 그래서 나는 새로운 방법을 찾았다.
 "에린 세르틴 아를레인 영애께서 오셨습니다."
 당사자들에게 직접 묻기 위해 신전을 찾은 것이다. 사제의 말에 두 신관이 몸을 일으켰다.
 "어서 오세요."
 "일단 앉으시죠."
 두 사람은 먼저 다과를 들고 있었던 것 같았다. 나는 그들 사이에 앉았고, 곧이어 내 몫의 차가 나왔다.
 시중을 들던 이들과 사제가 나가고 문이 닫히기 무섭게 물었다.
 "제게 편지를 보낸 적이 있으신가요?"
 "네."
 "맞습니다."
 무슨 편지인지 어떤 내용인지는 묻지도 않았다.

나는 혹시나 하는 마음에 품에 있던 편지를 꺼내 보여 주었고 그들은 긍정했다.

"혹 다른 신의 사자라는 분에게도 이 편지가 갔나요?"

"네. 두 분에게 똑같이 보냈으며, 내용도 같습니다."

백의 신관이 긍정했다. 내가 뭔가를 더 물으려고 하자, 그보다 빨리 흑의 신관이 말했다.

"궁금한 게 많은 얼굴이신데, 일단 저희의 이야기부터 들으시는 게 좋을 것 같군요."

"그렇게 하면 아마 질문하실 내용이 제법 줄어들 겁니다."

묘한 확신이었다.

결국 무어라 할 틈도 없이 두 사람은 이야기를 시작했다.

⁂

두 신이 있었다. 그들은 차원을 관리하는 신이었다. 두 신은 내기를 했다.

그들의 내기는 단순한 유흣거리였다.

"나는 이야기를 쓰고, 너는 말을 골라."

그들은 몇 번이나 비슷한 내기를 했었다.

"음, 그럼 말은 이야기의 두 주인공이 좋겠네. 주인공을 두 명으로 해."

어린아이가 개미 두 마리를 이리저리 옮기면서 반응을 지켜보는 수준이었다. 딱 그 정도 의미였다.

"내기의 내용은?"

"이야기를 바꾸는가, 혹은 바꾸지 못하는가."

"좋아."

"그럼 장르는 로맨스가 좋겠네. 근데 이러면 밸런스 맞추기가 어려우려나? 둘 다 강한 건 내 취향이 아닌데."

"한 말은 무력이 강하고, 한 말은 아는 게 많은 걸로 하면 균형이 맞지 않나?"

"그냥 아는 게 많은 정도로는 어림도 없······."

"약한 쪽한테 이야기를 바꿔야 하는 역할을 주고, 원래의 이야기를 알려 줘."

"한 차원에 있는 존재에게 미래를 알려 주려고? 그건 곤란해."

"그럼 다른 차원에서 데려오면 되겠네."

"뭐?"

"네가 적은 이야기를 다른 차원으로 보내서 읽게 해. 그리고 읽은 사람 중 아무나 한 명만 데려와. 차원을 넘어오는 동안 자신에 대한 기억과 육체가 소실되긴 하겠지만, 주인공의 몸에 빙의시키면 내기에 지장은 없겠지."

"내기의 기한은?"

"이야기의 마지막 장면이 나오는 날 자정까지."

"좋아. 그럼 금제는 내가 정할 테니 규칙은 네가 정해."

"금제? 대체 뭘 걸려고 금제씩이나······."

금제는 절대적인 규칙. 즉 아무리 신이라고 해도 어길 수 없는 것이었다.

"일단 들어 봐. 첫 번째는 두 말에게 거짓말을 할 수 없다. 두 번째는 내기가 끝나는 날 승리한 말의 선택을 받지 못한 신은 이 차원에서 쫓겨난다."

"···진심이야?"

차원을 관리하는 신이라고 해도 한번 쫓겨난 차원에 다시 돌아오는 것은 불가능하다.

그것이 자신이 창조한 세계라고 해도 말이다.

"그래. 이 정도는 되어야 재미가 있지 않겠어? 아, 다 됐다."

신이 집필을 마쳤다. 신이 쓴 이야기에 맞춰 새로운 세계가 만들어진 것이다.

"자, 이제 네가 정한 규칙을 말해."

"첫 번째, 두 말은 이야기가 끝나기 전까지 절대 죽지 않는다."

"좋아."

"두 번째, 우리는 각각 한 번씩 이야기에 개입할 수 있다."

"그래."

"세 번째, 누가 어떤 말한테 걸었는지 발설하지 않는다."

"좋아. 그렇게 하자. 너무 당연한 것들이라 고민할 필요도 없네."

그렇게 내기는 시작됐고, 두 신은 이야기 속의 세계로 들어왔다.

가장 먼저 신전을 찾은 그들은 두 신관을 죽이고, 그 자리를 차지했다.

내기를 가장 가까운 곳에서 구경하기 위해서였다.

두 신은, 아니 신관들은 인심이 후한 편이었다.

자신을 이기게 만들어 준 말에게는 모든 부와 명예를 줄 것이며 원하는 것이 무엇이든 아낌없이 줘여 줄 것이다.

다만 자신을 패배하게 한 말을 그냥 둘 만큼 자비롭지는 못했다.

그러니 승리한 말은 선택을 잘해야 했다. 자신의 승리가 역풍이 되어 돌아오지 않도록.

그게 제국의 종교가 믿는 흑의 신과 백의 신이란 자들이었다.

※

이야기는 제법 길었다.

나는 여전히 찻잔에는 손도 대지 않은 상태였다.

확실히 내가 품었던 대부분의 의문이 사라졌다. 나는 그저 몇 가지 사실만 확인하면 되었다.

"말씀하신 개입의 흔적이 오른쪽 손등에 나타난 동그라미 문양인가요?"

"맞습니다."

"그걸 볼 수 있는 건 두 분밖에 없습니다."

개입의 흔적은 오델론과 나밖에 보지 못한다. 이미 공작에게 들어서 어느 정도 짐작하고 있던 사실이었다.

"그럼 제 약혼자가 죽은 것도 개입에 의한 건가요?"

이번에는 약간의 침묵이 있었다.

하지만 당혹스러움이나 놀라움에 의한 침묵은 아니었다. 굳이 따지자면 의아함이었다.

"네. 저희 둘 중 하나가 개입한 결과입니다."

덕분에 나 역시 차분하고 냉정하게 다음 질문을 이어 갈 수 있었다.

"만약 제가 승리한 말이 되었을 때, 저를 지지한 신관님을 선택하지 못하면 어떻게 되는 거죠?"

"영애를 지지하지 않은 신관만 이 차원에 남게 되고……."

"그 뒷감당을 하게 되는 거군요."

"맞습니다."

그들은 부정하지 않았다. 그럴 마음도 없어 보였다.

"그렇군요. 알겠습니다."

말을 마친 나는 자리에서 일어났다. 그러고는 가볍게 고개를 숙인 후 이만 가 보겠다며 그곳을 나왔다.

이 정도면 확인할 것은 다 확인했다. 남은 건 정리뿐이다.

첫째, 어느 신관이 나를 지지하고 있는가를 알아내야 했다.

그러지 않으면 내기에서 이기더라도 신관의 뒤끝을 감당해야 한다.

둘째, 지금까지처럼 원작 소설을 바꾸는 데 주력해야 한다. 다만 정확한 기준을 알아내야 했다.

이야기를 바꾼다, 바꾸지 않는다라니.

다른 건 전부 구체적으로 정해 놨으면서 그 부분만 지나치게 추상적이다.

내기의 핵심이라고 불러도 이상하지 않을 부분을 그렇게 허술하게 정했을 리 없다.

아마 정확한 기준이 따로 있을 것이다.

그걸 추리해 내고 움직이는 게 나와 오델론의 몫이겠지.

"잠깐, 이리 와 봐."

"…네?"

그때였다. 말소리가 들려왔고, 나는 걸음을 멈췄다.

모퉁이 너머에서 들려온 소리인가? 그리 생각하기 무섭게 몸을 돌렸다.

느낌이 좋지 않다. 시간이 좀 걸리더라도 돌아가는 게 나을 것 같았다.

그런데.

끼이익―

빠르게 몸을 돌리다가 실수로 반쯤 닫혀 있던 문을 건드렸다. 기겁하며 문을 붙잡으려는데, 문틈 사이로 인기척이 느껴졌다.

'설마, 모퉁이 너머가 아니라 이쪽이었나?'

불행하게도 내 예감은 들어맞았다. 서서히 벌어지는 문틈 너머로 한 쌍의 남녀가 보였다.

두 사람은 열정적인 키스를 하고 있었다.

갈색 머리의 여성은 나를 등진 채였고, 맞은편에 있던 남자는 아니었다.

재수 없게도 눈이 마주쳤다.

'안녕?'

가벼운 눈인사가 돌아왔다. 붉은색 머리카락에 보라색 눈동자.

그는 오델론이었다.

신전에서, 그것도 문까지 열어 둔 채 열정적인 키스라니. 조금 당황스러웠다.

하지만 크게 놀랍지는 않았다.

오델론이 괜히 후회 남주였겠는가? 에린을 만나기 전까지는 로맨스 판타지 소설의 남자 주인공으로서 갱생 불가한 면이 많았으니 그런 거지.

"그만 가 봐."

"네? 아, 네."

어느새 열정적인 시간이 끝났는지 두 사람의 거리가 상당히 벌어져 있었다.

정확하게는 오델론이 그녀를 밀어 냈다는 표현이 맞을 것이다.

오델론과 멀어지기 무섭게 그녀는 놀란 얼굴로 나를 바라보다가 후다닥 달아났다.

걷는 품이나, 태도를 보아하니 귀족은 아닌 것 같고. 그럼 누구지?

"사제야. 말단인 것 같던데."

어느새 지척까지 다가온 오델론이 답했다. 내 의문을 읽은 듯한 대답에 나는 즉시 기함했다.

"뭐? 사제?"

아니 이 자식이? 신전에서 다른 사람도 아니고 사제를 건드렸다고?

"왜? 쟤도 내가 싫은 눈치는 아니었어."

"닌 두 신관님의 손님이잖아. 싫어도 싫은 티를 못 냈을 거란 생각은 안 해?"

"그 정도는 구분할 수 있어. 그러니까 날 진심으로 싫어하는 얼굴은."

말문을 연 오델론의 보라색 눈동자가 내게로 향했다. 그의 손 역시 마찬가지였다.

오델론의 손이 내게로 뻗어 왔다. 나는 그것을 쳐 냈다. 그리고 그 사실을 뒤늦게 알아차렸다.

"그래, 너 같은 얼굴이지."

"……."

"바로 이런 얼굴."

말을 마친 오델론은 별 감흥 없는 표정으로 방에서 나왔다.

문제는 그가 그 와중에 내 손목을 잡아챘다는 점이다.

"이게 뭐 하는 짓이야!"

오델론은 그길로 나를 질질 끌고 갔다. 그에게 잡힌 손목이 아팠다. 아무리 발버둥을 쳐도 속절없이 끌려간다.

무력하다. 마치, 그에게 죽은 그날처럼.

"왜 그렇게 징징거려?"

그 사실을 되새기기 무섭게 소름이 돋았다.

잠시 잊고 있었던 기억이 서서히 수면 위로 모습을 드러낸다.

"너, 나한테 궁금한 거 없어?"

"……."

"지금이 아니면 기회도 없을 텐데."

갑자기 정신이 들었다. 흐릿했던 머릿속이 찬물을 뒤집어쓴 것처럼 한순간에 또렷해진다.

오델론의 말이 맞다. 나는 지금 그에게 알아내야 할 것이 있었다.

"내 발로 갈 테니까. 이 손 놔."

단호한 한마디에 오델론이 걸음을 멈췄다. 그러고는 곧 잡고 있던 손을 순순히 놔주었다.

붙잡혔던 손목이 여전히 욱신거렸다. 나는 통증을 뒤로한 채 물었다.

"그날 왜 나를 죽였어?"

가장 중요한 물음이었다. 그것을 알았는지 그는 바로 대답하지 않았다.

천천히 느긋하게 말을 고르는 척 웃다가 입을 열었다.

"그걸 벌써부터 물어? 대답을 들으면 도망가려고?"

"안 가. 이 질문이 아니더라도 네게 묻고 싶은 게 많으니까."

"내가 대답해 주지 않으면?"

"내가 알아내야지."

"좋은 자세네."

그렇게 말한 오델론은 다시 원래 질문으로 돌아왔다.

어느새 그는 무표정한 얼굴이었다. 웃는 것도 굳은 표정도 아닌 무표정.

"시험해 보고 싶어서."

무엇을? 굳이 입 밖에 내어 묻지 않았다. 그럼에도 그는 질문을 알아차렸다.

"그날, 신관에게 들었거든. 두 체스 말은 내기가 끝나기 전까지 죽지 않는다고."

오델론의 대답에 나는 아주 잠깐 숨을 멈췄다. 하지만 금방 다시 내쉬었다.

"그래서 나 말고 다른 체스 말로 추정되는 여자들을 죽여 봤어. 너도 그중 하나였고."

"……."

"진짜 죽일 생각은 없었어."

그는 태연하게 말했다.

"그래, 그렇구나."

나는 고개를 끄덕였다.

믿을 수 없는 고백이었다. 들을 가치가 없는 고백이기도 했다.

결국, 자신이 죽는 게 두렵지만 신관의 말은 확인해야 했기에 나를 죽인 것이다. 나도, 그 이름 모를 여자도.

만약 내가 신관들의 선택을 받은 사람이 아니었다면, 그대로 죽어 없어졌을 것이다.

정말, 웃기지도 않았다.

하지만 그 싸구려 고백이라도 들어서 다행이었다.

상대를 동정할 일말의 여지도 사라져서 다행이다. 나는 그것에 진심으로 안도했다.

"어딜 가자고?"

"저잣거리 축제."

황당한 대답이었다. 동시에 어이가 없었다.

그렇게 심각하게 끌고 나와서 가자는 곳이 어디라고? 저잣거리?

"…대체 뭐 하자는 거야?"

무슨 생각인 걸까. 아니, 사실 고민할 필요도 없는 문제였다. 나와 비슷한 생각이겠지.

신관들의 설명을 들었으니, 오델론 역시 우리가 서로 적대적인 관계라는 사실을 알 것이다.

그럼 가장 먼저 해야 할 일은 경쟁자의 패를 살피는 일이다.

그걸 위해 오델론이 택한 방법은 축제였다. 나를 이리저리 끌고 다니면서 내 속을 살피려는 것이다.

"너야말로 왜 순순히 나를 따라왔어?"

얼굴을 가리기 위해 나와 같은 로브를 쓴 오델론이 물었다. 나는 생각을 멈추고 그를 응시했다.

펠루스와 처음으로 함께 나왔을 때와 달리 우리 주변에는 사람이 거의 없었다.

오델론이 차고 있던 검을 몇 번이나 뽑아 들었기 때문이다.

주변에 거슬리는 사람이 있으면 즉시 베어 낼 기세였기에 아무도 다가오지 않았다.

"지금 널 따라다니는 호위 기사들에게 부탁하면. 나 하나 정도는 어떻게든 쫓아낼 수 있을 텐데."

그의 말이 맞다.

내가 바보도 아니고, 신전을 방문하면서 호위 기사를 한 명도 데리고 오지 않았을 리 없다.

신전의 안에서야 오늘은 나 외에 타인의 출입을 허락받지 못했으니 어쩔 수 없었다지만 밖으로 나온 지금은 다르다.

마음만 먹으면 충분히 오델론에게서 벗어날 수 있었다.

하지만 나는 아까부터 내게 함부로 대하는 오델론을 제압하려는 호위 기사들을 막고 있었다.

왜? 그에게서 얻어 낼 정보가 있으니까.

신전에서 머무르는 오델론을 만날 수 있는 기회는 흔치 않다. 나 역시 혼자 황궁을 나올 수 있는 날이 많지 않다.

오늘은 그나마 신전을 방문하겠다는 특수한 목적이 있었기에 가능했다.

그러니 지금 이 시간을 쉽게 포기할 수가 없는 것이다.

"너한테 게임의 말은 죽지 않는다, 라는 사실을 알려 준 게 어느 신관이야?"

"그게 첫 질문이야?"

"그래. 이렇게 하염없이 걸으면서 시간을 낭비하고 싶진 않으니까."

나는 지친 얼굴을 했다. 특별할 건 없었다. 거리를 구경하고, 걷고, 목이 마르면 뭔가를 사 먹고.

하지만 그 모든 일을 오델론과 해야 한다는 사실만으로도 스트레스가 쌓였다.

"내가 대답하면, 너도 한 가지만 대답해."

의외로 그는 순순히 대답해 줄 기세였다.

이럴 줄 알았으면 좀 더 의미 있는 질문을 할 걸 그랬나 싶으면서도 그랬다면 대답이 돌아오지 않았을 것 같단 생각이 들었다.

"백의 신관이 알려 줬어."

순순했지만, 큰 의미 없는 대답이었다.

애초에 오델론이 내 질문에 대답할 의사가 있는지를 떠보기 위해 한 질문이었으니까.

"너는 황태자를 사랑해?"

반면 곧이어 돌아온 질문은 상당히 치명적이었다. 말문이 막히고 말았다.

그런 질문을 던진 오델론의 의도를 이해할 수 없었다. 드디어 미친 건가?

"너 미쳤어? 대체 왜 이런 질문을……."

"개인적으로 궁금한 것뿐이야. 둘이 무슨 사이인지."

"하."

대답을 듣고 잠시 이성을 찾으려 노력해 보니 그의 의도를 조금은 알 것 같았다.

오델론은 내기보다, 펠루스에 대한 정보가 더 시급한 것이다.

그러니 내게 저런 질문을 던진 거겠지.

귀가 있다면 나와 펠루스에 대한 소문을 한 번쯤 들어 봤을 테니까.

"나한테 관심이라도 있어?"

하지만 그럼에도 나는 혹시나 하는 마음에 물었다.

원작 소설 속에서 그가 에린에게 사랑에 빠지는 건 어느 정도 시간이 흐른 후다.

지금은 결코 아니었다. 알고 있지만 혹시나 하는 마음이 들었다.

"너야말로 미쳤구나."

다행스럽게도 돌아온 대답은 부정이었다. 펠루스의 부정과는 조금 다른 의미였다. 나는 크게 안심했다.

그럼 그렇지.

처음으로 믿지도 않는 신을 찾았다. 정말 너무 감사한 마음뿐이었다.

"그래서 대답은?"

"아니야. 딱 보면 알 수 있지 않아?"

내가 부정하자, 오델론은 잠시 나를 뚫어져라 응시했다. 그러다가 곧 고개를 끄덕였다.

"그래, 그런 것 같네."

싱거운 마무리였다. 이럴 거면 그런 질문은 왜 한 건지 의문이 들었다.

"자, 받아."

다음 질문을 고민하고 있는데 정신을 차리고 보니 과일 주스가 손에 쥐어져 있었다.

목이 마르긴 한데, 마셔도 되는 건지 의심부터 들었다.

"그냥 마셔. 어차피 너 안 죽잖아."

오델론의 말에 나는 웃었다. 죽진 않아도 인질이 될 수는 있다.

게다가 그 상태로 자살을 해 시간을 돌릴 수조차 없게 된다면 펠루스의 발목을 잡게 될지도 모른다.

"됐어."

나는 마시지 않는 쪽을 택했다. 그러고는 다음 질문을 던지려 했다.

"두 계집에게 들었어."

하지만 오델론이 한발 빨랐다. 내가 입을 열 틈도 없었다.

그가 말하는 두 계집은 신관들일 것이다.

"너는 가끔 사람의 과거, 혹은 미래 아무튼 그 비슷한 것을 알 수 있다던데."

멈칫. 들고 있던 과일 주스를 떨어트릴 뻔했다.

그것을 가까스로 잡은 나는 웃고 있던 표정을 굳히지 않기 위해 노력했다.

그저 나만 입을 다물면 될 거라고 생각했는데, 이런 식으로 신관 쪽에서 정보가 새어 나갈 줄은 몰랐다.

"그럼 너는 내 미래도 알아?"

"안다면."

나는 여유롭게 입을 뗐다. 반면 그는 잠시 말을 멈춘 상태였다. 나는 덧붙였다.

"어쩔 거고, 모른다면 어쩔 건데?"

"……."

"이 질문에 대한 답이 듣고 싶으면 다음 질문은 두 개짜리로 해 줘."

"됐어. 답은 이미 들은 것 같으니까."

나는 뻔뻔하게 대꾸했으나, 오델론은 그것을 거절했다. 아쉽지는 않았다.

그는 지금 질문 하나를 날린 것이나 다름없다.

신관들은 우리에게 거짓말을 할 수 없다. 그런데 그런 신관의 말을 굳이 내게 확인하려 한 거니까.

"베스에게 나에 대해 물었다며, 그 이유가 뭐야?"

"궁금하니까."

담백한 대답이 돌아왔다.

"원하는 정보는 얻었어?"

"아니, 말해 줄 마음이 없는 것 같아서 자세히 묻지는 않았어."

그는 이제 질문의 수를 셀 마음도 없는 것 같았다.

역시, 이번 내기에 큰 흥미가 없는 건가.

퍼억!

"앗, 죄송합니다."

정신없이 대화를 나누느라 갑자기 달려온 소년과 부딪혔다. 열넷에서 열다섯 정도로 보이는 아이였다.

어딘가 익숙한 얼굴인 것 같은데?

'응?'

그때 소년이 내 손에 뭔가를 쥐여 주었다. 종이인 것 같았다.

"너, 죽고 싶어?"

눈앞의 소년이 거슬린다는 듯 칼끝을 매만지는 오델론은 눈치채지 못한 듯했다.

그것을 재빨리 주머니에 넣은 내가 그를 말렸다.

"그러지 마."

"네가 무슨 권리로 나한테 명령하는 거지?"

아랑곳하지 않고 검집에서 뽑아낸 칼이 쇳소리를 냈다. 그것은 곧장 내 목으로 향했다.

두려움에 흠칫했던 것도 잠시 나는 오히려 당당하게 굴기로 했다.

"죽일 수 있으면 죽여."

완벽한 허세였다.

"그래 봤자, 별 의미는 없겠지만."

지금 죽으면 주머니에 챙겨 넣은 종이가 뭔지 알 수 없다. 그건 좀 아쉬운 일이었다.

그나마 다행인 건 나와 부딪힌 소년이 이미 저 멀리까지 달아난 상태라는 점이다.

하지만 그는 아직 내 시선이 닿는 곳에 있었다. 도망갈 거면 아예 갈 것이지.

"아, 그래. 잊고 있었네. 하긴, '널 죽이는 건' 의미가 없지."

불길했다. 이어질 오렐론의 행동을 알 것 같았다. 나를 죽이는 건 의미가 없다. 뒤에 이어질 행동은 뻔했다.

"네 미래, 알고 있어."

"어쩌라고?"

시큰둥한 대답이 돌아왔다. 그의 시선은 여전히 소년에게로 향해 있었다.

"네가 네 형을 이길 수 있는지, 없는지도 알아."

"…뭐?"

그제야 소년에게 고정됐던 보라색 눈동자가 내게로 향했다. 나는 그것을 놓치지 않기 위해 덧붙였다.

"그 답을 듣고 싶으면 오늘은 여기까지 하고 당장 신전으로 돌아가."

"너 그거 사실이야?"

"못 믿겠으면 돌아가서 신관에게 진짜냐고 물어봐."

"만약 내가 그 내용까지 알아내면 어쩔 건데?"

"해 보든가. 근데 아마 무리일걸?"

나는 자신만만한 얼굴로 웃었다. 그는 소설의 내용을 알아내지 못할 것이다. 장담할 수 있다.

내가 원작 소설의 내용을 아는 건 무력이 강한 오델론과의 균형을 맞추기 위함이다.

그러니 그 내용을 신관 중 하나가 직접 그에게 알려 주는 건 내기의 규칙 하나를 파괴하는 행위다.

아마 그렇게 되면 나를 지지하는 신관이 가만히 있지 않을 것이다.

상대 역시 이 사실을 알고 있을 테고.

"만약 그 말이 거짓이라면 각오하는 게 좋을 거야."

"그래, 그러든가."

오델론이 이를 악문 듯한 음성을 뱉어 냈다.

정작 나는 눈 하나 꿈쩍하지 않았다. 충분히 예상했던 바였다.

지금 이 시점에서 오델론이 가장 집착하고, 소망하는 부분을 건드린 셈이니까.

다른 사람이면 몰라도 나는 오델론에 한해서는 모르는 게 거의 없었다.

두 주인공의 이야기만큼은 매우 열심히 읽었으니까.

어쨌든 덕분에 오델론은 결국 신전으로 돌아갔다.

나는 그가 완전히 자리를 떠나는 것을 확인한 후 소년이 있었던 곳으로 고개를 돌렸다.

놀랍게도 그는 아직 그곳에 있었다. 이번에는 제 형으로 추정되는 남자와 함께였다.

그의 형은 열아홉 살에서 스무 살, 그러니까 에린의 또래 정도 되어 보이는 외양을 갖고 있었다.

 그를 얼마간 응시하다가 나와 부딪힌 소년과 눈이 마주쳤다. 그는 입 모양으로 내게 말했다.

 '후원자님께?'

 내가 무어라 질문을 던질 틈도 없이 소년과 그 형으로 추정되는 남자는 좁은 골목길로 사라졌다.

 잠시 기억을 되짚던 나는 금세 뭔가를 떠올렸다.

 '어딘가 낯이 익다 했더니.'

 펠루스를 따라간 고아원 중 한 곳에서 봤던 얼굴들 같았다.

 '그럼 이건 펠루스한테 전해 달라는 의미겠네.'

 그렇게 결론을 내린 나는 그것을 들고 황궁으로 귀환했다.

 다만 시간이 제법 늦은 터라 당장 전해 주지는 못했다. 대신 다음 날, 날이 밝자마자 펠루스를 찾아갔다.

 내 것도 아닌데 멋대로 열어 보는 건 예의가 아닌 것 같아서 주머니에 넣어 놨던 모습 그대로 그에게 건넸다.

 종이로 새를 접은 거였다.

 "제가 열어 볼까요? 암살 시도를 하려고 한 걸 수도……. 아."

 무심코 내뱉고 보니 그런 가정을 떠올리는 것만으로도 소름이 돋았다.

 나는 대체 어쩌자고 이런 걸 당당하게 주워 왔지?

 덕분에 뒤늦게 기겁한 나는 펠루스에게 내밀었던 종이 새를 뒤로 물렸다.

 그리고 그것을 펼쳐 안을 확인하려고 했다.

 "이런 걸로 할 수 있는 암살 시도는 기껏해야 독살 정도야."

 하지만 나보다는 펠루스가 빨랐다. 어느 순간 종이 새는 그의 손에 있었다.

"종이 안쪽에 독을 바르거나, 독이 묻은 침 같은 걸 숨겨 두거나."

그리 말한 펠루스는 잘 접혀 있던 종이를 차근차근 펼치기 시작했다.

약간의 망설임도 없는 손길이었다. 그는 확신하고 있었다.

"만약 그런 것을 시도한다고 해도 고작 이 종이 안에 담을 수 있는 양의 독으로 날 죽일 수 있을 것 같나?"

독이 없거나, 있어도 자신에게 큰 영향을 미치지 못하리란 사실을.

대단한 오만이었다. 하지만 근거가 있는 오만이라 비웃거나 반박할 수 없었다.

"예상했던 바로군."

펠루스가 말했다.

그는 새의 형태에서 벗어나 본래의 모습으로 돌아간 종이를 보고 있었다.

"뭐라고 적혀 있나요?"

"직접 보든가."

나는 말없이 펠루스가 건넨 종이를 받아 들었다. 내용은 간단했다.

필요 없습니다.

"…이게 전부인가요?"

"그래."

황당할 정도로 짧고 간단한 내용이었다. 펠루스가 생각나는 것 같기도 하고.

"전하, 혹시 숨겨 둔 자식이라도 있으세요?"

"뭐?"

"아님 숨겨진 동생?"

"대체 무슨 헛소릴 하는 거지?"

단호한 부정이었다. 당황하기보단, 짜증을 내는 기색이 역력했다.

나는 변명하듯 말을 이었다.

"아니, 뭔가 이 편지. 꼭 전하께서 쓰신 것처럼 냉랭하고 시크해서요."

"그럼 앞으로 그런 편지가 보이면 다 내 핏줄이라고 단정 지을 건가?"

"…아뇨, 그건 아니죠."

나를 한심하다는 얼굴로 쳐다보는 펠루스를 향해 고개를 저었다.

내가 그런 소리를 한 건 펠루스가 매년 고아원을 후원하고 있다는 사실을 떠올렸기 때문이다.

본래 의사를 꿈꿨던 루딘 황태자라면 몰라도, 펠루스가 빈민 구제 같은 쪽에 큰 관심을 둘 것 같지는 않은데.

만약 관심이 있다고 해도 이런 식으로 제 사비를 털어 가며 움직일 이유는 없었다.

할 거면 대놓고 황실의 이름으로 하는 편이 낫다.

그럼 지원 규모도 커질 거고, 대외적으로 좋은 이미지도 만들 수 있으니까.

대체 왜지?

이유를 묻고 싶었지만, 펠루스는 대답할 마음이 없어 보였다. 자꾸만 화제를 전환하려 했다.

결국 질문을 포기한 나는 조금 다른 말을 꺼냈다.

"아, 그러고 보니 그 애들 전하랑 하나도 안 닮긴 했어요."

나한테 편지를 준 소년과 그 옆에 있던 남자는 둘 다 갈색 머리였고, 뭐랄까 일단 펠루스를 떠올리게 하는 구석은 없었다.

"그 애들, 잘 지내는 것 같던가?"

"음, 자세한 사정까지는 모르겠지만 일단 겉으로 큰 문제는 없어 보였어요."

"그렇군."

그는 복잡한 얼굴을 했다. 아무래도 그 애들과 아는 사이이긴 한 것 같았다.

어쩌면 제법 복잡한 관계일지도 모른다는 생각이 들었다.

"마음에 걸리시면 제가 슬쩍 가서 살피고 올까요?"

"영애가 직접?"

나는 고개를 끄덕였다. 펠루스는 잠시 고민하는 기색이었다. 그러다가 말했다.

"무슨 수로?"

"변장 마법을 사용하게 해 주세요. 저번에 그거 생각보다 효과가 좋더라고요."

머리색만 바꿨는데 아무도 우리에게 눈길을 주지 않을 줄은 몰랐다.

신기했다. 이목구비나 다른 건 다 그대로인데 말이지.

아무래도 이 세계에서는 머리카락 색이 미치는 영향력이 대단한 모양이다.

외모의 완성은 머리라는 건가.

"좋아. 그럼 그렇게 해."

말을 마친 펠루스가 구슬을 만들어 내게 건넸다. 나는 그것을 종이에 싸서 잘 챙겼다.

"응? 어디 가세요?"

내가 구슬을 챙기기 무섭게 몸을 일으킨 그가 겉옷을 챙겨 입었다.

잠행을 나갈 때 주로 입는 로브였다.

"잠시 다녀올 곳이 있어."

오늘은 외부 일정이 없다. 그럼 황제의 심부름 때문인가?

"폐하의 심부름이라면 저도 함께 갈까요?"

"됐어. 개인적인 일이야."

"개인적인 일이요?"

무심코 되물었다. 개인적인 일이라니, 무슨 일일지 전혀 상상이 가지 않았다.

"네. 그럼 잘 다녀오세요."

하지만 곧이어 고개를 끄덕이며 그를 배웅했다.

무엇인지는 모르겠지만 사적인 영역이라면 존중해 주는 게 옳았으니까.

그렇게 펠루스를 보내고 나 역시 집무실로 돌아왔다. 이른 점심을 먹고 서류를 보고 있는데 시종이 찾아왔다.

느낌이 좋지 않아 용건을 물어보니 황제가 날 찾으신단다.

아, 젠장.

가뜩이나 바빠 죽겠는데 또 왜 부르는 건가 싶었다. 이 많은 서류는 또 언제 보라고?

그런 마음을 애써 삼킨 채 서둘러 준비를 마치고 황제가 기다리고 있다는 정원으로 향했다.

"어서 앉아."

"…영광입니다, 폐하."

분명 탁 트인 야외 정원이었으나, 황제와 함께 있다는 사실만으로 숨이 막혔다.

주변을 둘러싼 꽃향기와 진한 차향 역시 편히 즐길 수가 없다. 그저 속이 울렁거리고 어지러웠다.

"또 불편한 얼굴이군."

황제의 중얼거림에 들고 있던 찻잔을 내려놓은 나는 그저 어색하게 웃었다.

무슨 말을 해도 꼬투리를 잡힐 것 같아 함부로 입을 열기가 애매했다.

"이젠 일말의 경계도 없이 넙죽 잘도 마시는군."

"그때도 크게 경계를 했던 건 아니었습니다."

나는 뻔뻔하게 부정했다.

그날의 티타임과 오늘의 티타임은 절대 같을 수 없다.

그럼에도 나는 그날과 오늘이 다르지 않음을 주장했다.

"그날 차를 마시고 돌아간 황태자가 멀쩡하던가?"

멈칫. 당황하지 않으려 했으나 도저히 그럴 수가 없었다.

무색무취의 독처럼 의도를 가늠하기 힘든 질문이었다. 함정인가?

결론을 내리기도 전에 황제가 말을 이었다.

"그날 황태자의 잔에 독을 탄 덕분에 짐은 대충 두 가지 수확을 얻었어."

황제는 순순히 자신이 한 일을 시인했다.

조금 전 그가 사람들을 모두 물린 탓에 이곳에 있는 건 오직 나와 황제뿐이다.

그래서인지 그는 진실을 말하는 데 거리낌이 없었다.

"첫째, 황태자에게 영애가 어떤 의미인지 알았고."

"……."

"둘째, 영애가 무엇을 얼마나 알고 있는지를 알았지."

나는 여전히 침묵했다.

굳이 입을 열 타이밍은 아니었고, 고민할 틈도 없이 황제가 답을 주었기 때문이다.

"황태자는 영애를 제법 절절하게 생각하고, 영애는 아무것도 몰라. 해답을 쥐고 있음에도 그저 무지할 뿐이지."

"제가 뭘 모른다는 말씀이신가요?"

"황태자가 영애한테 장미를 주지 않던가?"

장미? 받은 기억이 있다. 분명 이 정원에서였지.

그 사실을 떠올리기 무섭게 황제가 몸을 일으켰다. 나는 같이 몸을 일으켜야 할지, 아님 이대로 자리를 지켜야 할지 고민했다.

고민은 길지 않았다. 황제는 금세 근처에 있던 장미 한 송이를 꺾어서 자리로 돌아왔다.

날씨가 제법 서늘해진 탓에 야외에 핀 장미는 드물었다. 있다고 해도 대부분 색이 바래 있었다.

황제가 꺾어 온 장미 역시 마찬가지로 시들했다.

그것을 테이블 위에 내려놓은 손에서 피가 흐르고 있었다. 가시에 찔린 상처였다.

"폐하, 손이……."

놀란 나와 달리 정작 황제는 덤덤했다.

그러고는 마치 평생을 그래 왔던 사람처럼 갖고 있던 손수건으로 상처를 지혈했다.

마법을 사용할 수 있는 펠루스와 전혀 다른 모습이었다. 황제는 그 사실에 특별히 절망을 느끼거나 하지는 않는 듯했다.

나는 혹시나 펠루스가 태어남으로 인해 더 이상 마법을 쓸 수 없게 된 황제가 그 사실을 원망하고 있지는 않을까 싶었다.

그 미움의 화살이 펠루스에게 향한 건 아닐까 했다.

하지만 황제의 태도를 보니 그건 아닌 듯했다. 확신할 수 있었다.

황제는 마법에 대한 미련이 조금도 없다.

"내가 마지막으로 한 질문이 뭐였지?"

"…황태자 전하께 장미를 받았는가였습니다."

"그래, 표정을 보아하니 받은 모양이군. 역시 피는 못 속여. 사랑을 확인받고 싶어 안달 난 모습이라니."

지혈을 마친 황제가 웃었다. 명백한 비웃음이었다. 그는 펠루스를 비웃고 있었다. 대체 왜?

이유를 묻기도 전에 황제가 다시 말했다.

"황가에는 유전병이 하나 있지. 강한 마력을 타고날수록 그 정도가 심한 병이."

나는 조금 의아한 얼굴로 그를 응시했다.

황가에 전해 내려오는 병이라면 황제한테도 해당될 텐데.

그렇게 중요한 비밀을 내게 발설해도 되는 건가? 내가 그걸 이용해 무슨 짓을 할 줄 알고?

나는 떠오르는 의문을 풀기 위해 입을 열었다.

"폐하, 그렇게 중요한 걸……."

"짐이 영애를 왜 이곳으로 부른 줄 알아?"

"……."

"장미는 배반을 상징하거든."

하지만 황제는 내 발언을 허락하지 않았다. 듣기만 하라는 듯, 제 할 말만 해 댔다.

장미, 배반.

이게 대체 무슨 의미지?

"그날 내가 황태자의 잔에 탔던 독은 꽃에서 추출한 거야. 사실 독도 아니야. 차의 향을 조금 더 진하게 해 줄 뿐이지. 게다가 소량이었으니 보통은 아무 일도 없어야 정상인데."

황제가 말을 끊었다. 내 반응을 살피는 기색이 역력했다. 나는 그가 하지 않은 뒷말을 알 수 있었다.

답은 유전병이다. 황실에서 내려오는 유전병은 꽃과 관련이 있다.

"그 말은, 차를 제가 마셨더라면 아무 일도 없었을 거란 뜻인가요?"

"그래."

단칼에 돌아온 대답에 말문이 막혔다. 하지만 재차 입을 열었다.

"황태자 전하 역시, 그 사실을……."

"당연히 알고 있지. 하루 이틀 당한 독도 아닌데."

그럼 펠루스는 대체 왜 그 차를 대신 마신 거지?

나는 그 답을 이미 알고 있었다.

황제는 웃는 낯으로 입을 열었다. 마치 내게 사실을 확인시켜 주려는 듯했다.

"황태자가 고려한 건."

"……."

"내가 평소와 다른 독을 탔을 일말의 가능성."

그로 인해 내가 다칠 가능성.

펠루스가 고려한 건 오직 그거 하나였다.

동시에 문득 과거의 어떤 기억이 스쳐 지나갔다.

'근데 이건 뭐예요?'

'내 약점.'

'네?'

'영애 말고 진짜 내 약점.'

그 대화가 의미하는 바를 나는 이제야 깨달았다.

18장.
오해와 진실 (1)

티타임은 그렇게 끝났다.

할 말을 다 끝냈는지 황제는 얼마 안 가 나를 돌려보냈다.

"영애?"

그렇게 돌아가는 길엔 정처 없이 걷다가 아처와 부딪혔다.

습관적으로 죄송하다는 말을 뱉은 나는 조금 뒤에야 상대가 아처라는 사실을 인지했다.

그와 동시에 펠루스에게 선물 받은 장미를 보던 아처의 표정이 떠올랐다. 그는 알았던 것이다.

펠루스가 내게 자신의 약점을 고백했다는 사실을.

"폐하를 뵙고 돌아가는 길이십니까?"

"여쭤보고 싶은 게 있어요."

우리는 거의 동시에 입을 열었다. 나는 우선 그의 질문에 답했다.

"네, 맞아요. 폐하를 뵙고 돌아가는 길이에요."

그러고는 곧장 하려던 질문을 입 밖에 냈다.

"장미와 배반이 무슨 관계가 있는지 혹시 알고 계세요?"

아처는 입을 다물었다. 분명 뭔가를 알고 있는 눈치였다. 어떤 질문을 해야 내가 원하는 답이 나올지 고심했다.

"돌아가신 황후님에 대해 아시나요?"

화제가 바뀌었다.

나는 고개를 저었다. 아처가 말하는 안다는 게 어떤 건지 알 수 없었기에 한 선택이었다. 그가 말을 이었다.

"황후께선 황태자 전하를 좋아하지 않으셨습니다."

"네?"

"오히려 제가 보기엔 황태자 전하를 조금 싫……. 아니, 꺼려 하시는 듯했습니다."

놀라지 않을 수 없었다.

이런 말을 대놓고 입 밖에 냈다는 사실에 놀랐고, 아처가 한 말의 내용에 두 번 놀랐다.

죽은 황후가 펠루스를 아끼지 않았다고?

그럼 독살까지 사주해 가며 펠루스를 황태자로 만든 이유는 뭐지?

권력이 탐나서?

나로서는 조금 이해하기 힘든 흐름이었다.

단순히 권력이 탐나서라고 여기긴 애매했다. 날 때부터 후작가의 여식이었던 황후는 남부러울 것 없이 자란 사람이었다.

게다가 특별히 권력 욕심이 있는 사람도 아니었다고 했던 것 같은데.

"이보다 자세한 건 제가 말할 수 있는 영역이 아닌 것 같습니다."

"아, 그렇죠."

황실에 대한 이야기다 보니 아처도 조심스러운 태도를 보였다. 하긴, 잘못 입을 놀렸다간 목이 날아가기 좋은 주제였다.

근데 그럼 이제 어쩐다?

내 주변에서 황실에 대해 가장 잘 아는 사람은 펠루스일 텐데. 그렇다고 그에게 물어볼 수는······.

"또 뭘 그렇게 시시덕거리고 있는 거지?"

호랑이도 제 말 하면 온다더니. 지나치게 절묘한 타이밍이었다.

그러고 보니 아처와 있을 때마다 이런 식이었던 것 같은데. 아처한테 위치 추적기라도 달아 뒀나?

의문을 삼킨 내가 입을 열었다.

"시시덕거리다뇨? 그런 게 아니라······."

"그냥 사적인 이야기를 나누는 중이었습니다."

내가 무어라 변명하려던 것을 아처가 끝맺었다.

느긋하게 웃는 낯을 보면 그의 말이 진실인 것 같다.

아니, 진실이긴 했다.

다만 우리의 사적인 이야기가 아니라 황실의 사적인 부분에 대해 말하고 있었을 뿐.

펠루스의 눈썹이 미미하게 꿈틀거렸다. 기분이 좋지 않다는 신호다.

나는 내가 이런 걸 읽어 낼 수 있다는 사실을 기뻐해야 할지 슬퍼해야 할지 알 수 없었다.

"사적인 이야기?"

느릿하게 돌아온 펠루스의 물음엔 불만스러운 기색이 가득했다.

아니, 또 뭐가 그렇게 불만인 건데?

"네. '영애와 저'만 아는 '사적'인 이야기죠."

"뭐?"

아처가 여전히 웃는 얼굴로 쓸데없는 부분을 강조했다.

대놓고 펠루스를 놀리려는 것이 분명한 태도라 헛웃음이 나왔다.

아니, 저걸 놀리는 사람이나, 놀린다고 화내는 사람이나. 아주 둘이 똑같았다.

"죄송하지만, 저는 급한 약속이 있어서 이만 먼저 가 볼게요. 부디 말씀 잘 나누세요."

그런 두 사람 사이를 가르듯 나는 서둘러 고개를 숙였다. 그러고는 미련 없이 몸을 돌렸다. 생각할 것이 많았다.

게다가 황제와의 티타임을 갖느라 전부터 미리 잡아 뒀던 약속에 늦게 생겼다.

아, 진짜 이게 뭐람.

짜증을 애써 삼킨 채, 나는 복도를 걷는 내내 생각을 정리했다.

내가 장미와 배반에 대해 물었을 때 아처는 황후의 이야기를 꺼냈다.

단순히 화제 전환을 위해 꺼낼 만한 이야기는 아니었다.

황실이 얽힌 이야기다. 사사롭고 감정적인 이유로 입 밖에 낼 수 없고, 그래서도 안 되는.

즉, 아처의 대답은 내 질문에 대한 힌트였다.

황후와 장미, 배반. 이 모든 게 하나로 연결되어 있다는 의미다.

"또 무슨 짓을 하고 다니는 거지?"

펠루스의 물음에 나는 고개를 돌렸다. 막 문을 열려던 찰나에 들려온 부름이었다.

"전에 경고했을 텐데? 함부로 주변을 들쑤시고 다니지 말라고. 나한테 걸리면 그나마 다행이지만 아니면……."

"알아요."

나도 안다. 만약 황제에게 걸린다면, 펠루스에게 걸린 것만큼 온건하게 끝나지 않을 것이다.

어쩌면 그대로 목이 날아갈 수도 있겠지.

"그래도 설마, 죽이기야 하시겠어요?"

사실 죽는 건 상관없다.

그래 봤자 시간만 되돌아갈 테고, 나의 기억은 소실되지 않는다.

잘하면 아무 문제 없이 원하는 정보만 얻어 낼 수 있다는 소리다.

그러니 내가 죽는 것 외에 다른 문제가 발생하지 않는다면, 몇 번 죽는 것 정도는 감수할 수 있었다.

"조용히 있겠다는 말은 죽어도 안 하는군."

"거짓말을 할 수는 없으니까요."

"차라리 나한테 물어."

"…네?"

귀를 의심할 수밖에 없는 대답이었다. 지금, 뭐라고?

"내가 아는 거라면 뭐든 이야기해 줄 테니까."

"어……."

그렇게 말해 주면 나야 좋긴 한데, 예상치 못한 상황이라 조금 당황스러웠다.

덕분에 나도 펠루스도 침묵했고, 주변이 놀라울 정도로 조용해졌다.

그 사실을 깨달은 건, 복도 끝에서 들려온 타인의 발걸음 소리 덕분이었다.

나와 펠루스는 거의 동시에 소리가 들려온 쪽을 응시했다. 상대가 움찔했다.

그는 잠시 머뭇거리다가 의사소통이 가능한 거리에 도달했을 때 고개를 숙였다. 황궁의 시종이었다.

"저……."

"무슨 일이지?"

펠루스가 인내심 없이 물었다. 대답은 빠르게 돌아왔다.

"영애를 모시러 왔습니다."

"…바로 갈게요."

나는 아쉬운 기색을 감추지 못하고 말했다.

정말, 너무 아쉬웠다.

이렇게 중요한 순간에 과거의 내게 발목을 잡힐 줄이야. 한숨이 절로 나왔다.

"어딜 가는……."

"사적인 일이에요."

단칼에 펠루스의 말을 자른 내가 덧붙였다.

"서둘러 다녀올 테니, 방금 한 약속 절대 잊으시면 안 돼요. 아셨죠?"

펠루스는 잠시 침묵했다. 그러다가 말했다.

"고려해 보지."

순순히 긍정하지 않는 걸 보니 지금의 상황이 썩 마음에 들지 않는 듯했다.

물론 그렇다고 해도 별수는 없을 것이다.

난 그의 보좌관이다. 출퇴근도 없이 황궁에서 지내고 있기까지 하니, 펠루스가 나를 피해 도망칠 곳은 없다.

"너무 늦지 않게 돌아올게요."

"그러든가."

"기다려 달라고 부탁드리는 거잖아요."

펠루스는 다시 침묵했다. 알 수 없는 얼굴이었다.

"생각해 볼게."

이상한 대답이 돌아왔다. 설마, 아까 한 제안을 무르겠다는 건가? 불안감이 조금씩 고개를 들었다.

"아까 했던 말을 번복할 생각은 없어. 묻고 싶은 게 있으면 내게 물어."

내 속에 담긴 불안을 읽어 낸 것 같은 대답이었다. 펠루스의 확답에 나는 안심했다.

"그렇다면 다행이고요."

안심한 얼굴로 고개 숙여 인사한 후 시종을 따라 몸을 돌렸다. 그러다가 다시 펠루스를 보며 말했다.

"다녀올게요."

"그래."

짤막한 대답을 얻어 내기 무섭게 나는 등을 돌렸다.

목적지는 수도의 외곽에 위치한 어느 창고 앞이었다.

약속 장소에 도착하자 상대가 웃는 얼굴로 나를 반겼다.

오델론이었다.

우리는 금세 창고로 들어갔다. 문이 닫히기 무섭게 그가 입을 열었다.

"많이 늦었네?"

'죽고 싶어?'가 생략된 물음이었다. 나는 그것을 본능적으로 알 수 있었다.

겉으론 웃는다고 웃고 있는데, 속으론 제법 화가 난 상태인 것 같았다.

당연한 일이다. 아무 언질도 없이 그를 한 시간이나 기다리게 했으니까.

"미안. 폐하께서 부르셔서 어쩔 수 없었어."

나는 진심으로 사과했다. 그러고는 조금 놀랐다.

내가 오델론에게 사과 따위를 할 날이 올 줄은 몰랐다. 동시에 그가 나를 기다려 줄 줄은 더욱 몰랐다.

"내가 널 죽이기라도 할 줄 알았다는 얼굴이네?"

정답이었다. 자신을 한 시간이나 기다리게 한 나를 만난 것치고 그는 매우 얌전했다.

화가 난 것 같긴 하지만, 검을 빼 들지는 않았다. 엄청난 일이었다.

"너, 혹시 나한테 마음 있어? 나 좋아하니?"

뒤늦게 경악한 내가 물었다.

머릿속에 떠오른 의문을 정리하지도 않고 그대로 입 밖에 낸 탓에 다시 생각해 보니 좀.

"미쳤구나?"

그래, 좀 미친 소리 같긴 했다. 나는 순순히 인정했다.

"미안."

바로 사과의 말을 했고. 오델론은 기가 막힌다는 얼굴이었다.
"어차피 죽지도 않는 걸 베어 봤자 시간 낭비니까."
"아, 그런 이유였어?"
맞는 말이긴 했다.
사실, 무슨 이유가 됐든 오델론이 나를 죽이지 않는다면 매우 좋은 일이었다.
"그래서 오늘 보자고 한 이유가 뭐야?"
나는 슬슬 본론으로 들어가기로 했다. 시간을 많이 쓸 수는 없었다.
너무 늦게 돌아갔다가 펠루스가 마음을 바꾸면 어쩌나 하는 불안감 때문이었다.
그가 한 입으로 두말할 성격은 아니지만, 중간에 애매하게 굴었던 것이 마음에 걸렸다.
"자기가 물어봐 놓고 정신이 딴 곳에 가 있네."
짜증 섞인 말에 나는 고개를 들어 상대를 응시했다.
"좋아. 나 역시 이미 한 시간을 써 버렸으니 서론은 접어 두겠어."
오델론은 곧장 본론을 입에 담았다. 나는 잠시 이어질 말을 기다려 주었다.
"나와 함께 슬로레인에 가자."
"뭐?"
나는 귀를 의심했다. 의심하지 않을 수 없었다. 어디를 가? 슬로레인?
"…네가 태어난 왕국?"
"맞아."

"허……."

오델론의 긍정에 나는 재차 충격을 받았다.

원작 소설에서도 오델론은 에린에게 자신의 나라인 슬로레인 왕국에 가자고 제안한다.

그리고 그건 슬로레인의 풍습에 따르면 자신과 결혼하자는 의미였다.

하지만 소설 속 에린은 오델론의 제안을 거절한다.

그가 싫어서 그런 건 아니고, 사랑하는 가족들을 두고 홀로 낯선 타국 땅에 가기가 두려웠던 탓이다.

그리고 오델론은 그녀가 한 거절을 자신에 대한 거절이라 받아들이고 크게 분노한다.

에린이 지금껏 자신을 갖고 놀았다고 생각한 것이다.

그래서 그는 결국 그녀를 억지로 자신의 왕국으로 끌고 간다.

그 후엔 잠시 집착 감금물을 찍고, 나중에 후회할 요소가 잔뜩 등장하는 전개가 된다.

'다시 생각해도 참 답 없는 내용이네.'

아무튼 결론은 저 제안이 청혼의 의미와 같다는 것이다.

아니, 나 안 좋아한다더니…….

나는 한숨을 겨우 삼킨 얼굴로 입을 뗐다.

"닥쳐."

"……."

떼려고 했다. 하지만 나보다 오델론이 조금 **빨랐다**. 그는 매우 불쾌해하는 기색이었다.

이를 증명하듯 지금 오델론의 손은 차고 있던 검 근처를 맴돌고 있었다.

"지금 상당히 개 같은 오해를 하고 있는 것 같은데. 죽고 싶지 않으면 내 말부터 들어."

네. 나는 순간 그렇게 대답할 뻔했다. 그랬다면 아마 저 검은 분명 내 목을 베었으리라.

섬뜩한 예측을 하고 있자니, 그가 말을 이었다.

"나는 네가 쓸모 있을 거라 생각한 것뿐이야."

쓸모. 그 단어에 혼란스럽게 뒤엉켜 있던 생각들이 단숨에 흩어졌다. 차가운 이성을 뒤집어썼다.

"나의 무엇을 보고?"

"미래를 보는 네 능력. 나는 그게 필요해."

"신관들이 말했다던 그거?"

"그래."

나는 작게 웃고 말았다. 원작 소설에 나와 있는 미래? 그건 오델론에게 가장 쓸모없는 패였다.

소설의 내용을 알게 된 오델론이 얻을 수 있는 거라곤 자신이 승리할 것이란 확신 정도? 그게 고작이었다.

물론 방법을 알면 고민하지 않고 조금 더 쉬운 길을 갈 수도 있을 테지만. 굳이 그렇게 하지 않아도 그는…….

"잠깐, 근데 넌 그 말을 믿어?"

"그 계집들은 우리에게 거짓을……."

"그래, 그들은 거짓말을 할 수 없다고 치자. 그럼 나는?"

"…….."

"내가 거짓말을 할 거란 생각은 안 해?"

그 사실이 의아했다. 그래, 신관들은 그렇다고 치자. 그럼 나는?

오델론이 나를 안 지 얼마나 됐다고 이렇게 절대적인 신뢰를 보이며 자신과 함께 왕국에 가자는 제안 따윌 하는 거지?

"너, 뭔가 있구나?"

"……."

의심은 곧장 입 밖으로 나왔다. 고민할 것도 없는 문제였다. 나는 이미 확신했다.

그래, 너무 이상했다. 내가 아는 오델론은 결코 이렇게 허술하게 행동할 인간이 아니었다.

그 역시 펠루스와 비슷한 인간 불신의 소유자였다.

오델론 역시 후궁의 자식으로서 죽음보다 못한 삶을 살아왔다. 언제 죽어도 이상하지 않고, 어떻게 죽어도 이상하지 않은 삶.

그 끝에 서 있는 자가 눈앞에 있는 남자였다.

그런데 그가 나를, 그것도 사랑하지도 않는 나를 자신의 왕국으로 데려가겠다는 제안을 해?

다른 목적이 있지 않은 게 더 이상했다.

"말해 봐."

나는 대답을 재촉했다. 그럼에도 얼마간 침묵이 이어졌다.

"너는 그 계집들에게 어떤 말을 들었지?"

긴 침묵 끝에 돌아온 물음에 나는 입을 닫았다. 내가 원하는 대답이 아니었다.

"나는 그들에게 내가 내기에서 승리할 수 있는 열쇠가 너라는 말을 들었어."

"뭐?"

나는 두 눈을 크게 떴다.

만약 방금 한 말이 사실이라면 오델론은 지금 자신이 가진 패를 전부 보여 준 거나 다름없다.

하지만 덥석 그 사실을 인정하고 받아들이기는 어려웠다.

오델론이 승리할 수 있는 열쇠가 나라고?

그게 사실이라면 그걸 이렇게 순순히 고백한 의도는 뭐지?

나를 혼란스럽게 하기 위한 함정인가?

그럴듯한 미끼로 나를 유인, 혹은 안심시켜 두고 뭔가 다른 일을 꾸미려는 거라면?

"물론 오직 그 이유 하나로 널 왕국으로 데려가려는 건 아니야. 고백하건대 나는 두 계집이 제안한 내기 따위에 큰 미련이 없어."

어느 정도 예상했던 바였기에 놀랍지는 않았다.

그래, 그라면 당장의 추상적인 신들의 내기 따위보다는 좀 더 자신에게 직접적인 영향을 끼치는…….

"나는 네가 왕국에 와서 나를 돕기를 바라."

"내 도움이 필요하다고?"

그렇게 말문을 연 나는 잠시 말을 끊었다. 오델론에게 조금 더 가까이 다가가기 위함이었다.

"반란이라도 일으킬 셈이야?"

아무도 없는 창고 안에 나직한 목소리가 울려 퍼졌다.

그 후엔 당연하다는 듯 침묵이 이어졌다. 그럴 줄 알았기에 놀랍다는 생각은 들지 않았다.

"그래. 나는 왕이 될 거야."

하지만 얼마 안 가 돌아온 대답은 의외였다. 그런 말을 제국의 귀족인 내게 해도 되는 건가?

"어차피 난 내기인지 뭔지가 끝나기 전에 모든 걸 끝낼 거니까."

"아."

단번에 이해했다. 그는 원작 소설이 엔딩을 맞이하기 전에 반란을 일으킬 속셈인 거다.

반란이 실패해 죽임을 당한다고 해도 회귀를 거듭해 살아난다면 몇 번이고 다시 방법을 고민해 볼 수 있을 테니까.

물론 굳이 그렇게 하지 않아도 원작 소설에 따르면 오델론의 반란은 성공한다.

"그럼 어차피 나는 필요 없는 거 아냐?"

"아니, 그건 아니지. 너는 내 위험 부담을 낮춰 줄 훌륭한 도구니까."

"위험 부담을 낮춰 줄 도구?"

그렇게 되물은 나는 대놓고 웃을 뻔했다. 그거야 내가 네 뜻에 순순히 따를 때의 이야기겠지.

"대단한 자신감이네."

"한두 번 성공한 게 아니라서."

자신만만한 오델론의 말을 부정할 수 없었다. 확실히 그는 사람의 마음을 사는 데 재능이 있었다.

연인 말고, 인재의 마음을 사는 쪽 말이다. 일단 외모가 받쳐 주는 데다, 화술이 썩 나쁘지 않았다.

가끔 비속어를 쓰긴 해도 그게 오히려 곱상한 외모와 다른 반전 매력이라며 그를 좋게 보는 이들도 많았다.

물론 그건 어디까지나 평민 용병들의 이야기고 귀족들의 마음을 살 때는 오델론 역시 고상한 언어를 구사했다.

"그래, 부디 이번에도 성공하길 바랄게."

나는 영혼 없는 태도로 상대의 성공을 기원했다.

오늘 얻은 수확이 전혀 없지는 않아 다행이라는 생각이 들었다.

내가 이길 방법이 뭔지는 아직 잘 모르겠지만 하나는 알 것 같았다.

오델론이 필사적으로 나를 자신의 곁에 두려는 진짜 이유.

"그래. 꼭 성공할 테니, 기대해."

아무래도 그가 이기려면 나를 꼬셔서 원작의 어떤 부분을 바꾸지 못하게 해야 하는 모양이다.

그렇게 가정하면 대화를 나누는 내내 자신과 함께 왕국으로 가자며 온갖 말을 쏟아 내던 오델론의 태도를 이해할 수 있었다.

반란이 실패할 위험도 줄이고, 내기에서의 승기도 잡고. 얼마나 좋은 일인가.

"이만 가 볼게."

나는 몸을 일으켰다. 슬슬 돌아가야 했다. 지금 출발해야 너무 늦지 않게 황궁에 도착할 수 있을 테니까.

"다음에는 네가 원하는, 혹은 궁금해할 법한 이야기를 해 줄게."

함께 창고를 나서기 직전, 오델론이 말했다.

"내가 원하거나, 궁금해할 법한 이야기?"

"이를테면 황태자와 황후에 대한 것."

황후는 그렇다 치고, 황태자? 어느 쪽을 말하는 거지?

죽은 루딘 황태자를 말하는 건지, 펠루스를 말하는 건지 알 수 없었다.

그것을 나는 눈짓으로 물었고, 질문을 읽어 낸 오델론의 대답이 돌아왔다.

"펠루스 하이시온 루데릭 말이야."

차분한 대답을 끝으로 그는 인사도 없이 등을 돌렸다.

잠시 그 모습을 응시하며 두 눈을 깜빡이던 나 역시 얼마 안 가 창고에서 멀어졌다.

황궁으로 돌아온 나는 시간이 생각보다 늦지 않았음을 깨달았다.

아직 저녁이라고 부를 수 있을 법한 시간이었다. 그래서 나는 곧장 펠루스의 집무실로 향했다.

똑똑.

첫 노크를 시작으로 몇 번이나 문을 두드렸다.

"전하, 안에 계세요?"

대답도, 인기척도 들리지 않았다. 뭐지? 설마, 벌써 자러 갔나?

"황태자 전하께서 오늘은 일찍부터 쉴 예정이니 찾지 말아 달라고 하셨습니다."

"아, 네."

주변에 있던 시녀의 말에 나는 고개를 끄덕였다. 오늘따라 많이 피곤해서 일찍 쉬려는 건가.

매우 드문 일이었고 타이밍이 좀 공교로웠기에 찜찜했다.

하지만 그렇다고 쉬는 사람을 계속 찾고 있기는 뭐했다.

"그럼 내일 아침에 다시 방문할게요."

말을 마친 나는 방으로 돌아왔다. 그러고는 해야 할 일을 모두 정리한 후 잠이 들었다.

그리고 다음 날.

"자리를 비우셨다고요?"

"네. 일찍 나가셨습니다."

"……."

말문이 막혔다. 아니, 이제 겨우 7시인데. 이것보다 일찍 나갔다고? 대체 언제 나간 거야?

게다가 내가 알기로 오늘은 공식적인 일정이 없었다.

하루 종일 집무실에서 서류만 보면 되는 날인데, 그럼에도 자리를 비웠다는 건…….

'보나 마나 황제의 심부름 때문이겠지. 이 망할 황제!'

보좌관인 내가 모르는 일정이고, 새벽같이 나갈 수밖에 없는 상황이라면 답은 그것밖에 없었다.

"후."

아침 일찍 펠루스를 만나 여러 가지 질문을 던지려던 계획이 틀어졌다.

"어쩔 수 없지."

그럼 나 역시 계획을 바꾸는 수밖에.

나는 그길로 고아원으로 향했다. 전에 펠루스와 했던 대화를 떠올린 탓이다.

그가 준 구슬을 삼킨 덕분에 크게 귀찮은 일에 휘말리지 않고 도착할 수 있었다.

'여기가 맞나?'

펠루스가 적어 준 주소와 건물에 적힌 주소를 확인하니 맞는 것 같았다.

그래, 잘 찾아왔군.

홀로 조금 뿌듯해하고 있는데, 제법 요란한 소리가 들려왔다.

'뭐지? 건물 뒤쪽인가?'

나는 호기심을 이기지 못하고 걸음을 옮겼다.

그러자 그곳에서는 내 또래로 보이는 두 명의 남자가 어린 소년 하나를 둘러싸고 있었다.

그 소년은 전에 내게 종이 새를 쥐여 준 바로 그 아이였다.

"야, 너 왜 눈을 그따위로 떠?"

"아, 진짜. 재수 없게."

누가 봐도 다수가 아이를 괴롭히고 있는 모양새였다. 나는 빠르게 걸음을 옮겼다.

그사이에 소년은 하고 있던 목걸이를 두 사람에게 빼앗겼다.

"혀, 형이 오면 다들 가만 안 둘 거야!"

"네 형 심부름 갔잖아."

"그 전에 네가 어떻게 될 줄 알고?"

"나 참. 어느 세계든 이런 모습은 사라지지를 않네."

나는 일부러 큰 목소리를 내며 등장했다. 두 남자와 아이의 시선이 내게로 쏠렸다.

"자기보다 어린 애를 데리고 뭐 하는 거야? 부끄럽지도 않나?"

남자들이 얼빠진 얼굴을 한 사이 나는 소년을 내 등 뒤로 오게 했다.

"넌 뭐야?"

"걸리적거리지 말고 꺼져."

변장 마법의 힘이 대단하긴 한 것 같았다.

평소 같았으면 나와 눈만 마주쳐도 얼굴을 붉혔을 사람들이 이젠 다른 의미로 얼굴을 붉히고 있다.

"얼른 좀 꺼지라니……."

"아, 진짜 시끄럽네."

남자의 말을 깔끔하게 자른 나는 짜증 가득한 얼굴로 품에서 펠루스가 준 단도를 꺼내 들었다.

손잡이에 루비가 박힌 그 단도 말이다.

"검?"

"아니, 지금 뭐 하는……."

덕분에 그들은 크게 긴장한 얼굴을 했다.

그러든가 말든가 나는 단검의 중간 지점을 쥐었다. 그리고 검의 손잡이 부분을 이용해 두 남자의 목뒤를 차례대로 가격했다.

그들은 제대로 저항 한번 해 보지 못한 채 바닥에 고꾸라졌다.

덕분에 바닥에 떨어질 뻔한 소년의 목걸이를 내가 아슬아슬하게 잡아 냈다.

'휴, 다행이다.'

"자. 이거 네 것 맞지?"

소년에게 목걸이를 돌려주며 묻자, 그는 얼떨떨한 얼굴로 고개를 끄덕였다.

"혹시, 기사님이에요?"

"아니, 그럴 리가."

나는 고개를 저었다. 방금 전에 내가 두 남자를 손쉽게 제압할 수 있었던 건 단검 덕분이었다.

'호신용이니까 쓸모에 맞게 손을 볼 필요가 있을 것 같군.'

신전에 다녀온 이후 펠루스가 내 검을 가져간 적이 있었다. 그것을 반나절 만에 다시 돌려주며 그는 말했다.

'이제 단검을 뽑아 들면 어지간한 이들은 그 자리에서 움직이지 못해.'
'아, 정말요?'
'그래, 그러니까. 그때 실컷 두들겨 패. 죽여도 되고.'
'오오.'

그리고 두 남자는 단검의 첫 희생자였다.
나는 혹시나 하는 마음에 엎어져 있는 남자들에게 다가갔다. 숨을 쉬고 있는지 확인해야 했다.
'멀쩡하네.'
정신을 잃긴 했지만, 아직 숨은 붙어 있었다. 일단, 죽지 않았으니 된 거겠지.
그렇게 판단한 나는 그대로 소년을 데리고 자리를 떠났다.
남자들이 깨어나 방금과 같은 상황이 또 벌어지는 건, 내가 원하는 전개가 아니었다.
"근데 네 형…이 맞나? 아무튼 그때 같이 있던 사람은 어디 가고 너 혼자야?"
"형이요? 형을 아세요?"
아, 이런. 생각해 보니 나 지금 변장 마법 쓴 상태구나.
뒤늦게 그 사실을 깨달은 나는 웃으며 입을 열었다.
"그냥 멀리서 본 기억이 있어서."
"우리를 지켜본 적이 있다고요?"
하지만 그 한마디에 소년의 얼굴이 순식간에 하얗게 질렸다.
그는 그대로 걸음을 멈추고 몸을 돌렸다. 당장이라도 달아날 기세였다.
"그렇게 겁먹을 것 없어. 너희 후원자님께서 보내신 거니까."

"후원자님이 보내셨다고요?"

"그래. 그게 아니면 내가 왜 위험에 처한 너를 구해 줬겠니?"

사실 별 뜻 없이 선의로 한 행동이었지만, 그렇게 말하지 않으면 지금의 상황을 정리할 수가 없었다.

"정말인가요?"

"못 믿겠으면, 확인해 볼래?"

소년은 대답하지 않았다. 그저 눈으로만 그걸 무슨 수로 확인할 거냐고 묻고 있었다.

"네가 최근에 후원자님께 보낸 게 뭔지, 그리고 그 안에 무슨 내용이 적혀 있었는지. 그걸 내가 알고 있다면?"

"어……."

"그럼, 내가 후원자님이 보낸 사람이라는 게 증명되는 거 아닐까?"

"…그럴 수도 있겠죠."

그는 여전히 찜찜함을 감추지 못한 얼굴이었다. 나는 고민하다가 정답을 털어놓았다.

"네가 그분한테 보낸 건 종이 새였고, 그 안에 적힌 내용은 필요 없다."

"……."

"내 말 맞지?"

소년은 대답을 듣고 나니 더욱 모르겠다는 얼굴이었다. 다만 아까처럼 당장 달아날 정도는 아닌 듯했다.

"근데 여긴 왜 오신……."

"리오넬."

누군가가 소년의 말을 끊었다. 나와 그의 시선이 동시에 한곳으로 모여들었다.
"일라이온 형!"
소년이 상대를 부르며 달려갔다. 그는 저번에 만났던 소년의 형이었다.
"당신은 대체 누굽니까?"
경계심 가득한 물음에 나는 일라이온이라 불린 남자를 응시했다.
일라이온의 목에는 소년, 그러니까 리오넬이 가진 것과 같은 디자인의 목걸이가 있었다.
안을 열면 사진을 넣을 공간이 있는 목걸이였다.
"신분을 밝히십시오."
"형, 저분이 날 구해……."
"평소에도 그런 취급을 받으며 사는 거야?"
상황을 설명하려던 리오넬의 말을 자르며 내가 물었다. 일라이온의 얼굴에 당혹스러운 기색이 스쳤다.
"그게 무슨……."
"네가 없는 동안 네 동생이 다른 사람에게 해코지를 당할 뻔했는데, 설마 몰랐어?"
담담한 물음에 상대의 표정이 구겨졌다. 그는 분하다는 듯 입술을 짓씹었다.
알고는 있었구나. 다만, 손쓸 도리가 없는 모양이다.
나는 몸을 돌렸다.
이 정도면 관찰은 할 만큼 했다. 목적을 달성했으니, 더는 이곳에 있을 이유가 없었다.
"이만 돌아갈 생각이라서, 입 아프게 내 신분에 대해 더 설명하고 싶진 않아. 말해도 순순히 믿을 것 같지도 않고. 그러니 정 궁금하면 동생에게 한번 물어봐."

"……."

"그럼, 이만."

그들은 나를 붙잡지 않았고, 나는 돌아보지 않았다.

그렇게 나는 황궁으로 돌아왔다. 아니, 그럴 예정이었다. 하지만 불행하게도 변수가 생겼다.

"안녕?"

오델론이었다.

위장 마법을 사용한 탓에 나는 호위 기사도, 전용 마차도 없이 홀로 나왔다.

그래서 돌아갈 때 역시 마차를 잡아타야 했고, 그러다가 그를 만났다.

"너, 대체 황실 마차는 어디다가 팔아먹고 여기서 이러고 있는 거……. 아, 근데 그 꼴은 또 뭐야?"

"…너, 내가 누구인지 알아?"

"알지. 또 다른 주인공, 신의 사자, 두 계집들의 장기 말."

나를 알아본 것이 분명한 대답이었다. 매우 놀라웠다.

펠루스의 말에 따르면 변장 마법을 사용한 상태로는 제아무리 뛰어난 호위 기사라 해도 나를 쫓는 데 어려움이 있을 거라고 했다.

존재감이 자꾸 희미해지는 탓이다. 그래서 일부러 호위도 없이 펠루스가 준 단검만 챙겨서 나온 건데.

그런 나를 오델론이 단번에 알아볼 줄은 몰랐다. 역시, 남자 주인공이라 이건가?

"아, 혹시 저번에 내가 했던 말 때문이야? 그거 때문에 오늘 내가 여기로 올 걸 알고 우연인 척 만난 거라든가?"

"……."

참으로 어처구니없는 추측이었다. 당연히 대꾸해 줄 필요성도 느끼지 못했다. 그래서 돌아섰다.

"어디 가? 만났으면 대화를 해야지."

말을 마친 오델론이 나를 앞질렀다. 그러고는 내가 타려고 했던 마차에 먼저 오른 후, 손을 내밀었다.

어서 타라는 뜻이었다. 나는 그의 손을 잡는 대신, 미간을 찌푸렸다. 오델론이 웃었다.

"저번에 말했던 거 기억 안 나?"

기억이 안 날 리가.

"다음에 만날 때는 더 재밌는 이야기를 들려주겠다고 했잖아. 이를테면……."

"알고 있어."

나는 그가 더 말을 잇기 전에 제지했다.

아직 마차의 문이 닫히지도 않았는데, 황후와 황태자를 입에 담게 둘 수는 없었다.

오델론과 나란히 반역자로 몰려 끌려가고 싶지는 않았으니까.

'내가 더 지껄이는 게 싫으면 타.'

입 밖에 내지는 않았으나, 분명하게 들려오는 협박에 한숨이 나왔다.

결국 나는 그가 내민 손을 잡고 마차에 올랐다. 문이 닫히기 무섭게 나는 마부가 들을 수 없도록 온갖 곳을 봉쇄했다.

"대체 무슨 이야기를 해 주겠다는 건데?"

"운이 좋네. 오늘은 따로 뭘 달고 온 것 같지도 않고."

오델론은 웃으며 딴소리를 했다.

그가 말한 것처럼 나는 오늘 호위 기사를 데리고 오지 않았다.

즉, 지난번의 만남이 펠루스에게 알려졌을지도 모르는 것과 달리 이번 만남은 완벽하게 비밀에 부쳐질 가능성이 컸다.

"내가 이번 이야기를 해 주면, 너는 나한테 뭘 줄 거지?"

"뭐?"

"내가 지금부터 하려는 이야기는 황실이 얽혀 있고, 그만큼 대단한 기밀이야. 그러니 그걸 발설해도 아쉽지 않을 만큼의 대가는 받아 내고 싶은데."

황당한 주장이었다. 그의 주장에는 굉장한 허점이 있었다.

"네가 나한테 진실을 말할 거란 보장이 어디 있어? 그리고 네가 들려준 이야기가 내게 도움이 될 거라는 확신은 대체 어디서 나온 거지?"

오델론은 여전히 뻔뻔하게 웃고 있었다. 그러나 잠시 고민하듯 말이 없었다.

이윽고, 고민을 마친 오델론의 목소리가 들려왔다.

"좋아. 그럼 인심 쓰는 셈 치고 딱 하나의 일화만 들려줄게."

자신의 정보가 얼마나 가치 있을지 가늠해 보란 의미였다.

잠시 고민하던 나는 고개를 끄덕였다. 내겐 아쉬울 것 없는 제안이었다.

오델론이 입을 열었다.

펠루스가 아홉 살 때의 이야기였다. 그는 도서관에 들렀다가 수업을 받으러 가고 있었다.

  손에는 수업이 끝나면 읽기 위해 빌린 책이 가득이었다.

  이때의 펠루스는 아직 마력을 제대로 조절할 수 있는 상태가 아니었다.

  마법을 잘 쓰지도 못했고, 신체 능력 역시 그리 뛰어나다고 할 수 없었다.

  그가 계단을 내려가고 있을 때였다.

  고개를 푹 숙인 채 후다닥 계단을 오르던 시녀가 있었다.

  자신을 향해 인사도 하지 않은 채 지나가는 시녀를 펠루스는 이상하다고 생각했다. 그때였다.

  툭. 문을 밀어서 여는 것 정도의 손짓이었다. 그런 손짓이 그를 밀었다.

  순식간이었다. 계단에 온몸이 덮쳐진 것 같았다. 2층에 있던 몸이 1층까지 단숨에 추락했다.

  "꺄아아악!"

  누군가의 비명이 들렸다. 하나둘 사람이 몰리고, 펠루스는 정신을 잃었다.

  그가 다시 깨어난 건 반나절 후였다. 반나절 만에 두 명의 처형이 결정됐다.

  펠루스를 민 시녀는 황비궁 시녀의 사주를 받고 일을 벌였다고 자백했고. 황비궁의 시녀는 시녀장의 명령이었다고 자백했다.

  덕분에 황비궁의 시녀와 시녀장은 처형이 결정됐고, 펠루스를 민 시녀는 자백을 받아 내기 무섭게 그 자리에서 목을 베어 죽였다고 했다.

∽

"그리고 중요한 건 황비께서 정말 무고했다는 사실이지. 모든 일의 배후는……."

오델론은 여전히 태연하기 짝이 없는 얼굴이었다. 마치, 그저 그런 가십거리를 들려주듯 평온한 태도였다.

"아리아 황후였지."

"……."

모든 이야기를 들은 나는 입을 다물었다.

오델론의 말이 진실이라면 아리아 황후는 절대 빈말로도 펠루스를 아꼈다고 말하기 어려웠다. 나는 겨우 물었다.

"너는 이 모든 일을 직접 본 거야?"

오델론이 고개를 저었다.

자신은 그저 이야기를 들었을 뿐이라고 했다. 누구한테 들었는가는 물을 필요도 없었다. 황후겠지.

"황후가 왜 나한테 이런 이야기를 구구절절 늘어놓았다고 생각해?"

오델론이 되물었다. 나는 대답하지 않았다. 그러자 알아서 대답이 돌아왔다.

"자기 아들도 필요에 따라 얼마든지 제 입맛대로 쓰다가 버릴 수 있는 사람이야."

협박. 다른 의미는 상상조차 할 수 없었다.

그녀는 오로지 오델론을 협박하려는 목적으로 이런 사실을 털어놓은 것이다.

동시에 그만큼 자신이 있다는 의미이기도 했을 것이다.

만약 오델론이 황비에게 가서 이번 사건의 진실을 털어놓는다고 해도 털끝 하나 다치지 않을 자신이.

그래, 그런 거겠지. 전부 이해했다. 하지만 또 다른 의문이 고개를 들었다.

"그래서 네가 나한테 이런 이야기를 털어놓는 이유가 뭐야?"

"나도 어쩔 수 없었다고."

"뭐?"

"자기 자식한테도 그렇게 매몰찬 사람한테 협박을 당했으니, 나라고 별수 있었겠어? 그러니……."

"그러니 동정이라도 해 달라?"

"맞아."

"하."

두 번째 만남에서 내 목을 베었던 남자가 하는 말이 이 모양이라니, 우습지도 않았다.

자신의 손으로 목을 베어 낸 사람에게 동정을 바라다니.

이해하기 힘든 사고였다. 그만큼 그가 고를 수 있는 선택지가 한정적이라는 의미겠지.

"웃기지 마."

물론 그걸 안다고 해서 순순히 그의 말대로 해 줄 생각은 없다.

어쩌면 아주 먼 훗날에는 오델론을 용서하게 되는 날이 올지도 모른다.

하지만 지금은 아니었다.

오델론이 신전에서 에린을 죽인 건 신관이 한 말 때문이었다.

'지금 신전에 또 다른 신의 사자께서 와 계십니다.'

'신의 사자로 선택받은 두 분께서는 저희의 내기가 끝날 때까지 죽지 않으실 겁니다.'

죽지 않는다. 그것이 정말인지 확인할 필요가 있었다.
하지만 그렇다고 해서 자신이 죽을 수는 없었다.
오델론이 가장 중요하게 생각하는 건 첫째도, 둘째도, 마지막도 스스로의 목숨이었으니까.
그러니 결국 자신이 죽을 수 없다면, 상대를 죽여야 했다.
또 다른 신의 사자인지 뭔지는 뛰어난 외모를 가진 여자라고 했다.
거기다가 그 여자를 죽이면 시간이 돌아간다고 했으니, 일단 죽여 보면 알 것이다.
그래서 죽였다. 어느 정도 눈에 띄는 외모다 싶으면 보이는 대로 베어 없앴다.
한 서넛 정도를 죽이고 나니, 에린이 눈앞에 나타났다. 그녀를 보는 순간 직감했다.
이 여자구나.
분홍색 머리카락에 푸른색 눈동자. 공작의 딸이 저런 외양을 가졌다고 했었던 것 같은데.
물론 그 사실을 안다고 달라질 것은 없었다.
오델론은 이미 제 은인이나 다름없던 루딘 황태자도 죽였다.
제국의 황태자도 죽였는데, 공작의 딸이라고 해서 죽이지 못할 이유가 없었다.
게다가 에린이 자신과 같은 신관들의 말이라면 다시 살아날 것이다. 아니면 어쩔 수 없고.

그래서 검을 들었다. 죽였다. 예상했던 대로 시간이 돌아갔다.

신관들의 말은 거짓이 아니었다. 내기가 끝나기 전까지 그는 불사의 몸을 갖게 된 것이다.

그렇게 시작된 관계였으니 에린이 오델론을 경계하는 건 당연한 일이었다.

하지만 그럼에도 그녀는 빈틈이 많았다. 이를테면 오늘의 대화 같은 것.

'나도 어쩔 수 없었다고.'

'뭐?'

'자기 자식한테도 그렇게 매몰찬 사람한테 협박을 당했으니, 나라고 별수 있었겠어? 그러니……'

'그러니 동정이라도 해 달라?'

오델론은 에린에게 자세한 내막을 설명한 적이 없다.

하다못해 자신과 황후에게 어떤 연결 고리가 있는지도.

그러니 아무것도 모르는 사람이라면 분명 먼저 물어봤을 것이다. 무엇을? 어떤 일이 있었기에 자신을 동정해 달라는 거지?

하지만 에린은 그렇게 하지 않았다. 덕분에 오델론은 확신했다. 이미 다 알고 있구나.

신관들의 말에 따르면 에린은 가끔 타인의 미래, 혹은 과거를 볼 수 있다고 했다.

그래서 혹시나 하는 마음에 떠본 거였는데, 그런 의도가 무색할 정도로 에린은 쉽게 넘어왔다.

'이렇게 쉽다니.'

싱거울 정도였다.

이 정도면 조금만 더 설득하면 왕국으로 데려가는 일 역시 어렵지 않을 것 같았다.

❧

오델론과 헤어진 나는 마차를 한 번 더 갈아탄 후 황궁으로 돌아왔다.

그리고 오자마자 아는 얼굴을 마주했다.

"어디를 그렇게 다녀오십니까?"

아처였다. 그는 조금 의아한 기색으로 말을 이었다.

"전하도 그렇고, 영애도. 오늘따라 다들 자리를 비우시는군요."

아무래도 펠루스를 만나러 왔다가 허탕을 친 모양이다.

"저는 잠깐 외출을 했을 뿐이에요. 그리고 전하께서도 아마 금방 돌아오시지 않을까요?"

"전하께서는 아예 수도를 벗어나신 것 같던데. 제법 걸리지 않을까요?"

"네? 전하께서 아예 수도를 벗어나셨다고요?"

나로서는 처음 듣는 이야기였기에 그저 황당했다.

아니, 그 정도로 멀리 가면서 미리 언질도 안 해 주고 그냥 간 거야?

그러다 문득, 오델론을 만나기 전 애매한 대답을 연신 해 댔던 펠루스의 모습이 떠올랐다.

아, 그게 이런 의미였던 건가.

"영애께서도 모르셨던 모양이네요."

"네. 약간의 언질도 없……. 아니, 주신 것 같기도 한데. 하아, 뭐 아무튼 그렇게 됐네요."

말을 하면서도 어이가 없었다.

보좌관한테 자기 스케줄을 안 알려 주고 사라지는 황태자라니. 세상에.

"혹시 싸우셨습니까?"

"네?"

"사랑싸움? 뭐 그런 건가요?"

"예에?"

나는 얼굴을 와락 구겼다. 정말이지 대꾸할 가치도 없는 질문이었다.

"…그렇게 정색을 하실 것까진 없지 않나요? 그래도 나름 제국의 황태자 전하이신데."

"그게 무슨 상관이죠?"

"객관적으로 봤을 때 전하께서 그리 나쁜 조건을 가지신 건 아니잖아요."

"배우자로서의 조건을 말씀하시는 건가요? 이를테면 돈이 많다든가, 뛰어난 외모를 가졌다든가 하는?"

"뭐, 그렇죠."

조금 직설적인 나의 말에 아처는 애매하게 웃었다. 나는 즉시 반박했다.

"돈이라면 저도 평생 동안 다 쓰지 못할 만큼 있어요."

"알고 있습니다."

물론 내 돈은 아니고, 에린의 돈이지만. 내가 그걸 사용하도록 공작이 가만 놔둘지 의문이지만 아무튼.

"얼굴도 마찬가지죠. 저 어디 가서 빠지는 외모 아니에요."

"전부 맞는 말씀이긴 한데, 영애께서 직접 말씀하시니 기분이 묘하네요."

아처가 여전히 애매하게 웃었다. 나는 그에게 무어라 한마디를 더 하려다가 말았다.

갑작스레 눈에 들어온 것이 있었다.

"궁금한 게 있어요."

"뭐죠?"

아처는 내 호기심을 그다지 달가워하지 않는 눈치였다. 하지만 나는 꿋꿋이 입을 열었다.

"그 목걸이 못 보던 것 같은데, 새로 사신 건가요?"

"그게 영애랑 무슨 상관이죠?"

"⋯아니, 저는 그냥 요즘 들어 이런 목걸이를 하고 다니는 분들이 많기에 혹시 유행하는 건가 했죠."

지나치게 날카로운 아처의 대답에 당황한 내가 서둘러 덧붙였다.

아처 역시 조금 아차 싶었는지 뒤늦게 말했다.

"유행을 하고 말고 할 만큼 특이한 목걸이가 아닙니다. 당장 거리에 나가면 열 명 중 두 명 정도는 하고 있을 테니까요."

"아, 그런가요?"

"네. 애초에 유행을⋯⋯. 아니, 아닙니다. 말할수록 구차해지는 것 같네요. 방금 전에 한 행동을 사과드립니다. 제가 무례했어요."

그러더니 곧 걸고 있던 목걸이를 빼서 내게 건넸다.

"⋯어, 이걸 왜 저한테?"

"사과의 뜻으로 보여 드리겠습니다. 안쪽을 열어 보셔도 괜찮아요."

얼떨결에 목걸이를 받아 든 나는 덧붙여진 말에 더욱 놀랐다.

목걸이의 구조상 안쪽을 열면 사진이 있을 것 같았다.

분명 중요한 사람의 사진이겠지. 그런데 그런 걸 내가 봐도 되는 건가?

"상관없습니다. 오히려 영애라면 괜찮을 것 같다는 생각이 드는군요."

마치 내 속을 읽은 것 같은 대답이었다.

"진심이신가요?"

"네."

아처가 재차 고개를 끄덕였다. 저렇게까지 말하는데 이제 와 됐다고 하기도 뭐했다.

결국 나는 조심스레 목걸이를 열었다.

※

펠루스는 수도를 떠난 지 사흘이 지난 후에야 황궁으로 돌아올 수 있었다.

그동안 공식적인 일정이 없어서 다행이었다.

아니, 아마 황제는 그의 일정을 미리 알아본 후 심부름을 시켰을 것이다.

그래도 이제까진 이틀 넘게 수도를 비워야 하는 일은 없었는데.

또 무슨 변덕으로 이러는 건가 싶었다. 사실 짐작이 전혀 가지 않는 건 아니었다.

최근 황제의 눈에 거슬릴 만한 짓을 제법 많이 하고 다녔으니까.

"전하."

집무실의 문을 열려던 찰나, 뒤에서 익숙한 목소리가 들려왔다.

"무슨 일이지?"

돌아볼 것도 없이 에린이었다.

마지막에 그렇게 헤어졌으니 아마 지금쯤 마음 상한 얼굴로 한 소리……

"드릴 말씀이 있어요. 그러니 잠시 실례해도 될까요?"

…할 것이라 여겼다. 그런데 의외로 그녀의 태도는 매우 차분했다.

다만, 표정은 썩 좋지 않았다. 긍정적인 용건은 아닌 것 같았다. 그는 집무실의 문을 여는 것으로 대답을 대신했다.

에린이 먼저 집무실 안으로 들어가고 펠루스도 안으로 들어왔다.

"리벨 에리아라는 분, 알고 계시죠?"

문을 닫기 무섭게 들려온 질문이었다. 의도를 이해하기 힘들었다.

대뜸 왜 그런 걸 묻는 거지?

그래서 조금 더 자세한 설명을 요구하려고 했다.

"그분을 그렇게 죽이신 이유가 뭔가요?"

하지만 에린이 빨랐다. 덕분에 그는 잠시 생각을 멈췄다. 순간적으로 제대로 된 사고가 불가능해졌다.

지금, 뭐라고?

"리벨이라는 시녀분을 전하께서 죽이신 이유. 그게 알고 싶어요."

에린이 재차 말했다. 펠루스도 두 번이나 반복한 말을 알아듣지 못할 정도로 천치는 아니었다.

"앞뒤 설명도 없이 그게 무슨 소리지?"

"우연히 리벨이라는 분의 얼굴을 봤어요."

뜬금없는 대답이었다. 그렇게 생각했다. 하지만 펠루스는 곧 그게 자신이 요구한 설명임을 알았다.

"그리고 전에 살펴보고 오라고 하셨던 두 사람."

"……."

"둘 다 리벨이라는 분과 지나치게 닮았더라고요."

말문이 막혔다. 턱밑까지 쫓아온 진실에 펠루스는 표정을 대놓고 굳히지 않기 위해 노력했다.

에린이 말을 이었다.

"두 분이 리벨이라는 분의 동생인 건가요? 그래서 동생들을 살리려고 전하께 자신을 죽여 달라고 부탁한 건가요?"

만약 리벨이 심문을 이기지 못하고 거짓 자백이라도 한다면, 그녀는 더 이상 용의자가 아니게 된다.

황태자를 독살했을지도 모르는 용의자가 아니라, 황태자를 독살한 범인이 된다.

그 차이는 매우 컸다. 홀로 죽느냐, 그녀와 조금이라도 연관된 사람까지 모두 죽느냐.

화형, 거열형 등의 방법으로 죽느냐, 즉결 처분을 받느냐 정도로 큰 차이였다.

에린의 추측을 뒷받침하는 근거를 알아낸 펠루스가 입을 열었다.

그는 일단 사실을 부정하기로 했다.

"그게 무슨 말도 안 되는……."

"그런 게 아니라면 그때 전하께서는 왜 그분을 죽이셨죠? 그분의 죽음으로 인해 득이 되는 게 하나도 없었잖아요."

어설프게 부정하는 말을 에린이 단번에 봉쇄했다.

펠루스는 입을 닫았다.

그녀 역시 입술을 깨물며 침묵을 지켰다. 정적이 내려앉았다.

"…이런 주제를 함부로 입에 담아서 죄송해요. 하지만 저는 전하의 대답을 꼭 듣고 싶어요."

에린의 말에 펠루스 역시 결심이 선 얼굴을 했다.

"맞아."

"그러니까……. 네?"

"영애의 추측이 맞아."

담담한 긍정이었다. 순간 그녀는 자신이 무슨 질문을 했는지조차 잊은 얼굴이었다. 그는 차분한 태도로 덧붙였다.

"그녀에겐 두 명의 동생이 있었고, 그들이 바로 영애가 만나고 온 두 사람이야."

"……."

"그리고 두 동생 때문에 그녀가 내게 자신을 죽여 달라 부탁했지. 그것도 영애의 추측대로야."

"……."

"이 정도면 대답이 됐나?"

펠루스의 대답에 에린은 숨이 턱 막힌 얼굴을 했다.

이미 짐작하고 있었을 텐데도 충격이 큰 듯했다.

"…그 사실을 아처 님도 알고 계세요?"

제법 긴 침묵 끝에 에린이 물었다. 그는 고개를 저었다.

"아니."

"전하, 미치셨어요?"

그녀는 기함했다.

생각을 거치지 않은 날것 그대로의 질책에 펠루스는 놀란 얼굴을 했다. 정작 에린은 크게 개의치 않는 눈치였다.

"혹시, 두 분이 어떤 사이인지 모르셨어요?"

"리벨과 아처를 말하는 건가?"

"네."

몰랐을 리가.

소리 내어 대답하지 않았으나, 펠루스는 자신의 뜻을 전했다. 에린 역시 그것을 알아들은 눈치였다.

"그럼, 지금이라도 말씀드리는 게 맞지 않나요?"

"안 돼."

그가 답했다. 타협할 의지라곤 먼지만큼도 없는 태도였다.

"왜요?"

에린은 답답해 죽겠다는 얼굴을 했다. 그녀가 따지듯 물었다.

"왜 안 되는 거죠? 다른 사람이라면 몰라도 아처 님은 아셔야 하는 거 아닌가요?"

"그녀의 부탁이었다."

"…부탁이었다고요?"

에린이 잠깐 멈칫했다. 그녀의 두 눈이 크게 뜨였다가 이내 다시 가늘어진다.

"설마, 이 모든 사실을 비밀로 해 달라는 부탁을 한 건가요?"
"그래."

담담하게 돌아온 긍정의 대답에 에린은 무어라 말할 듯 입을 벌렸다가 그대로 닫았다.

다시 침묵의 시간이었다.

"그럼 전하께서는 지금껏 그 부탁 때문에 비밀을 지키신 건가요?"

질문이 아니었다. 에린은 이미 확신하고 있었다.

그 증거로 그녀는 대답을 듣지도 않은 채 간단한 인사와 함께 자리를 떠났다.

19장.
오해와 진실 (2)

 아침이 밝았다. 꼬박 하루가 지났음에도 나는 여전히 혼란스러웠다.

 꼬리에 꼬리를 물고 이어진 고민 때문에 도통 잠이 오질 않았다.

 이럴 거면 아예 다른 생각이 떠오를 틈이 없도록 하자 싶어서 밤새 서류를 봤다.

 그리고 아침 일찍부터 황궁을 나섰다.

 호위 기사는 한 명도 데리고 나오지 않았다. 펠루스를 향한 무언의 시위였다.

 그 후엔 곧장 마차를 잡아탔다. 정해진 목적지가 있는 것은 아니었다.

 다만 홀로 조용히 생각할 시간이 필요했다. 마차가 움직이는 동안 나는 등받이에 몸을 기댔다.

 덜컹-

그때였다. 무슨 문제라도 생긴 건지 마차가 예고도 없이 덜컥 멈춰 섰다.

마부가 누군가와 무어라 실랑이를 벌이는 소리가 들렸다.

창문을 통해 밖을 내다보니, 그곳엔 익숙한 붉은색 머리가 있었다.

눈이 마주쳤다. 그가 반가움 가득한 얼굴로 웃었다.

뭐지? 느낌이 썩 좋지 않았다.

"안녕?"

아니나 다를까, 뻔뻔하게 웃으며 다가온 오델론이 내가 타고 있던 마차에 올랐다.

"또 무슨 용건인데?"

이건 또 뭐 하자는 건가 싶어 미간이 절로 구겨졌다.

"그때와 같은 용건이지."

"함께 왕국에 가자고 했던 거? 아님, 널 좀 잘 봐 달라고 했던 거?"

"당연히 둘 다지."

당당하게 돌아온 대답에 나는 그저 헛웃음을 터트렸다. 그러고는 한숨을 내쉬었다.

상대를 쫓아내거나, 진지하게 투덕거릴 여유도 없었다.

"궁금한 게 있어."

그저, 이렇게 만난 김에 궁금증이나 해결하자 싶었다.

"넌 왜 나한테 아무것도 묻지 않아?"

"그게 무슨 소리야?"

"네 과거에 대해서 나한테 말해 준 적 없잖아. 황후님과의 관계든, 루딘 황태자님과의 관계든."

의아한 기색이 가득했던 오델론의 표정이 굳어졌다. 당혹스러움이 묻어나는 얼굴이었다.

"근데 난 이미 모든 걸 알고 있지."

"……."

"내가 왜 그랬다고 생각해?"

어떻게 알고 있느냐가 아니라, 왜 그랬느냐를 물었다.

그제야 오델론은 뭔가를 깨달은 얼굴이었다.

보아하니 그는 정말 일말의 의심조차 하지 않았던 모양이다.

당연히 내가 실수로 말을 잘못했을 거라 여긴 건가.

"…일부러 그런 거였어?"

오델론이 물었다. 믿을 수 없다는 듯 일그러진 표정이었다. 나는 고개를 끄덕였다.

"맞아."

내 능력을 보여 주기 위해서였다.

막연하게 타인의 과거, 혹은 미래를 가끔 본다더라, 하는 말을 듣는 것과 그걸 직접 보는 일은 전혀 다를 테니까.

"왜?"

"네가 내 능력을 궁금해할 것 같아서."

"너, 나한테 반란의 결과를 알려 줄 마음이 생긴 거야?"

"아니, 이것 이상은 유료야."

나는 오델론의 기대를 웃으며 잘라 냈다. 그러자 그는 웃었다. 실망하거나 짜증 난 기색은 아니었다.

"역시, 난 네가 탐나. 그러니 함께 왕국으로 가자."

"글쎄."

나는 확답을 주지 않았다. 사실 차근차근 따져 보면 나쁜 제안은 아니었다.

 오델론의 반란은 그가 가장 크게 세력을 확장하는 핵심 사건이다.

 즉, 반란을 저지하는 데 성공하면 대단히 많은 것들이 바뀌게 된다.

 원작 소설을 바꿔야 하는 입장에선 더없이 좋은 기회인 것이다.

 게다가 지금의 오델론은 내 능력을 제법 신뢰하고 있으며, 나는 소설 속 미래를 알고 있다.

 잘하면 오델론의 반란을 완전히 수포로 돌릴 수도 있을 것이다.

 "내겐 이득 될 것이 없는 일이잖아."

 모든 계산을 마친 나는 뻔뻔하게 대꾸했다. 이익이 없다고는 결코 말할 수 없다.

 그럼에도 당장 내가 그를 따라가겠다고 말하지 않는 것은 회귀라는 변수 때문이었다.

 반란에 실패하게 만들더라도 오델론이나 내가 죽어서 시간이 돌아가면 전부 물거품이 되어 버린다.

 그도 나도 회귀를 인지할 수 있으니, 두 번의 기회는 없을 테니까.

 "내가 내기를 포기한다면?"

 "뭐?"

 오델론의 말에 나는 두 눈을 크게 떴다. 그러다가 곧 두 눈을 좁히며 상대를 응시했다.

 "진심이야?"

"그래."

"내기를 포기하겠다고?"

"그래."

두 번이나 이어진 대답이었으나, 나는 믿지 않았다. 누굴 바보로 아나.

내기에서 지면 죽음, 혹은 그것과 비슷한 꼴을 당하게 될 텐데. 삶에 대한 집착이 유독 강한 오델론이 그걸 감수할 리가 없다.

"좋아. 다시 한번 생각해 볼게."

하지만 그것을 티 내지는 않았다. 내가 가진 패를 모두 보여 줄 필요는 없으니까.

"근데 그거 알아? 신관들이 나한테 어떤 방식으로 개입했는지."

다만, 나는 다른 이야기를 꺼냈다.

대놓고 그를 설득할 자신은 없었다. 하지만 선택할 기회는 줘야 할 것 같았다.

"그리고 그게 어떤 결과로 작용했는지."

만약 이번 이야기를 듣고도 두 신관을 굳게 믿으며 내기에 관심을 두지 않는다면 그건 오델론의 선택이었다.

"어딜 다녀오는 거지?"

황궁으로 돌아와 집무실의 문을 열려던 찰나, 들려온 물음이었다.

나는 고개를 돌리지도 않은 채 답했다.

"사적인 일이에요."

"지금 시위라도 하는 건가?"

삐딱한 펠루스의 말에 나는 그제야 고개를 돌렸다.

"저한테 잘못한 거라도 있으세요?"

"아니."

"그럼 왜 제가 시위를 한다고 생각하세요?"

"영애의 행동이 이 모양이니까."

나는 의아한 얼굴을 했다. 진심이 아니라 꾸며 낸 것이 분명한 태도였다.

"제가 뭘요? 말없이 외출하긴 했지만 수도를 벗어난 것도 아니고, 그렇다고 서류를 안 본 것도 아니……."

"영애, 쓸데없이 말 돌리지 마."

"……."

"하고 싶은 말이 있으면 차라리 대놓고 해."

"저는 왜 전하께서 그 모든 걸 홀로 짊어지려고 하시는지 모르겠어요."

"……."

이번엔 펠루스가 말문이 막힌 얼굴을 했다. 내가 정말 곧장 본론을 꺼낼 줄은 몰랐던 모양이다.

나는 그의 반응 따위 아랑곳하지 않고 말을 이었다.

"그분의 부탁은 중요하고, 친우인 아처 님의 의사는 중요하지 않은 건가요?"

아처를 끔찍하게 위하는 것처럼 말하고 있었으나, 실상은 전혀 달랐다.

나는 아처가 마음에 걸려서 이러는 것이 아니었다.

내가 걱정하고 있는 건 펠루스였다. 대체 왜? 무슨 이유로 네가 모든 것을 홀로 감당하려고 해?

나로서는 도통 이해할 수가 없는 사고였다.

"아처 님이 전하를 어떻게 생각하고 계시는지 아세요?"

"뭘 말하는 건지 모르겠지만, 그는……."

"리벨이란 분의 죽음으로 인해 아처 님이 전하를 완전히 믿지 못하게 된 것도 알고 계세요?"

"……."

"알고 계시는군요."

부정은 돌아오지 않았다. 정말이지 놀라울 정도였다. 모르는 게 없구나. 당신은.

"근데 왜 해명을 안 하세요?"

"모든 사실을 비밀로 해 달라는 게 그녀의 마지막 부탁이었으니까."

날카로운 물음에 펠루스는 침착하게 답했다. 감정이라고는 없는 어조였다. 그런 착각이 들 정도로 차분했다.

"자기가 저지르지도 않은 죄로 죽은 사람이야. 근데 난 아직 범인조차 잡아 주지 못했지."

그러니 그녀의 마지막 부탁마저 저버릴 수는 없다.

그런 의미였다.

펠루스는 더 이상 말을 잇지 못했다. 이을 수 없는 것 같았다.

조금씩 밀려오는 과거의 잔재가 그의 입을 막은 듯했다.

"저는 그래도 진실을 밝혀야 한다고 생각해요. 끝까지 숨길 수 있는 문제가 아니니까."

입이 막힌 펠루스 대신 내가 말했다.

나는 그의 과거 속 사람이 아니기에, 리벨이라는 사람을 모르기에 입을 열 수 있었다.

"끝까지 숨길 수 있어. 지금껏 그래 왔고."

"제가 아처 님께 모든 사실을 털어놓으면요?"

태연함을 가장한 펠루스의 표정이 무너졌다. 싸늘한 그의 시선이 나를 꿰뚫었다.

"나를 협박하는 건가?"

참으로 오랜만에 받아 보는 냉랭한 눈빛이었다. 나는 담담하게 말했다.

"협박이 아니에요. 제가 아니더라도 언젠가는 드러났을 사실이고요."

"영애, 나는 지금의 상황이 도무지 이해가 가질 않아."

아닌 척했지만, 결국 협박이었다. 펠루스도, 나도 그 사실을 알고 있었다.

"왜 이 문제에 이렇게까지 과민한 반응을 보이는 거지?"

"그걸 지금 질문이라고 하시는 건가요?"

나는 당황스러운 기색을 감출 수 없었다. 그가 특별히 이상한 질문을 한 것은 아니다.

다만, 아주 잠깐. 순간적으로 의문이 들었다.

나는 왜 펠루스의 일에 이렇게까지 나서고 있는가.

그 의문이 나를 놀라게 했다.

하지만 해답은 금방 찾을 수 있었다.

"제가 왜 이번 일에 유독 과민한 반응을 보이냐고요? 그거야."

원작과 달리 내게 마음을 연 펠루스처럼, 나 역시 그에게 조금 더 마음을 연 것이다.

"저는 전하의 보좌관이니까요."

그동안 내가 그의 곁을 지킨 시간은 나만을 위한 것이 아니었다.

"내 보좌관?"

"네. 전하의 보좌관이요."

고개를 끄덕이며 건넨 대답에 펠루스는 잠시 말이 없었다.

그는 약간 혼란스러운 얼굴이었다. 그러다가 그것을 가라앉힌 후 말했다.

"영애가 진짜 내 보좌관이라면, 내 의사를 존중하도록 해."

"……."

예상했던 반응이 아니었기에 실망스러웠다. 결국은 리벨의 죽음에 대해 함구하란 소리였으니까.

조금 울컥하는 마음도 없지 않았다. 그래서였다.

"혹시, 돌아가신 황후님의 일 역시 지금과 비슷한 상황이었던 건가요?"

매몰차게 돌아서려는 그에게 그런 말을 한 것은.

펠루스는 놀란 얼굴이었다.

"영애."

"왜요."

내가 제법 삐딱하게 굴자 그가 한숨을 내쉬었다. 다만 대화를 거부하지는 않았다. 펠루스가 내 등 뒤에 있던 집무실의 문을 열었다.

"들어가서 마저 이야기해."

"…알았어요."

조금 전 내가 한 행동은 확실히 경솔했다. 황실의 복도에서 죽은 황후를 언급했으니까.

끼이익—

집무실의 문이 완전히 닫혔다. 그럼에도 안심이 되지 않는지 펠루스는 평소보다 조금 작은 목소리로 입을 열었다.
"궁금한 게 정확히 뭐지?"
"제가 궁금하다고 하면 뭐든 대답해 주실 건가요?"
"영애가 알아도 될 일이라면, 기꺼이."
"황후님께서 돌아가신 일에 대해 알고 싶어요. 그때 무슨 일이 있었던 건지 진짜 범인은 누구인지."
망설임은 없었다. 그럴 이유가 없었다.
"그분의 마지막을 지킨 건 나야."
그 역시 마찬가지였던 모양인지 망설이는 기색도 없이 입이 열렸다.
"많은 이들이 알고 있듯이 마지막은 수국의 정원이었지."

⚘

그날은 아리아 황후가 처음으로 펠루스를 티타임에 초대한 날이었다.
생전 처음.
당시의 그는 그 사실에 의심을 품기보다 기대를 하게 되는 아이였다. 아직 세상에 무지한 아이.
"차 맛은 어때?"
"…매우, 좋습니다."
펠루스의 대답에 아리아 황후는 웃었다. 태어나 처음으로 본 모친의 웃음은 눈이 부시게 아름다웠다.
새카만 흑발에 붉은색 눈동자를 가진 황후와 그녀를 똑 닮은 펠루스가 함께 있는 모습은 한 폭의 그림 같았다.

"그런 이야기를 알고 있니?"

문득 아리아 황후가 말했다. 그녀는 평소 좋아하지 않던 꽃차를 말끔히 비운 상태였다.

"검은색은 불운, 재앙, 절망을 상징한단다."

처음 듣는 이야기였다. 황가의 상징 중 하나인 검은색에 그런 의미가 있다니.

"그래서 황가에는 늘 추악하고 끔찍한 사건이 일어나기 마련이지."

"……."

"항상 불행을 달고 다니고."

아리아의 말에 펠루스는 반박하려고 했다.

그렇게 따지면 건국 초창기에 황실에서 갈라져 나온 공작가 역시 검은색을 지닌 경우가 있으니, 그로 인해 불행하지 않겠느냐고. 모든 건 미신이라고 말이다.

"그래서 네 형이 죽은 거야."

하지만 돌아온 말에 그는 입을 다물었다. 반박 같은 건 꿈도 꿀 수 없을 만큼 놀랐다.

그만큼 끔찍한 이야기였다.

"나는 루릭스 제국 황가의 모든 것을 증오해."

조금 전까지 환하게 웃던 사람이라고는 생각되지 않을 정도로 차분한 싸늘함이었다.

"네 새카만 머리카락이 무엇을 의미하는지 아니?"

대답을 바라고 한 질문이 아니었다. 아리아 황후는 곧장 말을 이었다.

"네가 가진 황가의 핏줄은 나로부터 이어진 거야."

담담했지만 충격적인 고백이었다.

아리아 황후는, 아니 원래대로라면 황제가 되어야 할 여자가 말했다.

"내 친부는 선대 황제고, 친모는 선대 황제의 누이였지."

루릭스 제국은 근친혼을 엄청난 죄라고 여기는 곳이었다. 그러니 그녀의 존재가 밝혀진다면 두 사람은 비난을 피할 수 없을 것이다.

가장 좋은 건 그녀를 쥐도 새도 모르게 죽여 버리는 거였지만, 문제가 있었다.

"나를 가진 후 사고를 당한 선대 황제께서는 더 이상 여자를 안을 수 없는 몸이 됐지."

아리아가 살 수 있었던 건 그런 이유에서였다.

황제가 더 이상 자식을 가질 수 없었기에, 제국 황가의 마법을 타고난 후계자는 그녀밖에 없을 테니까.

아리아를 죽이려면 그녀가 자식을 본 후가 되어야 했다.

그러지 않으면 황가의 피가 옅게 흐르는 방계의 누군가에게서 능력이 나타날 테니까.

그럼 후계가 불안해진 황제는 당장 허수아비 꼴을 면치 못하게 된다.

"덕분에 나는 황제파에서 가장 충성심 강한 후작의 딸로 자랐고, 미래의 황후로서 길러졌지."

대신 지금의 황제가 선황과 선대 황후의 사이에서 낳은 자식인 것처럼 길러졌다.

지금의 황제는 선대 황후가 자신의 연인에게서 본 자식이었다.

"내게 모든 사실을 말해 준 건 선대 황후셨지."

거기까지 말한 아리아가 몸을 일으켰다. 그러고는 눈짓했다.

"이만 일어나렴."

티타임의 끝을 알리는 선언이었다. 펠루스 역시 홀린 듯 몸을 일으켰다. 앞장서 걷기 시작하는 아리아를 따랐다.

그녀와 함께 걷는 것이 처음이어서일까.

그 뒷모습이 유독 낯설게 느껴졌다. 동시에 초조해 보이기도 했다.

"폐하께서는 네가 죽고 싶을 만큼 널 괴롭힐 거야. 하지만 진짜 죽이지는 못해."

이해하기 힘든 말이었다. 덕분에 펠루스가 그 말을 곱씹는 동안 아리아가 문을 열었다.

수국의 정원으로 가는 문이었다.

펠루스는 그 사실을 한 박자 늦게 알아챘다. 그녀의 얼굴이 지나치게 창백하다는 사실도.

마치, 죽음을 앞둔 사람처럼 희게 질린 얼굴로 아리아는 웃었다.

"날 죽인 네가 밉지만, 그만큼 날 닮은 너를 놓을 수 없을 테니까."

말을 마친 아리아는 천천히 눈을 감았다.

사계절 내내 수국이 활짝 핀, 펠루스의 존재를 상징하는 정원에서.

자살이었다.

아리아 황후가 죽은 건 누군가에게 살해당해서도, 사고도 아니었다.

황가에 전해지는 유전병. 그녀가 펠루스와 함께 마셨던 차는 꽃차.

원인을 추론하는 것은 어렵지 않았다. 나는 이를 악물었다.

"…그럼, 폐하께선 이 사실을 모르시는 건가요?"

"아니, 나는 분명 진실을 고했어."

의외의 대답이었다. 리벨의 일과 마찬가지로 나는 펠루스가 황제에게 진실을 말하지 않았으리라 여겼다.

그럼 황제는 대체 무슨 이유로 그를 의심하고 있는 거지?

"받아들여지지 않았을 뿐이야."

"……."

"진실이란 게 그래. 받아들여져야만 진실이지. 받아들여지지 않는 진실은 완벽한 거짓만도 못해."

가혹했다. 차라리 아쳐와의 상황이 더 낫다. 거긴 개선의 여지라도 있지만, 여기는 정말 답이 없다.

황제는 모든 사실을 듣고도 펠루스를 믿지 않았다.

어쩌면 말로는 믿는다고 말했을지도 모른다. 하지만 지금 그가 펠루스에게 보이는 태도는 명백한 불신이었다.

황제가 펠루스에게 독이 든 것이나 다름없는 차를 준 것 역시 그런 의미였다.

나는 네가 이것과 같은 방법으로 황후를 죽였음을 의심한다.

그게 황제의 뜻이었다. 확신할 수 있었다. 다만, 황후의 죽음은 여전히 이해하기 힘든 부분이 있었다.

황후는 왜 그런 선택을 했을까. 그녀가 진심으로 바란 건 대체 뭐였을까.

"나중에 알게 된 바로는 황후께 연인이 있었다더군."

내 의문을 읽기라도 한 듯 펠루스가 말을 이었다.

"그자는 죽었어."

"……."

"폐하께서 그리하셨지."

놀랍지만, 천천히 생각해 보면 그리 놀랍지도 않은 이야기였다.

죽은 황후의 목소리를 듣기 위해 매년 막대한 돈을 끌어다가 쓰는 것을 보면, 황제의 집착은 대단한 수준이었으니까.

그럼, 황후가 자살한 이유는 죽은 연인에 대한 복수인가?

"이걸로 내 대답은 끝났어. 그러니 몇 가지만 묻지."

펠루스의 말에 나는 고개를 들었다. 그의 붉은색 눈동자가 오묘한 빛을 띤 채 나를 응시했다.

"첫 번째 질문. 영애는 다른 차원, 혹은 다른 세계에 관심이 있나?"

나는 두 눈을 깜빡였다. 그가 말을 이었다.

"전에 공작가에 갔을 때도 그렇고, 특이한 제목의 책을 많이 읽는 것 같아서."

"아, 그때 제가 본 책들 때문에 그런 질문을 하신 거라면, 별 내용 없었는데요."

내 주장은 진실이었다. 그때 읽은 다른 세계나 차원과 관련된 책들에는 제목과 달리 특별할 것 없는 내용들이 적혀 있었다.

펠루스 역시 그 사실을 알고 있었던 듯, 금세 수긍하는 눈치였다.

"그럼 두 번째 질문. 영애는 왜 나 몰래 신관과 슬로레인의 왕자와 접촉한 거지?"

역시, 알고 있었구나.

오델론을 만나러 갈 때 호위 기사를 대동한 채였으니 놀랄 일은 아니었다.

신관들 쪽 역시 그가 미리 사람을 붙여 뒀을 수도 있고, 그게 아니더라도 들킬 만한 요소는 많았다.

"전하와 제 동맹을 더욱 굳건히 할 요소가 필요하다고 생각했어요."

나는 너무 빠르지도 느리지도 않은 타이밍에 입을 열었다.

"그들에게서 뭔가를 알아낸다면 분명 큰 도움이 될 테니까."

미리 준비해 둔 대답임을 들키지 않기 위해 애썼다.

"왜 내게 미리 말하지 않았지?"

"미리 말하면 무모하다고 못 하게 하실 것 같아서요."

"……."

깔끔한 대답에 그는 말이 없었다. 부정하지 않는 것을 보니, 내 짐작이 들어맞은 모양이다.

"질문은 끝나셨나요?"

"아니, 아직 남았어."

그리 말하는 펠루스의 얼굴은 무표정했다. 썩 좋은 징조는 아니었다.

내가 거짓말을 하고 있다는 걸 알아챘나? 아니면 첫 질문처럼 순순히 수긍한 건가?

어느 쪽인지 알 길이 없으니 답답했다.

"마지막 질문."

고민이 이어지는 사이 펠루스가 입을 열었다. 나는 뒤에 덧붙여질 말을 기다렸다.

"이야기의 시작은 모든 일의 시작. 이야기의 끝은 모든 일의 끝. 두 신의 사자의 사명은 시작부터 극명하게 갈렸다."

숨을 멈췄다. 동요를 드러내지 않으려고 했으나.

"무슨 의미지?"

"……."

그럴 수가 없었다. 무슨 말이든 해야 하는데 그대로 입이 닫혔다. 쉬이 열리지를 않았다.

"무슨 의미냐고 물었을 텐데."

차분한 재촉이 이어졌다. 하지만 그의 눈에 비친 감정은 결코 고요하지 않았다.

펠루스는 조용히 나를 심문하고 있었다.

얼마간 그 붉은색 눈동자를 마주하고 있자니 결국, 닫힌 입을 열 수밖에 없었다.

"어떻게 아셨어요?"

"신성력으로 봉해진 편지를 어떻게 확인했는지 묻는 거라면, 나는 마법을 쓸 수 있으니 가능했지."

간단한 대답이었다. 그만큼 쉽게 신관이 보낸 편지를 뜯어봤다는 의미이려나.

"그래서 설명은?"

질문에 대답했으니, 나 역시 자신의 질문에 답하기를 바라는 태도였다.

나는 순순히 고개를 끄덕였다. 그러고는 물었다.

"제가 무슨 말을 하든 믿으실 건가요?"

대답은 쉽게 돌아오지 않았다. 내 말을 천천히 곱씹듯 펠루스는 신중한 태도를 보였다.

"믿지 않으시겠다면, 아니 믿지 않으셔도 좋아요. 선택은 전하께서 하시는 거니까."

정작 진실을 고백하는 입장인 나는 태연했다.

신중하려는 기색이라곤 찾아볼 수 없었기에 펠루스는 혼란스러운 얼굴을 했다.

"우선 저는 이 세계의 사람이 아니에요. 그러니까, 몸은 에린이라는 사람이지만 그 안에 든 건 다른 사람의 영혼이라고 설명하면 편하겠네요."

그런 그의 앞에서 나는 담담하게 진실을 고백하기 시작했다.

한 톨의 거짓도 섞이지 않은 이야기들이었다. 하지만 솔직히 순순히 믿기는 어려운 내용이었다.

내 이야기를 전부 들은 펠루스가 나를 미친 사람 취급해도 할 말이 없었다.

그 사실을 알면서도 나는 진실을 털어놓았다.

한 번쯤은 누군가에게 모든 걸 털어놓고 싶다는 욕심 때문이었다.

나는 펠루스에게 오직 진실만을 말했다.

내가 이 세계에 떨어진 것부터 아를레인 공작과 있었던 일까지.

이곳이 책 속 세상이라는 걸 제외한 대부분의 사실을 털어놓았다.

그가 보인 반응은 미묘했다.

단번에 내 말을 부정하지는 않았지만 그렇다고 순순히 믿는 것 같지도 않았다.

"무슨 생각을 그리하시나요?"

"아무것도 아니에요."

갑자기 들려온 질문에 나는 기계적으로 답했다. 나는 지금 신전을 방문했고, 흑의 신관과 대면하는 중이었다.

"영애께서 방금 하신 질문에 대한 답을 드리자면……."

나는 그녀의 설명을 한 귀로 듣고 흘렸다. 그다지 중요하지 않은 내용이었다.

이미 알고 있는 사실이었으니까.

그저 내가 가장 원하는 정보가 무엇인지 상대가 알지 못하도록 교란하기 위한 것에 불과했다.

"그렇군요. 알려 주셔서 감사해요."

인사를 마친 나는 슬슬 본론으로 들어가기로 했다.

"두 분께서는 이미 이야기에 한 번씩 개입하신 걸로 아는데."

이를 위해 나는 일부러 오늘을 골랐다.

오멜론에게 듣기론 백의 신관이 자리를 비운 탓에 흑의 신관이 홀로 남는 날.

"맞나요?"

"…네, 맞습니다."

내 의도를 가늠하듯 조심스러운 태도였다. 나는 그렇군요, 하고 중얼거린 후 입을 열었다.

"개입의 흔적이라고 할 수 있는 동그라미 문양의 색이 다르던데."

"……."

"색이 같은 건, 같은 분이 개입하셨다는 이야기가 되겠죠?"
"네, 그렇습니다."
계속 크게 쓸모없는 질문만 던졌다. 그럼에도 그녀는 쉬이 경계를 늦추지 않았다.
결국 직구를 던지는 수밖에 없었다.
"레안 노르베이를 죽인 건 어느 쪽인가요?"
단도직입적으로 물었다. 흑의 신관은 여전히 차분한 기색이었다. 오히려 옅은 미소를 띤 낯이기까지 했다.
"누가 어느 쪽에 걸었는가를 비밀로 해야 한다는 규칙은 아실 텐데요?"
친절한 설명이었다. 나는 그녀와 마찬가지로 옅게 웃었다.
"저는 어느 분이 제게 걸었는지를 물은 적이 없어요."
"……."
"어떤 분이 제 예비 약혼자를 죽였는가를 물었을 뿐이죠."
어떤 신관이 레안을 죽였는지 안다고 해서 누가 내게 걸었는지까지 알 수는 없다. 나는 그렇게 주장하고 있었다.
"재밌는 주장을 하고 계시네요."
"재미라도 있으셨다니 다행이에요."
어정쩡하게 얼어붙은 얼음 위를 걷는 기분이었다. 언제 한 발이 빠져도 이상하지 않았다.
"그럼 저도 재밌는 이야기를 해 드리죠. 혹, 다른 차원에 대해 궁금하지 않으신가요?"
흑의 신관은 조금 부자연스럽게 화제를 돌리려고 했다. 잠깐 고민한 끝에 나는 그것에 응해 주기로 했다.
"다른 차원이라면?"

"영애가 원래 있었던 세계를 비롯한 다른 차원 말입니다."

그녀의 말에 나는 순간적으로 멈칫했다.

내가 동요한 것을 눈치챈 신관이 웃었다. 그러고는 말했다.

"제가 영애였다면 그게 가장 궁금했을 것 같은데. 한 번도 묻지 않으셔서 좀 의외였습니다."

"제가 다시 원래의 세계로 돌아갈 가능성이 있는 건가요?"

"흐음."

"그게 무리라면, 원래의 제 자신에 대한 기억을 찾을 확률은?"

절박한 물음에 그녀는 여유롭게 웃었다. 긍정도 부정도 하지 않으려는 기색이 역력했다.

"그건 모든 일이 끝나면 말씀드리겠습니다."

실망스러운 대답이었다. 어쩌면 처음부터 그저 나를 떠본 것에 불과할지도 몰랐다.

나는 자리에서 일어났다. 그러고는 이만 가 보겠다는 인사를 하며 몸을 돌렸다.

"아, 그리고 아까 한 질문에 대한 답을 드리자면."

문득 들려온 목소리가 발목을 잡았다. 몸을 일으키는 소리가 들려왔다.

내가 뒤를 돌아보기도 전에 대답이 이어졌다.

"저는 레안 노르베이라는 분께 해가 될 만한 일을 한 적이 없습니다."

"……."

"맹세합니다."

말을 마친 흑의 신관은 어느새 나보다 먼저 자리를 뜬 상태였다.

황궁으로 돌아오는 내내 나는 신관의 말을 곱씹었다.

'레안에게 해가 될 만한 일을 한 적이 없다…라.'

말을 조금 돌리긴 했지만, 결국 레안을 죽인 건 자신이 아닌 백의 신관이란 소리다.

그 말을 직접적으로 했다간 일이 귀찮아질 수 있으니 저런 식으로 말한 거겠지.

싱거울 정도로 쉽게 돌아온 대답에 기분이 미묘해졌다.

"이제야 온 건가?"

"전하?"

나는 반사적으로 고개를 들어 상대를 응시했다. 펠루스였다.

"무슨 일로 오셨어요?"

"어제 못다 한 이야기가 있으니까."

조금 삐딱한 태도였다. 은근히 나를 탓하고 있는 것 같기도 했다.

나는 한숨을 내쉬며 집무실 문을 열고 그를 초대했다. 어제와 크게 다를 것 없는 상황에 피로감마저 느껴졌다.

"하시고 싶은 말씀이 뭐죠?"

"아처에게 아무 말도 하지 않겠다고 약조해."

문이 닫히기 무섭게 튀어나온 본론에 나는 두 눈을 깜빡였다. 그러다가 이내 말했다.

"싫어요."

"왜?"

"싫으니까요."

유치한 대답이었지만 어쩔 수 없었다. 그가 먼저 막무가내로 나오는데 나라고 별수 있나.

"이유를 말해."

막무가내인 데다, 은근히 강압적이기까지 했다.

그가 이렇게까지 하는 건 아마 어제 내 고백 이후에 이어진 대화 때문일 것이다.

'그래서 전하께서는 여전히 아처 님께 진실을 털어놓을 마음이 없으신 건가요?'

'그래.'

'진심으로요?'

'그래.'

'그럼 제가 말씀드릴게요.'

'…뭐?'

'전하께서 이대로 조용히 넘어가실 거라면, 제가 대신 말씀드리겠다고요.'

황후의 이야기를 듣고 나니 더욱 입을 다물 수가 없었다.

결국 펠루스는 이곳저곳에서 죄다 이용만 당한 셈이니까.

리벨은 그럴 의도가 없었다고 치더라도 결국 그녀의 부탁 때문에 아처와 펠루스의 사이가 틀어진 건 사실이다.

아니, 펠루스 얘는 원작 속 악역이면 악역답게 좀 악독하게 굴든가.

호구도 아니고 왜 이렇게 이리저리 치이고 다니는 건데?

"영애."

나직한 부름에 나는 펠루스를 응시했다. 그는 차분히 말을 이었다.

"지금 영애가 아처에게 모든 사실을 말해 버리면 그동안 내가 지켜 온 시간이 무너지는 거야."

"그게 아니라, 지금껏 쌓아 온 오해를 풀고 두 분의 관계가 개선되는 거죠."

"……."

빠른 반박이 돌아오자 펠루스가 미간을 찌푸렸다.

"아까 말씀하신 것처럼 전하께서 지금껏 지켜 온 시간을 제가 어떻다고 평가하는 것 같아서 조심스러운데, 일단 제 의견은 이러해요."

그가 무슨 말을 하기 전에 나는 서둘러 덧붙였다.

"전하, 영원히 묻어 둘 수 있는 일이 아니잖아요. 당장 저만 해도 이렇게 눈치챘는데 정말 아처 님께서 끝까지 모를 것 같으세요?"

"……."

"리벨이란 분의 마지막 부탁이었다는 거. 그래서 지금껏 어쩌지 못하고 비밀을 지켜 오셨다는 거 잘 알아요. 하지만 전하, 전하께선 할 만큼 하셨어요."

내가 하려던 말을 모두 끝냈음에도 펠루스는 조용했다.

즉각 반박이 돌아올 것이라 여겼기에 조금 의외였다.

"말은 참 그럴듯하게 잘하는군."

그러다가 돌연 한숨과 함께 그가 입을 뗐다. 나는 어깨를 으쓱했다.

"전부 맞는 말이니까요."

"그래도 안 돼. 함구하겠다고 약조하도록."

"……."

펠루스는 여전히 단호했다. 이번에는 내가 한숨을 내쉬었다.

그래, 졌다. 졌어.

"전하께서는 정말이지……."

나는 두 손 두 발 다 들었다는 듯 고개를 저었다. 그러자 방금 전까지 굳어 있던 펠루스의 표정이 조금 풀렸다.

내가 아처에게 리벨의 동생에 대한 이야기를 발설하지 않으리란 생각에 안심한 모양이다.

❧

"꽤 오랜만에 뵙는 것 같군요."

하지만 운명의 장난으로 인해 나는 바로 다음 날 아처를 마주하게 됐다.

"그러게요."

도서관에 책을 빌리러 갔다가 마주친 거였다. 평소엔 코빼기도 안 보이던 사람이 오늘은 왜 여기 있는 걸까.

"전하를 뵈러 왔다가 안 계셔서 잠시 들렀습니다. 찾아야 할 책도 있고요."

의문은 금세 풀렸다. 나는 대충 고개를 끄덕인 후 그에게서 멀어지려고 했다.

"영애."

아처의 부름에 나는 걸음을 멈췄다. 그가 말을 이었다.

"제 경고는 잘 새겨듣고 계신 겁니까?"

"무슨 경고를……. 설마, 황태자 전하를 조심하라고 하셨던 것 말인가요?"

어느새 몸을 돌린 나를 향해 아처가 웃으며 고개를 끄덕였다.

순순한 긍정에 마음이 상했다.

"무례하시네요."

"제가요? 딱히 영애한테 무례하게 군 기억은 없는데."

"저 말고 전하께 무례하단 의미예요."

"무례하게 구는 것 정도에서 그친 게 다행이란 생각은 안 드십니까?"

아처는 지지 않고 받아쳤다. 제 연인을 죽인 이에게 이 정도도 못하느냔 태도였다.

연인을 잃은 아처의 슬픔에 전혀 공감하지 못하는 건 아니다. 하지만 그가 이러는 건 방향이 잘못됐다.

"제 눈에는 그저 아처 님께서 전하께 화풀이를 하는 걸로밖에 안 보여요."

"영애께서는 아직 성인식도 치르지 않으셨으니 그럴 수 있죠."

"제가 아직 어려서 생각이 깊지 못하단 말이 하고 싶으신 건가요?"

아처는 웃음으로 긍정했다. 그저 어이가 없었다.

그러는 자기도 얼마 전 건국 연회 때 펠루스와 함께 성인식을 치렀으면서.

성인이 된 지 얼마 되지도 않았으면서 유세를 떠는 꼴이 같잖았다.

하지만 참으려고 했다. 지금 중요한 건 그런 게 아니니까.

"저는 진심으로 두 분이 깊은 대화를 나누실 필요가 있다고 생각해요. 그러니……."

"영애, 너무 주제넘은 발언입니다."

"……."

"나설 때와 그러지 않아야 할 때를 구분해 주세요."

아처가 단칼에 잘라 냈다. 더 이상 주제넘게 설치지 말란 의미였다.

후, 나는 속으로 심호흡을 했다.

나 역시, 제삼자로서 더는 이 문제에 끼어들고 싶지 않았다.

그래서 차분하게 입을 열었다.

"리벨이라는 분의 죽음에 얽힌 비밀이 있고, 그걸 제가 알고 있어요."

"……."

"이래도 제가 주제넘게 설치는 건가요?"

차분하게 입을 열고, 침착하게 폭탄을 던졌다.

"……."

"……."

잠깐의 침묵이 있었다. 아처는 혼란스러워했고, 나는 뒤늦게 아차 싶었다.

하지만 후회는 없었다. 이미 벌어진 일이니 후회는 하지 않기로 했다.

"그게 정말이십니까?"

"……."

"정말이냐고 물었습니다."

당장 내 멱살이라도 잡을 기세였다. 아처의 기세는 그 정도로 험악했다.

"사실이에요."

결국 나는 고개를 끄덕였다.

펠루스에게는 미안한 일이지만, 애초에 나는 비밀을 끝까지 지킬 마음이 없었다.

그래서 모든 사실을 함구하겠냐는 펠루스의 물음에도 답하지 않았다.

그는 내가 한숨을 내쉬며 고개를 저으니 포기한 줄 알았겠지만, 아니었다.

"그녀의 죽음에 대체 무슨 비밀이 있다는 겁니까?"

그럼에도 나는 아처의 물음에 쉽게 답할 수가 없었다.

충동적으로 말을 꺼내긴 했지만, 정말 진실을 고백해도 되는 건가 싶었기 때문이다.

"대답, 안 해 주실 겁니까?"

그가 이를 악물었다. 아니, 진짜 이러다가 한 대 맞는 거 아냐?

느낌이 썩 좋지 않았다. 우선 진정하란 의미로 그를 향해 한 손을 들어보였다.

"우선 진정하시고, 제 질문에 대한 대답부터 해 주세요."

그러고는 내가 느낀 의문점을 입 밖에 냈다.

"저는 아처 님께서 이 사실을 모르고 계셨다는 게 솔직히 믿기지가 않아요."

리벨에게 두 동생이 있다는 건, 펠루스를 따라 잠깐 고아원을 방문한 것이 전부인 나도 눈치챈 일이다.

그런데 그걸 아처가 몰랐다고?

"정말 모르고 계시는 게 맞나요?"

펠루스가 비밀을 지키기 위해 아처의 앞에서 특히 신중했을 수도 있지만, 그렇다고 해도 좀 말이 안 되는 것 같았다.

"알면서 찾지 않으셨던 게 아니라?"

침착한 물음에 아처는 정곡을 찔린 얼굴을 했다.

아직 두 동생에 대한 언급은 하지도 않았는데 저런 태도인 것을 보면 짐작 가는 부분이 있긴 한 모양이다.

그럼 그렇지.

나도 쉽게 알아낸 것을 아처가 짐작조차 하지 못하고 있는 건 말이 되지 않았다.

"아처 님께선 대체 뭘 알고 계신 거죠?"

이젠 반대로 내가 질문을 던졌다. 망설이는 기색이던 아처가 말했다.

"자세한 건 모릅니다. 다만, 그녀의 죽음에 대해 제가 모르는 뭔가가 있으리란 것 정도는 짐작했습니다. 그런데도 그 사실을 파헤치지 않았던 건."

잠시 말이 끊겼다가 이어졌다.

"두려워서였습니다."

연인인 리벨의 죽음에 혹여나, 자신이 모르는 비밀이 등장할까 봐 그것이 스스로를 혼란케 할까 봐 두려웠다.

아처는 지금 그렇게 말하고 있었다.

"물론 끝까지 진실을 외면하려고 했던 건 아닙니다. 뒤늦게 마음을 추스르고 흔적을 찾으려고 했으나, 그땐 이미."

"늦었군요."

"네."

그가 고개를 숙였다. 짙은 그늘이 진 얼굴에는 죄책감이 묻어나고 있었다.

아처가 그리도 필사적으로 내게 펠루스에 대해 경고했던 이유를 알 것 같았다.

분명 책임을 회피하고자 하는 마음도 있었을 것이다.

자신의 망설임 때문에 찾지 못한 죽은 연인에 대한 의문.

그건 애초에 펠루스가 그녀를 죽이지 않았더라면 됐을 일이다, 라고 생각하면 얼마나 편하고 좋은가.

"저도 많은 사실을 아는 건 아니에요."

아처를 욕할 수는 없다. 나 역시 그와 마찬가지로 비겁한 사람이었으니까.

"아는 것도 적고, 알려 드릴 수 있는 건 더 적다고 봐야 하죠."

그래서 나는 지금부터 내가 한 말에 대한 책임을 지지 않을 생각이었다.

"전하께서는 매년 수많은 고아원을 후원하고 계세요. 그리고 그중 한 곳을 유독 신경 쓰고 계시죠."

상세한 듯 아닌 듯 애매한 설명에 아처는 말이 없었다.

"제가 알려 드릴 수 있는 건 여기까지예요."

그사이 나는 서둘러 말을 마쳤다.

아처가 진실을 알아낼 수 있도록 충분한 힌트를 주면서, 직접 리벨의 비밀을 발설한 적은 없다고 우길 수 있을 정도의 내용이었다.

"이것 이상을 알아내는 건 전적으로 아처 님의 선택에 달려 있어요."

동시에 비겁하게 책임을 떠넘길 수도 있었다.

아처가 이것 이상으로 알기를 원치 않으면 이대로 묻힐 것이고, 그렇지 않다면 그는 진실을 마주하게 된다.

칼자루를 쥐여 준 건 나지만, 결국 선택은 아처의 몫이다.

아처는 망설이지 않았다.

과거와 같은 실수를 반복할까 봐 두려웠는지 오히려 매우 순식간에 결단을 내렸다.

메테니아 후작가의 차남인 그가 작정하고 덤비니 리벨의 두 동생을 찾는 건 일도 아니었다.

찾은 다음엔 더 볼 것도 없었다. 그들은 죽은 리벨과 꼭 닮은 외양을 가졌으니까.

나는 지금 마차에 앉아 세 사람이 대면하는 것을 지켜보고 있었다.

아처는 혼란스러워하는 얼굴이었고, 두 동생들은 자신을 뚫어져라 쳐다보는 아처를 경계하는 것 같았다.

"저런 건 대체 왜 보고 있는 거야?"

지척에서 들려온 목소리에 고개를 돌렸다. 그러자 그곳에는 내 맞은편에 앉은 오델론이 있었다.

그는 리벨을 닮은 두 동생들을 보고도 큰 감흥이 없는 얼굴이었다.

"너는……."

무심코 입을 열었다가 말을 잇지 못하고 그대로 닫았다.

오델론이 이제 와 새삼 리벨에게 사죄하거나, 죄책감 비슷한 감정을 느끼리라 생각한 적은 없다.

다만, 그래도 이렇게까지 깔끔한 반응을 보일 줄은 몰랐다.

"내가 뭐?"

"아니, 아무것도 아니야."

그냥 아무것도 묻지 않기로 했다. 질문을 던질 가치가 없었다.

눈앞에 있는 태연하기 짝이 없는 얼굴이 모든 걸 말해 주고 있었으니까.

"네가 순순히 날 선택할 줄은 몰랐어."

오델론의 중얼거림에는 들뜬 기색이 역력했다.

세 사람이 있는 쪽엔 정말 일말의 관심도 없단 의미 같아서 헛웃음이 나왔다.

"황태자 전하와 싸웠거든, 그리고 앞으로 한 번 더 크게 깨질 예정이지."

"쟤들 때문에?"

"그래."

아처를 포함한 세 사람을 가리키는 오델론을 향해 고개를 끄덕였다.

"그럼 저것들한테 감사해야 하는 건가?"

그는 여전히 큰 동요를 보이지 않았다. 나는 고개를 저었다.

"됐어."

지금 여기서 나섰다간 백 퍼센트의 확률로 아처와 오델론 중 하나는 죽을 것이다.

그게 아니더라도 최소한 칼부림이 나겠지.

그리 여긴 나는 마부에게 명령해 마차를 움직이기 시작했다. 목적지는.

"슬로레인은 어떤 곳이야?"

"내 고향이지."

오델론이 태어난 슬로레인 왕국이었다.

〈외전-아리아 이야기〉

"너를 진심으로 사랑했어. 지금도 사랑하고, 앞으로도 그럴 거야."

아리아 루데릭. 그녀는 루릭스 제국의 황후로 내정된 몸이었다. 그러나 황제가 아닌 다른 사내를 사랑했고, 그와 도망쳤다.

연인의 배신으로 인해 파국을 맞았지만.

"왜, 나한테……. 쿨럭!"

"넌 처음부터 내게 과분한 사람이었어."

독이 든 꽃차를 먹고 피를 토하며 쓰러진 그녀에게 연인이 한 말이었다.

아리아에게 독을 건넨 것 역시 그였다. 남자는 그녀를 배신했다.

그는 말했다. 이미 황제와 거래를 마쳤다고, 다시 눈을 떴을 땐 황궁에 있을 거고 나는 막대한 금화를 받고 떠났을 거라고.

이게 우리를 위한 길이라고.

남자의 마지막 말을 아리아는 비웃었다.

너를 위한 길이겠지.

그가 야망 넘치는 사람이라는 건 진작부터 알고 있었다.

그래도 자신을 향한 마음이 진심임을 알았기에 믿었다. 그 야망이 진심 따위와는 비교도 안 될 만큼 큰 줄도 모르고.

"깨어났나?"

다시 눈을 떴을 땐 남자의 말대로 황궁이었다.

황제는 말했다. 그녀의 연인이 떠났다고. 자신을 배신한 대가로 엄청난 부와 작위. 그리고…….

"그 사람은 어디 있죠?"

"죽었어."

죽음을 하사받았다고.

황제가 직접 남자를 죽였다고 했다. 황가의 유전병을 아는 자를 살려 뒀다간 나중에 어떤 화를 불러올지 모르니 죽였다고.

아리아는 웃었다. 미친 사람처럼 하루를 보냈다. 그리고 다음 날부터 그녀에게 현실이 밀려왔다.

인형처럼 이리저리 끌려다녔다. 정신을 차려 보니 황후가 되어 있었다.

그 시간을 겪고 나니 그녀는 자신이 연인과 황궁을 떠났던 이유를 생각해 냈다.

남자를 사랑했고, 또 이 지옥이 싫어서였다.

제 남편이 된 황제는 많은 것을 갖고 있었다. 하지만 그건 그의 것이 아니었다.

황제는 가짜였다. 진짜는, 황실의 피를 이어받은 건 아리아였다. 그런데 그녀는 황후고, 그는 황제다.

지독하게 불공평했다.

"주제넘게 짐의 것을 넘보지 마. 그럼 적어도 다른 여자를 들이는 일은 없을 테니."

황제는 아리아를 사랑했지만, 그녀가 늘 자신보다 낮은 위치에 있기를 바랐다. 본능적인 경계였다.

가짜인 자신과 진짜인 그녀. 진실을 알기에 항상 불안에 떨 수밖에 없는 것이다.

아리아는 그런 황제의 열등감이 싫었다. 기어이 자신과의 약속을 어기고, 황비를 들인 것. 그리고 그녀가 사내아이를 낳은 것.

전부 싫었지만 가장 최악이었던 건.

"아이, 그거 알아?"

"……."

"짐이 놈을 어떻게 죽였는지?"

"……."

"그놈, 네가 자길 찾는다고 말하기 무섭게 달려오던데."

술에 취한 황제가 강제로 아리아를 안으면서 한 말이었다.

아이는 아리아의 애칭이었다. 황제는 늘 이런 식으로 그녀의 연인에 대한 이야기를 늘어놓았다.

자신이 그를 어떻게 죽였는지, 그가 얼마나 처참한 몰골로 죽어 갔는지.

"네가 사랑했던 남자는 고작 그 정도밖에 되지 않아. 한심하게도."

같잖은 호승심이었다.

고작 그런 이유로 매일 자신을 억지로 취하며 연인의 죽음을 반복하는 황제가 아리아는 역겨웠다.

그런 감정이 쌓이고 쌓여, 마침내 그녀는 결심했다.

더는 저자를 참아 줄 이유가 없다. 죽음보다 더한 고통을 주고 가리라.

아리아는 계획을 세웠다. 앞으로 황제는 그 누구도 믿을 수 없을 것이다. 자신이 그렇게 만들 테니까.

더불어 모든 것을 끝낸 마지막에는 황제에게서 자신을 앗아 갈 생각이었다.

"다시는 꽃을 가까이하셔서는 안 됩니다."

황궁의 의원의 말을 들은 순간부터 아리아는 제 마지막을 정했다.

연인이 타 먹인 독의 부작용으로 아리아의 유전병은 심해졌다.

그때와 같은 독을 삼키고 꽃이 만개한 정원에 발을 들이면 독은 순식간에 퍼질 것이다.

아리아는 제 마지막을 목격할 사람으로 펠루스를 골랐다. 그녀는 그를 좋아하지 않았다.

증오하는 것에 가까웠다. 그는 황제의 아들인 동시에 제가 가진 마력을 앗아 간 사람이었으니까.

자신의 아들이란 생각은 들지 않았다. 펠루스는 황제의 아들일 뿐이다. 그래서 쉽게 이용할 수 있었다.

우선 타국의 왕자를 협박해 루딘을 독살했다. 그러고는 범인으로 몰린 시녀를 잔인하게 심문하며 협박했다.

두 동생들의 이야기를 꺼내면서. 당장 자백하지 않으면 모두 죽일 거라고.

아리아가 의도한 바는 정확히 반대였다. 그 시녀가 펠루스에게 자신을 죽여 달라고 사정하게 만드는 것. 그래서 그가 시녀를 죽이면.

"황자 전하께서 용의자로 추정되는 시녀를 죽이셨습니다."

소식이 들려오기 무섭게 아리아는 움직였다. 이때를 위해 그녀는 평소 펠루스를 거들떠보지도 않고 루딘만을 챙겼다.

그래서 일은 쉬웠다. 황제에게 펠루스가 루딘을 독살한 배후인 것 같다고. 그래서 입을 막기 위해 시녀를 죽인 것 같다고 흘렸다.

여전히 아리아를 사랑한 황제는 그 말에 그녀의 손을 들어 주었다.

황실의 마법을 이어받은 유일한 후계자이니 펠루스를 대놓고 벌할 수는 없었다.

그래서 루딘 황태자 독살 사건은 추가적인 조사도 없이 유야무야 넘어갔다.

진범인 타국의 왕자는 아리아가 손을 쓸 틈도 없이 도망쳤다.

그리고 이 일을 계기로 황제는 펠루스를 불신하기 시작했다. 그녀는 그것이 기꺼웠다. 바라던 바였기에 더욱 열심히 두 사람의 사이를 갈라놓았다.

몇 년. 하루 이틀도 아니고 몇 년에 걸쳐서 공을 들여 두 사람 사이를 이간질했다.

그리고 이제 되었다 싶을 즈음 쐐기를 박았다.

평소와 다를 것 없이 아침을 먹고, 점심을 먹고 펠루스에게 함께 차를 마실 것을 권했다.

자신이 자살을 했다는 생각이 들지 않도록 평소와 다를 것 없이 다가오는 죽음의 시간을 맞이했다.

황제는 평생 그 누구도 믿지 못할 것이다. 펠루스가 자신을 죽였다고 생각할 테니까.

아리아는 그렇게 눈을 감았다.

20장.
왕국의 겨울 (1)

에린이 사라졌다. 잠시 외출을 한 것이 아니라 아예 국경을 벗어났다.

그 소식을 접함과 동시에 펠루스는 책상 위에 놓인 한 장의 봉투를 발견했다.

사직서

에린이 두고 간 것이었다. 그것이 의미하는 바는 분명했다.

펠루스는 이를 악물었다. 그러고는 곧 뭔가를 떠올린 듯 집무실 안쪽에 있는 방으로 향했다.

에린이 준 브로치와 손수건이 있는 방이었다.

우리가 슬로레인의 왕궁까지 도달하는 데 걸린 시간은 대략 이 주였다.

그동안 가을의 끝자락에 머무르던 날씨는 빠르게 얼어붙었다.

새삼, 이곳에서 거의 일 년에 가까운 시간을 보냈음을 실감했다.

우리의 여정도 크게 다르지 않았다. 정신을 차리고 보니 왕궁이었고, 왕자의 개인 응접실이었다.

"슬로레인의 일 왕자님을 뵙습니다."

"잘 오셨습니다."

슬로레인에 도착하기 무섭게 나는 오델론의 형인 아르델에게 알현을 요청했다.

"듣던 대로 아름다우시군요."

"감사합니다."

자리에 앉자마자 의례적인 인사가 오갔다. 초조함을 감추기 위해 차를 마시던 나는 곧장 본론을 꺼냈다.

"드릴 말씀이 있어요."

그는 의외라는 얼굴로 나를 응시했다. 이어질 말을 기다리는 듯했기에 나는 지체 없이 입을 뗐다.

"저는 저하께서 이기시리라 믿습니다."

아르델의 움직임이 찰나 멎었다.

"하지만 좀 더 안전하고 확실한 승리를 위해서 새로운 패를 하나 더 쥐고 계시는 건 어떨까요?"

애써 동요하지 않은 척하고 있으나, 그는 분명 크게 당황했다. 이를 알아챈 나는 만족스럽게 웃으며 말을 이었다.

"예를 들면 이중 첩자라든가."

다소 노골적인 제안이었다. 그것을 알아챈 아르델의 표정이 조금 굳어졌다.

황당하기보단 지금의 상황을 이해할 수 없다는 얼굴이었다.

"무슨 의도로 그런 제안을 하십니까? 영애께 무슨 이득이 된다고?"

"말씀하신 대로 일 왕자님을 돕는다고 해서 제게 득이 될 건 없죠."

나는 순순히 인정했다. 그는 여전히 의문 섞인 눈을 하고 있었다.

"다만, 한을 풀 기회 정도는 될 것 같네요. 그러니까 이를테면 복수 같은 거죠."

복수. 무심코 그 단어를 따라 뱉던 아르델의 표정이 바뀌었다.

나를 향한 의문이 아주 미세하게나마 희석된 것 같았다. 길지 않은 설명이 이어졌다.

"이 왕자님이 제국에서 일으킨 소란을 아시리라 믿어요. 그 틈에 저는 약혼자를 잃었죠."

"……."

"설명이 더 필요하신가요?"

이것으로 내가 아르델을 도우려는 이유는 충분했다. 아르델 역시 그 부분에 있어서는 더 묻지 않았다.

"저는 영애를 지금 이 자리에서 처음 뵈었습니다. 그런데 무얼 믿고 첩자 역할을 맡기겠습니까?"

"이 왕자님께 사적인 자금 창고가 있다는 사실을 알고 계십니까?"

아르델은 침묵했다.

알고 있었기 때문이 아니라, 차마 짐작도 하지 못한 사실이기 때문일 것이다.

"그 안에 제법 막대한 금액의 자금이 있는 걸로 아는데. 보아하니 일 왕자님께는 아무 언질도 하지 않으신 것 같군요."

"……."

"그게 무엇을 의미하는지 굳이 설명하지 않아도 아시리라 믿습니다."

반란. 고민하거나 깊게 생각할 필요도 없는 결론이었다.

나는 적당히 뜸을 들이다가 말했다.

"저를 믿지 않으셔도 상관없습니다. 다만, 제가 드리는 정보를 받고 이겨 주세요."

"……."

"그것마저 거절하신다면, 어쩔 수 없지만 그럼 일이 제법 귀찮아지실 겁니다."

귀찮아지는 정도가 아니라 아르델은 죽는다. 오델론의 반란은 성공하고 말 테니까.

"…신중하게 고민해 본 후 말씀드리겠습니다."

침묵을 지키던 아르델이 말을 이었다.

"긴 여정으로 인해 피곤하실 테니 이만 쉬시는 게 좋겠군요. 아, 그리고 곧 영애의 방문을 환영하는 연회를 열 예정이니 가급적이면 꼭 참석해 주셨으면 좋겠습니다."

명백한 축객령이었다.

그 후로 사흘째, 나는 아르델을 만나지 못했다.

그가 열어 준 연회에 매일 참석했음에도 그랬다.

하루도 빠짐없이 참석해 늦게까지 자리를 지켰음에도 아르델은 내게 눈길 한번 주지 않았다.

기다리다 지친 내가 먼저 다가갔음에도 상황은 마찬가지였다. 슬쩍 알은척을 하면 못 본 척하거나, 볼일이 생겼다며 갑자기 자리를 뜨는 등, 제법 노골적으로 나를 피했다.

'내가 한 제안을 돌려서 거절하고 있는 건가?'

만약 그런 거라면 차라리 직접 얼굴을 보고 말해 줬으면 좋겠다. 설득이라도 해 보게.

"일이 잘 안되나 봐?"

내 성질을 건드리기 위해 오델론이 꺼낸 말에 나는 보란 듯이 웃어 주었다.

"그럴 리가."

"내가 알기론 첫날 독대를 한 후로 아르델을 만난 적도 없는 것 같던데. 일이 잘되어 가고 있다고?"

정말이지, 다 알면서 굳이 한 번 더 물어보는 건 무슨 심보인지 모르겠다. 나는 인상을 찌푸리지 않으려 애썼다.

오델론이 말했다.

"전에도 말했지만, 조건을 충족하지 못하면 거래는 불발이야."

"…알아."

"그렇게 쉽게 대답할 문제가 아닐 텐데?"

아니까 이렇게 필사적으로 움직이고 있는 거지.

오델론은 내게 자신의 측근으로서 반란에 개입할 수 있는 자격을 주는 대신, 한 가지 조건을 내걸었다.

'형님이 나름 신중한 성격이거든. 특히 외세에 대한 경계심이 강한 편이지.'

바로 아르델을 속여 이중 첩자인 척, 이중 첩자가 되는 것.

그러니까 아르델에게는 오델론의 정보를 준다고 말하고 실제로는 아르델의 정보를 오델론에게 가져오라는 것이다.

반란에 개입할 기회를 준다는 건 반가운 일이었으나, 문제가 있었다.

겉으로는 내가 그렇게까지 해서 오델론의 반란에 개입해야 할 이유가 없었던 것이다.

다행스럽게도 이유는 오델론이 만들어 줬다.

'내가 왜 그렇게까지 해서 널 도와야 하는데?'
'그래야 내가 순순히 내기에서 져 줄 테니까.'
'아니 그 말을 내가 어떻게 믿⋯⋯.'
'아처 메테니아를 향한 진심 어린 사과.'
'⋯⋯.'
'내가 내건 조건을 달성하고, 반란이 마무리되면 그에게 진심으로 사과할게.'
'진심으로 하는 말이야?'
'그래.'

아처를 향한 진심 어린 사과. 그것을 약속받고 나니 못 이기는 척 그의 제안을 받아들여도 이상하지 않게 됐다.

일부러 내기에서 져 주겠다는 제안 역시 마음을 움직이는 데 단단히 한몫한 척했다.

그런 이유로 나는 지금 슬로레인에 있었다.

"어머, 이 왕자 저하께서 여긴 어쩐 일로⋯⋯. 혹시, 완전히 돌아오신 건가요?"

"잘 지냈어? 글쎄. 아직 어떻다고 단정 짓긴 애매해."

눈앞에서 오델론이 지나가던 시녀와 시시덕거리고 있었다. 나는 그것을 물끄러미 응시했다.

제법 오랫동안 알고 지낸 것으로 추정되는 시녀를 보는 오델론의 눈은 맑았다.

그녀를 의심하는 기색이라곤 찾아보기 힘들었다. 그걸 보고 나서야 깨달았다.

그는 여전히 나를 믿지 않는다.

원작에 따르면 이 시기의 오델론은 이미 에린에게 어느 정도 빠진 상태여야 했다.

하지만 내가 소설의 전개대로 움직이지 않은 탓에 지금은 아니었다.

지금의 오델론이 내게 흥미를 보이고 있긴 하지만, 그건 어디까지나 내가 미래를 알고 자신을 도울 수 있기 때문이다.

사랑이란 감정으로 묶인 게 아니라 철저하게 비즈니스로 묶인 관계다.

이제 와 새삼 오델론의 마음을 바랄 생각은 없다. 필요도 없다.

하지만 너무 완벽하게 비즈니스적인 관계로만 가서는 안 됐다.

오델론이 아주 조금이라도 나를 믿어야 했다. 그래야 일이 쉬워진다.

'원작 속에서 오델론이 에린에게 호감을 느낀 계기가 뭐였더라? …아.'

오델론은 이성이 제게 호감을 보이면 그것을 대부분 거절하지 않았다.

반란을 준비하며 최대한 많은 사람들을 제 편으로 만들어야 했기에 형성된 습관이었다.

덕분에 아르델은 그를 희대의 여자 사냥꾼이라며 조롱한다.

그것을 장난스러운 태도로 털어놓는 오델론에게 에린은 말했다.

'복잡하게 생각할 필요 없어. 사람들이 바라는 대로 해 주는 게 뭐가 나빠? 그 사람들이 네가 좋다는데 그걸 단호하게 거절하기는 힘들잖아.'

'난 당신이 나쁘다고 생각하지 않아. 모든 사람한테 공평하게 친절한 게 뭐 어때서?'

에린의 말처럼 오델론은 매우 공평했다.

너무 공평하게 친절한 나머지 자길 좋아한다고 고백한 여자들이랑 대부분 잤다.

원작 속 에린은 그 사실을 알지 못했던 탓에 저런 말을 할 수 있었다.

그게 결과적으론 남자 주인공인 오델론이 에린을 더욱 신경 쓰게 되는 계기가 됐지만……

아, 역시. 원작이랑 같은 길은 못 갈 것 같다.

나는 속으로 고개를 저었다. 그러고는 물었다.

"궁금한 게 있어."

어느새 시녀와 헤어진 오델론이 나를 응시했다. 보랏빛 눈동자에 담긴 의문을 읽어 낸 내가 덧붙였다.

"넌, 왜 그렇게 모든 사람의 애정을 받아 주지 못해 안달이야?"

"으음."

"방금 그 시녀만 해도 그래. 굳이 그렇게 친밀하게 굴 필요는 없잖아."

"혹시, 질투해?"

오델론의 물음에 나는 미간을 찌푸렸다.

"질투하는 게 아니야."

단호하게 부정했다. 오델론은 여전히 웃는 얼굴이었다. 그가 말했다.

"나 좋다는 사람이 워낙 많아서. 그러니까 이건 일종의 보답 같은 거지."

"…보답?"

"그래. 날 좋아하고 있는 것에 대한 보답."

그대로 할 말을 잃었다. 보답 같은 소리 하고 있네.

"그건 보답이 아니라, 기만이지."

"왜 그렇게 생각하는데?"

"오직 나만이 너한테 특별한 사람일 거다, 라고 착각하게 만드는 거잖아."

"그건 착각한 사람의 잘못이지."

와, 이런 미친.

나는 다시 한번 말을 잃었다. 너 진짜 대단한 애구나.

마음 같아서는 그냥 뺨이라도 한 대 치고 상황을 끝내고 싶었다. 그러나 그것을 간신히 참아 냈다.

"사기를 당하면 당한 사람의 잘못이야? 전쟁터에서 죽으면 전쟁에 나간 사람의 잘못이고?"

내 말에 오델론은 입을 다물었다. 그 틈에 말을 이었다.

"상대가 네게 애정을 가진다고 해서 그 마음을 모두 받아 줄 수는 없어. 그러니 사람의 마음을 사고 싶으면 다른 방법을 찾아 봐."

"……."

"이건 결국 상대를 기만함과 동시에 스스로를 기만하는 행위잖아."

오델론은 잠시 말이 없었다. 그는 뭔가를 골똘히 생각하는 얼굴이었다.

"그럼 넌, 독살을 사주한 사람과 그걸 직접 시도한 사람. 둘 중에 누가 더 나쁘다고 생각해?"

조금 늦게 들려온 물음에 나는 입을 다물었다. 끝까지 대답하지 못했다.

오델론은 그럴 줄 알았다는 듯 더 묻지 않았다.

우리는 그길로 헤어졌다. 나는 방으로 돌아왔고, 그는 들를 곳이 있다고 했다.

나는 가까이에 있던 소파에 깊숙이 몸을 기댔다.

한숨이 절로 나왔다. 약간의 안도감과 두려움이 공존했다.

조금 전 오델론이 던진 질문에 대해 마땅한 대답을 할 수가 없었다.

두려웠다. 오델론은 내가 거의 유일하게 자세한 사정과 과거를 알고 있는 인물이다.

그를 동정하게 될까 두려웠다. 오델론 때문에 리벨이 죽었다. 그녀의 두 동생들은 보호자를 잃고, 고아원에 맡겨졌다.

아처는 영문도 모른 채 자신의 연인을 잃었다.

펠루스는 형인 루딘 황태자를 잃었다.

오델론이 루딘 황태자를 죽이고 그 죄를 리벨에게 덮어씌운 덕분에 일어난 일들이다.

비록 오델론이 아리아 황후에게 협박을 받았다고는 하지만, 결국 이 모든 건 그가 자신의 손으로 해낸 일이다.

나는 그 사실을 똑똑히 되새겼다. 오델론이 몇 번이고 나를 죽였다는 사실 역시.

그때 누군가가 문을 두드렸다. 내가 들어오라고 답하기 무섭게 처음 보는 시녀가 들어와 고개를 숙였다.

"일 왕자 저하께서 오셨습니다. 워낙 바쁘신 탓에 지금 당장 뵐 수 없다면 이대로 돌아가시겠다고 합니다."

전혀 예상치 못한 방문이었다.

하지만 마다할 이유는 없었다. 곧장 말했다.

"들어오시라고 해."

"네? 하지만 영애께선 지금……."

시녀가 말끝을 흐렸다.

곧 잠자리에 들 예정이었기에 나는 지금 얇은 원피스 하나만을 입은 상태였다.

시녀는 지금 그 점을 지적하고 있었다.

나는 곁에 있던 하녀를 시켜 가운 하나를 걸쳤다.

"늦은 시간에 기별도 없이 방문하셨으니, 이 정도는 너그럽게 이해해 주시겠지."

먼저 쐐기를 박는 내 말에 그녀는 입을 다물었다.

그러다가 어쩔 수 없다는 듯 바깥에 있던 아르델에게 내 뜻을 전했다.

어쩌면 방문 요청을 거절할 수밖에 없도록 일부러 늦은 시각을 골랐을지도 모른다.

얇은 원피스 하나만 입은 채 곧 잠자리에 들 예정인 귀족 영애라면 낯선 사내의 방문을 쉽게 허락하지 않을 테니까.

"저하를 계속 기다리시게 할 셈이야?"

부드러운 재촉에 눈치를 보던 시녀가 문 쪽으로 향했다. 나는 그사이에 대충 상태를 점검했다.

곧 잘 예정이었기에 옷차림이 다소 가볍긴 해도 이 정도면 욕은 안 먹겠지.

"늦은 시각에 죄송합니다."

확인을 마치기 무섭게 아르델의 목소리가 들려왔다. 나도 예의상 인사를 건넸다.

"아닙니다. 아직 잠들기 전이었는걸요."

그러고는 곁에 있던 이들을 손짓으로 죄다 물렸다.

다들 당황한 눈치였으나, 내가 완곡하게 나오자 결국 마지못해 밖으로 나갔다.

"영애께서는 제법 당돌하시군요. 아님 저를 사내라고 생각하지 않는 겁니까?"

둘만 남기 무섭게 아르델이 물었다.

나는 습관적으로 펠루스가 준 단도의 위치를 생각하다가 고개를 저었다.

"다른 사람이 들으면 안 되는 대화라고 생각했을 뿐입니다."

"비밀을 지키기 위해선 늦은 시각에 사내를 방에 들이는 것 정도는 감수할 수 있다는 말씀인가요?"

"먼저 지금이 아니면 안 된다고 하셨으면서 왜 이런 질문을 하시는 건지 모르겠네요."

무례한 대화 내용은 둘째 치고, 자꾸만 쓸데없는 소리를 하는 아르델 때문에 짜증이 났다.

아르델 역시 그 사실을 알아챘는지 본론을 꺼냈다.

"제가 왜 영애의 제안을 적극적으로 고려하지 않는지 궁금하신가요?"

"네. 저하의 입장에서도 이 왕자님은 눈엣가시나 다름없지 않나요?"

"확실히 저는 그 아이가 거슬립니다. 하지만 우선순위는 확실하게 해 두는 편이라서요."

"우선순위요?"

"슬로레인은 지금 큰 변화를 앞두고 있습니다."

아마 현왕의 죽음 이후 벌어질 왕위 교체를 말하는 것일 터다. 현재 슬로레인의 왕은 언제 죽어도 이상하지 않은 상태였으니까.

"변화는 늘 혼란을 동반하죠. 그 혼란 속에서 또 다른 혼란을 불러들이면 어떻게 되는지 아십니까?"

아르델은 지금 현왕이 죽은 지 얼마 지나지 않아 오델론을 죽이면, 그것도 제국의 귀족인 내 도움을 받으면 어떻게 되는가를 이야기하고 있었다.

"제삼자가 끼어들어 모든 것을 집어삼킵니다."

아르델이 몸을 일으켰다. 이만 가 보겠다는 의미였다. 어느새 등을 돌린 그를 향해 나는 변명하듯 말했다.

"저는 그럴 마음이 없……."

"그건 모르는 일이죠."

내 말을 단칼에 자른 그가 말을 이었다.

"제가 영애를 무조건 신뢰할 이유는 없습니다. 당신이 보기에 오델론 그 아이가 내 적이듯, 당신도 결국엔 내 적입니다."

말을 마친 아르델은 그대로 방을 나가 버렸다.

그 모습을 멍하니 지켜보던 나는 다시 소파에 몸을 기댔다.

한숨이 절로 나왔다.

쉽지 않을 거라고 예상하긴 했지만 이 정도일 줄은 몰랐다.

'그럼 이제 어쩌지?'

아르델을 내 편으로 만들지 못하면 오델론의 반란에 개입할 수 없게 된다.

가장 효과적으로 오델론의 세력을 칠 기회를 잃게 되는 것이다.

그때였다.

저벅, 저벅, 누군가의 발걸음 소리가 들렸다. 문 쪽은 아니었다. 방 뒤쪽에 있는 거대한 창문 쪽이었다.

저벅, 저벅. 탁-

문제가 하나 있다면, 지금 내가 묵고 있는 방이 아파트 4~5층 정도 되는 높이라는 것이다.

일반적인 사람이라면 결코 올라올 수 없었다.

'암살자인가?'

그런 가정을 하자, 입 안이 바싹 마르고 절로 긴장이 됐다.

잽싸게 펠루스가 준 단도부터 품속에 챙긴 나는 창문 쪽으로 걸음을 옮겼다.

반쯤 열린 문 사이로 스산한 겨울바람이 들어왔다. 지금껏 창문이 열린 것을 몰랐던 게 우스울 지경이었다.

아니, 누군가가 방금 연 걸 수도 있겠구나.

그런 생각이 들기 무섭게 나는 창문을 열어젖혔다. 빨리 승부를 보자는 마음에서였다.

"안녕?"

허무한 인사가 돌아왔다. 익숙한 목소리였다. 붉은색 머리의 남자.

그를 고요한 눈으로 응시하던 내가 물었다.

"혹시, 암살자 컨셉이야?"

내가 재밌는 농담을 했다고 생각했는지 오델론이 웃었다.

"우선, 좀 들어가도 될까?"

"아니."

슬쩍 방으로 들어오려는 그를 내가 저지했다.

여차하면 창문을 닫을 의향도 있었다. 그는 여전히 웃고 있었다.

"아르델 형님은 되고, 난 안 된다?"

"일 왕자님 이름을 그렇게 막 불러도 돼?"

"상관없어. 어차피 여긴 너랑 나밖에 없잖아."

그렇게 말한 오델론이 자연스레 창문을 넘어 안으로 들어왔다.

정말이지 제멋대로군.

나는 그를 말리는 것을 포기하고 내버려 두었다. 그러다가 문득 물었다.

"넌 왕이 되고 싶어?"

잠깐의 침묵이 있었다. 그는 웃지 않고 있었다.

그렇다고 화가 난 것 같지도 않았다. 무표정한 것도 아니다. 오묘한 표정이었다.

마치 그 당연한 것을 왜 묻느냐 얼굴이었다.

"그래. 그걸 위해 평생을 살아왔으니까."

"왜? 왕이 되면 뭐가 달라지는데?"

"……."

"이렇게 힘들게 왕위를 차지했는데 아무것도 달라지지 않으면?"

나는 이미 답을 알고 있었다. 오델론이 왕이 된 후 어떻게 되는지.

그는 자신이 평생을 바쳐 온 왕위가 고작 이따위 것이라는 사실에 허무함을 느낀다.

원작에서는 그 공허함과 허무함을 에린이 채워 주지만 지금은 글쎄. 그걸 채워 줄 수 있는 사람이 있을까?

물론 난 애초에 그가 왕이 되지 못하도록 막을 생각이지만.

"건방진 가정이네."

오델론이 말했다. 나는 두 눈을 깜빡였다.

"내가 왕이 되면 많은 게 달라질 거야."

"……."

"지금까지와는 전혀 다른 삶을 살게 될 테니까."

마치 스스로를 세뇌하는 주문 같았다. 나는 그 점을 지적하지 않았다.

다만 차분하게 물었다. 진심으로 궁금했다.

"넌 대체 뭘 원해?"

"나는 아무것도 원하지 않아."

"뭐?"

의외의 대답이었다.

대체 무슨 생각인가 싶어 그를 빤히 응시하며 이어질 말을 기다렸다.

"어차피 결국엔 모두 내 것이 될 테니까."

"……."

"그러니 너도 나한테 미리 잘 보이는 게 좋을 거야."

오델론이 한쪽 입매를 휘며 웃었다. 그를 물끄러미 응시하던 내가 말했다.

"내가 널."

오델론의 보랏빛 눈동자를 마주한 채로 나는 그를 향해.

"왕으로 만들어 줄게."

덫을 놓았다.

덕분에 잠시 시간이 멈춘 듯 아무 말도 없었다.

오델론도 나도 서로를 탐색하듯 침묵을 지켰다. 숨소리조차 들리지 않을 정도로 고요했다.

그것을 오델론이 깼다.

"…완전히 마음을 정한 거야? 대체 무슨 바람이 불어서?"

"그건 비밀이야."

그리 말한 나는 웃어 보였다. 웃는 얼굴로 말을 이었다.

"근데 넌 내 말을 어떻게 믿는 거야?"

문득 그런 생각이 들었다.

아르델이 저 정도로 외세를 경계하는 걸 보면 오델론 역시 크게 다르지 않을 것 같은데.

나름 제국에서 오랫동안 생활했으니 자신의 형과는 다른 생각을 갖고 있는 걸까?

"넌 그 계집들이 보증해 준 자이니까."

그리 말하는 오델론의 눈에 언뜻 불신의 빛이 스쳤다. 황당했다.

반란을 도와 달라며 자신의 왕국까지 끌고 올 때는 언제고 불신의 눈빛이라니.

"넌, 아직도 나를 믿지 못하는구나?"

오델론은 부정하지 않았다. 헛웃음이 나왔다.

안 되겠다. 이대로 있다간 내가 무사히 조건을 충족한다고 해도 오델론이 나를 배신할 것 같았다.

그에게 나를 배신해선 안 되겠다 싶을 정도의 위기감과 믿음을 줘야 했다.

"좋아. 믿을 수밖에 없게 해 줄게."

갑작스러운 말에 내가 뭔가를 예언하리라 여겼는지 오델론의 관심이 내게로 쏠렸다. 나는 말했다.

"빠르면 빠를수록 좋아."

"그게 무슨……."

"사흘 후."

뭔가를 더 물으려던 오델론의 말을 잘라 낸 내가 덧붙였다.

"국왕 전하께서 승하하실 테니까."

내가 폭탄 같은 예언을 던진 지 사흘 후, 오델론이 나를 찾아왔다.

슬로레인 국왕의 사망 소식이 전해진 이후에.

막 식사를 마치고 목욕을 하려던 내게 오델론의 방문 소식이 전해졌다.

"들어오시라고 해."

허락이 떨어지기 무섭게 오델론이 들이닥쳤다.

"왕자 저하!"

"왜 그러시는 거예요!"

제국에서부터 동행한 시녀들이 소리를 치며 말리려고 했으나 역부족이었다.

그들의 외침에도 오델론은 개의치 않았다.

그는 다짜고짜 나를 벽으로 밀쳤다. 정신을 차리고 보니 멱살까지 잡힌 상태였다. 오델론이 물었다.

"너, 뭐야?"

그 모습을 보고 당황한 시녀들에게 나는 일단 나가라며 손짓했다. 그녀들은 머뭇거리다가 결국 밖으로 나갔다.

"보는 눈이 많은데 조심하는 편이 좋지 않아?"

"내가 지금, 이 상황에서 남의 눈치를 볼 것 같아?"

당장이라도 차고 있던 검을 뽑을 기세였다. 하지만 그건 나한테 별 효과도 없을 텐데.

"궁금하지 않아? 내가 뭘 어디까지 아는지?"

"……."

차분한 물음에 오델론이 잡고 있던 멱살을 놔주었다. 묻고 싶은 게 많은 얼굴이었다.

"너 대체 뭐야?"

"나? 에린 세르틴 아를레인이지."

그를 조롱하듯 그렇게 말하며 활짝 웃었다. 오델론이 미간을 찌푸렸다.

나는 금세 웃음을 거둔 얼굴로 말했다.

"말했잖아. 널 왕으로 만들어 주겠다고."

"적어도 그게 농담이 아니었다는 건 알겠어."

"알았다니 다행이네."

산뜻하게 웃는 나를 보며 오델론은 기묘한 얼굴을 했다. 내 속을 읽어 내려고 애쓰는 것 같기도 했다.

어째, 상황이 묘하게 역전된 것 같네.

우리의 만남에 있어서 주도권을 쥔 건 거의 오델론이었다. 그는 늘 여유를 잃지 않았으니까.

그에 반해 나는 항상 어떻게든 오델론의 속을 읽어 내기 위해 노력했다.

그런 관계가 처음으로 뒤집어진 것이다. 기분이 썩 나쁘지 않았다.

"나를 어떻게 왕으로 만들어 줄 생각인데?"

"그걸 벌써 말하면 재미가 없지."

"난 네 능력을 아직 완벽하게 신뢰할 수 없어. 게다가 왜 갑자기 나를 돕겠다고 나서는 건지 그 이유도 잘 모르겠고."

헛웃음이 터져 나왔다.

전에는 무조건적으로 내 능력을 믿는다고 말하면서 나를 데려가지 못해 안달이더니. 이제 와 능력을 믿을 수가 없단다.

다 잡은 물고기라 이건가? 이런 식으로 나오면 곤란한데.

"네 협조가 일시적인 변덕에 불과하다면……."

"이거 서운하네."

나는 섭섭함이 가득한 얼굴로 그의 말을 잘랐다.

"난, 너 하나만 믿고 황태자 전하의 보좌관 자리도 던진 채, 이 낯선 땅에 왔어."

"……."

"널 도울 마음이 없었다면 굳이 이렇게까지 하지도 않았을 거야."

오델론은 말이 없었다. 속을 알 수 없는 얼굴이었기에 나는 더 이상 말을 잇지 않았다.

사족이 길어질수록 허점이 드러날 확률 역시 높아질 테니까.

"사흘 안으로 생각을 정리한 후 다시 찾아 줘. 그러지 않으면 난 제국으로 돌아갈 거야."

나로서는 제법 강수를 둔 셈이었다. 비슷한 감상이었는지 오델론의 표정이 굳어졌다.

그가 뭔가를 고민하는 동안 나는 침대 옆에 달린 줄을 잡아당겼다.

시녀들이 안으로 들어왔다. 옆에는 기사들도 함께였다.

아까 내가 멱살을 잡히는 걸 시녀들이 목격한 탓에 기사를 부른 모양이었다. 그중에는 아르델의 사람으로 짐작되는 이들도 제법 있었다.

이 정도면 오델론도 돌아갈 수밖에 없을 것이다.

짐작대로 그는 더 이상 말이 없었다. 잠시 나를 응시하다가 그대로 몸을 돌려 방을 나섰다.

오델론이 모습을 감추기 무섭게 털썩 주저앉을 뻔했다. 긴장이 풀리면서 다리의 힘 역시 풀린 것이다.

"괜찮으십니까?"

"괜찮아요."

별로 괜찮지 않았지만 일단은 그렇다고 우겼다. 시녀는 더 묻지 않았다. 그저 조금 안됐다는 얼굴로 나를 응시했다.

"아르델 일 왕자 저하께서 찾으십니다."

뒤에서 다른 이의 목소리가 들려왔다. 아르델의 사람이 아닌가 싶었던 시종이었다.

왜 여기 있나 했더니, 아르델의 명령을 전하기 위해서였던 모양이다.

이런, 하필 오델론과 함께 있는 모습을 가장 보여서는 안 될 사람에게 보이고 말았다.

"알았어요. 금방 가죠."

고개를 끄덕인 나는 눈짓으로 곁에 있던 시녀들에게 준비를 도울 것을 명했다.

당장이 아니라 금방 가겠다고 말한 이유였다.

벽으로 밀쳐지고, 멱살을 잡혀 구겨진 옷을 입고 아르델을 만나러 가는 건 예의가 아닐 테니까.

시녀들 역시 같은 의견이었는지 금세 상황을 수습해 주었다. 나는 한결 단정하고 깔끔해진 차림으로 방을 나섰다.

시종을 따라 복도를 걷는 내내 아르델이 나를 부른 이유를 가늠하기 위해 노력했다.

외세의 개입을 끔찍할 정도로 경계하는 주제에 나한테는 대체 무슨 볼일인 거지?

"이쪽에서 기다리고 계십니다."

저번에 그를 만났던 곳과 또 다른 방이었다. 이번 방은 지나치게 화려했다.

상대방의 기를 죽이려는 의도가 훤히 보였기에 조금 우습기도 했다.

앞서 걷던 시종이 문을 열어 주자 나는 안으로 들어갔다.

아르델은 가장 안쪽에 있는 의자에 앉아 있었다. 모습만 보면 그는 이미 왕자가 아니라 국왕이라도 된 듯했다.

"루릭스 제국의 에린 세르틴 아를레인이 슬로레인의 아르델 세릭 브란스 일 왕자 저하를 뵙습니다."

"거추장스러운 인사는 거기까지 하고 곧장 본론으로 들어가도록 하죠."

나 역시 바라는 바였다. 아르델이 말했다.

"재밌는 이야기를 들었습니다. 오델론을 방에 들이셨다죠?"

"네, 맞아요."

나는 순순히 긍정했다. 크게 놀랄 일은 아니었다.

아까 그곳에는 분명 아르델의 사람도 있었으니까.

내가 시녀들의 도움을 받아 준비하는 동안 보고를 받은 거겠지.

"질 나쁜 소문을 퍼트리려고 작정하신 건가요? 이를테면, 영애께서 슬로레인의 두 왕자를 제 아래에 두고 멋대로 주무르려고 한다, 라든가."

"그래서요? 하고 싶으신 말이 뭔가요?"

은근히 나를 조롱하면서 말까지 돌리는 아르델의 행동에 짜증이 났다. 본론만 말한다며?

다행스럽게도 내 표정을 읽었는지 그가 곧장 본론을 입에 담았다.

"영애께서는 저한테 이중 첩자를 운운하며 협력할 것을 제안하더니, 뒤에서는 그 아이를 방에 들이셨습니다. 이게 앞뒤가 맞는 행동인가요?"

"맞지 않을 건 또 뭐죠? 그리고 제 기억에 따르면 일 왕자 저하께서는 분명 제안을 거절하셨던 것 같은데요?"

이제 와 아쉬워지기라도 했냐는 듯 묻자, 아르델이 잠시 입을 다물었다.

"한 나라의 왕자씩이나 되시는 분께서 한 입으로 두말하실 줄은 몰랐네요."

나는 굳이 말을 돌리려는 성의도 보이지 않은 채 아르델을 비난했다. 그러고는 물었다.

"그래서 제게 하실 말은 그게 다인가요? 그렇다면 이만 나가 보겠······."

"아뇨, 아직 안 끝났습니다."

"아, 그러시군요."

나는 시큰둥한 반응을 보였다. 썩 영양가 있는 대화가 오갈 것 같지는 않았기 때문이다.

"슬로레인의 국왕께서 승하하셨습니다."

아르델의 말에 나는 당황스러운 기색으로 두 눈을 조금 크게 떴다. 그가 말을 이었다.

"혹, 이에 대해 아는 바가 있으십니까?"

"제가 그 일과 관련이 있다고 보시는 겁니까?"

"꼭 그런 건 아닙니다. 다만, 영애께서는 제법 공교로운 타이밍에 왕국에서 머물고 계셨으니까요."

의심하고 있단 소리다.

네가 범인이다, 정도는 아니어도 뭔가 연결 고리가 있지 않을까, 하는 가벼운 의심.

하지만 그건 굳이 내게 이런 식으로 물을 필요도 없는 의심이었다.

"저는 아닙니다. 제가 왕궁에서 머무른 건 맞지만, 국왕 폐하를 뵌 적은 단 한 번도 없으니까요."

국왕을 죽이려고 시도하기는커녕 머리카락 한 올 보지 못했다.

그건 내 일거수일투족을 보고받고 있을 아르델이 더 잘 알 텐데.

"그렇군요. 알겠습니다."

그럼에도 그가 내게 이런 질문을 한 건 아마.

"그럼 그렇게 알고 있도록 하죠. 이만 돌아가셔도 좋습니다."

"감사합니다."

인사를 마친 나는 몸을 돌려 나왔다.

아르델의 의도는 명백했다.

내가 국왕의 죽음과 오델론 사이의 연결 고리를 주장하길 바란 거겠지.

하지만 그럴 마음은 없었다. 지금은 아직 때가 아니다.

오델론을 무너트리려면 이런 하찮은 모함 정도로는 부족했다. 아예 그가 시도할 반란 자체가 실패로 돌아가게 만들어야 했다.

"식사를 하시겠습니까? 아니면 목욕물을 준비하라고 할까요?"

"식사부터 할래."

"네. 금방 준비하라고 하겠습니다."

방으로 돌아온 나는 음식이 준비되기를 기다리며 편한 드레스로 갈아입었다.

그러고는 준비된 음료를 홀짝이며 원작의 내용을 곱씹었다.

현재 많은 이들이 관심을 보이고 있는 국왕의 죽음에 대해서.

원작에 따르면 슬로레인의 국왕은 건강이 눈에 띄게 좋아졌다는 의원의 진단을 받고 며칠 후 세상을 떠난다.

직접적인 암살 흔적은 없지만, 너무나 갑작스러운 죽음이었기에 다들 타살이 아닌지를 의심한다.

실제로 왕이 서거한 후, 얼마 지나지 않아 왕을 담당했던 의원이 실종되기까지 하니까.

하지만 타살이라고 공표하고 수사를 진행하기엔 명백한 증거가 없었다.

무서울 정도로 아무것도 나오지 않았다.

결국 왕의 죽음은 평소 갖고 있던 지병에 의한 것으로 발표된다.

그러나 진실은 달랐다. 슬로레인의 왕은 처음에 많은 이들이 의심했던 대로 살해당한 거였다.

원작 소설 속에서는 끝내 밝혀지지 않는 내용이다.

당연히 에린도 모르는 일이었고, 그저 훗날 누군가의 회상에서 잠시 등장한다.

회상에 따르면 왕을 죽인 이는 바로 오델론이었다.

이러한 사실을 사흘 전에는 오델론 본인조차 모르고 있었다. 그렇기에 그리도 다급하게 나를 찾아온 것이다.

사흘 전까지만 해도 오델론은 왕에게 손을 댈 생각이 없었다.

제 부친을 죽이는 것에 대해 거부감이 있었다기보다, 굳이 손을 댈 필요를 느끼지 못했다는 쪽이 맞을 것이다.

슬로레인의 왕은 서서히 죽어 가고 있었다.

오델론이 반란을 계획하고 있는 타이밍에 맞춰서. 그런데 갑자기 계획이 틀어지고 만다.

언제 죽어도 이상하지 않을 정도로 상태가 나빴던 왕의 건강이 좋아지고 있다는 소식이 들려온 것이다.

덕분에 오델론은 반란에 가장 큰 방해 요소가 될 국왕을 죽이기로 결심한다.

왕을 전담하는 의원이 예전에 오델론의 모친에게 은혜를 입은 적이 있었기에 쉽게 매수할 수 있었다.

의원을 매수한 후, 독살.

그렇게 성공적으로 왕을 독살한 오델론은 바로 다음 날 의원마저 납치한 후, 살해한다.

유약한 성격을 가진 그라면 의심을 받는 즉시, 자신이 알고 있는 모든 걸 털어놓을지도 모른다는 생각 때문이었다.

식사를 마친 나는 산책을 핑계로 정원을 돌아다니기 시작했다. 시녀 한 명과 호위 기사 한 명과 함께.

혼자 가는 게 편하다고 말했음에도 내 안전을 위해서는 어쩔 수 없다고 했다.

아르델이 신신당부를 했다는 걸 보니 감시가 목적인 듯했다.

귀찮게.

"왕궁 안에 푸른 장미가 핀 곳은 없어? 겨울이기는 해도, 실내에 있는 정원이라면 하나쯤 있을 것 같은데."

"…푸른 장미요?"

정원을 도는 내내 무슨 질문을 해도 막힘없이 대답하던 시녀가 처음으로 되물었다.

내가 고개를 끄덕이자, 그녀는 망설임 가득한 얼굴을 하다가 결국 입을 열었다.

"왕자 궁의 가장 안쪽에 정원이 하나 있습니다. 저도 실제로 가 보지는 않았지만, 그쪽에 푸른색 장미가 피어 있다는 말을 들었어요."

"그렇구나. 그럼 마지막으로 거기에 가 보고 싶은데 가능할까?"

"가능하실 거예요. 다만, 그곳은 저나 옆에 계신 기사님은 출입할 수 없어요."

나 혼자만 들어갈 수 있다는 뜻이다.

"그래? 그건 좀 아쉽네."

사실 알고 있었다. 그래서 거길 가자고 한 것이다.

내가 아무것도 모르는 척하자 시녀가 설명을 덧붙였다.

"그곳은 원래 고위 귀족이나 황족이 아니면 출입할 수 없는 곳이에요. 그러니 저는 걸음을 하지 않으시는 걸 추천합니다."

"왜?"

"그곳에서 사고가 나면 제아무리 타국의 공녀님이라고 해도, 상대에게 책임을 물으실 수 없어요. 여기에 동의하지 않으면 정원에 출입하실 수도 없습니다."

"그래?"

그러니까 그럴 각오가 되어 있지 않으면 들어가지 말라는 이야기였다.

"알았어. 명심할게."

나는 보란 듯이 웃으며 고개를 끄덕였다. 그런 건 애초에 내게 별문제가 되지 않았다.

"…따라오시지요."

그리 말한 시녀가 앞장서 걷기 시작했다. 그녀는 매우 떨떠름한 얼굴이었다.

지금의 상황이 썩 마음에 들지 않는 눈치였다.

"발밑을 조심하시는 게 좋습니다."

기사의 충고를 듣고 보니 확실히 관리가 제대로 되어 있지 않은 길이었다.

삭막한 겨울의 풍경을 그대로 담아낸 것처럼 황량했다. 왕궁 안에 이런 장소가 있다는 사실이 믿기지 않을 정도였다.

그리고 나는 이곳이 이 모양인 이유를 알고 있었다.

"여기서부터는 혼자 구경할게. 수고했어."

인사를 마친 나는 몸을 돌려 정원의 안쪽으로 걸음을 옮겼다.

너무 늦지 않게 돌아오려면 서둘러야 했다.

정원의 안쪽 역시 바깥의 풍경과 크게 다르지 않았다. 정원이라는 표현보다는 폐허라는 표현이 더 잘 어울릴 것 같았다.

이런 곳에서 꿋꿋이 삶을 이어 가고 있는 푸른 장미들이 참으로 대단하단 생각이 들었다.

푸른 장미는 사실 오델론의 모친인 후궁이 좋아하던 꽃이었다. 이 정원을 만든 건 오델론의 부친인 국왕이었고.

왕은 제 후궁을 총애했다. 문제는 그 마음이 오래가지 않았다는 점이다.

뒷배도 없는 후궁이 왕의 총애를 잃었으니, 결과는 뻔했다.

왕비의 분노를 정면으로 받게 된 후궁은 아들인 오델론을 살리기 위해 자살했다.

모친의 죽음을 대가로 오델론은 살아남았다.

그가 삐뚤어진 건 아마 이런 환경 때문이었을 것이다. 어린 나이에 모친을 잃은 탓에 제대로 된 애정을 받아 보지 못했을 테니까.

그가 온실 속 화초 같던 에린에게 관심을 보인 것 역시 그런 이유였다.

처음에는 열등감과 질투로 시작된 감정이었다. 자신이 받지 못한 가족들의 사랑을 받는 그녀를 향한 열등감과 질투.

그것은 시간이 지나고, 에린과 함께한 추억이 쌓일수록 호감으로, 그리고 결국엔 사랑으로 변한다.

오델론을 향한 에린의 꿋꿋한 애정이 마침내 빛을 발한 것이다.

'하지만 안타깝게도 나는 에린이 아니지.'

그러니 원작 속 에린처럼 오델론을 향한 순수한 애정을 가질 수는 없다.

내 곁에는 아처나 펠루스처럼 오델론으로 인해 고통받는 사람들이 있으니까.

그리고 원작 소설의 내용을 바꾸지 못한다면 나 역시 언젠간 그로 인해 고통받을지도 모른다.

거기까지 생각하던 나는 잠시 걸음을 멈췄다. 내가 정원을 찾은 목적을 달성하기 위함이었다.

'분명, 여기 어디쯤인 것 같은데.'

거대한 나무 몇 그루를 지나 한참을 걷자, 제법 빽빽한 수풀이 눈에 들어왔다.

그것을 헤집자 성인 한 명이 겨우 지나갈 수 있는 틈이 생겼다.

나는 자세를 한껏 낮춘 채로 그 틈을 통과했다.

그러자 탁 트인 숲이 눈앞에 펼쳐졌다. 달빛이 밝은 편이라서 그런지 생각보다 어둡지 않았다.

나는 걸음을 옮겼다. 방금 내가 통과한 정원의 통로는 오델론이 만들어 둔 것이었다.

아르델의 감시를 피해 효과적으로 왕궁 바깥을 돌아다니려면 비밀 통로는 필수였다.

그래서 생각해 낸 것이 모친의 정원이었다.

왕의 총애를 잃은 후궁을 상징하는 정원을 찾거나 관리하는 사람은 없으니까.

불미스러운 일이 생겨도 책임을 물을 수 없다는 사실 역시 사람들의 발길을 끊는 데 단단히 한몫했을 것이다.

바스락.

'아, 이런.'

내가 걸음을 옮기기 무섭게 드레스 자락이 수풀에 걸려 소리를 냈다.

참으로 예쁜 드레스였으나, 숲을 돌아다녀야 하다 보니 굉장히 거추장스러웠다.

나는 풍성한 드레스 자락을 최대한 모아서 든 채로 오델론의 아지트를 향해 걸음을 옮겼다.

아지트로 가는 길은 제법 복잡했다. 원작 소설에서 읽은 것을 열심히 떠올려 가며 걷고 있음에도 그랬다.

아무것도 모르고 숲에 들어온 사람이라면 아마 절대 찾을 수 없을 것이다.

"넌, 누구냐?"

갑작스레 들려온 목소리에 고개를 돌리자 제법 덩치가 큰 남자가 나를 보고 있었다.

그의 손에는 거대한 칼이 들린 채였다.

차분하게 어둠을 가르고 다가온 남자는 조금 놀란 얼굴을 했다.

"…계집? 계집이 대체 무슨 이유로 이 시각에 여기 있는 거지?"

내가 여자라는 사실을 확인한 그는 방금 전보다 경계심을 한층 누그러트린 얼굴이었다. 하지만 그것은 찰나였다.

"당신의 주군을 만나러 왔어."

"뭐?"

이어진 한마디에 남자는 다시 가시를 세웠다.

"누굴 만나러 왔다고?"

"당신의 주군."

남자의 얼굴이 미묘하게 일그러졌다. 그는 찰나 나를 미친 여자 보듯 했다. 그러다가 곧 어떤 사실을 깨닫고는 표정을 굳혔다.

"주군? 그게 대체 무슨 헛소리……."

"지금 당신이 팔에 감고 있는 푸른 천이 그 증거잖아. 당신의 주군인 이 왕자를 향한 충성의 맹세."

모든 걸 다 알고 있다는 듯 말을 잇는 나를 남자는 침묵 속에서 지켜보았다.

기대에 부응하듯 나는 말을 이어 갔다.

"난, 당신들이 준비하고 있는 일의 판도를 바꿀 수도 있는 사람이야."

"……."

"그래도 정 못 믿겠다면 당신의 주군에게 내 이름을 전해. 그는 내 이름을 알 테니까."

남자는 제법 복잡한 얼굴을 하고 있었다.

나를 오델론에게 데려가야 할지, 이대로 무시해야 할지 여전히 고민하는 기색이었다.

남자의 고민을 덜어 주기 위해 나는 말했다.

"당신들이 계획을 실행하기로 한 날은 일주일 후."

차분하게 뱉어진 음성에 남자의 눈이 찰나 흔들렸다. 애써 감추려 하는 듯했으나, 역부족이었다.

"계획은 차기 왕으로 내정된 것이나 다름없는 아르델 일 왕자를 죽이고, 이 왕자 오델론을 왕위에 올리는 것."

나름 구체적인 계획이 등장하자, 남자가 들고 있던 칼을 꽉 쥐었다.

칼을 휘두르려고 하면 곤란한데.

내가 죽어서 시간이 돌아간다면 처음부터 다시 해야 할 테니까.

"…넌, 대체 누구지?"

"지금 중요한 건 그게 아니지. 정말 중요한 건……."

경계심 가득한 얼굴로 그리 묻는 남자를 향해 나는 말했다.

"내가 너무 많은 걸 알고 있다는 사실이지."

"……."

이렇게까지 했는데 나를 오델론에게 데려가지 않는다면 그건 남자가 첩자가 아닌지를 의심해 봐야 했다.

"…따라와라."

남자는 첩자가 아니었다. 그는 순순히 나를 아지트 안으로 데려갔다. 오델론은 아지트의 가장 안쪽에 위치한 방에 있었다.

"주군, 수상한 계집이 아지트 근처를 돌아다니기에 데려왔습니다."

남자의 보고를 받은 오델론의 시선이 내게로 향했다. 그는 미묘한 웃음을 보였다.

내가 이런 식으로 자신을 찾아올 줄은 몰랐던 모양이다.

"대답을 들으러 왔어."

"대답?"

"그래."

나는 고개를 끄덕이며 말을 이었다.

"원래는 느긋하게 기다리려고 했는데, 그럴 시간이 없는 것 같아서."

"너를 믿느냐, 아니냐에 대한 대답 말이지?"

"맞아."

웃으며 건넨 대답에 오델론 역시 입가를 휘며 웃었다. 그러고는 나를 데려온 기사를 손짓으로 물러나게 했다.

순식간에 나와 오델론만 남게 되었고 얼마간의 침묵이 흘렀다.

나는 대답을 재촉할 생각으로 입을 열었다.

"내가 네 아지트까지 찾았는데, 아직도 내 능력을 못 믿겠다고 말할 셈이야?"

오델론은 금방 대답하지 않았다. 그저 나를 빤히 응시했다. 그러다가 말했다.

"그래, 네 능력 믿을게."

"어?"

"네 능력이 진짜라는 거 믿겠다고."

예상보다 훨씬 순순한 대답이었기에 나는 얼빠진 반응을 보이고 말았다.

하지만 그는 내 반응 따위 별로 신경 쓰지 않는 듯했다.

"널 이번 계획에서 중요한 위치에 둘게. 대신 조건이 하나 있어."

"조건?"

"이번 일에 가담한 자들 중에 첩자가 있는 것 같아."

"첩자가 있다고?"

놀라지 않을 수 없었다.

이번 계획에 가담한 이들이라면 모두 오델론과 제법 오랫동안 알고 지낸 사이일 것이다.

그만큼 깊은 신뢰로 다져진 사람들일 텐데. 그들 중 하나가 배신을 했다고?

"확실한 거야?"

"그래. 그러니 그게 누구인지 찾아내."

말을 마친 오델론이 웃었다. 어딘가 찜찜한 웃음이었다.

༄

오델론의 아지트에 드나들기 시작한 지 이틀째.

당연한 소리지만, 눈을 씻고 찾아봐도 첩자로 짐작되는 인물은 없었다.

"주군이 오냐오냐해 준다고 착각하지 마라."

뜬금없이 들려온 시비에 나는 고개를 들었다.

그러자 그곳에는 첫날에 나를 오델론에게 데려다준 남자가 있었다.

"너는 주군에게 다른 여자들과 별반 다를 바가 없어."

남자의 이름은 한스. 탁한 다갈색 머리카락이 특징인 그는 대단한 충성심을 가졌다.

내 기억에 따르면 한스는 이번 반란의 마지막 전투에서 오델론 대신 칼을 맞기도 한다.

'덕분에 목숨만 겨우 부지했던 것 같은데.'

"그러니 주군의 마음에 들려는 생각은 버리는 게……."

"뭔가 착각하고 있는 것 같은데."

남자의 말을 잘라 낸 내가 몸을 일으켰다. 더는 얌전히 들어 줄 이유가 없었다.

"내가 당신 주군한테 매달리고 있는 게 아니야. 오히려 그 반대지."

"뭐? 그럴 리가 없……."

"못 믿겠으면 직접 물어보든가."

말을 더 섞기도 귀찮았다. 슬슬 오델론을 만나서 상황 보고도 해야 하고.

"주군이 널 마음에 들어 한다고 해도 어차피 찰나일 뿐이야."

하지만 한스는 지치지도 않는지 오델론에게 가는 나를 졸졸 따라왔다.

"계집이면 계집답게 얌전히 수나 놓든가. 왜 사내들이 하는 일에 끼어드는 거지?"

으음, 이젠 하다 하다 성별을 물고 늘어지는 건가? 진부하다 못해 하품이 나올 정도였다.

"그 계집이 입 한번 잘못 놀리면 여기 있는 모두가 죽을 텐데. 좀 더 몸을 사리는 게 좋지 않을까?"

말을 마친 나는 문을 열고 방 안으로 들어갔다. 그런 나를 응시하는 남자의 표정은 처참하게 구겨져 있었다.

그러게 왜 쓸데없이 본전도 못 찾을 시비를 걸고 그래?

"좀 어때? 알아낸 거라도 있어?"

문을 닫기 무섭게 들려온 오델론의 물음에 나는 잠시 뜸을 들이다가 말했다.

"궁금해?"

"당연하지."

"듣고 싶으면 잠깐 시간 좀 내줘."

"그건 또 무슨 개소리지?"

"어차피 오늘 할 일은 다 끝냈잖아."

오델론은 부정하지 않았다. 나는 그런 그를 잡아끌었다.

그길로 우리는 번화가에 나왔다. 그리고 지금은 요즘 유행이라는 종이 인형 연극을 보기 위해 서 있었다.

"시간을 좀 내 달라는 게 이런 곳에서 노닥거리자는 의미였어?"

"맞아."

"미친년."

"야, 나도 귀족이야."

좀 더 곱상한 말투를 써 달라는 의미였다. 물론 그는 순순히 말을 들어 먹지 않았다.

"곱게도 미친년."

"……."

나는 말없이 오델론을 노려보다가 한숨을 내쉬었다. 빨리 연극이나 보고 가는 게 좋을 것 같았다.

다행스럽게도 연극은 금방 시작됐다.

"마을에는 대단한 우정을 자랑하는 두 친구가 있었습니다. 그들의 우정은 대단했고, 그렇기에 이를 시샘하는 이도 제법 되었습니다."

연극을 주도하는 이들의 솜씨가 좋았기에 어른이고 아이고 할 것 없이 순식간에 빠져들었다.

"너, 이거 일부러 보여 준 거지?"

연극이 끝나고 다른 곳으로 이동하려던 나를 붙잡은 오델론이 물었다. 나는 순순히 고개를 끄덕였다.

"맞아."

슬로레인의 평민들 사이에서 종이 인형 연극이 유행한다는 시녀의 말을 들었다.

그래서 남몰래 돈을 주고 내가 원하는 연극을 하게 만들었다.

주변 사람들에 의해 끊임없이 우정을 시험당하는 두 친구, 그리고 그 끝에 두 사람은 결국 나란히 파멸의 길을 걷는다.

그게 내가 계획한 연극의 내용이었다.

"첩자를 찾으랬지, 이따위 시답지 않은 짓을 하라고 한 적은 없을 텐데?"

"말은 똑바로 해야지. 없는 첩자를 어떻게 찾아?"

"뭐?"

"처음부터 없었잖아. 첩자 같은 거."

오델론은 침묵했다. 나 역시 당장 대화를 이어 나갈 마음은 없었다.

"일단 나가자."

다음에 이어질 연극을 볼 게 아니라면 자리를 비켜 줘야 했다.

"그냥 있어."

그리 말한 오델론이 다음에 이어질 연극의 표를 샀다. 그러고는 말했다.

"하려던 이야기 계속해 봐."

"너 아직도 나 안 믿지?"

"……."

"그래서 계속 이런 식으로 아닌 척 사람 시험하는 거잖아."

화를 내는 척했지만 첩자를 찾아내라는 말을 들었을 때부터 어느 정도 짐작했었다.

원작 소설에 따르면 현재 오델론을 따르는 이들 중 배신자는 없다.

그들은 딱 두 부류였다. 대단한 충성심을 가진 자이거나, 대단한 약점을 오델론에게 잡힌 자이거나.

둘 중 어느 쪽도 그를 배신할 수 없는 위치에 놓여 있다. 그러니 첩자는 있을 수 없다.

오델론이 있지도 않은 첩자를 찾으라고 한 건, 내 능력을 시험하기 위해서였다.

내가 어디까지 알 수 있는지 좀 더 세세하게 테스트하고 있는 것이다.

썩 좋은 징조는 아니었다.

이대로 가다간 마지막에 뒤통수를 맞는 건 오델론이 아니라, 내가 될 수도 있으니까.

"이런 식이면 나는 너를 도울 이유가 없어."

나와 나란히 파멸하고 싶지 않으면 이런 식으로 나를 시험하는 짓은 그만두란 의미였다.

"넌 왜 이렇게까지 하는 거지?"

오델론이 물었다. 느낌이 썩 좋지 않은 질문이었다.

"겉으로는 그저, 내 바람을 이뤄 주고 약속했던 걸 받아 내려고 하는 것 같지만, 네 행동에는 허점이 있어."

그가 말을 이었다.

"내가 이대로 네가 알려 준 예언만 잘 써먹고 입을 싹 닫아 버리면, 내기에서 져 주겠다는 약속이나 아처 메테니아에게 사과하겠다는 말을 지키지 않으면 그땐 어쩌려고?"

"……."

"네가 그렇게 멍청하다고는 생각지 않아. 분명 무슨 수를 생각해 뒀겠지."

그러니 그걸 말해 봐. 대답하지 못하면, 나는 너를 의심하고 말

테니.

오델론은 지금 그렇게 말하고 있었다.

"어이, 거기 빨간 머리! 좀 앉아! 연극 시작했잖아! 안 볼 거면 비키든가!"

그때 우리의 뒤쪽에 있던 중년의 남자가 외쳤다.

위기의 순간, 시간을 벌어 준 건 고마웠지만 조금 걱정이 됐다.

그리고 아니나 다를까, 오델론의 손이 차고 있던 검집 근처에 머물렀다. 나는 기겁하며 그의 손을 붙잡았다.

"미쳤어? 여기 있는 사람들을 다 죽일 셈이야?"

오델론에게만 들릴 정도의 목소리로 속삭였다.

지금 여긴 보는 사람이 너무 많으니 네가 참으란 의미였다.

"그게 뭐?"

"…진심으로 묻는 거야?"

내가 황당하단 얼굴을 하자, 그는 으득 이를 갈았다. 그러다가 곧 몸을 돌렸다.

조용히 연극이나 볼 셈인 듯했다. 안도의 한숨을 내쉰 나 역시 그를 따라 고개를 돌렸다.

뜻하지 않게 보게 된 연극이었지만 내용은 제법 괜찮았다.

다만, 한 가지 걸리는 점이 있었다.

'이거, 원작 소설에서 오델론과 에린이 함께 봤던 연극인 것 같은데.'

처음에는 긴가민가했는데 내가 뒤에 이어질 내용을 알고 있는 걸 보니 확실했다.

'타이밍 한번 기가 막히네.'

원작 소설의 루트를 따라갈 마음이 전혀 없음에도 이렇게 될 줄이야.

연극을 보고 나오니 오델론의 상태가 심상치 않았다.
아까 했던 질문을 재차 하지 않는 건 좋았으나, 기분이 상당히 저조해 보였다.
이러다가 또 사고 치는 거 아냐?
침묵이 길어질수록 불안한 마음도 커져 갔다. 결국 나는 앞서 걷던 오델론에게 물었다.
"괜찮아?"
"……."
그는 말이 없었다. 다만 걸음을 멈춘 후 나를 응시했다.
"너는 그 연극을 보고도 아무렇지 않아?"
"뭐가?"
"방금 그 연극은 결국 왕비 소생의 왕자가 왕위를 이어받는 내용이잖아."
무심코 그게 뭐? 라고 물으려던 나는 입을 다물었다.
하마터면 원작 속 에린과 같은 전철을 밟을 뻔했다.
두 사람이 싸우는 계기 중 하나인 오늘의 연극.
비록 오델론과 연인 사이는 아니지만, 이 시점에서 굳이 그와 싸울 필요는 없었다.
"아무리 노력해도 후궁 소생의 왕자에겐 한계가 있다고, 그렇게 말하는 거잖아. 저 빌어먹을 개자식들이!"
아, 씨. 깜짝이야! 왜 갑자기 소리를 지르고 그래?
물론 그 감상을 입 밖에 내진 않았다. 그 정도 눈치는 있었다.
"근데 사람이라면 누구나 한계를 갖고 살아가지 않아? 그게 어떤 한계냐의 차이만 있을 뿐이지."

나는 진심으로 의아한 얼굴을 했다. 한계가 있다는 말을 듣는 게 그렇게까지 화가 날 일인가?

"넌, 그런 게 아무렇지 않아?"

"응?"

"신분에 따른 한계에 집착하는 게 추하다고 생각하지 않느냐고."

"그게 왜 추해?"

그가 던진 질문을 이해할 수 없었다.

"자신의 능력이 부족해서가 아니라, 다른 이유로 기회가 막힌다면 억울한 마음이 드는 건 당연하잖아."

"……."

"그러니 그걸 추하다고 여길 이유는 없지."

거기까지 말한 나는 무심코 오델론을 응시했다.

그의 표정은 오묘했다. 뭔가에 동요한 듯 보이면서도 속을 알 수 없는 얼굴이었다.

멍한 것 같기도 하고, 전체적으로 정신이 다른 곳에 가 있는 느낌이었다.

나는 그런 오델론을 홀로 둔 채 몸을 돌렸다.

원작 속 루딘은 오델론에게 참 좋은 사람이었다.

하지만 그는 오델론이 자신의 출생에 집착하는 것만큼은 이해하지 못했다.

루딘은 황비 소생이었고, 오델론은 후궁 소생이었다.

그것만으로도 이미 하늘과 땅 차이인데, 두 사람의 모친은 가진 배경부터가 달랐다.

 황비는 수도의 중앙 귀족 가문의 딸이었고, 오델론의 모친인 후궁은 평민이나 다름없는 몰락 귀족의 딸이었다.

 그 차이로 인해 오델론이 겪은 차별을 루딘은 이해하지 못했다. 오히려 그것을 부정하기까지 했다.

 원작 속 에린 역시 그랬다. 태어날 때부터 공작가의 영애로 자란 그녀는 오델론이 넘을 수 없는 벽을 이해하지 못했다.

 두 사람이 갈등을 빚은 원인에는 그런 것도 있었다.

 나는 이를 알기에 철저하게 현대적인 시점에서 오델론의 이야기를 들어 주었다.

 처음으로 그가 가진 불만을 이해한 사람이 된 것이다.

 '좋은 영향이 있으면 좋겠는데.'

 사소한 대화에 불과했지만, 부디 오늘 나눈 한마디가 조금이라도 그를 변화시키기를 나는 간절히 바랐다.

 나의 바람처럼 드라마틱한 변화는 없었다.

 하지만 아지트 내에 흐르는 묘한 기류로 추정하건대 변화가 전혀 없는 것은 아니었다.

 오델론이 묘하게 나를 감싸고돌기 시작했다. 당연히 그에 따른 반발도 심해졌다.

 "주군, 우리가 애들 소꿉장난이나 하고 있는 줄 아십니까?"

 충성심이 강해서 붙어 있는 사람들도, 약점을 잡혀서 붙어 있는 사람들도 하나둘 일어났다.

 "소꿉장난?"

 "애초에 저 계집을 아지트에 들인 것 자체가 말도 안 되는 일이었습니다."

"맞아요. 며칠 후에 있을 거사를 앞두고 이게 무슨 난리랍니까?"

그들의 의문은 지극히 타당했다. 이 자리에 있는 모두가 목숨을 걸고 이번 일에 참여했다.

그런데 이제 와 정체 모를 여자 하나 때문에 일을 그르칠지도 모른다는 불안에 떨어야 하다니.

그들 입장에서는 너무 부당한 처사였다.

평소의 오델론이었다면, 그들의 의견을 반영해 어떤 조치를 취했을 것이다.

"거사에 도움을 줄 계집이야. 너희들이 생각하는 그런 문제는 생기지 않을 테니 쓸데없이 설치지 마."

하지만 그는 그러지 않았다. 문제를 키울 생각은 없지만, 해결할 생각도 없는 것 같았다.

내겐 매우 달가운 일이었다.

그래서 이때다 싶은 마음으로 오델론을 부추겨 그들이 미리 세워 둔 계획을 들쑤시고 다녔다.

"너, 대체 무슨 꿍꿍이지?"

그리고 그 대가로 반란을 이틀 앞둔 오늘 한스가 나를 찾아왔다.

질문을 던지는 기세가 제법 흉흉해서 온몸에 절로 힘이 들어갔다.

그 상태로 애써 웃으며 물었다.

"뭐가?"

최대한 가증스럽게도 아무것도 모르는 척 되물었다. 그가 탁자를 쾅 내리쳤다.

"네가 주군의 귀에 온갖 이야기를 속살거리고 있는 것을 알아. 대체 무슨 꿍꿍이로 이러는 거지?"

"당신 주군이 아무 말도 안 해? 내가 이번 계획을 성공적으로 끝내기 위해 애쓰고 있다는 거 말이야."

"웃기지 마. 지금껏 세워 둔 계획을 죄다 바꾸기만 하는 주제에 잘만 지껄이는군. 주군도 너의 그 간사한 세 치 혀에 넘어간 건가?"

"당신들은 입으로는 주군, 주군 하면서 정작 주군의 선택은 존중하지 않는 모양이지?"

"그건……."

내 지적에 그는 말문이 막힌 얼굴을 했다.

오델론을 향한 충성심을 최고의 가치로 생각하는 한스에겐 꽤나 뼈아픈 말이었을 것이다.

"그런 게 아니라면, 믿고 기다려. 지금껏 언제나 최고의 선택만을 해 온 당신의 주군이잖아."

유감스럽게도 이번 선택은 틀렸지만. 틀리다 못해 모든 것이 수포로 돌아가겠지만 말이다.

"나는 언제나 주군의 선택을 믿고 존중한다. 하지만 이번만큼은 아니야. 주군은 믿어도 너는 믿을 수 없어."

나름 잘 해결되나 싶었는데 아니었던 모양이다. 바위도 이길 것 같은 우직함에 나는 혀를 내둘렀다.

"그럼 어쩌려고? 당신 주군의 선택을 막기라도 할 셈이야?"

"네가 첩자라는 증거를 주군에게 바칠 거다."

그런 증거가 있을 리 없다.

나는 첩자가 아니니까. 그런 내 속을 읽기라도 한 것인지 그가 말했다.
"진실 따위가 무슨 상관이지? 증거야 만들면 그만인데."
"허……."
진심으로 할 말을 잃었다. 그 주군에 그 부하였다.
"당신 혼자 이런 식으로 설친다고 해결될 문제가 아니야."
"내가 언제 혼자 나설 거라고 했지?"
"…뭐?"
"대부분의 이들이 나와 뜻을 같이했어. 그러니 너 하나 매장시키는 건 일도 아니야."
그렇게 말한 남자가 나를 바닥으로 밀쳤다.
"악!"
내가 짧은 비명을 지름과 동시에 문이 열리고 남자들이 우르르 들어왔다.
뭔가를 해 볼 틈도 없이 두 손이 묶이고, 입에 천이 물려졌다.
"이쪽입니다. 주군."
"×발, 별거 아니기만 해 봐."
그로부터 몇 분의 시간이 흐르자 방 밖에서 익숙한 목소리가 들려왔다.
누군가가 오델론과 함께 이쪽으로 오고 있는 듯했다.
"대체 무슨 일이기에 이 난리를……."
반쯤 열려 있던 문을 완전히 열고 들어온 오델론이 그대로 굳어졌다. 그의 보라색 눈동자는 내게 고정된 상태였다.
"설명해 봐."
그는 자신의 지척에 있던 부하를 향해 물었다.

"이거, 대체 무슨 상황이야?"

"주군! 이 계집이 첩자 짓을 해 왔다는 증거를 입수했습니다!"

대답은 다른 쪽에서 들려왔다. 다갈색 머리의 남자, 한스가 목청을 한껏 높인 채로 말을 이었다.

"그래서 추가적으로 정보가 유출되는 것을 막기 위해 지금이라도 처단……."

"처단하자고? 그럼 이미 유출된 정보는 어쩔 건데?"

"그건……."

"앞으로 유출될 정보는 죽여서 없앤다 치고, 이미 유출된 정보가 어디로 갔는지부터 알아내야 할 거 아냐?"

오델론의 말이 옳았다. 한스 역시 그 사실을 모르지 않을 텐데.

돌아가는 상황이 심상치 않았다. 그것을 깨달은 나는 유심히 두 남자를 관찰했다.

오델론은 지극히 여유로운 태도였고, 한스는 뭔가에 쫓기기라도 하듯 다급해 보였다.

나는 금세 그 이유를 깨달았다.

한스는 지금 자신이 조작한 가짜 증거를 들키기 전에 나를 처리하려고 하는 것이다.

'그래서 저렇게 무리수를 두고 있는 건가?'

반면 오델론은 그런 한스의 속을 알고 있든, 모르고 있든 여유로울 수밖에 없었다.

내가 정말 첩자 짓을 했다면 그 사실을 이제라도 알았으니 이득인 거고.

내가 누명을 쓴 거라면, 이 자리에서 일단 나를 죽여서 부하들의 사기를 북돋아 주는 용도로 쓰면 그만이다.

그럼 그동안 나로 인해 오델론에게 불만을 가졌던 이들 역시 잠잠해지겠지.

그렇게 내가 죽고 시간이 돌아가면 그땐 나를 지금보다 덜 가까이하면 그만이다.

'어느 쪽으로 결론이 나든 일단 죽겠네.'

한숨이 절로 나왔다. 이번에는 대체 몇 번이나 죽어야 살아날 수 있을지 막막했다.

결국엔 살아난다지만 그래도 아픈 건 싫었다.

"저는 주군께서 현명한 결단을 내리시리라 믿습니다."

한스의 목소리에 정신이 들었다. 나를 첩자로 여기고 있는 이유에 대한 설명이 끝난 모양이다.

오델론은 말이 없었다. 표정 역시 그저 고요했다.

당장 어떤 감정이 튀어나와도 이상하지 않을 정도로 백지 같은 얼굴이었다.

쇳소리가 들렸다. 검집에서 검을 뽑아내는 것이 분명한 소리였다.

옆에 있던 오델론의 부하가 내 머리를 손으로 눌렀다.

첩자인 너는 감히 주군의 얼굴을 똑바로 볼 자격조차 없다, 라고 말하는 듯했다.

저벅, 저벅.

오델론의 것이 분명한 걸음 소리가 들려왔다. 고개를 들지 않아도 발은 볼 수 있었다.

오델론과 한스의 발이 보였다. 두 사람이 내 지척까지 다가왔다는 증거였다.

두 사람이 동시에 걸음을 멈췄다.

나는 숨을 들이켰다. 오델론이 들고 있는 검이 곧 내 숨을 앗아 갈 것임을 알았기 때문이다.

휘이익- 서걱!

검이 허공을 가르는 소리가 선명했기에 나는 마지막을 직감했다.

"으아아악!"

하지만 비명이 터져 나온 것은 내 입이 아니었다. 동시에 붙잡혀 있던 머리가 가벼워졌다.

고개를 들자, 내 머리를 누르고 있던 남자의 몸이 무너져 내렸다.

그는 손목을 잘린 상태였다.

"주군! 이게 무……. 커헉!"

상황을 지켜보던 한스가 무어라 항의하려 했으나, 뒷말을 잇기도 전에 그에게도 검이 휘둘러졌다.

조금 전의 남자가 손목을 잘린 것과 달리 그는 목을 잘렸다.

짧은 비명을 끝으로 한스의 몸이 바닥으로 쓰러졌다.

툭.

내 발끝에 닿은 게 무엇인지 알 것 같았다. 선명한 죽음의 기운이 느껴진 탓이다.

나는 그쪽을 보지 않기 위해 애써 고개를 돌렸다.

"지금 뭐 해?"

어느 틈엔가 다가온 오델론이 물었다. 질문의 의미를 이해하지 못한 나는 두 눈을 깜빡였다.

그사이 오델론이 묶여 있던 손을 풀어 주었다. 손이 자유로워지기 무섭게 나는 입을 막고 있던 천을 뱉어 냈다.

자유를 찾고 나니 찰나의 안도감이 찾아왔다. 그러나 그것은 말 그대로 찰나였다.

오델론이 양손으로 내 얼굴을 붙잡아 자신의 얼굴을 보게 했다.

내 뜻대로 고개를 돌리는 것조차 허락하지 않겠다는 듯 억센 손길이었다.

"똑바로 봐야지."

말을 마친 그가 내 고개를 돌렸다. 덕분에 나는 바닥을 구르고 있던 한스의 머리와 눈이 마주쳤다.

죽기 전의 모습이 그대로 남아 있는 탓에 그는 두 눈을 부릅뜨고 있었다.

나는 그대로 눈을 감았다. 오델론은 그제야 나를 붙잡은 손을 놔주었다.

"다 봤으면, 똑똑히 기억해 둬."

그가 말을 이었다. 나에게만 하는 말이 아니었다. 이곳에 있는 모두에게 전하는 말이었다.

방금 전까지 고함 소리와 비명이 난무하던 곳이 순식간에 조용해졌다. 손목을 잘린 남자마저도 숨을 죽이고 고통을 참아 내고 있었다.

"첩자의 최후가 어떤 건지."

말을 마친 오델론이 죽은 한스의 목을 툭 발로 찼다.

고인을 모독하는 것이 명백한 행위였으나, 그 이유가 정보 유출에 대한 거라면 말이 달라진다.

그래서 그들은 침묵했다. 오델론이 한스를 죽인 이유가 그가 첩자였기 때문임을 알았으니까.

진실은 중요하지 않았다. 그저 오델론이 그런 판단을 내렸다는 사실이 중요했다.

"자, 이제 하려던 보고나 마저 해 봐."

갑작스레 떨어진 명령에 모두가 침묵했다.

오델론이 든 칼에는 여전히 한스의 피가 묻어 있는 상태였다. 그는 그 상태로 평소처럼 회의 시간을 갖자 말하고 있었다.

"주, 주군."

누군가 오델론을 불렀다.

지금의 상황에서 평소와 같은 회의가 가능할 것 같으냐는 질문을 던지고 싶은 듯했다.

오델론은 대답 대신 들고 있던 칼을 매만졌다. 분위기가 순식간에 얼어붙었다.

"북문으로 진입하기로 했던 걸 동문으로 바꾸기로 했던 것 같은데."

아슬아슬한 대치 상황이 이어지는 와중에 내가 입을 열었다.

"그거 서문으로 바꿔."

덕분에 방 안에 있던 모든 사람의 시선이 내게로 쏠렸다. 오델론 역시 나를 보고 있었다. 그가 물었다.

"갑자기?"

"첩자가 있어서 정보가 샜다며? 그럼 당연히 계획을 바꾸는 게 안전하지."

나는 품속에서 종이 한 장을 꺼내 건넸다. 그것을 받아 든 오델론이 종이에 적힌 내용을 읽기 시작했다. 그러고는 말했다.

"그날은 왕비 오라비의 생일 연회가 있는 날이야."

"알아."

"그날 왕비의 오라비가 서문으로 올 예정이라는 건? 그가 데려온 기사들이 연회 내내 그곳을 지키고 있으리란 건?"

"그것도 알아."

나는 짧게 긍정했다. 오델론은 더욱 이해가 가지 않는단 얼굴이었다.

"안다고? 그럼 왜 서문으로 진입하자고 주장하는 거지? 그가 데려온 기사들이 서문을 지키고 있을 텐데?"

"그들은 진짜 기사가 아니야. 기사가 한 명도 없는 건 아니지만, 대부분 용병이지."

"뭐?"

기사와 용병은 전혀 다르다.

자신이 속한 가문과 주인을 위해 목숨까지 바칠 수 있는 기사와 금전적인 이익을 따라 움직이는 용병을 어떻게 같은 선상에 놓을 수가 있을까.

"그 남자가 용병을 자신의 호위로 둔다고? 그게 말이 된다고 생각해?"

"왕비와 그 오라비의 관계는 최근부터 틀어지기 시작했어. 그건 너… 아니, 당신도 알겠지."

오델론을 너라고 불렀다간 당장 나를 칼로 찌를 기세인 부하들 때문에 호칭을 정정한 후 말을 이었다.

"둘 사이가 틀어진 이유는 당신도 알 테니 생략."

사실 나도 정확한 이유는 기억이 나지 않는다.

대충 아르델을 왕위에 올리는 방식을 두고 의견 충돌이 있었던 것 같은데.

"아무튼 그 점에 불만을 품은 왕비가 제 오라비에게 이번 연회

때 두 가지 조건을 충족시켜 줄 것을 당부했지."

말이 좋아 당부지, 사실 왕비의 명령이나 다름없었다.

조건을 충족시키지 않는다면 앞으로 네 자리는 없다, 라는 경고의 선언인 것이다.

왕비의 두 가지 조건은 다음과 같았다.

"첫째, 정식 기사의 수를 줄이고, 용병을 고용해서 호위의 대부분을 용병으로 채울 것."

대놓고 제 오라비를 엿 먹인 것이다.

만약 왕궁에서 큰일이라도 생기면 몇 안 되는 기사들과 함께 그대로 죽으라고.

물론 왕궁 내에서 그런 일이 일어날 가능성은 지극히 낮다. 왕비 역시 그런 일이 실제로 일어나기를 바라지는 않았을 것이다.

하지만 오델론은 하필 이날을 거사 당일로 정했다. 덕분에 그는 손쉽게 그들을 제압한다. 일종의 주인공 버프였다.

"둘째, 서문으로 입장할 것."

본디 왕국의 서문은 준귀족이나 부유한 상인들이 출입하는 곳이다.

보통 기사들은 못해도 준귀족, 아니면 귀족이다. 하지만 용병은 평민이 대부분이며 간혹 노예 출신도 섞여 있다.

그런 이들을 호위로 데려왔으니, 귀족들만 다니는 문을 허락할 수 없다는 의미다.

이것도 아마 왕비가 제 오라비를 조롱하려는 의도였을 것이다.

그때, 지금껏 쥐 죽은 듯 조용히 있던 부하 중 하나가 물었다.

"그럼 왜 처음부터 서문으로 진입하자고 하지 않았지?"

"중간에 첩자가 정보를 빼돌릴지도 모른다고 생각했으니까. 이

왕이면 안전하게 거사 직전에 정보를 주려고 했지."

그런 마음은 전혀 없었다. 그저 계획을 여러 번 바꿔서 혼선을 주려고 했을 뿐이다.

하지만 전혀 그렇지 않은 척 웃으며 덧붙였다.

"이제 보니 정말 현명한 판단이었던 것 같아. 비록 내가 첩자로 몰릴 줄은 몰랐지만."

가시 돋친 말이었다. 첩자의 말만 믿고 무고한 나를 첩자로 몰았느냐는 추궁의 의미와 비슷했다.

21장.
왕국의 겨울 (2)

 아지트를 나와 왕궁으로 돌아가는 내내 나도 오델론도 말이 없었다.
 "의외로 아무렇지 않아 보이네?"
 그가 입을 연 건 각자의 방이 있는 층으로 흩어지기 직전이었다.
 나는 오델론의 물음에 대답하지 않았다. 대신 다른 것을 물었다.
 "그들이 첩자라고 확신한 이유가 뭐야? 정말 네가 잃어버린 반지를 두 사람이 가져갔다고 생각해?"
 이곳에 오기 전 그는 자신이 잃어버린 자금 창고의 열쇠를 한스와 내 머리를 짓누르던 남자가 빼돌렸다고 말했다.
 그 사실을 나한테 들켜서 나를 첩자로 몰아간 거라고.
 나를 첩자로 모는 과정에서 증거를 조작한 것이 드러나자 다른 부하들은 찜찜해하는 기색이면서도 입을 다물었다.

자신들도 가짜 증거를 만들어서 오델론을 속이는 데 가담했다는 사실이 밝혀지면 목숨을 보전하기 어려울 테니까.

"무슨 상관이야? 덕분에 목숨을 건진 주제에."

그렇게 말한 오델론이 돌아섰다. 순식간에 멀어져 가는 그의 뒷모습을 응시하던 나 역시 돌아섰다.

방으로 돌아와 문을 닫기 무섭게 주변이 어둠으로 가득 찼다. 저녁이라기보다는 밤에 가까운 시간이었기 때문이다.

한 발 한 발, 침대를 향해 걷던 나는 그대로 무너져 내렸다.

무릎을 꿇고 주저앉은 상태로 스스로의 옷자락을 쥐어뜯을 기세로 틀어쥐었다.

"으, 으윽!"

홀로 남겨지기 무섭게, 어둠에 둘러싸이기 무섭게 아지트에서 봤던 광경들이 떠올랐다.

나를 죽이려고 했던 남자, 바닥을 구르던 남자의 머리, 그를 죽인 채 무표정하게 서 있던 오델론.

'정말, 일말의 망설임도 없이 죽였어.'

나를 첩자로 몰아 죽이려고 했던 남자를 오델론이 죽였다.

첩자라며 갖다 붙인 증거는 말도 안 된다. 그가 잃어버린 반지는 지금 나한테 있으니까.

웃어야 할지 울어야 할지 알 수가 없었다.

바라던 대로 오델론의 마음을 샀다. 그 증거로 오델론은 제법 오랫동안 함께 생활한 부하를 죽였다.

바로 나 때문에. 자신의 부하가 나를 첩자로 몰아 죽이려고 해서.

기뻐야 하는데 도무지 기쁘지가 않았다.

오델론의 마음을 샀지만 그 가치가 대단하지 않음을 바로 확인받은 거니까.

몇 년에 걸쳐 대단한 충성을 바친 부하도 그렇게 간단히 죽이는 그다.

그런 사람의 마음을 사는 게 과연 의미가 있을까?

동시에 오델론에게 묻고 싶었다.

정말 나 때문이냐고, 나 때문에 한 사람을 죽이고, 한 사람의 손목을 자르기까지 한 거냐고.

누군가를 해하는 이유가 되었다는 사실이 끔찍하리만큼 싫었다.

"으흑."

당장 입 안에서 울음이 터져 나올 것 같았다. 누군가가 들어서는 안 된다. 누구에게도 이런 약한 모습을 보일 수는 없다.

오델론이나 아르델이 이런 나의 모습을 알면 분명 이용하려 들 테니까.

하지만 금방 사그라질 감정이 아니었다. 쉽게 진정이 되지 않았다.

그래서 나는 품속에 있는 펠루스의 단도를 꺼내 들었다. 검집에서 칼을 뽑은 후 오른손으로 날 부분을 세게 쥐었다.

잘 다듬어진 날이 살갗을 파고들었다. 선명한 고통과 함께 손에서 피가 흘렀다.

덕분에 이를 악물고 울음을 참아 낼 수 있었다.

"지금 뭐 하는 거지?"

"아."

갑작스러운 인기척에 놀란 나는 들고 있던 단도를 놓치고 말았다.

들려서는 안 될 목소리였다. 고개를 들어 응시하니 있어서는 안 될 사람이 있다.

"…전하?"

펠루스가 왜 여기 있는 거지?

"제가 지금 꿈을 꾸고 있나요?"

아까 있었던 일이 너무 충격적이어서 정신을 잃은 건가.

"꿈 아니야."

내 말을 부정한 펠루스가 바닥에 주저앉은 나를 번쩍 들어 올렸다. 그러고는 침대에 앉혔다.

"그럼 여기까지 어떻게 오신 거예요?"

"지금 그게 중요해?"

제국에 있어야 할 사람이 대뜸 내 방에 나타났는데 당연히 그게 제일 중요하지 않나?

하지만 그 말을 입 밖에 내지는 못했다. 펠루스가 크게 화난 기색이었던 탓이다.

"무슨 일 있으세요?"

혹여나 여기까지 오다가 무슨 일이 생긴 건 아닌가 싶어서 물었다. 그러자 그는 미간을 찌푸리며 한숨을 내쉬었다.

"일이라면 있었지."

"무슨 일인데요?"

"영애가 나를 두고 그렇게 가 버린 것."

"아."

"그리고 다시 만나자마자 내게 이런 꼴을 보인 것."

"……"

할 말이 없었다. 그런 이유라면 화가 날만도 했다.

"많이 화나셨어요?"

품에서 꺼낸 손수건으로 내가 낸 상처를 감싸고 있는 펠루스에게 슬쩍 물었다.

"제가 그렇게 가 버려서?"

"……."

대답이 없는 걸 보니 단단히 화가 난 모양이다.

어찌해야 하나 싶어서 양쪽으로 눈만 굴리는데 펠루스가 한숨을 내쉬었다.

"그것보단 영애의 손이 지금 이 모양인 게 더 화가 나."

"……."

"이동 마법을 유지한 상태에서는 치유 마법도 사용할 수 없는데."

덧붙인 말은 자책에 가까웠다. 그의 표정이 일그러졌다.

무슨 말을 해야 좋을지 알 수가 없었다. 내가 갈피를 잡지 못한 사이 펠루스가 재차 입을 열었다.

"영애가 단도에 피를 묻혀서 이동 마법이 발동된 거지만, 그래도 난 영애가 다치는 게 싫어."

무심코 왜냐고 물을 뻔했던 걸 삼켜 냈다.

그 역시 방금 자신이 한 말이 제법 미묘했음을 깨달았는지 당황한 기색을 애써 숨기며 말했다.

"영애가 다치면 내가 신경 쓸 일이 늘어나니까. 그래서 싫어."

"…그, 러시군요."

나 역시 평소처럼 자연스레 넘기지 못했다. 어쩐지 얼굴이 화끈거렸다.

뭐지? 오늘따라 왜 이러지?

너무 큰 충격을 받은 탓에 심약해지기라도 한 건가 싶어 혼란스러웠다.

"아. 그, 여기까지 오셨으니까 돌아가는 상황을 들으셔야 하지 않을까요?"

겨우 생각해 낸 말로 화제를 전환했다. 다행스럽게도 제법 유용한 주제였다.

펠루스가 긍정의 뜻을 표하자 나는 그에게 현재 슬로레인 왕국의 상황과 오델론, 그리고 아르델의 세력 등에 대해 설명했다.

거사가 며칠 남지 않았다는 사실과 일이 끝나는 대로 제국으로 돌아가겠다는 말도.

"안 돼."

다짜고짜 들려온 부정에 나는 당황했다. 이유를 묻기도 전에 펠루스가 말했다.

"거사 당일까지 반란군 틈에 있을 필요는 없어. 이미 계획을 다 흐트러트려 놨다며?"

"반란 당일에 제가 거기 없으면 의심을 살 거예요."

"그래도……."

"안 위험해요. 전에도 말씀드렸잖아요. 이야기가 끝나기 전까지는 안 죽는다고."

전에 펠루스에게 진실을 고백하면서 함께 털어놓은 내용이었다.

그럼에도 그는 여전히 불안감을 감추지 못한 기색이었다.

"정 안 믿기시면 확인시켜 드릴 수도 있……. 음, 근데 전하께서는 제가 몇 번을 죽어도 모르시겠네요."

"아냐, 됐어. 그런 확인은 필요 없어."

펠루스가 정색했다. 그래도 일단 믿는다고 했으니 괜찮은 거겠지?

그렇게 생각하기 무섭게 한숨이 돌아왔다. 더불어 그가 몸을 일으켰다.

"일단 쉬도록 해."

이만 돌아가려는 것이 분명한 움직임에 나는 당황했다.

그래서 반사적으로 그의 옷자락을 붙잡았다.

"아직 보고할 내용이 남았나?"

"아뇨, 그건 아니고……."

의아한 기색이 가득한 펠루스의 물음에 나는 고개를 저었다. 쉽게 말을 잇지 못하는 나를 그는 인내심을 갖고 기다려 주었다.

"그, 오늘 밤은 그냥 여기 있어 주시면 안 될까요?"

"…뭐?"

하지만 이어진 대답에는 진심으로 당황한 눈치였다. 그러나 그것은 찰나였다.

금세 표정을 수습한 펠루스가 물었다.

"아픈 곳이 손이 아니라 머리였나?"

"아니, 이상한 뜻으로 한 말이 아니라. 그냥 말 그대로의 뜻이에요! 그냥 침대에서 잠만!"

"……."

펠루스는 할 말을 잃은 얼굴이었다.

아, 진짜. 나 지금, 무슨 헛소리를 한 거니?

"영애."

한숨처럼 터져 나온 부름과 함께 펠루스가 말했다.

"나를 사내로 보지 않는 건 알겠지만, 이건 도를 지나쳤어."

"아니, 그게······."

서둘러 그의 말을 막은 나는 잠시 갈등했다. 그러다가 곧 솔직하게 고백했다.

"사실, 아까 눈앞에서 사람이 죽었는데. 그 장면이 잊히지가 않아서요."

침묵이 찾아왔다. 쉽게 말을 잇지 못하던 펠루스가 겨우 물었다.

"지금, 뭐라고?"

"아, 그러니까······."

"아냐, 대답하지 마. 그럴 필요 없어."

서둘러 말을 바꾼 그가 덧붙였다.

"이동 마법으로 온 거라서 오래는 못 있어. 그래도 아침까지는 있을 테니까, 일단 자."

"이번에 가시면 또 언제 오실 수 있어요?"

"반년 이상은 걸려."

그것보단 내가 제국으로 돌아가는 게 빠를 터였다.

"그냥 제가 가는 게 빠르겠네요."

"그래 알았으니까, 그만 떠들고 누워."

"전하도 여기 앉으세요."

나는 다치지 않은 손으로 침대를 탁탁 쳤다.

"···사양하지."

"왜요? 이렇게 넓은데 좀 앉아 계셔도 괜찮······."

"나는 안 괜찮은데."

"···네?"

"영애는 괜찮을지 몰라도."

"……."

"나는 아니라고."

말을 마친 펠루스가 뒤로 물러났다. 그것을 허망하게 바라보던 나는 쥐고 있던 그의 옷자락을 놓쳤다.

"밤새 여기 이러고 있을 테니까. 안심해."

아무래도 펠루스는 밤새 지금과 같은 자세로 나를 보며 서 있을 작정인 듯했다. 그건, 너무 미안한데.

"그건 좀 아닌 것 같……. 아!"

무심코 오른손을 꽉 쥔 탓에 통증이 일었다. 덕분에 놀란 펠루스가 단숨에 다가왔다.

"정말이지 한시도 눈을 뗄 수가 없군."

그렇게 다가온 펠루스는 상처가 벌어지지 않았는지 살핀 후 다시 물러나려고 했다.

"역시, 이건 좀 아닌 것 같아요."

하지만 이번에는 내가 다시 그를 붙잡는 데 성공했다.

"어차피 전하께서는 저한테 아무 짓도 안 하실 거잖아요?"

확신에 찬 대답에 펠루스는 말이 없었다. 그러다가 순순히 나한테 붙잡힌 옷자락을 따라 다가왔다.

당황스러울 정도로 가까운 거리까지 다가온 그가 내 손목을 잡았다.

"그걸 어떻게 확신해?"

아플 정도로 꽉 잡지는 않았지만, 나름 집요한 기색이 느껴졌다.

"…전하?"

"내가 하고 싶은 대로 하면 어쩌려고."

"네? 뭐, 뭘요?"

당혹스러운 기색이 가득한 얼굴로 묻자 펠루스는 잠시 입을 닫았다. 그러다가 곧 말했다.

"입 맞춰도 돼?"

놀라지 않을 수 없었다. 지금 내가 대체 무슨 말을 들은 건가 싶었다.

조금 전과 비교할 수도 없을 만큼 당황스러웠다.

"싫으면 거절해."

무어라 할 틈도 없이 그가 다가왔다. 나는 반사적으로 눈을 감았다.

메마른 입술이 가볍게 닿았다가 떨어졌다.

"어?"

펠루스의 입술이 닿은 곳은 내 이마였다. 그 사실을 깨닫고 나니 감겨 있던 눈이 번쩍 뜨였다.

여전히 나를 보고 있던 그와 눈이 마주쳤다. 펠루스는 아무렇지 않은 얼굴이었다.

"늘 쓰던 마법은 불가능해도, 신체 접촉을 통한 치유 마법은 가능한 것 같군."

어느새 나의 오른손을 감싼 손수건을 풀어낸 펠루스가 말했다.

"비록 효과는 미미한 것 같지만."

덧붙여진 설명에 나 역시 시선을 돌렸다. 그러자 그의 말처럼 상처가 처음보다 조금 아문 것 같기도 했다.

"신기하네요."

이런 마법도 있구나.

신기하기도 하고, 뭐랄까 속이 조금 울렁거렸다. 기분 나쁜 울렁거림은 아닌데 뭔가 이상했다.

"그런데 방금 한 것처럼 그러니까……. 아무튼 그러면 계속 상처를 치료할 수 있는 건가요?"

내가 민망함을 겨우 감춘 채로 묻자 펠루스가 말했다.

"같은 방법으로는 별 효과가 없을 거야."

"그럼 다른 방법을 사용하면 효과가 있는 건가요?"

"그렇겠지."

그가 대수롭지 않게 답했다.

마치 내가 절대 다른 방법을 쓰지 않으리라 확신하는 눈치였다.

"다른 방법이 뭔데요?"

"아까보다 더 진한 접촉."

이번 대답 역시 담담했다. 아직 무지한 아이에게 모르는 것을 가르쳐 주는 선생님이라도 된 것 같은 태도였다.

덕분에 괜한 오기가 생겨 물었다.

"그럼 그냥 하면 안 되나요?"

"뭘?"

그는 여전히 여상한 태도였다. 일말의 의심조차 하지 않는 얼굴로 나를 보고 있었다.

내가 정말 그만큼 무지하다고 믿는 걸까? 아니면 그 정도는 아무렇지 않아서 이러는 걸까?

"아까 입 맞춰도 되냐고 물으셨잖아요. 그거 그냥 하면 안 되는 거냐고요."

펠루스의 표정이 굳어졌다. 그가 느리게 눈을 깜빡였다. 내가 한 말이 이해가 가지 않는단 얼굴이었다.

"진심으로 하는 소리야?"

"아니, 그……. 싫거나 불쾌하시면 안 하셔도 되는데."

"싫지 않고, 불쾌하지도 않으면?"

"그, 그럼 그냥 하는 거죠."

대화가 길어질수록 펠루스는 침착한데, 나 혼자 전전긍긍하고 있는 것 같아서 민망해졌다.

이건 뭐 키스 못 해서 안달 난 사람 같잖아.

"왜?"

"왜긴요, 치료의 일종이니까 그렇죠. 아, 하기 싫으면 그냥 마세요."

말을 마친 내가 몸을 일으켰다. 민망해 돌아 버릴 것 같아서 당장 이곳을 벗어나고 싶었다.

"어디 가?"

하지만 침대를 벗어나기도 전에 펠루스에게 붙잡혀 다시 자리에 앉혀졌다.

"하자며."

"아니, 전하. 뭔가를 말씀하실 땐 주어를 빠트리지 마시고 꼭 넣어서 말씀을……."

민망함에 주절댄 말은 끝을 맺지 못했다.

펠루스와 허공에서 시선이 얽혔다.

다음 순간 그의 손이 머리카락을 파고들었고, 그대로 뒷머리가 당겨졌다.

속절없이 끌려가며 입술이 맞물렸다. 아까 전 이마 위에 내려앉았던 입맞춤과는 차원이 달랐다.

훨씬 질척하고, 노골적이었다. 치료를 목적으로 마법을 사용하고 있다는 생각은 조금도 들지 않았다.

순수하게 나를 원하는 것이 분명한 키스였다.

아니, 서로를 원하는 키스였다. 나도 그도, 이 순간만큼은 간절하게 서로를 원하고 있었다.

"아."

그러다가 입술이 떨어졌다. 펠루스는 나를 보고 있었다. 나 역시 그의 눈을 피하지 않았다.

찰나 뒤엉켰던 시선이 흩어졌다. 그가 내 상처를 확인한 탓이다. 상처는 아직 아물지 않았다.

아직은 이 시간을 끝낼 필요가 없었다.

이번에는 손목을 잡혔다. 마치 내가 다음에 이어질 입맞춤을 거절할까 두려워하는 눈치였다.

나는 그의 목을 끌어안는 것으로 대답을 대신했다.

다시 입술이 포개어졌다. 방금 전보다는 침착했지만, 여전히 다급한 마음이 묻어났다.

지금이 아니면 다음은 없다는 듯이 그는 재차 내 안을 헤집었다.

꽃

상처는 금방 나았다. 상처가 나을 때까지 키스를 했다는 표현이 옳을 것이다.

꼭 귀신에 홀린 것 같았다. 왜 그랬지? 나중에 제국으로 돌아가면 펠루스의 얼굴을 어떻게 보려고.

"왜 혼자 얼굴을 붉혀? 거사를 앞두고 돌아 버린 건가?"

"어? 내, 내가 언제?"

오델론의 물음에 나는 대놓고 당황하고 말았다.

"그냥 좀 더워서 그래. 근데 너 바쁘지 않아? 거사가 바로 오늘 저녁인데 이러고 있어도 되는 거야?"

진부한 변명과 함께 화제 전환을 시도했다. 잠시 의심 섞인 눈으로 나를 보던 오델론이 몸을 돌렸다.

"아니, 이제 들어갈 거야. 그러니까 오늘은 다른 애들한테 놀아 달라고 해."

"됐어. 내가 애니?"

"아니, 넌 개지. 주인인 내가 돌아오길 얌전히 기다려야 하는 개."

"…비유를 꼭 그따위로 해야 해?"

이 자식은 하루라도 자기가 후회 남주라는 걸 어필하지 않으면 입에 가시가 돋치나?

거기까지 생각하고 고개를 들었더니 그는 이미 사라지고 없었다.

"하."

어이가 없었지만, 오늘의 목적은 그가 아니었기에 상관없었다. 나는 이미 할 수 있는 일을 다 했다.

주사위는 던져졌고, 활은 시위를 떠났다. 오델론이 끝까지 약속했던 대로만 움직여 주면 걱정할 것은 없었다.

문제는 오델론이 아지트를 떠난 후 발생했다.

"할 말이 있어."

직접 반란에 참여하러 가지 않고 아지트에 남은 이들이 나를 붙잡았다. 예상했던 바였지만 썩 달갑지는 않았다.

"무슨 일이야?"

"일단 따라와. 주군의 명령이니까."

진짜 오델론의 명령일 수도 있지만 아닐 가능성도 제법 있었다.

"알았어."

하지만 당사자가 여기 없는 지금으로선 사실을 확인할 방법이 없었다. 순순히 따르는 수밖에.

그렇게 그들을 따라 이동한 방 안에는 대놓고 수상쩍은 것들이 놓여 있었다.

밧줄이나, 나무 의자 같은 것 말이다. 인질극이라도 하려는 건가.

"거사가 끝나기 전까지 여기서 얌전히 있어."

"그게 주군의 뜻이다."

그렇게 말한 남자들은 당장이라도 나를 의자에 묶을 기세였다.

그건 곤란했다. 만약 반란에 실패하면 이들이 나를 살려 둘 리가 없다.

그러니 최소한의 도주로는 마련해 둬야 했고, 당연히 어딘가에 묶이는 일은 피해야 했다.

"전에 그 난리를 겪고도 이럴 마음이 들어?"

진심으로 궁금하기도 했다. 너희는 머릿속이 꽃밭이니?

"거사가 끝나고 오델……. 아니, 주군이 돌아왔다고 치자. 그럼 날 이 꼴로 만든 당신들을 그냥 둘 것 같아?"

"주군이 명령한 일이야. 그러니 네가 무슨 꼴이든 그건 상관없어."

"당신 주군이 날 이런 곳에 묶어 두랬어? 허튼짓 못 하게 잘 감시해, 정도가 아니라?"

"……."

남자는 정곡을 찔린 얼굴이었다.

그럼 그렇지. 날 감시하라는 명령을 이런 식으로 이용하려고 했구나?

"이런 식이면 곤란해. 다들 알잖아. 당신들 주군이 얼마나 나한테 죽고 못 사는지."

"개소리하지 마."

"네년이 제정신이 아니구나?"

생각했던 것보다 격한 반응이 돌아왔다. 정말 터무니없는 소리는 아니기에 그럴 것이다.

그들 역시 이미 비슷한 생각을 하고 있다. 다만 그 사실이 마음에 들지 않아 부정하고 있을 뿐.

나는 그들의 말에 반박하는 대신 준비해 둔 것을 꺼내 들었다.

"그날 두 사람이 첩자로 몰린 이유가 자금 창고의 열쇠인 반지를 빼돌렸기 때문인 건 기억하지?"

그리고 문제의 반지는 지금 내 손안에 있다.

그 사실을 과시하듯, 보란 듯이 반지를 흔들어 보였다. 반지를 따라 수십 쌍의 시선이 내게로 향했다.

그것을 확인한 후, 루비 부분을 밀어 내고 열쇠가 나오도록 했다.

누군가가 숨을 들이켜는 소리가 들렸다. 내가 반지의 사용법까지 알고 있을 줄은 몰랐던 모양이다.

"반지의 진위 여부가 의심된다면 날 자금 창고로 안내해. 확인시켜 줄 테니까."

침묵이 흘렀다. 그리 길지도 짧지도 않은 시간이었다.

"확인은 됐어. 여기 있는 모두가 그 반지를 아니까."

한 남자가 말했다. 뒤이어 또 다른 남자들이 말을 얹었다.

"하지만 그래도 널 감시해야 한다는 사실은 변하지 않아."

"그러니까 우린 널 주군한테 데려갈 거야. 거기서 모든 일이 끝날 때까지 얌전히 있어."

아, 이런.

괜히 일이 더 귀찮아진 것 같다는 느낌을 지울 수 없었다.

주변이 완전히 캄캄해져 아무것도 보이지 않을 때까지 오델론은 진득하게 기다렸다.

짧지 않은 기다림이었으나, 지루함을 느낄 새는 없었다.

오늘만 보고 달려온 지난 세월에 비하면 찰나에 불과했으니까.

"주군, 저 여자는 정말 저렇게 놔두실 셈입니까?"

부하의 물음에 오델론의 시선이 그쪽으로 향했다.

그곳엔 부하들에게 둘러싸여 있는 에린이 있었다. 한숨이 절로 나왔다.

아지트에 두고 잘 감시하라고 했지, 여기까지 끌고 나오라고 한 적은 없다.

'이 새끼들이 단체로 돌아 가지고.'

오델론은 짜증을 겨우 삼킨 얼굴로 질문을 던진 남자에게 물었다.

"또 뭐가 불만이야?"

날카로운 질문이 돌아오자 상대가 움찔했다.

저 여자와 관련된 일에 유독 예민하게 반응하는 주군 때문에 하루하루가 살얼음판이었다.

그럼에도 그는 용기를 냈다. 이번 일이 틀어지면 다 죽고 말 것이다. 그것만은 막아야 했다.

"그냥 죽이시는 게 낫지 않을까요?"

"죽이라고?"

"그 여자 말입니다. 아무리 봐도 좀 수상해요. 게다가 살려 둬서 득이 될 것도 없는데."

"걔 절대 못 죽여. 그리고 죽일 수 있다고 해도 뒷감당이 안 될 거야."

"네? 혹시, 지체 높은 귀족의 딸입니까?"

"그래."

"그럼 주군이 왕이 되신 후 그 가문이랑 적당히 합의를……."

"루릭스 제국의 귀족이야."

"……."

"왕이 되자마자 제국과 외교적인 마찰을 빚을 생각은 없어. 그러니까 죽이는 건 안 돼."

오델론은 확고했다. 남자는 무어라 더 말을 잇고 싶어 하는 기색이었으나, 소용이 없음을 알고 입을 다물었다.

한번 마음을 정하면 그것을 끝까지 밀고 나가는 오델론이다. 자신의 몇 마디에 생각을 바꿀 리가 없었다.

그때 누군가가 다급하게 달려왔다.

"주군! 됐습니다."

"생각보다 이르군. 하지만 나쁠 건 없겠어."

앞서 상황을 살피러 갔던 부하에게서 신호가 떨어졌다. 긴말은 필요치 않았다. 시작이다.

오델론을 중앙에 세운 채로 그들은 빠르게 서문을 돌파했다.

에린을 감시하고 있는 인원은 뒤쪽에, 오델론은 중간쯤에서 말을 탄 채 달리고 있었다.

그녀는 도주로를 완전히 차단당한 상태였다.

그는 미리 에린을 지키는 부하들에게 그녀가 도망치려고 하면 절대 죽이지 말라고 명해 두었다.

죽이지 말고, 다리를 잘라서 걷지 못하게 하라고 했다.

에린이 죽어서 시간이 돌아가면 이 짓을 처음부터 다시 해야 하니까.

연회로 인해 서문에 배치된 호위 인력은 에린이 말했던 대로 대부분 기사로 위장한 용병들이었다.

다듬어진 기사들의 검이 아니라, 평민 용병들 특유의 날것 같은 검이 날아들었다.

그 사실에 오델론은 안심했다.

끝까지 그녀를 믿지 않기로 했지만, 그럼에도 자신이 속지 않았음을 확인받는 건 썩 괜찮은 일이었다.

"으아아악!"

"네놈들은 누구냐!"

칼이 맞부딪히는 소리와 고함 소리가 연달아 들려오는 와중에도 오델론은 날아다녔다.

평생 이날만을 바라보고 살아왔으니 당연하다.

그는 살고 싶었다. 목숨을 보전하는 것만이 오델론이 평생을 꿈꾸며 바라왔던 것이다.

그걸 위해 그는 오늘을 계획했다.

의심이 많은 아르델 모자는 언젠가 그를 죽일 것이다. 그러니 살아남으려면 먼저 그들을 죽여야 했다.

"여긴 너희들한테 맡긴다."

일방적인 명령을 내린 오델론은 곧장 말 머리를 돌려 옆으로 빠졌다. 평생을 손꼽아 기다려 온 순간이다.

이 시간을 위해 평생을 비굴하게 살아왔다.

아르델의 경계심을 바닥까지 끌어 내린 채로 모든 것을 알아냈다.

이를테면 오늘처럼 연회가 한창 진행 중인 시간에는 아르델이 홀로 정원 구석에 처박혀 있으리란 사실 같은 것 말이다.

물론 그의 성격상 호위가 함께 있겠지만, 큰 문제는 아니었다.

༄

"저건 뭐야? 죽여라!"

"으아아악!"

날카로운 쇳소리와 수많은 이들의 비명이 주변에서 흩어졌다.

자칫 잘못해서 정신을 놨다간 그대로 목이 날아갈 것 같았다.

정신 차리자.

나는 타고 있던 말에서 떨어지지 않기 위해 고삐를 단단히 틀어쥐었다. 어떻게든 여기서 도망쳐야 했다.

하지만 쉽지 않았다. 나를 감시하는 이들은 하나같이 적과 칼을 겨루고 있음에도 경계를 늦추지 않았다.

내가 조금이라도 방향을 틀 기미가 보이면 눈빛부터 달라졌다.

"허튼수작 부리지 마."

그들 중 하나가 던진 말에는 섬뜩한 경고의 의미가 담겨 있었다. 도망을 시도하는 즉시 내 다리를 잘라 내기라도 할 것 같았다.

이렇게 오도 가도 못하다가 죽을 순 없는데. 어쩌지?

※

아르델을 죽이러 가는 길은 순조로웠다. 제 앞을 가로막는 기사들을 죽이고, 죽이고 죽였다.

그들은 크게 당황한 얼굴을 하다가 칼 한번 제대로 휘둘러 보지 못하고 죽었다.

이날을 위해 오델론은 지난 몇 년간 검술에 재능이 없는 척, 말을 잘 타지 못하는 척 완벽히 무능한 사람으로 살아왔다. 이건 그에 따른 보상이었다.

"저자를 막아라!"

"감히 왕자궁의 정원에서 왕실의 기사를 죽인 자를……! 커헉!"

목이 날아갔다. 얼굴에 뜨듯한 피가 튀었음에도 오델론은 아랑곳하지 않고 말을 몰았다.

이 정도면 몸은 충분히 풀었으니 본게임에 들어갈 차례였다.

"이 왕자 전……. 크헉!"

정원의 중앙까지 밀고 들어온 오델론은 기사가 자신을 알아보기 무섭게 죽였다.

"너, 너……!"

"오랜만이네, 형님."

드디어 그는 자신의 이복형을 마주했다.

여기까지 오기 위해 없앤 목숨이 셀 수도 없이 많았다.

그것을 되새기듯 오델론은 자신의 칼에 묻은 검붉은 액체를 응시했다. 곧 있으면 아르델 역시 이렇게 될 것이다.

"무례하구나."

"형님이 내게 했던 것에 비하면 아무것도 아니지."

"거지에게 자비를 베푼 일을 그렇게 표현하는 건가?"

아르델의 조롱에 오델론은 웃었다. 싸늘한 냉소였다. 상대를 당장 죽여 버리고 싶은 충동이 느껴졌다.

"됐어. 한가하게 수다나 떨려고 온 건 아니니까."

오델론의 검이 바로 세워졌다. 아르델의 곁에 있던 기사들 역시 검을 빼 들었다.

상대는 다섯이었고, 오델론은 혼자였지만 문제 될 것은 없었다.

"으아아악!"

하나.

"이, 이놈이! 크아아악!"

둘.

"이 자식이 감히! 커헉!"

"쿨럭!"

셋과 넷.

순식간에 네 명의 기사를 해치운 오델론의 눈에 한 남자가 들어왔다.

저자가 마지막이군. 감상은 그게 끝이었다. 앞서 상대한 넷에 비하면 보잘것없는 실력을 가진 이였다.

아르델의 호위 중 가장 최근에 들어온 자이고, 또한.

"설마, 나와 싸울 생각이야?"

"……."

오델론이 심어 둔 첩자이기도 했다. 눈앞에 있는 기사의 아버지 역시 이번 반란에 가담했다.

고민 가득한 얼굴로 아르델의 눈치를 살피던 기사가 들고 있던 검을 내렸다.

"이봐! 너, 대체 뭐 하는……!"

"소리 지르지 마. 형님. 아직 어린 기사가 무슨 죄가 있다고."

말을 마친 오델론이 손끝으로 제 칼을 가볍게 훑었다.

잘 벼려진 칼날이 순식간에 손가락 끝을 헤집고 상처를 냈다. 이 정도면 금세 끝낼 수 있을 것이다.

"형님에 대한 예의를 생각해서라도 고통 없이 한 방에 보내 줄게."

곁에 있던 기사가 숨을 들이켰다. 반면 아르델은 흔들림이 없었다.

챙! 채앵-

"나 역시 검을 다룰 수 있다는 사실을 간과한 것 같구나."

아르델이 차고 있던 검을 뽑아 날아온 칼을 막아 냈다.

"곧 주제 파악도 못 하고 설친 걸 후회하게 될 거야."

"자신 있게 주둥이를 나불거리는 것치곤 솜씨가 별론데?"

오델론이 웃으며 빈정거렸다. 그의 말처럼 아르델은 반격을 하기는커녕, 당장 눈앞의 검을 막아 내는 것조차 힘겨워 보였다.

아르델의 손이 바르르 떨리는 것을 본 오델론이 검에 힘을 실었다.

그것만으로도 그는 뒤로 밀려났다. 시시하긴. 이젠 정말 끝을 낼 순간이 온 모양이다.

채앵!

강한 힘을 실어 아르델의 검을 멀리 날린 오델론이 곧장 그의 복부를 향해 검을 찔러 넣었다.

"커헉!"

복부를 관통한 검을 다시 뽑아내자 사방으로 피가 튀었다.

동시에 목덜미에서 서늘한 기운이 느껴졌다.

"거기까지."

고개를 돌릴 필요도 없었다. 제법 많은 수의 기사들이 그를 둘러싸고 있었다. 목에 겨눠진 검만 해도 다섯이 넘는다.

"쿨럭! 컥컥!"

오델론은 고개를 돌리지 않고 피를 토해 내는 남자를 응시했다. 남자는 아르델이 아니었다.

그저 몸을 날려 아르델 대신 오델론의 칼을 받아 낸 기사일 뿐이다.

오델론의 목에 칼을 겨눈 기사들 중 하나가 입을 열었다.

"기억 못 하시겠지만, 당신은 계집에 눈이 멀어 제 아버지의 손목을 자르셨습니다."

"……."

"이건 그 대가입니다."

오델론은 졌다. 아르델의 목을 가져오지 못했다.

하지만 상관없었다.

자신이 여기서 자결하면 시간이 돌아간다. 그러면 모든 걸 처음부터 다시 하면 된다.

아르델 역시 자신의 패배를 인정하고 자결하려는 그를 말리지는 않을 것이다.

오델론의 검 끝이 스스로를 향했다. 그것으로 단숨에 끝을 내려는데.

"네 뜻대로 하게 둘 순 없지."

거만한 아르델의 말과 함께 그의 기사가 오델론의 검을 막아 냈다. 그러고는 막아 낸 검을 그대로 빼앗았다.

순식간에 무기를 잃은 오델론의 눈동자가 잘게 떨렸다.

"상황 파악이 안 되는 모양인데. 넌 배신당해서 졌어. 네가 데려온 계집이 내게 많은 것을 고했거든."

아르델의 마지막 말이 비수가 되어 꽂혔다.

자신이 졌다는 말보다, 배신을 당했다는 말이 더 신경 쓰였다.

"그 계집은 날 배신하지 않았어."

오델론은 부정했고, 아르델은 비웃었다.

"그 여자가 자신의 침실에 다른 사내를 끌어들인 사실은 알고 있나?"

"⋯뭐?"

"침실에서 못 보던 남성용 손수건이 발견됐어. 시녀에게 물어본 결과 제국에서 올 때 가져온 물건도 아니라고 하고."

"⋯⋯."

"그럼 답은 하나지."

"혹시, 손수건에 검정색과 붉은색, 그리고 황금색이 섞여 있었어?"

"그래. 아, 설마 아는 자의 물건이던가? 제국 귀족의 물건 같던데."

오델론은 대답하지 않았다. 손수건의 주인이 누구인지 알 것 같았다.

루릭스 제국의 황태자. 무슨 수를 썼는지 모르지만 그가 에린의 침실에 다녀갔다.

으드득. 이가 절로 갈렸다.

오델론은 에린이 자신을 속여 계획을 꼬아 놨다는 사실보다 더한 배신감을 느끼고 있었다.

※

"제길! 수가 너무 많습니다!"
"이상합니다!"

용병으로 위장한 기사들이 서문을 지키고 있으리란 에린의 말은 맞았다.

문제가 있다면 그 수가 그들의 예상을 훨씬 넘었다는 점이다. 이럴 리가 없는데.

개인이 왕궁 안에 호위로 데리고 들어올 수 있는 사병의 수는 매우 한정적이다.

그런데 이 정도로 많은 수를 상대해야 한다고?

일이 이상하게 돌아가고 있었다. 설마, 그 계집이 뭔가 수를 쓴 건가?

"그 계집은 어디 있나!"
"이쪽에는 없습니다!"
"이쪽도 마찬가지입니다."

오델론의 부하가 으드득 이를 갈았다.

아까부터 보이지 않는 걸 보니, 여길 탈출을 한 모양인데. 대체 어떻게, 어느 틈에 빠져나간 거지?

❦

숨이 턱밑까지 차올라도 달리고 또 달렸다.

겨우 여기까지 왔는데 칼 맞고 죽어서 모든 걸 수포로 돌릴 순 없었다.

그걸 위해서 원작과 달리 서문으로 진입하자는 말까지 했다.

소설 속 오델론은 북문으로 진입하고 그것은 매우 성공적인 선택으로 평가된다.

서문을 지키던 용병들이 북문을 지키던 기사들에게 시비를 걸어서 북문을 지키던 이들이 잠시 서문으로 향한 탓이다.

이걸 염두에 두고 서문으로 진입할 것을 주장했다.

물론 이것만으로는 오델론이 붙여 둔 감시를 피할 수가 없다. 그래서 수를 하나 더 썼다.

이곳에 도착하기 전, 아지트에서.

약점을 잡힌 탓에 이번 일에 가담한 이들을 자극했다.

'당신은 돌아가신 선왕의 이복형을 왕으로 추대하려다가 실패했다고 들었어.'

'당신은 평민이면서 귀족을, 그것도 백작을 사칭하고 다녔다고 들었고.'

'당신은 선왕의 이복 누이를 왕으로 추대하려다가 실패했다고 들었고.'

내 입에서 자신들의 약점이 쏟아지자 그들의 안색이 창백하게 질렸다. 나는 빙그레 웃었다.

'내가 입 아프게 이걸 누구한테 들었는지 말할 필요는 없을 것 같으니

본론을 말할게.'
 '당신들의 약점을 만난 지 얼마 되지도 않은 내게 발설한 오델론이야. 그러니 이게 처음이라는 법도 없지.'
 '나와 손을 잡으면, 약속을 지키지 않은 오델론에 대한 복수를 할 수 있어. 게다가 당신들은 내 입도 막아야 하잖아?'

 그들의 표정이 눈에 띄게 굳어졌다. 그러다가 곧 서로 눈빛을 교환하는 게 보였다.

 '미리 말해 두는데. 내가 무사히 돌아가지 않으면, 당신들 비밀. 그대로 세상에 공개될 거야. 미리 손을 써 뒀거든.'
 '그러니 목숨 걸고 내가 탈출하는 것을 도와. 그게 내 요구야.'

 그렇게 강제로 성사된 거래를 그들은 제법 잘 지켰다.
 다른 동료들이 전투를 치르느라 바쁜 사이에 나를 구석으로 데려가는 척하며 풀어 줬으니까.
 '좋아. 이젠 정말 안전한 장소에 도달하기만 하면······.'
 하지만 그런 내 바람이 무색하게도 누군가가 나를 붙잡았다. 강제로 몸이 돌려졌다.
 "아가씨!"
 "어, 어?"
 반사적으로 그것을 떨쳐 내려던 나는 그대로 움직임을 멈췄다.
 제국에서 함께 온 시녀가 나를 부른 탓이다.
 아무래도 연달아 큰 소란이 일어나자 찾으러 온 모양이다. 그녀의 곁에는 제법 많은 수의 기사들도 있었다.

아르델이 붙여 준 건가?

그녀가 무어라 말하자 나를 붙잡았던 남자가 사과와 함께 물러났다.

내가 너무 다급하게 달려가고 있어서 일단 붙잡느라 무례를 범했다는 것 같았다.

"그쪽은 위험합니다. 아까 이번 소란의 주동자인 이 왕자가 그곳을 지나갔다는 보고가 있었습니다."

"그럼 그자는 어떻게 된 건가요?"

내가 미리 언질까지 해 줬는데, 설마 멍청하게 당한 건 아니겠지?

"일 왕자 저하의 목숨을 노리려다가 기사들에게 제압됐다고 합니다. 덕분에 일이 순조롭게 마무리되나 싶었는데……."

"싶었는데? 설마, 도망친 건가요?"

"…예."

면목이 없다는 듯 고개를 숙인 남자를 보며 나는 입술을 짓씹었다.

만약 지금의 상황이 자신에게 불리하게 돌아가고 있다는 걸 오델론이 알아챘다면, 그땐.

'분명 자살을 하려고 할 거야.'

그것만은 막아야 했다. 그가 바보 천치가 아닌 이상 같은 함정에 두 번이나 걸려들 리가 없다.

그러니 어떻게든 시간을 돌리는 일만큼은 막아야 하는데.

"아까 그 남자가 저쪽 방향으로 갔다고 하셨죠? 혹시, 왕궁 안쪽으로 들어가는 낌새는 없었나요?"

"그것까진 잘 모르겠습니다만, 만약 그런 낌새가 있다고 해도 그건 속임수가 아닐까요?"

일 왕자를 향해 무력을 휘두르다가 걸려서 쫓기고 있는 주제에 왕궁 안으로 도망치는 건 자살행위다.

기사들의 눈을 피해 운 좋게 잘 숨어든다고 해도 결국 독 안에 든 쥐 신세가 되는 거니까.

남자는 그 점을 지적하고 있었다. 그러나 내 생각은 조금 달랐다.

다른 사람이면 몰라도 오델론이라면 그런 선택을 할 이유가 충분했다.

"비밀 통로가 있다면요?"

왕궁에 있는 비밀 통로. 원작에 따르면 오델론이 알고 있는 통로는 총 다섯 개.

그리고 그중 아르델이 알지 못하는 통로는 두 개였다.

문제가 있다면 두 통로의 위치가 궁의 끝과 끝에 있다는 점이다.

첫 번째 통로는 왕궁의 가장 동쪽에 있었고, 두 번째 통로는 왕궁의 가장 서쪽에 있었다.

'지금 나와 함께 있는 기사는 총 열셋.'

아르델의 기사들에게 제압당했다가 겨우 빠져나온 오델론을 상대하기엔 충분한 숫자였다.

상처 하나 없이 멀쩡하게 빠져나오진 못했을 테니까.

하지만 그렇다고 해도 열 명 이하의 기사들로는 승산이 없다.

그러니 반씩 나눠서 흩어지는 방법은 쓸 수 없었다. 수가 적은 쪽이 오델론과 마주치면 십중팔구 질 테니까.

당장 이 소식을 아르델에게 전해서 병력을 모을 수 있으면 좋겠지만 시간이 너무 촉박했다.

결국 두 통로 중 하나를 선택해서 움직여야 했다.

첫 번째 통로는 고용인들이 자주 다니는 길 근처에 있어서 위험 부담이 크지만, 오히려 그래서 다들 비밀 통로가 있으리란 생각을 하지 않는다.

두 번째 통로는 인적이 드문 장소에 있지만, 그만큼 누군가가 숨어들기 좋은 장소라는 인식이 있어서 오히려 위험했다.

그는 어느 곳으로 갈까. 그리고 나는 어느 쪽으로 움직여야 할까.

선택의 순간이었다.

༄

젠장, 이럴 리가 없는데. 대체 어디서부터 잘못된 거지?

에린에게 배신당했다는 사실을 깨닫기 무섭게 오델론은 품에 숨겨 둔 검을 들었다.

그러고는 혼신의 힘을 다해 휘둘렀다.

누구도 죽이지 못했지만, 갑작스럽게 내뿜어진 살기에 주변에 있던 기사들이 주춤했다.

틈이 생기기 무섭게 그것을 파고들었고, 결국 빠져나왔다.

몸을 아끼지 않은 덕분에 가능한 일이었다.

덕분에 머리에서 흘러내린 피가 눈앞을 가렸고, 오른쪽 다리는 부러지기라도 한 것처럼 아팠지만 그래도 괜찮았다.

여차하면 시간을 돌리면 되니까.

'일단 바깥 상황을 좀 살펴야겠어.'

부하들이 생각 외로 잘해 주고 있다면, 아직은 시간을 돌리면 안 된다.

만약 반대의 경우라면 당장 몸에 칼을 꽂아 넣어서라도 시간을 돌려야겠지만.

어느 쪽이든 결정을 내리기 위해선 기사들의 눈을 피해 밖으로 나가야 했다. 나가서 상황을 살펴봐야 했다.

"저쪽인가?"

"아뇨. 이 근처에서 흔적이 끊어진 걸 보면 아직 주변에 있는 것 같습니다."

"그래? 그럼 쥐새끼 한 마리 빠져나가지 못하도록 샅샅이 뒤져!"

"예! 알겠습니다!"

하지만 주변이 이 모양인 이상 그에게 남은 방법은 하나뿐이었다.

'비밀 통로.'

아르델이 모르는 두 개의 통로를 이용해서 빠져나가야 했다.

다행인 건 그 사실을 본능적으로 떠올리고 움직인 덕분인지 통로 중 하나가 근처에 있었다.

주변에 있는 기사 두 명이 걸리긴 했지만, 만약 들킨다고 해도 그 정도는 따돌릴 자신이 있었다.

"경, 잠시 이쪽으로."

"무슨 일이지?"

"그게……."

두 기사가 뭔가 이야기를 나누며 잠시 다른 곳으로 향했다. 그 틈에 오델론은 복도를 가로질러 가장 가까운 창고에 몸을 숨겼다.

됐다. 이젠 정말 모퉁이 한 번만 돌면 통로로 가는 길이…….

잠깐. 뭔가 이상했다.

주변이 너무 조용하다. 처음에는 그 사실에 안도했다. 아직 아르델에게 이 통로의 존재가 알려지지 않았다는 의미니까.

하지만 다시 생각해 보니 이곳은 고용인들이 자주 지나다니는 곳이었다.

오늘처럼 연회가 한창인 날은 더욱 그렇다.

밖에서 일어난 소란을 알고 있다고 해도 그 사실이 연회장 전체에 닿기까지는 시간이 걸린다.

그러니 이곳은 아직 조용해서는 안 됐다.

'함정이구나.'

그렇게 판단한 오델론은 지체 없이 창고를 빠져나와 반대쪽 통로가 있는 방향으로 달리기 시작했다.

"저기다! 저기 있다!"

복도에서 마주친 기사들을 따돌리고 미친 듯이 달리기 시작했다.

투둑.

이번에도 제법 무리를 한 탓인지 오른쪽 어깨에서 흐른 피가 바닥에 떨어졌다.

입고 있던 옷을 대충 찢어 어깨에 난 상처를 지혈한 오델론이 걸음을 옮겼다.

통로 근처는 조용했다. 이곳은 원래 그런 장소였기에 큰 의심은 들지 않았다.

그래, 아무리 에린이라도 이 통로까지 알지는 못할 것이다.

'…그렇겠지?'

그는 스스로에게 질문을 던졌다.

정말 없을까? 갑작스러운 의문이 발목을 잡았다. 한시가 급하지만 동시에 현명하게 움직여야 했다.

만약 에린이 이 통로도 알고 있다면? 그리고 그걸 아르델에게 알려 준 후라면?

아니야, 그럴 리가 없다. 오델론은 고개를 저어 부정했다. 멈췄던 걸음을 다시 재촉했다.

아르델은 그리 쉽게 그녀의 말을 믿을 사람이 아니다.

자신이 모르는 왕궁 내부의 통로를 에린이 알고 있다면, 그걸 어떻게 알아냈는지부터 의심할 것이다.

그리고 그동안 에린에게 사람을 붙여 둔 결과 그녀는 아르델에게 작은 쪽지 한 장 건네지 않았다.

어쩌면 에린이 자신에게 모든 사실을 털어놨다는 아르델의 말은 거짓일지도 몰랐다. 자신을 흔들기 위한 거짓말일 수도 있다.

그래, 분명 그럴 것이다. 그렇게 생각하며 통로의 입구를 향해 나아갔다.

촤르륵! 척–

날카로운 쇳소리가 연달아 들려왔다. 아까 정원에서와 한 치도 다르지 않은 상황이 펼쳐졌다.

수많은 기사들이 그의 목에 검을 겨누고 있었다. 아까와 다른 점이 있다면 그곳에 에린도 있다는 사실이다.

"이제 다 끝났어."

그녀가 말했다. 오델론은 들고 있던 검을 손에서 놓았다. 승산이 없다.

에린은 그가 자살을 하도록 놔두지도 않을 것이다.

정말 끝났다. 모든 게 끝이다.
승패가 정해졌다.

◈

'두 곳으로 흩어지죠.'

두 통로 중 어느 쪽으로 이동하느냐를 두고 내가 한 선택이었다. 나는 기사들을 둘로 나눠서 움직이기로 했다.
오델론이 어느 쪽 통로를 이용할 것인지를 알아낼 방법이 없었다. 그의 마음을 읽어 낼 수는 없는 노릇이니까.

'단, 동쪽 통로에 두 분만 가고 나머지 분들은 전부 서쪽 통로로 이동해요. 저 역시 서쪽으로 갈게요. 대신.'

대신, 잔꾀를 조금 부리기로 했다.

'동쪽으로 가시는 두 분은 통로 주변에 고용인들이 단 한 명도 다니지 못하도록 통제해 주세요.'
'그리고 적당한 때에 통로에서 멀어져 주세요.'

첫 번째 통로는 미끼였다.
오델론이 그쪽으로 향하더라도 이상함을 느끼고 두 번째 통로로 향할 수밖에 없도록 만드는 미끼.
오늘 같은 상황을 대비해서라도 그는 최소 수십 번 이상 통로 근처를 돌아다녔을 것이다.

 그러니 이상함을 느끼지 못할 리가 없다. 주변이 지나치게 조용하다는 것을 알면 의심할 수밖에 없을 것이다.

 누군가 이 통로의 존재를 알고 있구나, 하고.

 그리고 그 의심이 오델론의 발목을 붙잡았다.

 '다 끝났어.'

 모든 게 끝났다. 그 사실을 실감한 나는 방에 돌아오기 무섭게 소파에 몸을 던졌다.

 너무 많은 일을 한 번에 겪은 탓인지 손가락 하나 까딱할 힘도 없었다.

 "정말, 대단하세요. 그런 방법을 생각해 내시다니."

 "아니야. 그것보다 고마워. 네가 아니었으면 이번 일은 절대 성공하지 못했을 거야."

 시녀의 감탄에 나는 빙긋 웃으며 말을 이었다.

 "아르델 왕자 저하께 조금의 잡음도 없이 충실하게 내 말을 전해 줬잖아."

 내가 직접 아르델을 만나서 뜻을 전할 수는 없었다. 그럼 오델론이 눈치를 챌 테니까.

 그래서 나는 매일 아침 갈아입고 난 잠옷 주머니에 쪽지를 넣어 두는 방법을 썼다.

 하루 이틀 정도는 내용을 들켜도 상관이 없도록 조금씩.

 "아니에요. 아가씨를 모시는 게 제 일인걸요."

 그리고 그녀는 그것을 충실히 아르델에게 전달했다.

 연회가 열리는 날 밤, 충분한 인원의 호위와 함께 정원에서 오델론을 기다리라는 내용을 말이다.

아마 아르델이 처음부터 순순히 그 말을 믿진 않았을 것이다. 그녀가 상대를 설득한 거겠지.

그녀는 이번 여정을 위해 함께 이곳까지 온 사람이었지만, 나와는 거의 초면이나 다름없다.

그러니 이만한 충성심을 보여 주는 건 대단히 고마운 일이었다.

바로 다음 날, 오델론에게 내려질 형이 결정됐다.

"이 왕자 오델론 세릭 브란스는 신성한 왕궁 내에서 무력을 행사하였으며, 이복형제인 아르델 세릭 브란스 일 왕자 저하를 해하려 했다. 그러니 그 죄를 물어 반년 후인 내년 여름 이후에 브란스 광장 중앙에서 단두대형에 처한다."

내년 여름 이후에 처형식이 진행되는 건 내 부탁 때문이었다.

아르델에게 몇 번이고 당부했다. 오델론을 처형하는 건 상관없지만 그건 반드시 내년 여름 이후가 되어야 한다고.

그 사실에 아르델은 의문을 느끼는 듯했지만, 이번 일을 진압하는 데 있어서 내가 세운 공이 적지 않음을 알기에 순순히 그러겠다고 답했다.

"이쪽입니다."

기사의 안내를 따라 조심스레 걸음을 옮겼다.

황족이나 귀족처럼 신분이 높은 이들을 가두는 곳이라고 해도 감옥은 감옥인지라 스산한 기운을 감출 수 없었다.

철컥-

구멍 안에 열쇠를 끼워 넣자 창살로 된 문이 열렸다. 문을 통과한 후에도 한참을 걷고 나서야 우리는 목적지에 도달할 수 있었다.

"여긴, 왜 왔어?"

생각보다 여상한 어조로 오델론이 물었다.

간단한 응급처치 정도는 해 준 듯 생각보단 말끔한 모습이었다.

물론 그건 어디까지나 생각했던 것에 비해 말끔하단 의미였고, 객관적으로 봤을 땐 상태가 썩 좋아 보이진 않았다.

비밀 통로에서 마지막으로 마주한 날과 비교했을 때 못 보던 상처가 여럿 생겨났다.

"싸움이라도 한 거야?"

"왜? 설마, 걱정이라도 하는 거야?"

"그럴 리가."

나는 고개를 저었다. 그의 계획을 망친 주범이면서 걱정이라니 당치도 않았다.

다만, 이래서는 안 되는 걸 알지만 양심의 가책이 느껴지긴 했다.

원작에 따르면 승승장구했어야 할 오델론의 인생을 꼬아 버린 거니까.

"양심의 가책이라도 느끼는 얼굴이네?"

"……."

"그럴 필요 없어. 패자가 이런 꼴이 되는 건 당연하니까. 죽은 시녀와 황태자가 그랬듯이."

그리 말하는 오델론이야말로 표정이 좋지 못했다. 설마 지금 양심의 가책이라도 느끼는 건가?

뒤늦은 후회라도 할 셈인 거야?

그런 거라면 사양이다. 두 사람은 이미 죽었고, 그가 사죄할 대상은 내가 아니다.

나는 몸을 돌렸다. 오늘 이곳에 온 건 제국으로 돌아가기 전, 마지막으로 오델론의 상태를 확인하기 위함이었다.

목적은 달성했다. 나는 승리를 거머쥐었고, 그는 자결을 할 수도 없을 만큼 철통같은 감시 속에 놓여 있다.

"잠깐만. 이거 한 가지만 대답해 주고 가."

오델론이 청했다. 나는 그에게 등을 돌린 채로 걸음을 멈췄다. 원망의 말이라도 할 셈인가 싶어 몸을 돌렸다.

그 정도라면 들어줄 수 있을 것 같았다. 오델론이 물었다.

"너, 황태자를 사랑해?"

두 눈이 크게 떠졌다. 전혀 예상치 못한 질문이었다. 이런 타이밍에 그런 질문을 한다고?

"왜 그런 걸 물어?"

"당장 대답해. 그 입을 찢어 버리기 전에."

침착하게 협박하는 어조가 기이했다. 그의 바람대로 입을 열었다.

"그런 거 아니야."

사랑이라니. 내가 펠루스를? 그런 가정은 단 한 순간도 해 본 적이 없다.

"거짓말."

돌아온 대답에 움찔하고 말았다. 그는 내게 졌다는 사실을 깨달았을 때보다 훨씬 분노한 얼굴이었다.

이해할 수 없었다. 혼란스러워서 두 눈을 깜빡이자, 오델론이 말을 이었다.

"그런 얼굴을 하고도 사랑이 아니라고?"

"어?"

나는 당황했다. 오델론이 화를 내고 있는 포인트를 이해할 수가 없었다.

보통은 내가 자신을 배신했다는 사실에 화를 내는 척이라도 해야 하지 않나?

슬쩍 고개를 돌리니 내 뒤에 있는 기사들 역시 비슷한 생각인 듯했다. 다들 황당하단 얼굴로 그를 보고 있었다.

이상하게 돌아가는 상황을 감당할 수 없어서 등을 돌렸다.

더 이상 오델론을 마주하면 안 될 것 같았다.

"후회할 거야."

그가 스산하게 중얼거렸다. 나를 겨냥한 것이 분명한 말이었기에 의미를 알아내려 했으나, 무리였다.

지금의 오델론은 원작 속의 오델론과 매우 흡사했다.

무슨 생각을 하고 있는지 도통 알 수가 없고, 알게 된다고 해도 이해할 수 없을 것 같았다.

"이제 떠나는 건가요?"

"네."

"다시 왕국을 방문할 계획은?"

"지금으로선 없습니다."

나는 마차에 오르기 전, 나를 배웅하러 온 아르델을 마주했다. 그는 형식적인 인사말을 몇 가지 늘어놓았다. 그러고는 본론으로 들어왔다.

"루릭스 제국의 황제 폐하께서 승하하셨다고 들었는데."

나는 조금 놀란 얼굴로 그를 응시했다. 아르델은 차분히 덧붙였다.

"보아하니 몰랐던 모양이군요. 예의상 간단한 사실이라도 전해 주자면 이틀 전에 승하하신 것으로 추정됩니다. 공식적으로 소식이 흘러들어 온 건 오늘 아침이고요."

전자는 그가 심어 둔 사람이 전해 온 정보고 후자가 공식적으로 알려진 사실인 듯했다.

"제게 너무 많은 걸 알려 주시는 거 아닌가요?"

"당신에게 진 빚이 있으니까요. 그리고 우리가 또 볼 일은 없을 것 같으니까."

아르델이 웃었다. 나 역시 희미하게 웃어 주곤 몸을 돌렸다.

준비가 끝났다는 시녀의 말이 들려왔다. 이젠 정말 떠날 시간인 것이다.

"그동안 감사했어요."

"나야말로 감사했습니다."

예의상의 인사가 오가고 나는 마차에 올랐다. 아니, 오르려고 했다.

"저와 했던 약속 꼭 지키셔야 해요. 내년 여름까지는 반드시……."

"알고 있습니다."

아르델이 칼같이 잘라 냈다. 그 사실에 안심이 되기보단 여전히 불안했다.

"일 왕자 저하께서 현명한 선택을 하시리라 믿어요."

거기까지 말한 후에야 나는 마차에 올랐다. 내가 자리를 정돈하고 문을 닫기 무섭게 마차가 움직였다.

초조해하지 않으려고 했는데 마음처럼 쉽지 않았다. 결국 불안한 마음에 끝까지 당부를 하고 말았다.

그것이 오히려 아르델의 의심을 살지도 모르는데 말이다.

하지만 어쩔 수 없었다.

아르델이 잘못된 결정을 내려서 원작 소설이 끝나기 전에 오델론을 죽이면 모든 게 수포로 돌아간다.

'부디 모든 일이 내 뜻대로 흘러가야 할 텐데.'

나는 아르델이 올바른 선택을 하기를 빌고 또 빌었다.

※

드디어 갔군, 에린이 탄 마차가 떠나는 것을 본 아르델이 몸을 돌렸다.

이상한 여자였다. 비유가 아니라 정말 이상했다.

수상하고, 이상한 여자. 얼굴만 예쁘고 배경만 좋은……. 아, 머리도 꽤 쓸 만한 것 같았다.

'그래서 그 아이가 그렇게 푹 빠진 건가?'

제 배다른 동생을 보며 아르델은 생각했다.

멍청한 것. 아무리 예쁘고 혈통도 좋다지만, 결국엔 루릭스 제국인이다.

자국의 사람이 아닌 이를 믿다가 뒤통수를 맞은 꼴이라니 한심했다.

오델론이 방심했기 때문에 자신이 살 수 있었다는 생각 같은 건 머릿속에서 지워 낸 지 오래였다.

똑똑.

자신의 모친인 왕비를 만나러 온 아르델이 가볍게 노크했다. 돌아오는 대답은 없었지만, 그는 문을 열었다.

뭔가에 몰입하면 노크 소리를 잘 듣지 못하는 왕비를 알고 있기 때문이다.

혼자만의 시간을 방해하는 것을 싫어하는 왕비였지만 아르델의 방문만큼은 예외였다.

"불도 안 켜고 뭐 하시는……."

아르델이 말이 툭 끊어졌다. 그의 시선이 천천히 아래로 떨어졌다. 그곳에는 아주 익숙한 사람이 있었다.

왕비였다. 그 사실을 깨달은 아르델이 몸을 숙였다. 혹시나 하는 마음에 숨을 확인했으나, 이미 늦었다.

왕비가 죽었다.

"이 개자식."

아르델이 이를 갈았다. 그는 제 배다른 동생이 어떤 수를 썼음을 깨달았다.

짐작 가는 곳이 있었다. 요즘 자신의 모친과 의견 충돌이 잦았던 외숙부. 그가 오델론의 편에 선 거라면?

※

아르델이 예상했던 대로 오델론은 에린에게 마음이 있었다.

아르델이 생각했던 것보다는 얕고, 오델론이 생각했던 것보다는 깊었다.

그래서 에린이 펠루스에게 마음이 있다는 사실을 알았을 때 제법 끔찍했다.

차라리 아무에게도 마음을 주지 않는다면 괜찮다. 내가 가질 수 없다면 남도 가질 수 없어야 하니까.

그러니 황태자는 안 된다. 에린을 좋아하는 것이 분명한 그 남자는 절대로 안 된다.

오델론의 마음은 아직 사랑이 아니었다. 오로지 집착이었다.

그래서 그는 신중할 수 있었다.

에린에게 마음이 있지만 사랑은 아니기에 그녀를 완전히 신뢰하지는 않았다.

당연히 계획이 실패했을 때의 상황 역시 계산에 넣어 두었다.

아르델의 외숙부와 거래를 한 건 그런 이유에서였다. 명예와 부만 좇는 인간은 움직이기 편하다.

자신과 얼마나 많은 피가 섞였든, 섞이지 않았든 개의치 않고 이익을 좇아 움직이니까.

아마 아르델 역시 이번 일의 범인이 자신의 외숙부임을 직감했을 것이다.

오델론이 아르델과 에린 사이에 어떤 말이 오갔는지 짐작할 수 있는 것처럼.

아마 에린은 자신을 이야기가 끝나는 내년 여름까지 죽이지 말라고 당부했을 것이다.

하지만 장담하건대 아르델은 약속을 지키지 못할 것이다.

길어 봤자 한 달.

오델론은 자신이 내년 여름은커녕 봄이 되기 무섭게 죽으리란 걸 알았다.

※

에린이 루릭스 제국에 도착한 건 겨울이 끝나고 슬슬 봄에 진입할 시기였다.

"반란은 수포로 돌아갔습니다. 이 왕자는 왕궁 감옥에 갇혔고, 이대로라면 여름에 처형식이 진행될 예정……."

"그만. 거기까지."

여자의 말을 자른 흑의 신관이 웃었다. 그러고는 품에서 금괴 다섯 개를 꺼내 건넸다.

"수고했어. 그러니 이만 가 봐."

"가, 감사합니다!"

고개를 숙인 여자가 서둘러 사라졌다. 그녀는 에린과 함께 슬로레인 왕궁에 동행한 시녀였다.

"기분이 좋아 보이네? 내기에서 질 위기면서."

백의 신관의 말에 흑의 신관은 웃었다.

"정말 이대로 내기가 끝날 거라고 생각해?"

백의 신관은 침묵했다. 그렇게 생각하지 않는단 의미였다. 흑의 신관이 입을 열었다.

"나는 내가 선택한 말을 믿어. 이 왕자는 그렇게 쉽게 일을 그르칠 인간이 아니야. 아마 어떻게든 제 이복형을 옭아맬 수를 써 뒀겠지."

그가 자신을 죽이지 않고는 못 배기도록.

"글쎄, 그런 거면 좋겠지만, 아니면 공작 영애 쪽에 건 내가 이기는 거야. 알지?"

"알아."

흑의 신관이 나긋하게 웃었다. 그녀는 자신의 말인 오델론을 믿었다.

부디, 내가 내기에서 싱겁게 지지 않도록 더 재밌게 해 줘.

22장.
즉위식 (1)

제국으로 돌아온 지 이틀째, 나는 다시 업무에 복귀했다.

펠루스가 내 사직서를 수리하지 않은 탓이다.

이제 다 끝났다고 생각했다. 그러니 당연히 보좌관 자리를 더 유지할 필요도 없다고 여겼다.

'펠루스는 무슨 생각인 걸까.'

묻고 싶었지만, 찾아가서 묻기엔 껄끄러웠다. 처음으로 그와 내 집무실이 따로 떨어져 있음에 감사할 정도였다.

왕국에서 보낸 밤이 꿈만 같았다. 차라리 꿈이었으면 좋겠다는 생각이 들 정도로 낯 뜨거웠다.

대체 무슨 정신으로 그런 일을 저지른 걸까.

그리고 가장 혼란스러운 건, 마냥 당황스럽기만 한 건 아니라는 사실이다.

솔직히 말하자면 꽤 좋았다. 짧은 시간이지만 설레기도 했고.

'펠루스가 생각보다 키스를 잘해서 그런가?'

"왜 또 넋이 나가 있지?"

갑작스레 들려온 목소리에 움찔하고 말았다. 그러나 그런 티를 내지 않으려 노력하며 웃었다.

"전하, 언제 오셨어요?"

"방금."

그가 짧게 대꾸했다. 나는 고개를 끄덕였다.

"그러시군요. 그런데 여긴 어쩐 일이세요?"

펠루스는 잠시 말이 없었다. 뭔가를 생각하듯 뜸을 들이는 것 같았다. 그러다가 돌연 물었다.

"지난 이틀간, 왜 나를 찾아오지 않았지?"

"네? 어, 그게……."

무심코 반문했지만 펠루스의 물음은 타당했다.

보좌관 자리를 유지하기로 한 이상 나는 그에게 슬로레인에서 있었던 일을 정식으로 보고하러 갔어야 했다.

그렇게 하지 않은 건, 이유야 어쨌든 내 잘못이었다.

"죄송합니다."

"왜 사과를 하는 거지?"

펠루스가 조금 당황한 얼굴로 덧붙였다.

"사과를 들으려고 한 질문은 아니었어. 그저……."

무어라 말을 이으려던 그가 그대로 말을 삼켰다. 나 역시 어색하게 눈을 굴렸다.

펠루스가 하려다가 삼킨 말을 알 것 같았기 때문이다.

"내가 불편해?"

내가 애써 모르는 척한 것이 무색하게도 그가 물었다. 나는 고민 끝에 말했다.

"잘 모르겠어요."

"모르겠다고?"

"…네."

모르겠다고 답한 주제에 고개를 돌려 시선을 피했다. 모순된 행동임을 알았지만, 어쩔 수 없었다.

아. 그러다가 문득 의아해졌다.

기분 탓인지 모르겠는데, 펠루스의 목소리가 평소보다 훨씬 나긋한 것 같았다.

나긋하다고? 펠루스가?

상상치도 못할 일이다. 펠루스와 나긋하다, 라는 단어가 함께 등장하는 날이 오다니.

"전하, 혹시 어디 아프세요?"

놀란 마음에 지체 없이 물었고, 뒤이어 덧붙였다.

"목소리가 좀……. 뭐랄까, 기운이 없으신 것 같은데요."

"내가?"

여전히 조금 느린 어조였다. 나는 혹시나 하는 마음에 그의 이마에 손을 갖다 댔다. 아니, 엄청 뜨겁잖아?

"…전하, 대체 어떻게 살아 계신 거예요?"

"뭐?"

펠루스가 어이없단 얼굴을 했다. 하지만 그런 얼굴마저도 자세히 보니 좀 창백해 보였다. 그가 평소처럼 미간을 찌푸렸다.

"…괜히 호들갑 떨지 마."

"호들갑이 아니라… 아니, 일단 좀 누우시는 게 좋겠어요."

"됐어."

펠루스가 거절했다. 하지만 나는 듣지 않았다.

그의 손목을 잡아끈 채로 기어이 침대가 있는 집무실 옆방에 도착했다.

"얼른 누우세요."

"싫어."

"고집부리지 마시고요."

"이럴 시간 없어."

이럴 시간 없다는 사람이 굳이 시간을 내서 나를 찾아온 이유는 뭐냐고 따지고 싶었다. 그만큼 울컥했다.

아니, 아프면 나를 찾아올 게 아니라 의원한테 가거나, 푹 쉬어야지. 이게 뭐 하는 짓이야?

한숨이 절로 나왔다.

"딱 30분만 쉬세요. 아픈 몸 이끌고 억지로 일하는 것보단 잠깐이라도 쉬고 좋은 컨디션으로 일하는 게 더 효율적이잖아요."

"하지만……."

"하지만은 무슨 하지만이야. 제가 옆에서 딱 감시하고 있을 거니까. 일단 누워 계세요."

열심히 당부하며 펠루스를 침대 위에 앉히는 것까지 성공한 나는 잽싸게 움직였다.

일단 의원부터 불러와 그를 진찰하게 했다.

심각한 건 아니고, 요즘 피로가 많이 쌓인 탓에 가벼운 열감기가 온 것 같다고 했다.

'이렇게 열이 심하게 나는데 가벼운 열감기라고?'

나는 의원의 진찰을 조금 의심했다. 설마, 누군가의 사주를 받고 일부러 틀린 진단을 한 건 아니겠지?

"제가 처방한 약을 드시고 푹 쉬시면 금방 건강을 회복하실 수 있을 겁니다."

"그래, 알았으니 그만 나가 봐."

펠루스가 대충 손짓했다. 의원은 빙긋 웃는 낯으로 허리를 숙인 후 방을 나섰다.

방 안에는 우리 둘밖에 없다. 그 사실을 확인한 나는 의원이 두고 간 약을 살폈다.

"지금, 뭐 하는 거지?"

"아, 혹시나 해서요."

"뭘 하려는 건지는 모르겠지만, 그거 이리 줘. 얼른 먹어야 나을 테니까."

병이 낫고 싶어서 약을 먹는다기보다는 지금처럼 귀찮은 상황에서 벗어나기 위해 먹으려는 것 같았다.

"얼른."

재촉과 함께 펠루스가 약이 담긴 봉투를 향해 손을 뻗었다. 나는 그것을 피하며 말했다.

"잠시만요. 제가 먼저 먹어 볼게요."

"그건 또 무슨 헛소리야?"

"혹시라도 누군가가 전하의 독살을 사주했을 수도 있잖아요."

"헛소리하지 마. 이젠 내게 통하는 독을 아는 사람은 거의 없어."

확실히 그러했다. 거의 유일하게 펠루스에게 통하는 독을 알고, 또 그것을 지속적으로 먹였던 황제는 죽었다.

그러니 이제 그는 안전할지도 모른다. 하지만 정말 그럴까? 나는 의문을 제기했다.

"제가 있잖아요. 전하의 약점을 저도 알고 있잖아요."

"……."

"저를 잊으시면 안 되죠."

펠루스의 입이 다물렸다. 내 의도를 가늠하듯 그의 시선이 천천히 머물렀다가 떨어졌다. 한숨과 함께 말이 이어졌다.

"영애가 그랬을 리 없어."

"그걸 어떻게 확신하세요? 제가 슬로레인 왕국에서 있었던 일을 제대로 보고하지 않은 건 어쩌면 그 일의 연장선일 수도 있잖아요."

짧은 고요가 이어졌다. 그것을 깬 건 펠루스였다.

"그건 내 얼굴을 보기가 껄끄러워서였잖아."

아, 이런. 아까 적당히 에둘러 마무리 지었다고 생각한 문제가 다시 터져 나왔다.

그런 펠루스의 행동을 원망하기엔 나 역시 말을 너무 극단적으로 해 버렸다. 상황을 수습해야 할 것 같았다.

그것을 위해 내가 말을 고르는 동안 그가 입을 열었다.

"나와 가장 가까이에 있는 영애조차 믿지 못한다면 그건 너무 가혹한 삶이야. 그런 삶에 비하면 차라리 죽음이 나아."

조금 전에 내가 했던 말보다 극단적이었다. 그만큼 지금 이어지고 있는 대화에서 물러날 마음이 없다는 뜻이겠지.

"나는 홀로 폐하의 임종을 끝까지 지켰어. 그런 내게 마지막으로 폐하께서 하신 말씀이 뭔지 알아?"

내 아내를 죽인 너를 증오해.

한 자, 한 자 나무에 못을 박듯 뱉어진 말에 가슴이 싸해졌다.

자신의 죽음을 끝까지 지켜본 아들에게 마지막으로 한 말이 저거라고?

나는 경악했다. 반면 펠루스는 침착했다.

시간이 많이 지나서 동요를 보이지 않는 것이 아니라 저 말을 들었던 당시에도 크게 동요하지 않은 듯했다.

"그 말을 들었을 때 나는 그분이 진심으로 가엾다는 생각이 들었어. 결국 주변에 있는 그 누구도 믿지 못한 채 마지막을 맞은 거니까."

황제는 자신의 마지막을 지켜본 펠루스조차 믿지 못했다. 그만큼 한심한 인생이었다.

신뢰할 수 있는 사람이라곤 하나도 없는 인생.

그제야 나는 펠루스의 말을 조금은 이해할 수 있었다.

펠루스는 황제의 말에 동요하지 않았다. 펠루스는 황제를 동정했다.

그리고 그제야 나는 아리아 황후가 자신의 마지막을 그렇게 정한 이유를 깨달았다.

그녀는 황제가 평생을 불신 속에서 살다가 홀로 죽기를 바란 것이다.

자신의 아들인 펠루스조차 의심하고, 원망하고, 불신하다가 죽으라고.

아리아의 입장에선 완벽한 복수일지 몰랐다.

"그러니 나는 내 뜻대로 할 거야. 내가 원하는 대로."

말을 마친 펠루스의 손에는 의원이 처방한 약이 들려 있었다.

그것을 알아챈 내가 손을 뻗었지만, 그는 그것을 그대로 위로 올렸다.

덕분에 나는 폴짝거리며 약 봉투를 빼앗아 오기 위해 애썼다.

환자인 사람이랑 이게 뭐 하는 짓인가 싶어서 약간 자괴감이 들었다.

"포기해."

"아, 진짜. 알았어요."

말을 마친 나는 펠루스에게서 떨어졌다.

이러고 있을 시간을 아껴서 그가 조금이라도 더 쉴 수 있게 해 주는 게 나을 것 같았다.

"기미 상궁 노릇 안 할 테니까. 그거 주세요. 얼른 드시고 주무시는 게 낫겠네요."

의심 섞인 눈으로 나를 응시하던 펠루스가 약 봉투를 건넸다. 나는 약속했던 대로 그의 약을 가로채지 않았다.

순순히 의원이 적어 둔 순서대로 약을 건넸다. 펠루스는 그것을 일말의 의심조차 하지 않고 받아먹었다.

덕분에 약간의 의문이 생겼다. 익숙한 일인 걸까?

"왜."

"네?"

"왜 그렇게 보는 건데. 묻고 싶은 거라도 있나?"

진짜, 귀신같다. 나는 속으로 혀를 내둘렀다.

"아까 그 의원님을 엄청 신뢰하시는 것 같아서요. 별다른 의심도 없이 그냥 이렇게 다 드시고."

"문제의 독만 아니면 뭘 먹든 상관없으니까."

딱히 아까 그 의원을 신뢰하는 건 아니란 소리다. 근데 그럼 그 문제의 독을 의원이 약 속에 섞어 뒀을 수도 있지 않나?

"이렇게 흔해 빠진 약과는 섞이지 않는 독이야. 섞으려고 했다간 티가 나고 말지. 애초에 쉽게 구할 수 있는 것도 아니고."

내 속을 읽기라도 한 것 같은 대답이었다. 나는 고개를 끄덕였다.

"그렇군요."

결국 펠루스가 아무 대책 없이 약을 받아먹은 건 아니라는 의미였다.

괜히 쓸데없이 나선 건가 싶어서 허무하기도 하고, 민망하기도 했다.

"계속 여기 있을 건가?"

그리 묻는 펠루스의 눈이 느리게 감겼다가 떠졌다.

"졸리세요?"

"조금."

"약 기운 때문인 건가요?"

"아마도."

피곤해서 정신이 없는 와중에도 착실히 대답이 돌아왔다. 그 사실에 피식 웃음이 났다.

"안 나갈 거면, …있어도 되고."

"네?"

무작정 되물은 말에 돌아오는 대답은 없었다. 그가 침대 헤드에 몸을 기댄 채로 잠든 탓이다.

편하게 누워서 좀 자지. 왜 저러고 있는 거야.

깨우지 않고 제대로 눕혀 주고 싶었으나, 불가능할 것 같았다. 그렇다고 아파서 한숨 자고 있는 사람을 깨우기도 뭐하고.

대체 어찌해야 하나 싶어서 그저 눈앞에 있는 펠루스만 멀뚱히 응시했다.

하얀 피부, 그와 대조되는 검은색 머리카락, 또렷한 이목구비.

입을 다문 채로 자고 있으니 천사라고 해도 믿을 것 같은 외양이다. 확실히 잘생기긴 했구나.

괜히 가슴이 울렁거렸다. 무어라 표현하기 어려운 감각이 온몸을 휘젓고 돌아다녔다.

이 느낌은 혹시?

'설마, 열감기가 옮은 건 아니겠지?'

혹시나 하는 마음에 손등으로 이마의 온도를 재 봤다. 열은 없는 것 같은데.

아니길 바랐지만, 느낌이 썩 좋지 않았다.

"아직도 안 갔나?"

그때 들려온 목소리에 나는 소스라치게 놀라 자리에서 일어났다.

다행스럽게도 소리는 내지 않았다. 비명은 지르지 않은 채 조용히 소란스럽게 놀랐다.

"주무시는 거 아니었어요?"

돌아오는 대답이 없었다. 아니, 그런 줄 알았다.

"그만 돌아가."

잠에 잔뜩 취한 목소리가 들려왔다. 평소의 까칠함과는 또 다른 느낌이었다.

느리고, 나른한 목소리. 이건 이것대로 듣기 좋았다.

"전하, 똑바로 누워서 주무세요."

대답이 없었다. 정말 잠든 건지 대답하기 싫어서 침묵하는 건지 알 길이 없다.

그런 펠루스를 나는 제법 오랫동안 지켜보다가 방을 나섰다.

좋지 않은 예감이 들면 보통 들어맞는다. 지금의 내가 딱 그랬다.

푸에취!

펠루스의 곁에 오래 머무른 탓에 감기가 옮은 건 아닌가 싶었는데, 역시나 옮았다.

열이 오른 탓인지 으슬으슬 춥고, 머리도 아프고 돌 지경이었다.

서류를 보고 있자니 글자도 빙글빙글 돈다. 하얀 것은 글씨요, 까만 것은 종이…가 아니라 반대구나.

다른 건 몰라도 내가 지금 많이 아픈 상태인 건 확실했다.

"점심은 어떻게 하시겠어요?"

"됐어. 안 먹을래."

단호한 말로 시녀를 물린 나는 소파에 몸을 기댔다. 점심은 무슨. 그 시간에 누워서 잠이나 좀 자고 싶었다.

아침에 먹은 것도 다 게워 낸 걸 보면 그냥 감기에만 걸린 건 아닌 것 같기도 하고.

종합병원도 아니고 이게 무슨 고생인지.

그대로 눈을 감았다. 창문이 열려 있는 탓에 적당히 따스한 봄바람이 집무실 안을 감쌌다.

똑똑.

노크 소리가 들려왔다. 거참, 밥 안 먹는다니까.

"안 먹어."

똑똑.

"안 먹는다니까."

"알아. 그러니까 이러고 있는 거겠지."

응?

감았던 눈이 번쩍 뜨였다. 내 바로 위에 드리워진 그림자를 따라 시선을 올리자, 그곳에는 펠루스가 있었다.
기분 탓인지 모르겠지만, 그의 얼굴에 그늘이 드리워진 것 같았다.
무슨 고민이라도 있는 건가?
"여긴 무슨 일로 오셨어요?"
펠루스는 말이 없었다. 대신 나직한 한숨이 들려왔다. 그가 허리를 조금 숙였다.
소파에 누워 있는 거나 다름없는 나와 시선을 맞춘 후 내 이마에 손을 댔다.
차가운 손이 이마에 닿자 몸이 움찔 떨렸다. 내 이마가 뜨거운 건지, 그의 손이 차가운 건지 모르겠다.
"열이 나는군."
평소와 크게 다를 것 없는 어조였다. 사실을 전달하는 데 목적이 있는 무감한 어조. 그러나 뭔가가 달랐다. 미묘한 변화였다.
"왜 말하지 않았지?"
무엇을? 의문이 들어 두 눈을 깜빡였다. 그는 나를 다그치는 대신 설명을 덧붙였다.
"아프면 아프다고 말을 하면 되잖아."
아, 그런 의미였나? 나는 습관적으로 다시 눈을 두어 번 깜빡이다가 물었다.
"왜요?"
침착한 대답에 펠루스는 황당하단 얼굴을 했다. 미간을 살짝 찌푸린 채로 그가 말했다.
"왜냐니, 그야……."
"그렇게 심하게 아픈 것도 아닌걸요. 그냥 한숨 자고 나면 나을 거예요."

그렇게 말하고는 다시 눈을 감았다. 머리 위에서 재차 한숨이 쏟아졌다.

"이러고 있지 말고 침대에 가서 누워."

"싫어요. 조금만 쉬었다가 다시 서류 보러 갈 거예요."

"고집부리지 말고 쉬어."

"전하도 이러셨잖아요."

잠시 정적이 내려앉았다. 나는 곧장 말을 이었다.

"아플 땐 쉬시라고 그렇게 말씀드렸는데 하나도 안 들으셔 놓고. 이제 와서 한 입으로 두말하시는 건가요?"

"그런 게 아니야."

"아니긴 뭐가요?"

"난 적어도 침대에 눕긴 했잖아."

"아뇨. 앉은 채로 잠드셨잖아요."

나는 사실을 정정했다. 펠루스는 잠시 입을 다물었다.

역시 역지사지는 진리였다. 평소엔 내 말을 귓등으로도 안 듣던 사람이 이렇게 고분고분해질 줄이야.

하지만 그건 대단한 착각이었다.

번쩍. 갑자기 시야가 높아지고, 몸이 붕 떠올랐다. 펠루스가 나를 안아 든 것이다.

그가 말없이 걷기 시작했다.

"아니, 지금 뭐 하시는 거예요?"

"왜?"

뻔뻔하기 짝이 없는 물음이 돌아왔다. 기가 막혔다.

펠루스가 지금 뭘 하려는 건지, 어디로 가려는 건지 알 것 같아서 더욱 그랬다.

"빨리, 내려 주세요."

"불편해도 조금만 참아."

"아니, 그게 아니라! 지금 당장 내려 주세요!"

이번에는 대답이 돌아오지 않았다. 집무실 안쪽에 있는 방문이 열리고, 나를 침대 위에 내려 둘 때까지 그는 침묵했다.

"그냥 누워 있어."

내가 침대에서 내려오려고 하자 펠루스가 이를 저지했다. 덕분에 괜한 오기가 생겨서 맞서려다가 관뒀다.

평소처럼 상태가 좋을 때도 이기지 못할 텐데, 지금처럼 아프기까지 한 상황에서 그를 이길 수 있을 것 같진 않았다.

그래서 적당히 말로 설득해 보기로 했다.

"저 별로 안 아파⋯⋯. 쿨럭! 쿨럭!"

"⋯⋯."

그리고 실패했다. 설득은 무슨. 어지러워서 그냥 한숨 자고 싶었다.

"저 그냥 잘게요."

나는 항복을 선언했다. 꼴은 좀 우습게 됐지만 몰라, 아파 죽겠는데 자존심 챙길 정신이 어디 있어?

결국 그대로 이불을 덮고 누웠다. 조용히 눈을 감았다. 끼이익. 창문이 열리는 소리가 들려왔다.

침대 근처에 창문이 있어서 그런지 따스하고 은은한 바람이 바로 전해졌다.

적당히 따스하고 시원해서 잠이 잘 왔다.

눈을 떠 보니 노을이 지고 있었다. 어디서 많이 겪어 본 상황인 것 같은데?

무심코 고개를 돌리자, 펠루스가 있었다. 의자를 끌어다가 침대 옆에 앉아서 서류를 보고 있는 것 같았다.

"일어났나?"

여전히 서류에 시선을 고정한 채로 그가 물었다.

"거기서 뭐 하세요?"

"일하는데?"

"…제가 설마 그런 걸 여쭤봤겠어요? 왜 아직 안 가고 거기 계시느냔 거잖아요."

펠루스는 아무 말도 하지 않았다. 대신 고개를 돌려 나를 응시했다.

뭘 저렇게 빤히 보나 싶어서 나 역시 그를 마주 봤다.

그러자 들고 있던 서류를 옆에 내려놓은 펠루스가 성큼 다가왔다. 내 위로 천천히 그림자가 드리워진다.

빠르게 가까워지는 거리에 나는 당황했다. 반면 펠루스의 얼굴은 파문 한 점 없는 호수처럼 고요했다.

"뭐, 뭐 하세요?"

떨림을 감추지 못한 채 물었다. 그는 잠시 나를 응시하다가 내 이마에 손을 갖다 댔다.

차가운 손이 이마 위에 내려앉는 감촉이 선명했다. 열을 재는 것이 분명한 행동임에도 얼굴이 화끈거렸다.

얼마 전, 펠루스가 내 이마에 입을 맞췄을 때의 기억이 떠오른 탓이다. 그리고 그 뒤에 이어진 일들도.

고개가 절로 돌아갔다. 그의 눈을 마주할 자신이 없었다.

"왜."

뒤에서 들려온 질문의 의미는 뻔했다. 지금 내가 한 행동이 의아한 거겠지.

"대체 뭐 하는 거야?"

펠루스의 물음에 할 말이 없었다. 그래서 최대한 빨리 얼굴에 오른 열을 식힌 후 다시 고개를 돌리려고 했다.

"일단, 나 좀 봐. 혹시, 아직도 열이 안 떨어지나?"

아니, 열이 안 떨어지는 건 맞는데. 그 열이 그 열이 아닌데.

물론 그 사실을 고백할 용기는 없었다. 그래서 조용히 입을 다물기로 했다.

"빨리 고개 돌려. 치유 마법 써야 하니까."

"네?"

하지만 그럴 수 없었다. 펠루스의 한마디에 놀란 나는 빠르게 고개를 돌렸다.

아니, 이러려던 게 아니었는데.

이러면 마치 치유 마법을 받고 싶어서 안달 난 사람 같잖아!

그런 고민을 이어 갈 새도 없이 펠루스와 눈이 마주쳤다. 그가 물었다.

"대체 왜 나를 피하는 거지?"

"……."

내가 고개를 돌릴 수 없도록 한 손으로 턱을 쥔 채였다. 당황스러운 마음에 눈만 데굴데굴 굴려 댔다.

아, 어쩌지?

"내가 뭘 잘못했다고?"

"…정말, 걸리는 게 하나도 없으세요?"

나는 겨우 용기를 내어 말했다. 그는 여전히 의아한 얼굴이었다.

정말, 모르나?

혹은, 슬로레인 왕국에서의 밤이 그에게는 정말 나를 치료해 주기 위한 행위 이상도 이하도 아니었던 건가?

그렇게 생각하자 달아올랐던 얼굴의 온도가 내려갔다. 찬물을 뒤집어쓴 것처럼 이성이 돌아왔다.

펠루스의 눈을 똑바로 볼 수 있게 됐다.

"그냥, 조금 민망해서 그랬어요."

어쩌면 나를 향한 그의 마음이 식은 걸지도 모르겠다. 아니면 처음부터 내가 착각을 한 걸 수도 있겠지.

어느 쪽이든 나와는 상관없는 일인데, 왜 이렇게 허전하지?

갖고 있던 사탕을 빼앗긴 아이가 된 기분이다.

펠루스의 마음이 내 것이었던 적은 단 한 순간도 없는데 왜 이런 기분이 드는 걸까.

그때, 갑작스레 손목을 붙들렸다. 그대로 고개가 돌아갔다. 얼떨결에 눈이 마주치자 펠루스가 말했다.

"그날······."

그날?

하지만 뒷말은 이어지지 않았다. 그는 입을 다물었다.

"아니야."

그것이 펠루스가 망설임 끝에 낸 결론이었다. 나는 결국 그가 하려던 말을 듣지 못했다.

잠깐의 침묵이 이어진 후, 펠루스는 방을 나섰다.

내 손목을 붙든 채로 치유 마법을 쏟아 넣은 후 말이다.

그날, 왜 피하지 않았지?

그렇게 물으려고 했다. 왜 가만히 있었던 거냐고. 왜 입맞춤을 허락했느냐고.

그러다가 너무 치졸한 물음인 것 같아 관뒀다. 펠루스는 이미 답을 알고 있었다.

치료를 받아야 했으니까.

그 사실을 너무나 잘 알고 있다. 그럼에도 그는 다른 대답이 들려오길 기대했다.

바보 같고, 어리석었다.

에린의 입에서 어떤 대답이 나올지 알고 있으면서 그런 질문을 해서 어쩌려고.

"하아."

한숨이 절로 나왔다. 머리가 지끈거리고 속이 답답하다.

"전하, 모아트론 왕국의 사절단이 도착했습니다."

"알았다. 곧 가겠다고 전해."

시종의 말에 펠루스는 대충 고개를 끄덕였다.

아까부터 그가 연회장에 모습을 드러낼 기미를 보이지 않은 탓에 시종은 안절부절못하고 있었다.

지금 펠루스가 있는 곳은 황제의 개인 휴게실이었다. 연회장에서는 그의 즉위식을 축하하는 연회가 열리고 있었고.

그 사실을 떠올린 펠루스가 몸을 일으켰다. 이제는 정말 바깥에 모습을 보여야 할 시간이다.

크게 어려울 건 없었다.

장황한 인사말을 늘어놓은 후 연회의 시작을 알리는 한마디만 덧붙이면 끝이다.

실제로 그 과정은 순식간이었다. 아마 남은 일정도 금방 지나가리라.

즉위식을 축하하는 사흘간의 연회가 이어지고, 그 후엔 신전에서 치러질 축복의 시간만 가지면 펠루스는 황제가 된다.

더는 독이 든 차를 마셔야 할 이유도, 치졸한 괴롭힘에 침묵해야 할 필요도 없다.

모든 게 끝났다.

하지만 생각했던 것보다 후련하지 않았다. 오히려 조금 허무했다.

"전하."

곁에 있던 시종의 부름에 펠루스는 생각을 멈췄다. 제 앞에 서 있는 한 여자가 눈에 들어왔다.

금발에 주황색 눈동자를 가진 여자. 그녀는 펠루스와 눈이 마주치기 무섭게 고개를 숙였다.

"모아트론 왕국의 일 왕녀, 헤젤리아 에르진 모아트론입니다."

소개를 듣고 나서야 펠루스는 그녀가 모아트론 왕국의 대표로 온 사람임을 깨달았다.

"그래, 제국에 온 걸 진심으로 환영한다."

그는 의례적인 인사를 건넸다.

다른 사람이었다면 아마 그 정도에서 끝났을 것이다. 하지만 펠루스는 추가로 질문을 던졌다.

"루릭스에 온 건 이번이 처음인가?"

"네? 아, 네."

"그래, 어땠지?"

"아, 그게. 매우 아름다운 곳이었습니다. 특히 황궁의 정원이 매우 아름답더군요."

헤젤리아는 조금 당황한 얼굴로 말을 이었다.

다른 사람들은 분명 간단한 인사만 나누고, 가져온 것을 시종에게 넘겨주고 자리를 떠났다.

그런데 자신은 왜 이렇게 펠루스에게 붙잡혀 있어야 하는 건지 의아한 눈치였다.

"그래, 알았다."

드디어 펠루스가 그녀의 말을 제지했다.

더 이상 횡설수설하며 제국에 대한 찬양을 늘어놓지 않아도 된다는 사실에 헤젤리아는 안도했다.

그녀가 자리를 떠나기 무섭게 곁에 있던 시종이 물었다.

"전하, 모아트론의 일 왕녀 저하와 무슨 일이라도 있으셨던 겁니까?"

"뭐?"

묻는 기색이 심상치 않았다. 혼란스럽기도 하고 기쁜 것도 같았다.

"전하께서 한 여성분과 공식적인 자리에서 이렇게 오랫동안 이야기하신 건 처음이잖습니까."

뒤에서 들려온 익숙한 목소리가 시종의 마음을 대변했다. 아처였다.

주변을 의식한 아처의 존댓말이 낯설었다.

그만큼 공식적인 자리에서 그를 마주한 건 제법 오랜만이었다.

"그게 왜?"

펠루스가 진심을 담아 묻자 아처는 기가 막힌단 얼굴이었다.

"다들 어서 황태자비를 들여야 한다며 난리였는데, 전부 묵살하셔 놓고, 타국의 일 왕녀에게 관심을 보이시니 그게 마음에 걸리는 거죠."

관심을 보여? 물론 틀린 말은 아니었다.

펠루스가 헤젤리아에게 질문을 던진 건 그녀가 그 자리에 조금이라도 더 머물기를 원해서였다.

하지만 그건, 그들이 말하는 관심과는 거리가 있었다.

"다들 대단한 착각을 하고 있는 것 같군."

"착각이요?"

"나는 모아트론의 왕녀에게 이성적인 관심이 있는 게 아니야."

그가 헤젤리아에게 관심을 보인 이유는 단 한 가지였다.

헤젤리아가 연회장에 들어선 순간부터 그녀에게서 눈을 떼지 못한 에린 때문이었다.

자신에겐 눈길 한 번 주지 않던 에린이 헤젤리아가 제 앞에 서자 그녀를 따라 제게 시선을 주었다.

그게 헤젤리아 때문이 맞는지 확인하기 위함이었다.

헤젤리아 에르진 모아트론. 금발에 주황색 눈동자를 가진 모아트론의 일 왕녀.

그녀가 연회장 안에 들어선 순간부터 나는 눈을 떼지 못했다.

그녀는 눈 돌아가게 예쁜 미인이라기보단, 은근히 사람의 시선을 잡아끄는 매력이 있었다.

그렇게 헤젤리아의 움직임을 좇다 보니, 자연스레 펠루스가 있는 2층으로 시선이 옮겨졌다.

'기분 탓인가?'

펠루스와 잠깐 눈이 마주친 것 같은데, 아니겠지?

연회장 안에 있는 사람들이 몇인데. 게다가 지금의 나는 아마 크게 눈에 띄지도 않을 것이다.

곧 황제가 될 펠루스의 보좌관으로서 내가 입어야 할 의상은 제법 애매했다.

마냥 화려해서는 안 되고, 그렇다고 초라해 보여서도 안 된다.

그에 비해 내 주변에 있는 사람들은 어떻게든 펠루스의 눈에 한번 들어 보겠다며 아등바등 치장한 것이 분명한 모습이었다.

남녀노소 가릴 것 없이 말이다.

'그러니 이 넓은 연회장에서 내가 보이기나 하겠어?'

기분이 조금 가라앉았다. 그리고 그것은 헤젤리아가 펠루스의 앞에서 오래 머물수록 심해졌다.

어느 순간부터 나는 그녀의 외모에 감탄하던 것도 잊고, 그쪽으로 시선을 돌리지 않았다.

원작 속에서 헤젤리아와 펠루스가 결혼한다는 사실이 꾸준히 머릿속을 맴돌았다.

결국, 적당히 자리를 지키다가 연회장을 나섰다. 텅 빈 복도는 무서울 정도로 고요했다.

"저, 저기."

갑자기 손목을 붙들렸다. 반사적으로 그것을 뿌리치고 돌아서자, 상대는 미안하단 얼굴을 했다.

"죄송합니다. 마음이 급한 탓에 제가 실수를 범했습니다."

처음 보는 얼굴이었다. 기억에 없는 걸 보면 고위 귀족은 아닌 것 같았다.

남자가 말했다.

"여쭤보고 싶은 게 있습니다."

어째, 시작부터 느낌이 좋지 않았다.

"죄송해요. 제가 지금 많이 피곤해서."

그래서 단칼에 자르고 돌아섰다. 그러나 남자는 포기하지 않았다.

"황태자 전하와는 무슨 사이십니까?"

기어이 던져진 물음에 나는 우뚝 걸음을 멈췄다. 상대가 던진 질문에 담긴 의미를 파악하는 것은 어렵지 않았다.

얼마 전까지 황태자의 연인이라는 소문이 돌던 나다.

그런데 오늘 연회장 내에서 나와 펠루스 사이에는 그 어떤 접점도 없었다.

오히려 그는 헤젤리아와 조금 긴 대화를 나눴다. 별것 아닌 일이었으나, 그 차이는 제법 컸다.

아마 대놓고 말은 못해도 많은 이들이 의문을 갖고 있을지 모른다.

"저는 전하의 보좌관입니다."

하지만 그들의 의문을 풀어 줄 이유는 없다. 그래서 지극히 당연한 말을 뱉은 채 다시 걸음을 옮겼다.

그러려고 했다.

"그럼 황태자 전하께서 타국의 일 왕녀와 길게 대화를 나누신 것에 대해선 어떻게 생각하십니까?"

이번 질문은 깊게 생각할 것도 없이 매우 무례했다. 하지만 동시에 어떤 사실을 깨닫게 해 줬다.

저 남자의 뒤에 있는 사람이 제법 대단한 힘을 가진 모양이다.

그런 게 아니라면 애초에 이런 상황 자체가 말이 되지 않는다.

내가 연회장에서 나와 저 남자에게 붙잡힐 때까지, 이를 저지할 경비병 하나 없었다는 건 상식적인 일이 아니다.

누군가가 작정하고 치워 버린 게 아닌 이상.

"제가 드릴 말씀은 없습니다."

물론 그렇다고 해도 아를레인 공작가에 비할 바는 못 된다.

그래서 나는 영양가 없는 대답으로 대화를 마무리 지으려고 했다.

"좀 무책임하신 것 같군요."

"……."

하지만 뜻대로 되지 않았다. 남자가 거침없이 말을 이었다.

"영애께서는 전하의 보좌관이십니다. 그렇다면, 황태자 전하께서 하루라도 빨리 황태자비를 맞으실 수 있도록 설득해야 하는 것 아닙니까?"

그건 남자의 목소리가 아니었다. 남자의 뒤에 있는 사람, 아니 '사람들'의 목소리였다.

저건, 결코 한 가문의 힘으로 할 수 있는 말이 아니다.

그리고 아마 다들 황태자비 자리를 더 이상 비워 둬서는 안 된다고 주장할 수 있는 정도의 가문들이겠지.

"그거참, 주제넘은 발언이군."

익숙한 목소리였다. 나는 반사적으로 몸을 돌렸다.

그러자 그곳에는 사색이 된 얼굴을 한 남자와 펠루스가 있었다.

"대체 무슨 자격으로 내 보좌관에게 이래라저래라 하는 거지?"

"……."

"그리고 당신들의 눈에는 내가 그녀의 말 한마디에 덥석 결혼하겠다고 말할 사람으로 보이나?"

펠루스는 지금 남자가 아니라, 남자의 뒤에 있는 '사람들'을 향해 말하고 있었다.

"똑똑히 전해. 한 번만 더 이런 식으로 나오면, 가만히 있지 않겠다고."

그가 씹어 뱉듯 말했다. 덕분에 당황한 남자는 서둘러 허리를 숙였다.

"아, 알겠습니다!"

얼빠진 대답까지 마친 그는 서둘러 사라졌다.

덕분에 복도에는 순식간에 나와 펠루스만 남았다. 약간의 침묵이 내려앉았고 그것을 견디지 못한 내가 입을 열었다.

"연회는 어쩌고 여기 계세요?"

"그러는 영애는 왜 여기 나와 있지?"

"조금, 피곤해서요."

"나도 그래서 나왔어."

응? 이건 또 무슨 소리인가 싶어 두 눈을 가늘게 떴다. 그러다가 곧 아차 싶었다.

"설마, 또 무리하신 거예요?"

얼마 전에 펠루스가 열감기를 심하게 앓았었다는 사실이 떠올랐다.

그러고 보니 그때도 즉위식 때문에 무리를 해서 그런 것 같던데, 이번에는 그러지 말란 법이 없었다.

하지만 펠루스는 사실을 부정했다.

"그런 거 아니야."

"아니긴요, 전하께서 무리한 걸 무리했다고 말씀하신 적이 없는데. 제가 그걸 어떻게 믿어요?"

"……."

그 점에 대해서는 펠루스도 할 말이 없는 눈치였다.

"일단, 따라오세요."

나는 그를 잡아끈 채, 황궁의 복도를 가로질렀다.

조용한 복도에 울리는 소리라고는 나와 펠루스의 발걸음 소리뿐이었다.

괜히 어색하고 민망해서 무슨 말이라도 해야 할 것 같았다. 마침, 좋은 주제가 떠올랐다.

"황태자비, 아니. 이젠 황후 자리겠군요. 아무튼 그렇게 중요한 자리를 왜 비워 두시는 거예요?"

질문을 던지기 무섭게 펠루스가 걸음을 멈췄다.

그 사실이 의아해서 몸을 돌리자, 그는 무표정한 얼굴로 나를 보고 있었다.

"…왜 그렇게 보세요?"

부담스러울 정도로 집요한 시선이었다. 펠루스가 천천히 입을 열었다.

"그런 건 왜 묻는 거지? 예비 황태자비라도 해 주려고?"

빈정거리는 어조는 아니었다. 진심으로 의아한 눈치였다.

"전하께 필요한 일이라면?"

"…내게 필요한 일이면 그럴 의향이 있다고?"

"네."

나는 순순히 고개를 끄덕였다. 이미 사교계에 황태자의 연인이네 뭐네 소문이 다 났는데 못 할 게 뭐 있나 싶었다.

"그건 내가 싫어."

"……."

뭐지? 내가 먼저 황태자비를 시켜 달라고 한 것도 아닌데, 마치 내가 까인 것 같은 이 상황은?

"전하께 필요한 일이면 하겠다고 했지. 제가 시켜 달라고 한 게 아닌데요."

"필요하다고 해도 영애한테는 안 맡겨."

재차 돌아온 단호한 대답에 자존심이 상했다.

"아니, 제가 어디가 어때서요? 솔직히 저 정도면 어디 가서 빠지는 조건은 아니잖아요?"

"…그 정도로 황태자비 자리가 탐나나?"

"아뇨! 그건 아니에요."

나는 서둘러 고개를 저었다. 그런 건 아니다.

다만 펠루스가 너무 단호하게 나와서 오기가 생긴 것일 뿐.

"그리고 애초에 진짜로 황태자비 자리에 올리실 필요는 없잖아요. 그냥 황태자비 후보로 정해 둔 사람이 있다, 정도의 말만 해놔도 훨씬 편하실 텐데."

애초에 귀족들이 저리 닦달하는 가장 큰 이유가 무엇인가. 펠루스가 남자를 좋아하는 게 아니냐는 소문이 돌고 있기 때문이다.

내가 그의 연인이라는 소문이 돌고 난 후에는 잠깐 잠잠해졌으나, 황태자비 자리가 계속 공석인 탓에 다시 말이 돌고 있는 모양이다.

나는 방패막이에 불과하고 따로 남자가 있는 게 아니냔 소문.

"됐어. 영애를 그런 식으로 이용할 생각은 없으니까."

펠루스는 단호했고, 나는 조금 의아해졌다.

지금껏 나를 자신의 연인이라 소문내고 다니며 실컷 이용해 놓고, 이건 또 왜 안 하겠다는 거지?

설마.

"마음이 변하기라도 하신 건가요?"

무심코 입 밖에 낸 물음에 펠루스는 영문을 모르는 눈치였다.

마음 같아서는 솔직하게 방금 한 생각을 덧붙이고 싶었지만, 서둘러 삼켜 냈다.

여기서 대뜸 이젠 나를 좋아하지 않는 거냐고 물을 수는 없었다.

미친 짓이다. 그가 나를 실제로 좋아했든, 모두 내 착각이었든 관계없이 말이다.

"마음이 변했다는 건 또 무슨 소리지?"

차분하게 돌아온 물음에 나는 잠시 침묵했다. 그러다가 말했다.

"전에 저한테 분명, 좋아하는 사람이 있다고 말씀하셨잖아요."

"……."

"혹시, 그게 모아트론의 일 왕녀 저하인가요?"

나는 어설픈 변명을 덧붙이는 대신, 솔직하게 궁금한 것을 묻기로 했다.

너무나 거침없는 질문에 펠루스는 당황한 기색을 보였다.

"그녀에게 관심이 있느냐고?"

그러나 침묵은 길지 않았다. 펠루스는 내가 두어 번 눈을 깜빡이는 동안 대답을 내놓았다.

"없어."

망설임 없는 태도였다. 그럴 필요도 이유도 없다는 듯 깔끔했다.

 "나야말로 묻고 싶군."

 그가 말을 이었다.

 "영애야말로 모아트론의 일 왕녀에게서 눈을 떼지 못하던데."

 "……!"

 그걸, 봤단 말이야?

 정말이지, 대단한 눈썰미였다. 사람이 그렇게 많았는데 그걸 잡아내다니.

 "그래서요?"

 괜히 찔리는 마음을 감춘 채 물었다. 혹시, 내가 헤젤리아를 신경 쓰고 있다는 사실을 눈치챘나?

 특히 펠루스와 함께 있는 모습에 눈을 떼지 못했다는 것도?

 "그래서라니? 영애, 혹시……."

 그가 잠시 뭔가를 망설이듯 말을 잇지 못했다. 아니, 대체 무슨 말을 하려고 이러는 건데?

 "혹시, 모아트론의 일 왕녀에게 관심이 있나?"

 "…네?"

 정말이지 황당함을 감출 길이 없었다.

 아니, 이건 또 무슨 신박한 개소리지?

 "일 왕녀가 연회장에 들어선 후부터 한순간도 눈을 떼지 못했잖아."

 "아니, 그거야 그분이 너무 제 취향으로 생기셨으니까, 그런 거죠. 잠깐, 설마 지금 질투하세요?"

 자기가 관심 있는 여자한테 내가 관심을 보이는 게 싫은 건가?

설마, 그런 거야?

"영애, 헛소리하지 마."

하지만 내 추측은 빗나갔다. 펠루스는 진심으로 정색했다.

"마지막으로 말하는데 난 그녀에게 아무런 감정도 없어."

"그럼 왜 그분과 유독 오래 대화를 나누신 거죠?"

"그건……."

그는 말을 잇지 못했다. 덕분에 자연스레 다시 의심이 커져 갔다.

"…피치 못할 사정이 있어."

"저한테는 말할 수 없는 일인가요?"

"그래."

나한테는 말할 수 없는 일이라니.

물론 나 역시 펠루스에게 오델론과 있었던 모든 일을 고백한 건 아니지만 괜히 섭섭한 마음이 들었다.

그때, 지척에 있던 그가 한숨을 내쉬었다.

"표정은 또 왜 그래?"

"제 표정이 왜요? 지금, 시비 거시는 건가요?"

"…아니, 그런 게 아니라. 딱 봐도 대놓고 마음 상했다는 얼굴이잖아."

"그냥 좀……. 아니, 아니에요."

나는 고개를 저었다.

여기서 굳이 구구절절 내가 이러이러한 이유 때문에 많이 섭섭했다며 징징거릴 순 없었다.

"못 본 걸로 해 주세요."

"이미 봤는데 어떻게 못 본 걸로 해?"

"……."

아니, 거참. 이상한 곳에서 고집을 부리시네.

나는 짜증 섞인 한숨을 내쉬었다. 그러자 그는 더 이상 캐묻지 않았다. 대신 말을 돌렸다.

"내일 다른 일정이 있나?"

"일정이요? 특별한 일정은 없으세요. 굳이 꼽자면 앞으로 사흘 간 이어질 연회?"

물론 내일부터는 굳이 연회에 참석하지 않아도 된다.

펠루스의 즉위식을 위해 열린 연회라고 해도 첫날 외에는 보여 주기식에 불과하니까.

"아. 혹시, 사흘 내내 연회에 참석하실 건가요?"

나는 곤란하단 얼굴을 했다.

펠루스가 사흘 내내 자리를 지킬 생각이라면 나 역시 연회에 사흘 내내 얼굴을 비춰야 할 텐데.

생각만 해도 벌써부터 피곤했다. 황태자, 아니 이젠 황제가 될 펠루스를 어떻게든 결혼시키려는 사람이 한둘은 아닐 것이다.

첫날인 오늘은 아까처럼 다른 사람을 통해 내게 왔지만, 둘째 날부터는 직접 올지도 모를 노릇이다.

지체 높은 귀족이 직접 다가오면 아까 그 남자처럼 쉽게 뿌리칠 수도 없을 텐데.

"아니. 혹시 영애야말로 사흘 내내 연회장에 얼굴을 비칠 셈인가?"

그리 묻는 펠루스의 표정이 썩 좋지 못했다. 동시에 나는 어떤 사실을 깨달았다.

"아, 전하의 일정이 아니라 제 일정을 물어보신 거였나요?"

"그래."

지금 알았다. 당연히 자신의 일정이 뭔지 물어보는 줄 알았는데.

"일단, 대답을 드리자면 아니요. 전하께서 참석하지 않으시면 저 역시 참석할 마음이 없어요."

"왜지?"

"네?"

"왜 나오지 않겠다는 거냐고."

"……?"

머리 위로 물음표가 백만 개쯤 떠오른 기분이다.

이건 대체 무슨 질문이지?

"앞으로 이번과 같이 큰 규모의 연회는 흔치 않을 거야."

"…그렇겠죠."

"그러니 공작가와 어느 정도 수준이 맞는 데다, 미혼인 또래의 영윤과 대화를 나눠 볼 기회 역시 흔치 않을 텐데."

"아."

나는 그제야 질문의 의도를 알아챌 수 있었다.

"전에도 비슷한 말씀을 드렸던 것 같은데, 전 결혼을 할 마음이 없어요."

"뭐? 그게 무슨 말이야?"

단호한 대답에 펠루스가 기함했다. 제법 격한 반응이었기에 나는 괜히 황당해졌다. 그게 그렇게까지 놀랄 일인가?

"아니, 왜 그렇게 놀라고 그러세요? 전에도 분명 말씀드렸잖아요."

분명 펠루스에게도 비슷한 말을 한 적이 있었다.

정확하게는 굳이 결혼에 연연할 생각이 없다는 말이었지.

"…그땐, 하면 하는 거고 아니면 아닌 거라고 했잖아. 지금처럼 안 한다고 못을 박은 게 아니라."

아, 그런 의미였나? 뭐, 그 생각은 지금도 변함없다. 결혼은 마음이 맞는 사람이 있으면 하는 거고, 아님 마는 거지.

"근데 제 결혼관이 어떻든 그게 전하와 무슨 상관이죠?"

"그건……."

펠루스가 말끝을 흐렸고, 나는 그를 빤히 응시했다.

"그거야, 영애가 갑자기 결혼하겠다고 나서면 내가 귀찮아지니까. 그래서 그런 거지."

"왜 귀찮아지시는데요?"

"아무래도 결혼을 하게 되면 일을 그만둘 확률이 크고……."

"그런 이유 때문이 아니더라도 전 곧 그만둘 건데요?"

"어?"

"왕국에 가기 전에 사직서도 두고 갔잖아요. 전 당연히 제가 없는 동안 새 보좌관을 구하셨을 줄 알았어요."

그 점이 좀 이상했다. 새로 작성한 계약서에도 분명 나와 있는 사항일 텐데.

모든 일이 끝나면 나는 보좌관을 그만두고, 펠루스는 새 보좌관을 구할 것.

"아직 안 끝났잖아."

"네?"

"아직 안 끝났다고."

펠루스의 말에 나는 조용히 두 눈을 깜빡였다.

"그렇긴 하네요."

오델론이 완전히 처형당한 것도 아니고, 원작 소설이 끝을 맺은 것도 아니니까.

"보좌관을 그만두면 어디서 지낼 생각인데?"

"네? 그야 당연히 아를레인 공작가에서……."

무심코 거짓말을 하려다가 멈칫했다. 의미 없는 일임을 뒤늦게 깨달은 것이다.

펠루스는 이미 나와 공작 사이에 어떤 일이 일어났음을 짐작하고 있다.

그날의 일 이후로 나도 공작도 서로를 전혀 찾지 않았고. 펠루스도 그 사실을 알고 있겠지.

설마, 그 일을 두고 아직 안 끝났다고 말한 건가?

만약, 그런 거라면…….

"그건 제가 알아서 할게요."

나는 웃으며 단호하게 말했다. 그런 거라면 이곳에 남을 이유는 더욱 없었다.

갈 곳이 없다는 이유로 보좌관 자리를 계속 차지하고 있을 수는 없으니까.

"묻고 싶은 게 있어."

대체 무슨 질문을 하려는 건가 싶어 긴장했다. 그리고 다음 순간 이어진 건 전혀 예상치 못한 질문이었다.

"혹시, 내일 시간 되나?"

"네? 아, 될 것 같긴 한데. 그건 왜 물으세요?"

"영애와 함께 갈 곳이 있어."

"일 때문인가요? 그런 거라면 그렇게 심각하게 말씀하지 않으셔도……."

"사적인 일이야."

"어……."

"공적인 일이 아니라, 사적인 이유로 갈 곳이 있다고."

담담한 어조로 돌아온 말에 말문이 막혔다.

"나와 함께 갈 건가?"

나는 침묵했다. 그러나 그것은 찰나였다.

"…갈게요."

펠루스의 표정이 너무도 진지했기에 장난으로라도 가지 않겠다고 말할 수가 없었다.

※

"아가씨, 아가씨! 어서 일어나세요!"

아침 일찍부터 누군가가 나를 깨웠다. 아직 초점이 제대로 잡히지 않은 시야 사이로 익숙한 얼굴이 보였다.

"…응? 데이지?"

"맞아요, 아가씨. 저예요."

"아니, 네가 왜 여기 있어?"

오랜만에 본 그녀는 매우 반가웠으나, 동시에 의문이 들었다. 너, 왜 여기 있니?

"황태자 전하, 아니 곧 황제 폐하가 되실……. 음, 아무튼 그분께서 오늘부터 아가씨의 시중을 들 수 있도록 편의를 봐주셨어요."

"전하께서?"

"네!"

데이지의 설명을 듣고 난 후에도 이해가 가지 않았다. 갑자기 왜?

"그리고 이따가 저녁에 시간을 좀 내주셨으면 좋겠다고 하셨어요."

"아, 그건 이미 알고 있어."

갈 곳이 있다고 하기에 낮에 움직일 줄 알았는데 밤에 움직이려는 건가?

"그럼, 왜 아무것도 안 하세요?"

"응?"

"열심히 꾸미셔야죠!"

"으응?"

대체 왜?

그런 내 마음을 읽기라도 한 것인지 데이지가 한숨을 내쉬었다.

"아가씨, 저는 정말 아가씨의 모든 모습을 사랑하지만 이런 부분은 정말……. 아니, 아니에요. 이런 부분을 해결하기 위해 제가 있는 거니까!"

그렇게 말한 데이지는 비장한 얼굴을 했다.

시종의 안내를 따라 밖으로 나오자, 마차가 대기하고 있었다.

"전하께서는 마차에서 기다리고 계십니다."

"고마워요."

나는 빙긋 웃은 다음 시종의 도움을 받아 마차에 올랐다. 문이 열리고 안으로 들어서기 무섭게 펠루스의 모습이 보였다.
"왔나?"
"네, 왔어요."
나는 고개를 끄덕이며 웃었다. 그러고는 슬쩍 그를 응시했다.
연회에 참석했을 때만큼은 아니지만 의상에 제법 신경을 쓴 듯했다.
'데이지의 말을 듣기를 잘했네.'
원래는 이보다 훨씬 편하게 입고 올 생각이었는데, 그녀가 워낙 닦달을 하는 통에 마음을 바꿨다.
덕분에 지금은 얼추 그와 어울리는 옷을 입은 상태였다.
다만 내가 평소에 자주 입는 스타일은 아니었던 터라 조금 어색했다. 그래서 살짝 몸을 튼 채 창문 쪽을 응시하고 있었다.
"영애."
그때 펠루스가 나를 부르며 몸을 일으켰다. 마차가 움직이기 시작한 상황에서 하기엔 조금 위험한 행동이었다.
"일단 앉으세요, 전하. 그러다가 넘어지면 어쩌시려고요?"
"그게 문제가 아니라……."
"그게 문제가 아니면 대체 뭐가 문제인지 모르겠으니, 일단 앉으세요. 앉아서 말씀하셔도 다 들려요."
펠루스가 미간을 찌푸렸다. 아니, 또 뭐가 그렇게 불만인 건데?
그가 한숨을 내쉬며 말했다.
"옷이 왜 그 모양이지?"
"네?"
순간적으로 되물었던 나는 뒤늦게 미간을 찌푸렸다.

아니, 기껏 신경 써서 입고 왔는데 왜 시비를 걸고 난리인가 싶었다.

"예쁘기만 한데 왜 시비를 걸고 그러세요?"

"…영애는 정말 진심으로 그 옷이 예쁘다고 생각하는 건가?"

펠루스의 얼굴은 더없이 진지했다. 단순히 나를 놀리기 위해 하는 말은 아닌 듯했다.

"네. 예쁘기만 한데요?"

하지만 혹시나 하는 마음에 열심히 살펴봐도 문제 될 건 없었다.

지금 내가 입고 있는 붉은색 드레스는 아주 예뻤다.

연회장에 입고 갈 정도로 엄청나게 화려하지는 않지만 나름 화려하고 예뻤다.

"예쁘다고? 뒷부분이 그 모양인데?"

뒷부분? 아.

그제야 펠루스가 하려는 말을 이해했다.

"요즘은 이런 게 유행이라고 하더라고요."

말을 마친 나는 슬쩍 몸을 돌려 등 부분을 보여 주었다.

지금 입고 있는 드레스는 등 부분이 제법 과감하게 파여 있는 디자인이었다.

펠루스의 미간이 가늘어졌다.

"그렇게 입고 다니다가 얼어 죽을 셈인가?"

"이 정도로 안 죽어요."

"죽지는 않지만 감기에 걸릴 수는 있겠지."

"아. 거참, 그냥 예쁘다고 한마디 해 주시면 어디 덧나나요?"

"안 예쁜 걸 어떻게 예쁘다고 해?"

아오, 진짜. 이제 막 출발했는데 벌써부터 진이 빠지는 기분이었다.

"거짓말이라도 좋으니 예쁘다고 해 주세요. 전하께 예쁘게 보이라고 데이지가 신경 써서 골라 준 옷이란 말이에요."

"…어?"

펠루스가 당황한 얼굴을 했다. 그런 그의 모습에 나 역시 한 박자 늦게 당황했다.

아니, 이건 꼭 예쁘단 소리가 듣고 싶어서 죽겠다는 태도 같잖아!

"아니, 그러니까……."

쉽게 말을 이을 수가 없었다. 어색한 웃음밖에 나지 않았다.

그러다가 문득 어떤 사실을 알아챘다. 아까부터 펠루스의 시선이 미묘한 곳을 떠돌고 있었다.

'왜 저리 어색하게 허공을 응시하는 거지?'

그러고 보니 내가 마차에 오른 이후로 단 한 번도 나를 보지 않았던 것 같은데.

아, 설마. 드레스가 너무 과감해서 눈 둘 곳을 찾지 못하고 있는 건가?

내가 입은 드레스는 등 뒤가 과감하게 파진 것은 물론이고, 앞부분도 조금 드러나 있는 디자인이었다.

그것을 확인한 후 집요하게 펠루스를 관찰하자 비슷한 결론이 나왔다.

'당황했구나.'

그의 귀가 조금 붉게 달아오른 것 같기도 했다. 민망해하고 있는 거구나.

민망함에 귀를 붉히고 있는 펠루스라니, 전혀 상상치도 못한 그림이었다.

덕분에 괜히 웃음이 났다.

"지금 어디 가는 거예요?"

"비밀이야."

마차에서 내리기 무섭게 나를 잡아끈 펠루스가 말했다.

굽이 높은 구두를 신고 있는 터라, 부디 오래 걸어야 하는 장소는 아니기를 바라며 그를 쫓았다.

"근데 데이지는 갑자기 왜 불러 주신 거예요?"

막힘없이 이어지던 대화가 잠시 끊어졌다. 다행스럽게도 긴 정적은 아니었다.

"난 공작을 싫어하니까."

"…그래서 속 좀 썩어 보라는 의미인가요?"

"그래."

감탄이 절로 나올 정도로 당당한 대답이었다. 정말이지 존경스러웠다.

"와, 저기 봐 봐."

"어머, 세상에……."

그때였다.

자의식 과잉이라면 좋겠지만, 우리를 향한 것이 분명한 수군거림이 들려온 것은.

분홍색 머리가 어쩌고, 입고 있는 드레스의 등이 어쩌고 하는 걸 보면 분명 내 이야기인 것 같은데.

그때, 어깨 위로 적당히 묵직하고 따뜻한 것이 얹어졌다.

"전하?"

펠루스가 입고 있던 겉옷을 내게 벗어 준 것이다.

"그래, 내가 누구인지 알고는 있었군."

"…네?"

상당히 생뚱맞은 말이었다. 의아함이 절로 번졌다.

"난 내가 황태자라는 사실을 영애가 완전히 잊고 있는 줄 알았지."

"설마, 그럴 리가요."

완전히 잊고 있었다.

어느 순간부터 펠루스는 내게 루릭스 제국의 황태자라기보단 그냥 펠루스 그 자체였다.

그만큼 편하고, 또 엄청 편한 존재가 되었다.

"아, 아니 이게 아니지. 아무튼 갑자기 겉옷은 왜 벗어 주신 거죠? 기껏 신경 써서 입고 나온 건데. 다 가려지잖아요."

"나한테 예쁘게 보이려고 입은 거라며?"

그리 말한 펠루스가 내 어깨에 걸쳐진 겉옷을 똑바로 입혀 주었다.

불만 섞인 목소리와 달리 퍽 다정한 손길이었다.

"그럼 나한테 보여 줬으면 됐잖아."

"…네?"

덧붙여진 말에 나는 조금 당황했다.

딱히 틀린 말은 아닌 것 같은데, 아니 뭔가 딱 듣기에도 이상한 느낌이 드는데 반박을 할 수가 없었다.

얼굴이 화끈거렸다. 이제 봄이 다가왔다고 날씨가 덩달아 더워진 건가?

목적지에 도착하기 전까지 나는 열심히 손부채질을 했다.

그렇게 도착한 곳은 어느 고급스러운 식당이었다. 호위 문제 때문인지 아예 식당 전체를 빌린 듯했다.

곧 황제가 될 펠루스이니 당연한 일이겠지.

"특별히 먹고 싶은 거라도 있나?"

"글쎄요. 와 본 적이 없는 곳이라."

그렇게 말하며 무심코 메뉴판을 집어 든 나는 두 눈을 크게 떴다.

'아니 가격이 대체 왜 이 모양이야?'

물론 이 정도야 곧 황제가 될 펠루스에겐 아무것도 아니겠지만, 그럼에도 당황스러웠다.

"전, 일단 이거랑, 이거랑 또 이거요."

그래서 가급적이면 낮은 가격대의 음식들을 골랐다. 하지만 내 의견은 간단히 묵살되었다.

"이 요리는 생선을 메인으로 하는데, 영애는 생선을 안 좋아하지 않나? 그러니 고기가 메인인 것으로 바꾸도록."

"아, 그렇군요."

"그리고 개인적으로 이곳은 이 메뉴가 맛있어. 토마토는 지금 제철이 아니니 샐러드는 나와 같은 것으로 하지. 이 음료는 알코올이 많이 들어 있으니, 내게 추태를 부릴 생각이 아니라면 다른 것으로 바꾸고."

"좋은 조언 감사하지만, 그럼 전체적으로 가격이 너무 비싸지는 것 같은데요."

나는 소심하게 항의했다.

펠루스의 의견을 전부 수용하면 처음에 기껏 낮은 가격대의 음식을 고른 의미가 없어진다.

"지금 감히 황족인 나를 모욕하는 건가?"

"아니, 왜 이야기가 그렇게 되는 거죠?"

"그게 아니면 뭐지? 영애의 눈에는 황실이, 아니. 황실까지 갈 것도 없이 내가 고작 이 정도도 감당하지 못할 것 같나?"

"그런 건 아니지만, 솔직히 좀 부담스러워요. 아무 이유도 없이 이렇게 비싼 저녁을 얻어먹기는 좀 그렇다고요."

"내겐 그렇게 비싼 저녁이 아니야. 그리고 아무 이유 없이 사 주는 것도 아니고."

응? 아무 이유 없이 사 주는 게 아니야?

"무슨 이유로 사 주시는 건데요?"

"그건 조금 나중에 말해 줄게. 우선 식사부터 하고."

그렇게 말하는 펠루스의 표정이 제법 비장했다. 덕분에 나까지 덩달아 심각해져서 고개를 끄덕였다.

"…알았어요. 그럼 그렇게 할게요."

순순한 대답이 떨어지자 펠루스는 추가로 이것저것 질문을 던진 후 음식을 주문했다.

곧이어 애피타이저부터 순서대로 음식이 나오기 시작했다. 그리고 그렇게 등장한 음식들은 하나같이 대단히 눈이 부셨다.

단순한 비유가 아니라 진짜로 눈이 부셨다.

음식 위에 금가루를 잔뜩 뿌린 경우도 있었고, 놀라울 만큼 화려한 장식이 가득한 것도 있었다.

"저 혹시 새우잡이 배라도 타나요?"

"그건 또 무슨 소리지?"

오죽했으면 내가 그런 질문까지 입 밖에 냈을까. 아무튼 그만큼 대단한 저녁 식사였다.

공작 영애로 살아오며 먹은 음식과도 비교할 수 없을 만큼 호화스러운 만찬이었다.

맛 역시 대단히 만족스러웠다.

샐러드, 고기, 음료, 후식으로 나온 케이크까지 뭐 하나 빠지지 않고 골고루 맛있었다.

"식사는 다 했나?"

"네. 덕분에 맛있게 잘 먹었어요."

맛있는 것을 먹은 덕분인지 절로 헤실 웃음이 났다. 그런 나를 보던 펠루스의 고개가 슬쩍 돌아갔다.

시선을 여전히 애매하게 둔 채로 펠루스가 말했다.

"줄 것이 있어."

"뭔데요?"

기대가 되기도 하면서 동시에 불안한 마음도 없지 않았다.

보통 이렇게 맛있는 저녁을 사 준 후에 뭔가를 건넨다면 그것은 뇌물일 확률이 컸으니까.

펠루스가 나한테 뇌물을 바쳐서 어디에 쓸까 싶기는 하지만 말이다.

"받아."

명령에 가까운 말에 나는 그가 건넨 상자를 받아 들었다.

내 손바닥만 한 크기의 상자는 상당히 고급스러운 외양을 갖고 있었다.

"지금 열어 봐도 되나요?"

"마음대로 해."

허락이 떨어지기 무섭게 나는 상자를 열었다. 그러자 그 안에는 붉은색 루비 목걸이가 들어 있었다.

중앙에는 잘 세공된 물방울 모양의 루비가 있었고, 그 양쪽으로는 얇은 은색 줄이 퍼져 나가는 형태였다.

이 척 보기에도 귀한 목걸이를 본 소감은 하나였다.

'펠루스가 루비를 정말 좋아하는구나.'

그냥 놔두면 방 전체를 루비가 박힌 물건들로 채울 기세였다.

"근데 이건 왜 주시는 건가요?"

"호신용이야."

호신용? 전혀 상상치 못한 용도였다. 누가 이렇게 비싸고 아름다운 목걸이를 호신용이라고 생각할까.

"겉으로 봤을 땐 그냥 아름다운 목걸이 같아요."

"그것도 맞아. 처음부터 호신용으로 제작된 건 아니니까."

그게 무슨 소리인가 싶어 펠루스를 응시했다. 그러자 그가 설명을 덧붙였다.

"목걸이를 사서 그 안에 내 마력을 주입했어. 몸에 지니고 있는 것만으로도 영애를 위험에서 보호해 주도록."

"아."

정말이지 완벽한 방법이었다.

처음부터 특수 제작한 것도 아니고, 이미 판매 중인 목걸이를 사서 마력을 넣은 거라면 그 목걸이가 다른 방식으로 쓰일 거란 의심은 덜 받을 것이다.

"이건 어떻게 쓰는 건가요?"

그냥 목에 걸고 있으면 끝인 건가?

"특별히 어려울 건 없어."

그렇게 답한 펠루스가 몸을 일으킨 후 내게 다가왔다.

그 후 손을 내밀어 목걸이를 달라는 제스처를 취했고, 나는 순순히 목걸이를 건넸다.

역시, 그냥 목에 걸고 끝이 아니라 뭔가 특별한 사용법이 있는 건가?

　호신용 목걸이의 사용법에는 뭐가 있을까 싶어서 머릿속으로 나름 경우의 수를 떠올려 보았다.

　그동안 펠루스는 목걸이의 연결 고리 부분을 만지작거렸다. 그러자 고리가 풀렸고, 그는 그것을 내 목에 걸어 주었다.

　아주 느릿하고 조심스러운 동작이었다.

　'이제 드디어 목걸이의 사용법을 알려 주려는 건가?'

　하지만 펠루스는 조용히 자신의 자리로 돌아갔다.

　응?

　뭔가가 많이 생략된 전개 같았다. 아니 거창하게 뭐라도 있는 것처럼 굴었으면서 이게 끝이야?

　어이가 없어서 말도 안 나왔다.

　"이게 끝인가요? 그냥 이렇게 목에 걸고만 있으면 끝?"

　"그래. 간편해서 좋지 않나?"

　물론 그렇기는 한데 조금 많이 황당했다.

　그래서 어이가 없단 얼굴로 펠루스를 빤히 응시했다.

　그는 내 시선 따위 아랑곳하지 않고 뻔뻔스레 입을 열었다.

　"이제 목걸이를 어떻게 사용해야 하는지 정도는 알았겠지?"

　"…참 대단한 거 알려 주셨네요. 정말 성은이 망극하옵니다."

　그렇게 말한 나는 시선을 내려 목걸이를 응시했다. 마침 오늘 입고 온 드레스가 붉은색인 터라 매우 잘 어울렸다.

　"예쁘군."

23장.
즉위식 (2)

"아, 예. 그러시겠……. 네?"

당연히 또 시비를 거는 거라고 생각한 나는 대충 대꾸했다. 그러다가 뒤늦게 흠칫했다.

"전하, 지금 뭐라고 하셨어요?"

"예쁘다고 했는데?"

재차 들려온 말에 나는 귀를 의심했다. 내가 지금 무슨 말을 들은 건가 싶었다.

예쁘다고? 내가?

아니, 물론 에린이라면 이런 말을 하는 것 자체가 입 아플 정도로 당연한 소리이긴 한데.

그런 말을 대놓고 한다고? 다른 사람도 아니고 펠루스가?

"목걸이가."

"……."

아, 진짜. 그럼 그렇지.

뭔가 제대로 농락당한 기분이었다.

비싼 저녁이랑 목걸이까지 사 줘 가면서 놀리는 건 대체 뭐 하자는 거지?

"뭐, 알겠어요. 그럼 이만 일어나도 되는 거죠?"

이제 더 이상 남은 용건은 없느냔 의미였다.

"…그래."

조금 늦게 돌아온 대답에는 분명 망설이는 기색이 묻어났다.

내게 남은 용건이 있는 것이 확실했다. 그러나 나는 그것을 모르는 척 몸을 돌렸다.

그러고는 펠루스가 나를 따라잡기도 전에 바쁘게 걸음을 옮겼다. 괜한 심술이었다.

"영애한테 할 말이 있어."

식당을 완전히 벗어나기 직전, 들려온 목소리에 나는 걸음을 멈췄다.

비장함마저 감도는 목소리로 그가 말을 이었다.

"사실, 오늘 영애를 이곳으로 부른 건……."

하지만 펠루스의 말은 제대로 끝을 맺지 못했다.

"이봐, 대체 어디로 들어온 거지?"

"그, 그게."

바깥에서 식당을 지키고 있던 기사가 누군가와 실랑이를 벌인 탓이다.

심각했던 분위기가 깨지고, 이젠 분위기가 다른 쪽으로 심각해졌다.

덕분에 슬쩍 몸을 돌린 나는 펠루스의 눈치를 봤고, 그는 한숨을 내쉬었다.

"무슨 일이지?"

그가 나타나자 기사들이 단체로 고개를 숙였다. 그러고는 상황을 설명하기 시작했다.

"글쎄, 이자가 꼭 전하를 뵈어야 한다며 소란을 피워서……."

"전하, 저를 기억하시리라 믿습니다."

기사의 말을 단칼에 잘라 낸 중년의 여성이 앞으로 나왔다. 그 기세가 제법 비장했다.

그녀가 고개를 숙였다.

"불쑥 무례를 범한 것을 진심으로 사죄드립니다. 하지만 이렇게 할 수밖에 없었던 제 상황을 조금이나마 고려해 주시면 감사하겠습니다."

그렇게 시작된 이야기는 이러했다. 몰락 귀족 출신인 그녀는 작년까지 루딘 황태자의 후원을 받으며 고아원을 운영했었다.

그런데 올해 겨울에 지급되었어야 할 예산이 뚝 끊겼고, 덕분에 고아원의 재정 상황이 매우 어려워졌다.

"아직 어린 아이들도 많습니다. 이대로 다 함께 굶어 죽을 수는 없어요. 제발 자비를 베풀어 주세요."

그녀는 어느새 무릎까지 꿇은 상태였다.

"일단 네 말이 진실인지부터 확인하겠다. 그리고 사실 확인이 끝나는 대로 그에 맞는 조치를 취하도록 하지."

"감사합니다. 정말, 감사합니다."

금방이라도 울 것 같은 얼굴로 감사 인사를 반복하는 그녀를 펠루스는 말없이 등졌다.

그리고 우리는 그길로 마차에 올랐다.

캄캄한 마차 안은 침묵에 잠겨 있었다. 그것을 견디다 못한 내가 입을 열었다.

"아까 그 여자분이 말씀하신 고아원은 황태자 전하의 후원을 받는 곳이었던 건가요?"

"그래. 아마 형님이 벌여 둔 일 중 하나겠지."

그는 특별히 놀라지 않은 기색이었고, 나 역시 마찬가지였다.

이미 제법 오래전에 죽은 루딘이지만 그라면 분명, 자신이 죽은 후에도 후원이 이어질 수 있도록 나름의 조치를 취해 뒀을 것이다.

"황태자 전하께서는 의사가 꿈이셨다고 들었는데, 진짜인가요?"

언뜻 듣기엔 조금 생뚱맞게 들릴 수도 있는 질문이었다.

덕분에 잠시 의아한 얼굴을 하던 펠루스는 곧 뭔가를 알아챈 얼굴을 했다.

"영애, 혹시 뭔가를 알고 있는 건가?"

"제 추측에 불과하지만 일반적인 고아원은 아닐 것 같다는 생각이 들어서요."

"그게 무슨 뜻이지?"

"아까 갔던 식당은 수도와 그리 멀지 않은 곳에 위치해 있었잖아요."

그런 곳 근처를 우연히 지나가다가 황실의 기사들을 발견할 정도라면 그녀가 운영하는 고아원 역시 수도 근처에 있을 것이다.

"그리고 전하께서는 수도 내에 있는 고아원들은 물론이고, 수도 근방에 있는 대부분의 고아원을 후원하고 계시죠."

그런데 아까 그 여자는 작년부터 예산이 끊겨서 고아원 운영에 어려움을 겪고 있다고 했다. 그렇다는 건.

"고아원보다는 교육 시설에 가까운 곳이라고 생각해야겠군."

"네. 그리고 루딘 황태자님께서 비밀리에 후원하실 만한 곳이라면 아마 의사가 될 아이들이 있는 시설이 아닐까 해서요."

소설 속 루딘은 황태자의 자리에 오름과 동시에 의사가 되는 꿈을 포기했다.

그리고 죽은 황제는 그가 그런 꿈을 가졌다는 사실 자체를 불쾌하게 여겼다.

루딘이 굳이 후원 사실을 숨긴 건 황제의 시선을 의식해서가 아니었을까?

의사가 될 아이들을 후원한다는 것이 밝혀지면, 황제가 어떻게 나올지 아무도 알 수 없으니 말이다.

"그럴 가능성이 크겠군."

펠루스의 목소리는 제법 가라앉아 있었다. 그것을 느낀 나는 어떤 식으로 위로를 해야 할지 알 수 없었다.

덕분에 어색한 침묵이 마차 안에 쌓여 가기 시작했다.

그것에 질식해 죽기 직전, 나는 그에게 새로운 제안을 했다.

"저희 잠깐만 내릴까요?"

봄날의 밤공기는 조금 선선하면서도 달았다.

은은한 꽃향기가 코끝을 맴도는 것을 느끼며 나와 펠루스는 얼마간 걸었다.

"대체 어딜 가려는 거지?"

"바로 여기예요!"

나는 애써 밝은 어조로 말했다. 그는 그것을 간단히 모르는 척하며 시선을 옮겼다.

"분수대?"
"여기에 동전을 던져 넣으면 소원이 이뤄진다고 하더라고요."
"그런 건 다 미신이지."
"뭐 어때요? 미신이든 아니든 일단 손해 볼 건 없잖아요."
그렇게 말한 나는 품속을 뒤져서 동전을 찾아냈다.
"아, 근데 죄다 금화네요. 이건 좀 아까운데."
게다가 금화라면 또 다른 의미로 곤란했다.
분수대에 넣은 동전을 소원이 이루어지기 전에 꺼내 버리면 소원은 이뤄지지 않는다.
이렇게 탁 트인 광장에 있는 분수대에 금화를 던져 놓고 아무도 건져 가지 않기를 바라는 건 무리였다.
"여기서 잠깐만 기다리세요. 저 동전 좀 바꿔 올게요."
품속에서 겨우 은화를 찾아낸 내가 말했다. 펠루스는 그런 나를 붙잡았다.
"그럴 필요 없어. 나한테 동화가 있으니까."
그가 내 손에 동화를 쥐여 주었다. 덕분에 나는 의아한 얼굴로 그를 응시했다.
황태자인 그가 동화를 쓸 일이 있을 것 같진 않은데. 이건 왜 갖고 있는 거지?
"바깥에 나갈 일이 종종 있는데, 그때 쓰려고 갖고 다니는 것뿐이야."
"아, 그런······."
나는 순순히 고개를 끄덕이려고 했다. 하지만 그럴 수 없었다.
분수대 근처에 있는 누군가를 목격하자 몸이 그대로 굳어졌다.
펠루스는 말을 제대로 끝맺지 못하고 다른 곳을 응시하는 나를 의아한 얼굴로 쳐다보았다.

그러다가 내 시선을 따라 고개를 돌렸다.

"…황제 폐하?"

놀란 기색이 역력한 목소리였다. 나는 그제야 어색하게 시선을 피했고, 펠루스는 상대를 마주했다.

금발에 주황색 눈동자를 가진 모아트론의 왕녀, 헤젤리아였다.

"여긴 어쩐 일이세요?"

"개인적인 일이야."

단칼에 돌아온 대답이 의미하는 바는 분명했다.

더 이상의 참견은 용납하지 않겠다. 그것을 읽어 낸 헤젤리아가 고개를 숙였다.

"죄송합니다, 주제넘게 알은척을 한 것 같네요. 부디 좋은 시간 보내시기를."

그러고는 순순히 물러났다. 애초에 중요한 용건이 있어서 알은체를 한 건 아닌 듯했다.

"대체 왜 일 왕녀만 보면 그렇게 넋이 나가는 거지?"

펠루스의 물음이 상념에 잠긴 나를 깨웠다. 멍하니 허공을 응시하던 시선을 그에게로 돌렸다.

하지만 그가 원하는 대답을 줄 수는 없었다.

"저도 잘 모르겠어요."

진심이었다. 대체 왜 헤젤리아와 펠루스가 서로 마주하는 모습만 보면 이렇게 가슴이 쿵 내려앉는 건지.

아니, 사실 알 것 같았다. 지금까지는 그냥 인정하고 싶지 않았던 것뿐이다.

내가 왜 헤젤리아를 견제할 수밖에 없는지. 펠루스의 시선이 그녀에게로 가지 않기를 바라는지.

"…일 왕녀님께서 의사를 꿈꾸다가 포기하셨다는 사실을 아세요?"

대뜸 들려온 물음에 펠루스가 두 눈을 깜빡였다. 그러다가 말했다.

"아니, 처음 듣는 이야기야."

그는 뭔가를 더 묻고 싶은 눈치였다. 내가 갑자기 이런 이야기를 꺼낸 이유에 대해서라든가.

하지만 나는 그 이유를 알려 주지 않았다. 그저 안심했다.

헤젤리아가 루딘 황태자와 마찬가지로 의사의 꿈을 꿨다는 사실에 동요하지 않는 펠루스의 모습에 만족했다.

나는 원작 속에서 두 사람이 결혼을 한 결정적인 이유가 헤젤리아의 꿈 때문이 아닌가 싶었다.

그리고 눈앞에 있는 펠루스는 그 사실에 크게 동요하지 않았다.

소설 속의 그와 지금의 그는 다르다. 그 사실을 확인받은 것이 만족스러웠다.

"영애는 대체 어떻게 그런 사실까지 알고 있는 거지? 따로 일 왕녀를 만난 적이라도 있나?"

추궁인 듯 아닌 듯 모호한 질문이 들려왔다.

펠루스의 입장에서는 매우 타당한 의문이었다.

의아하겠지. 내가 루릭스 제국을 방문한 적이 거의 없는 왕녀의 꿈까지 알고 있다는 사실이.

"아뇨, 우연히 알게 됐어요. 그보다……."

하지만 지금의 내게 중요한 건 그런 게 아니었다.

나는 일단 펠루스의 옷자락을 잡아끌었다. 그러자 그가 내게로 혹 끌려왔다.

덕분에 나도 그도 당황하고 말았다.

거리가 단숨에 좁혀진 탓에 서로의 얼굴이 바로 코앞에 있었기 때문이다.

'아, 아니! 왜 이렇게 힘없이 끌려와?'

"…어, 저희 일단 소원부터 마저 빌어요."

어색하게 눈을 굴리던 내가 겨우 말했다.

그러자 펠루스는 조금 어이가 없단 얼굴을 하며 몸을 뒤로 물렸다.

"아직도 소원 타령인가?"

"아까도 말씀드렸지만, 손해 볼 건 없잖아요."

사실 이제 와서는 소원이야 아무래도 좋았다.

그래도 말을 꺼냈으니 소원을 빌기는 해야 할 것 같았다. 마침 빌고 싶은 소원도 있고.

"일단 저 먼저 할게요."

아까 펠루스가 준 동화를 흔들어 보인 나는 그것을 그대로 분수대에 던져 넣었다.

그러고는 두 손을 모은 채로 소원을 빌었다.

"자, 이젠 전하께서 하세요."

펠루스는 여전히 못마땅한 기색이었으나, 결국 동전을 던져 넣고 소원을 빌었다.

"무슨 소원을 비셨어요?"

"글쎄, 그냥……."

"그냥?"

내가 끈질기게 묻자, 펠루스가 픽 웃었다. 그러고는 덧붙였다.

"영애가 더는 나를 귀찮게 하지 않게 해 달라고 빌었어."

"…응? 아니, 제가 언제 전하를 귀찮게 했어요!"

"지금도 이렇게 소원 같은 거나 빌자며 귀찮게 하고 있잖아."

"아니, 그건……."

그런 식으로 얘기하면 나로서는 딱히 반박할 말이 없었다. 덕분에 내가 입을 다물자 펠루스가 물었다.

"그러는 영애는 얼마나 대단한 소원을 빌었기에 이러는 거지?"

"저는 전하께서……."

나는 일부러 조금 전의 펠루스가 그랬듯 말끝을 흐리며 뜸을 들였다.

그리고 그의 단정한 미간이 구겨지는 것을 목격하고 나서야 입을 뗐다.

"원하는 걸 다 이루셨으면 좋겠다고 빌었어요."

"…뭐?"

대답은 조금 늦게 돌아왔다. 펠루스의 얼굴엔 혼란스러운 기색이 가득했다. 나는 어깨를 으쓱했다.

"저는 딱히 바라는 게 없어서요."

"그럼 대체 왜 소원을 빌자고 그렇게 난리를 친 거지?"

"전하께서 기분이 좋지 않으신 것 같아서, 기분 전환이라도 시켜 드리려고 그랬죠. 저는 전하의 보좌관이니까요!"

"하."

내가 자랑스레 뱉은 말에 그는 한숨을 내쉬었다.

그러나 부정적인 느낌의 한숨은 아니었다. 어이가 없어서 나온 한숨이었다.

"괜히 소원을 하나 날렸군."

"네?"

"아니, 아니야. 그래서 내 기분이 나아진 걸로 보이나?"

"음, 아주 조금은?"

"그거 다행이군."

✤

진심으로 다행이었다.

모양새가 조금 우습게 됐지만, 어찌 되었든 에린의 바람은 이루어진 셈이니까.

그걸로 족했다. 펠루스의 소원 역시 이루어졌다.

그의 소원은 에린이 자신의 소원을 이루는 것이었다. 누가 황태자와 그의 보좌관 아니랄까 봐 생각하는 것도 똑같다.

그 사실에 펠루스는 웃음이 났다.

"그럼, 이제 그만 돌아갈까요?"

"그래."

슬슬 현실로 돌아갈 시간이었다. 그는 그 사실이 매우 아쉬웠다. 본래의 계획이 틀어지지 않았더라면 좋았을 텐데.

펠루스가 오늘 에린과 함께 나온 건 그녀에게 자신의 마음을 고백하기 위함이었다.

식사도, 목걸이도 그걸 위한 포석이었는데 결국 모두 망쳐 버리고 말았다.

"전하."

마차로 가는 길에 에린이 그를 불렀다. 고개를 돌려 그녀를 응시하자,

"싫으면 거절하세요."

비장한 한마디와 함께 에린이 다가왔다.

뒤이어 그녀의 입술이 그의 입술 위로 가볍게 내려앉았다.

순식간에 벌어진 일이었다.

덕분에 입술이 떨어진 후에도 펠루스는 얼마간 그 자리에 그대로 서 있었다.

나는 어색하게 두 눈을 굴리다가 도망치듯 빠르게 걸었다.

타악-

하지만 얼마 못 가 펠루스에게 손목을 붙들렸다. 제법 억센 손길이었기에 그도 당황한 눈치였다.

아무래도 내 입맞춤 때문에 정신이 여전히 딴 곳에 가 있는 듯했다.

아니, 그렇게 충격적이었나?

"저, 일단 놓고 말씀하시면 안 될까요?"

그런 나의 말에 펠루스는 일단 잡고 있던 손목을 놓았다. 그러고는 물었다.

"영애, 지금 그러니까……. 방금, 대체 뭐 한 거지?"

그리 묻는 펠루스의 얼굴에는 당황한 기색이 역력했다.

늘 무심하게 나를 응시하던 눈동자는 쉴 새 없이 흔들리고 있었고, 귓가와 목덜미는 조금 붉게 물든 상태였다.

언제나 싸늘하고 냉정한 얼굴만 보여 주던 그가 이런 반응을 보이다니 신기하기까지 했다.

"아."

그러다가 문득, 갑자기 찬물을 뒤집어쓴 것처럼 정신이 번쩍 들었다.

방금 전에 내가 한 말이 머릿속을 스쳐 지나갔다.

'싫으면 거절하세요.'

아, 미친. 나는 대체 무슨 짓을 한 거야?
술에 취한 상태도 아니고, 분위기에 취해서 이런 대형 사고를 치다니.
민망함에 이불 킥이라도 하고 싶은 심정이었다. 얼굴이 화끈거렸다.
그것을 겨우 진정시킨 후 입을 열었다.
"아, 그러니까……."
그러나 곧 다시 입을 다물었다.
변명이랍시고 입 밖에 낼 만한 것들이 죄다 형편없는 것들뿐이었다.
"그러니까 뭐?"
조금이나마 평정심을 되찾은 펠루스가 대답을 재촉했다.
무슨 말을 해야 할지 몰라서 입술만 달싹이던 나는 충동적으로 입을 뗐다.
"혹시 저 좋아하세요?"
"…뭐?"
아, 젠장. 이게 아닌데.
당황해서 너무 아무 말이나 해 버렸다.
아까보다 몇 배는 더 큰 사고를 친 기분이라 어떻게 수습해야 할지 감이 잡히지 않았다.
"그렇다면?"

"…네?"

"내가 영애를 좋아한다면 어쩔 건데?"

그는 침착했다. 아까보다 훨씬 차분한 태도였다. 덕분에 나만 바보가 된 기분이었다.

어쩔 거냐고? 그야…….

"모르죠. 그냥 가정일 뿐이잖아요."

먼저 입술까지 맞댄 주제에 나는 도망가는 것을 택했다. 솔직히 두려운 마음이 컸다.

내가 무리수를 둔 거면 어쩌지? 그가 처음부터 나를 좋아하지 않았거나, 혹은 이미 마음이 식은 상태라면?

"남의 입술까지 훔쳐 놓고, 이제 와 발을 빼는 건가?"

장난스러운 어조였으나, 꼭 나를 비난하는 것처럼 들렸다. 덕분에 변명하듯 입을 열었다.

"그게…….'

하지만 쉽게 뒷말을 이을 수 없었다. 아니, 여기서 대체 무슨 말을 해?

"이런 식으로 또 도망을 가려는 거라면, 좋아. 영애가 하고 싶은 대로 해."

"……."

"나도 내가 원하는 대로 할 거니까."

펠루스는 뭔가를 결심한 얼굴이었다. 그가 말했다.

"난 영애를 좋아해. 어쩌면 좋아하는 것 이상일 수도 있어."

망설임이라곤 없는 고백이었다. 그 사실에 마음이 울렁거렸다.

손목을 붙잡히고 그대로 몸이 당겨졌다. 정신을 차리고 보니 펠루스가 코앞에 있었다.

"영애는 어때?"

"……."

나는 침묵했다. 무슨 말을 해야 할지 알 수 없었던 탓이다.

펠루스는 당장 대답을 재촉하지 않았다. 그의 인내심은 내가 예상했던 것보다 훨씬 길었다.

하지만 그것도 결국 한계가 존재했다.

시간이 흐르고, 또 흐르다가 마침내 더 이상 대답을 미룰 수 없는 순간이 다가오자 그는 결국 입을 열었다.

"시간이 더 필요한가?"

"……."

"그래, 그럼."

말을 마친 펠루스는 나를 마차에 태웠다. 그러고는 문을 닫았다.

생각할 시간이 필요한 건 내가 아니라 그인 것 같았다.

༄

펠루스는 마차의 문이 닫히고 찾아온 정적 속에 우두커니 서 있었다.

무리수였던 걸까? 너무 갑작스러웠나? 성급하고, 바보 같은 고백이었던 걸까?

아니야. 그럴 리가 없다.

싫고 좋음이 확실한 에린의 성격상 자신이 싫다면 분명 거절했을 것이다.

직접적인 거절은 아니더라도 어떻게든 거절의 의사를 내비쳤을 터다.

 적어도 이런 식으로 애매하게 침묵하지는 않았을 것이다.

 그러니 아직은 모른다. 아직은.

 온갖 생각이 머릿속을 어지럽혔다. 후회와 안도, 그리고 또 후회와 안도. 무한 반복이었다.

 하지만 시간이 갈수록 후회의 비중이 더 커졌다. 고백을 할 생각이었다면, 아까 목걸이를 주면서 했어야지.

 원래 그럴 계획이었지 않나. 그러려고 오늘 이렇게 억지를 써 가며 저녁을 사 주고, 목걸이도 건넨 것이 아닌가.

 아처의 조언에 따라 잘해 놓고 왜…….

 그러다 그는 생각을 멈췄다. 이제 와 이런 후회가 다 무슨 소용인가 싶었다.

 지금보다 훨씬 대단한 곳에서 식사를 하고, 더 비싼 가격의 목걸이를 안겼더라도 에린의 대답은 지금과 다르지 않을 것이다.

 당연한 일이다. 그러니 그런 곳에 후회를 두는 건 어리석은 짓이었다.

 거기까지 생각한 펠루스가 걸음을 옮겼다.

 이 상태로는 도저히 그녀와 같은 마차를 타고 갈 자신이 없었다.

 다른 마차를 대여하는 게 낫겠지. 그렇게 결론을 내리고는 마부에게 마차를 출발시킬 것을 지시했다.

 그런데 마차가 출발하기 직전, 문이 벌컥! 열렸다. 덕분에 중심을 잃은 에린의 몸이 기우뚱했다.

 "영애!"

 당황한 펠루스가 마부를 향해 다급하게 손짓했다.

 갑작스러운 명령에 혼란을 빚기는 했지만, 일단 마차는 무사히 정차했다.

다만 급정거의 충격으로 인해 마차가 크게 흔들리고, 에린이 벽에 머리를 부딪쳤다.

"악!"

"괜찮은 건가?"

펠루스가 하얗게 질린 얼굴로 달려가자, 그녀는 두 손으로 머리를 감싼 채 낮게 신음했다.

"잠시만 기다려. 의원을 데려올 테니."

"아뇨, 그러실 필요 없어요."

당장이라도 달려갈 기세인 펠루스를 에린이 붙잡았.

그녀의 눈에 찔끔 눈물이 맺혀 있기는 했지만, 당장 눈에 띄는 외상은 없었다.

애초에 그렇게 심각한 부상도 아니었다. 펠루스는 절대 그렇게 생각하지 않겠지만.

"고집부리지 마."

"고집은 전하께서 부리고 계신 거고요."

한숨 섞인 펠루스의 말을 에린은 단칼에 잘라 냈다. 그러고는 덧붙였다.

"일단, 제 말부터 들어 주세요."

"무슨 이야기인지 모르겠지만, 그런 건 의원을 부르고 나서 해도 늦지 않아."

"늦어요."

"안 늦어. 그러니까……."

"저도 전하를 좋아해요."

기습적으로 들려온 고백에 순간 정적이 내려앉았다. 기다렸다는 듯 에린이 말을 이었다.
"아까 바로 대답하지 못한 건, 너무 놀라서 그랬어요."
너무 놀라서, 서로가 같은 마음이라는 사실에 너무 놀라서. 그 사실이 에린의 입을 다물게 한 것이다.
"전하께서 이렇게 인내심이 없는 분인 줄 알았더라면 좀 더 서두르는 건데."
"……"
"전하?"
의아함 섞인 에린의 물음에도 그는 말이 없었다.
지금 눈앞에 펼쳐진 상황이 꿈인지, 현실인지 도통 분간이 가질 않았다.
그렇다고 여기서 자신의 뺨을 한 대 치는 미친 짓을 할 수도 없고.
"전하?"
꿈결 같은 부름이 재차 이어졌다. 펠루스는 고개를 들어 상대를 응시했다.
그녀는 눈앞에서 손을 흔들어 보이며 그의 상태를 확인하고 있었다.
"으음, 넋이 완전히 나가신 것 같은데……."
중얼거림에 가까운 에린의 말은 끝을 맺지 못했다. 어느새 다가온 그가 그녀의 턱을 쥔 채 입술을 맞댄 탓이다.
처음에는 정중하고 담백했던 입맞춤이 점차 질척하고 노골적으로 변해 갔다.
펠루스의 손이 에린의 분홍빛 머리카락을 파고들었다. 뒤통수가 당겨지고, 그에 따라 입술이 더욱 깊게 맞물렸다.
다른 한 손으로는 그녀의 허리를 단단히 받치고 있었다. 마치

더는 달아날 수 없다는 듯이.

다만 그럼에도 그녀와 맞닿은 손길은 유리 공예품을 다루듯 더 없이 섬세하고 조심스러웠다.

그리고 이에 응하듯 에린의 두 팔이 펠루스의 목을 휘감았다.

제 목을 부드럽게 감싸는 에린의 손길에 펠루스는 고개를 옆으로 조금 기울이며 입맞춤을 이어 갔다.

만약 이게 꿈이라면 영원히 깨지 못할 꿈이길.

펠루스는 속으로 그렇게 빌었다.

※

나는 펠루스를 좋아한다. 최소한 호감 이상의 감정을 갖고 있다.

그래서 두려웠다. 그에게 내 진심을 고백했을 때 거절당하면 어쩌나 싶어서.

아마 그건 펠루스 역시 마찬가지였을 것이다. 그러니 쓸데없이 시간을 끌어서는 안 된다고 생각했고, 빠르게 진심을 전하기로 했다.

덕분에 벽에 머리를 부딪치는 해프닝을 겪긴 했지만, 결과적으론 다 잘됐으니, 그걸로 된 거 아닌가 싶었다.

"묻고 싶은 게 있어."

진한 입맞춤 이후 함께 마차에 오른 펠루스가 말했다.

표정이 제법 진지한 걸 보니 단순히 어색함을 이겨 내기 위해 입을 연 것은 아닌 듯했다.

"연회가 열린 첫 번째 날, 대체 왜 모아트론의 일 왕녀를 그렇게 뚫어져라 응시한 거지?"

"…네?"

질문의 의미를 이해하지 못한 나는 의아한 얼굴을 했다.

여기서 헤젤리아의 이야기가 대체 왜 나오는 거지?

괜히 불안한 마음이 들었다. 설마, 입까지 다 맞춰 놓고 이제 와 다른 소리를 하려는 건가?

그런 거라면 정말 실망일 것 같은데.

덕분에 나도 모르게 가시 돋친 어조로 묻고 말았다.

"그분이 왜요?"

날카로운 물음에 펠루스의 표정이 찰나 굳어졌다.

그가 이런 식으로 눈에 띄게 당황하는 건 흔치 않은 일이었기에 나 역시 당황했다.

너무 강한 어조로 물어봤나?

"혹시 몸이 어디 안 좋은 건가?"

하지만 돌아온 건 뜬금없는 물음이었다. 내가 의아한 얼굴을 하자 펠루스가 덧붙였다.

"표정이 좋지 않은 것 같아서."

담담한 얼굴로 정곡을 찌르자 할 말이 없어졌다. 그러나 결국은 솔직하게 입을 뗐다.

"전하께서 일 왕녀님의 이야기를 하셔서 기분이 안 좋아졌어요."

펠루스는 잠시 말이 없었다. 조금 놀란 것 같기도 하고, 당황한 것 같기도 했다.

그러다가 곧 물었다.

"그러니까 지금, 질투를 한 건가?"

꽉 찬 직구가 날아오자, 나는 다시 말을 잃었다가 작게 고개를 끄덕이는 것으로 대답을 대신했다.

"…그런 건 좀 돌려서 물어 주시는 게 예의 아닐까요?"
"왜?"
"아니, 괜히 민망하잖아요. 제가 엄청 치졸한 사람이 된 것 같고."
이런 걸 꼭 말로 해야 하나 싶어서 좀 답답했다.
"난 좋은데?"
"……."
나는 그대로 말을 잃었다.
아 진짜. 고백을 하든, 안 하든 저 인성은 어디 안 가는구나.
"네에, 네에. 제가 감히 전하께 너무 큰 것을 바라고 있었네요."
"지금 빈정거리는 건가?"
"제가요? 설마 그럴 리가요."
"…뭔가 오해를 하고 있는 것 같은데. 영애를 놀린 게 아니라 정말 말 그대로의 의미야."
덧붙여진 말에 나는 잠시 생각을 멈추고 고개를 들었다. 말 그대로의 의미라고?
"질투를 했다는 건 영애가 날 진짜로 좋아한다는 의미니까."
담담한 대답을 끝으로 펠루스는 입을 닫았다.
담백한 태도를 보이는 그와 달리 나는 얼굴에 살짝 열이 오르는 듯했다.
아니, 얘 진짜 뭐야? 적응 안 되게 왜 자꾸 직구를 던져!
"그러니까……. 잠깐, 근데 그럼 설마 제가 한 고백 안 믿으셨어요?"
"안 믿은 게 아니라, 안 믿어진 거야."
그러니까 안 믿었다는 이야기다. 지금은 사실을 확인받아서 기쁘단 의미인 거고.

"근데 목은 왜 그러세요?"

"…내, 내가 뭘?"

말까지 더듬는 펠루스라니!

혼란스러웠다. 덕분에 두 눈이 크게 흔들렸다.

그렇게 흔들리는 시선을 겨우 갈무리한 채 펠루스의 목에 손을 가져다 댔다.

내 손이 목에 닿자, 그가 움찔하는 것이 느껴졌다.

손에 닿은 체온이 조금 뜨듯했다.

이럴 줄 알았다. 육안으로 보기에도 붉게 물들어 있었으니까.

"대체 뭐 하는 거지?"

"혹시, 어디 아프세요? 열이 좀 있으신 것 같은데."

"하."

펠루스는 어이가 없단 얼굴을 했다. 조금 황당해하는 것 같기도 했다. 아니, 왜?

"내가 지금, 아파서 이러는 걸로 보여?"

"아니, 그게 아니면……. 아."

조금 늦은 깨달음이 찾아왔다.

아무래도 아까 펠루스가 한 말에 열이 오른 건 나 혼자만이 아니었던 모양이다.

자기가 말해 놓고 쑥스러워하고 있는 펠루스라니! 너무 귀엽잖아!

"…왜 그렇게 기분 나쁘게 웃는 거지?"

"전하가 너무 귀여우셔서요?"

"뭐?"

펠루스의 곧은 미간이 사정없이 구겨졌다. 그러나 그 모습에도 웃음이 났다.

"제가 질투 한 번 했다고 목덜미까지 붉히며 쑥스러워하시는 전하라니. 와, 이거 꿈 아니죠?"

"……."

이어진 나의 놀림에 펠루스는 입을 다물었다. 저러다가 제풀에 지쳐서 관두겠지 싶어서 그냥 놔두려는 듯했다.

하지만 안타깝게도 나는 놀리는 것을 멈추지 않았다. 문득 알아 버리고 만 것이다.

상대를 놀리는 일의 참맛을! 그동안 펠루스가 어떤 마음으로 나를 놀렸는지 알 것 같아서 더욱 그랬다.

아, 너무 재밌어! 짜릿해!

"근데 진짜 제가 그 정도로 좋으세요?"

"그만 좀 해."

결국 싸늘한 대답과 함께 펠루스가 폭발했다.

지금껏 황태자인 그를 이렇게 신명 나게 놀린 사람이 있을 리 없으니 여기까지 참아 낸 것만으로도 대단한 일이었다.

펠루스가 입을 열었다.

"내가 언제 그렇게까지 좋아했다고 그래?"

하지만 퉁명스러운 어조로 돌아온 대답과 달리 그의 목덜미는 여전히 붉게 물든 상태였다.

◈

오늘은 연회의 마지막 날이었다. 하지만 나도 펠루스도 연회장은커녕 그 근처에도 가지 못했다.

그렇다고 둘이 함께 있지도 못했다. 각자 할 일이 있었기 때문이다.
그는 당장 산더미같이 쌓인 서류들을 처리해야 했고, 나는 신전을 방문해야 했다.
슬슬 신관들을 만나서 내기의 결과에 대한 이야기를 나눠야 할 테니까.
"잘 오셨어요, 아를레인 영애."
흑의 신관이 나를 반갑게 맞아 주었다.
오늘따라 검은색 머리카락을 하나로 깔끔하게 묶은 그녀는 더욱 아름다웠다.
그 모습을 눈에 담는 것만으로도 현혹당하는 기분이었다.
"차는 무엇으로 하시겠어요?"
"차는 됐어요. 어차피 오래는 못 있을 것 같아서요."
웃는 낯으로 그녀의 호의를 거절했다. 차 안에다가 뭘 탔을 줄 알고 그걸 먹어?
"난 그런 치졸한 짓은 안 해요. 게다가 영애는 유전병도 없으니 티가 안 나는 독을 구하기 어려울 테고."
내 속을 읽기라도 한 대답이었다. 그녀가 생긋 웃었다.
"근데 영애는 운이 생각보다 별로인 것 같아요."
백의 신관이 자리를 비우고, 나 혼자 있을 때 신전을 찾아온 걸 보면.
등 뒤가 서늘해졌다. 그녀는 여전히 웃고 있었지만, 싸늘한 기운은 사라지지 않았다.
"…그런 이야기를 너무 대놓고 하시는 것 아닌가요?"
"어차피 내가 영애한테 걸지 않았다는 사실을 이미 눈치채고 있잖아요?"

그렇다고 해도 내가 혼자 짐작만 하고 있는 것과 대놓고 사실을 확인하는 것은 전혀 다른 문제다.

그녀 역시 그 사실을 모르지 않을 텐데. 대체 무슨 꿍꿍이지?

"내기에서 이길 거라고 자신하시는 건가요? 이 왕자가 이길 거니까. 이겨서 신관님을 지목할 테니까?"

오델론이 감옥에 갇혀 있는 상황에서도 희망을 버리지 않은 거냐는 의미였다.

"반은 맞고, 반은 틀려요."

신관은 애매하게 웃었다. 그러고는 덧붙였다.

"이대로 시시하게 내기가 끝날 거란 생각은 안 해요. 왕자는 반드시 돌아올 거야. 아, 그렇다고 내 말이 반드시 이길 거라는 의미는 아니에요."

"……."

"다만, 자신은 있어. 누가 이기든 이곳에 남는 건 나일 거라고."

흑의 신관이 웃었다. 그녀의 보랏빛 눈동자가 곱게 접힌 눈매 사이로 사라졌다.

"난 내기의 승패 따위와 상관없이 전부 죽일 수도 있어. 그걸 알아야지."

내기가 끝나기 전에는 어떤 수를 써도 신관들의 말은 죽지 않는다.

그건 바꿔 말하면 내기가 끝나기 무섭게 승패와 상관없이 우리를 죽일 수도 있다는 의미다.

그리고 그녀는 지금 그 사실을 가리키며 나를 협박하고 있는 것이다.

자신을 고르겠다 말하라고. 그렇게 하지 않으면 내기가 끝나기 무섭게 날 죽일 수도 있다고.

"…고민해 볼게요."

일단 대답했다. 확답을 하지 않은 건 어설픈 거짓말을 해 봤자 들키리란 사실을 알기 때문이다.

"현명한 선택을 하길 바랄게요."

말을 마친 그녀가 먼저 가 보겠다며 몸을 일으켰다.

"아, 한 가지 충고해 주고 싶은 게 있어요."

막 방을 나서기 직전에 들려온 신관의 말에 나는 고개를 들어 상대를 응시했다.

그녀는 차분한 한마디를 던졌고, 그대로 방을 나섰다.

나 역시 얼마간의 틈을 두고 방에서 나와 마차에 올랐다.

찜찜했다.

마차를 타고 이동하는 내내 뭔가가 가슴 중앙을 짓누르고 있는 것처럼 답답했다.

흑의 신관이 한 마지막 조언. 그것이 유독 머릿속에서 떠나질 않았다.

'불을 조심하세요.'

말을 마친 흑의 신관은 또다시 웃었다. 소름 끼칠 정도로 섬뜩한 웃음이었다.

그녀가 눈앞에서 사라지기 무섭게 다리에 힘이 풀려 주저앉을 뻔했다.

'불을 조심하라고?'

상당히 찝찝한 충고였다. 다른 것도 아니고 불이라니. 설마 일부러 불이라도 내려는 건가 싶었다.

게다가 신관이 한 말이 아니더라도 머리 아픈 문제는 많았다.

예를 들면 내기에서 이길 경우 누구를 골라야 하는가에 대한 것이라든가.

내가 만약 흑의 신관을 고른다고 그녀가 날 살려 줄까? 답은 모른다.

내가 만약 백의 신관을 고르면 그녀가 날 살려 줄까? 레안을 가차 없이 죽인 그녀가? 답은 역시 모른다.

정말이지, 환장할 노릇이었다.

"…아니, 이게 뭐야!"

"꺄아아악!"

그때 바깥에서 큰 소란이 일었다. 고개를 들어 창밖을 응시하자, 사람들이 다급하게 움직이는 모습이 보였다.

그리고 그 중앙에는 소란의 원인으로 추정되는 거대하고 새빨간 불길이 치솟고 있었다.

불이 난 곳은 신전이었다.

그 사실을 되새김과 동시에 흑의 신관이 한 충고가 머릿속을 스쳐 지나갔다.

'불을 조심하세요.'

그게 이런 의미였던 걸까?

동시에 의문이 들었다. 대체 왜 이런 짓을 벌인 거지? 나한테 이런 이야기를 해 준 이유는 뭐지?

힘을 과시하려는 건가? 자신이 마음만 먹으면 이 정도는 일도 아니라는 걸 강조하고 싶어서?

거기까지 생각이 닿았다. 그리고 곧이어 마부에게 명령을 내렸다. 신전에서 최대한 멀리 떨어지라고.

그리고 다음 순간, 갑자기 컴퓨터의 전원이 꺼져 버린 것처럼 시야가 새카맣게 변했다.

"…아니, 이게 뭐야!"

"꺄아아악!"

이후엔 아까와 똑같은 장면이 펼쳐졌다.

신전에서 거대한 불길이 치솟았다. 그 후엔 다시 시야가 꺼졌고, 눈을 떴을 땐 마차에 오르기 전이었다.

다음에는 다시 불길이 치솟고, 또다시 점멸.

같은 영상을 여러 번 보는 것처럼 그와 같은 광경을 몇 번 더 보고 나서야 나는 겨우 새로운 시간을 맞을 수 있었다.

"망할 아르델."

그가 기어이 오델론을 죽였다.

대체 왜 지금 그런 짓을 했는지는 모르겠지만, 한 가지는 확실했다.

시간이 돌아갔다. 그리고 오델론은 높은 확률로 감옥을 탈출했다.

내기는 아직 끝나지 않았다.

༄

원래대로라면 사흘간의 연회가 끝남과 동시에 신전에서 축복을 내려 주어야 했다.

그래야 즉위식이 무사히 마무리될 테니까.

하지만 신전에 불이 난 탓에 일정에 차질이 생겨 버렸다. 원래 예정되었던 날보다 한 달이나 늦어졌다.

그러나 신전을 탓할 수는 없었다.

이번 일은 화재라기보단, 재난에 가까운 규모였고, 당연히 그걸 복구하는 데 드는 시간과 인력이 어마어마했다.

주된 피해 장소인 신전은 물론이고 인근의 숲마저 엉망이 되었다.

이런 상황에서 당장 일정에 맞춰 축복을 내려 달라고 말할 수는 없었다. 여론도 생각해야 할 테니까.

덕분에 차일피일 시간을 끌다 보니 한 달이란 시간이 지나 버렸다.

원래대로라면 늦봄쯤에 끝났어야 할 즉위식이 기어이 여름으로 넘어왔다.

'이걸 노리고 불을 지른 건가?'

다른 가능성은 생각할 필요도 없었다. 하지만 의문은 남아 있었다.

굳이 왜? 신전에 불을 지르는 건 결국 제 살을 깎아 먹는 것과 다를 바 없는 행동이다.

그렇게까지 해서 즉위식을 늦춘 이유가 뭐지?

이런 식으로 즉위식을 늦춘다고 해도 펠루스는 결국 황제가 될 텐데.

게다가 덕분에 원작 소설의 끝 역시 성큼 다가왔다.

이틀. 앞으로 이틀 후면 원작 소설은 끝을 맞이한다. 더불어 내기 역시 완전히 끝난다.

'역시, 아무리 생각해도 이상해. 굳이 내기의 기한을 줄일 이유

가 없는데.'

내기에서 이기고 있는 백의 신관도 아니고, 흑의 신관은 대체 왜 이런 짓을 한 걸까.

"표정이 왜 그래?"

건너편에 앉아 있던 펠루스가 물었다. 그는 무심하지만 걱정이 가득한 얼굴로 나를 보고 있었다.

"그냥, 좀 마음이 복잡해서요."

"축복을 받는 건 난데. 영애가 왜?"

"정말 몰라서 물으시는 건가요?"

"아니. 그냥 쓸데없이 긴장하지 말라고 하는 소리야."

나름 긴장을 풀어 주려고 농담을 한 건가?

펠루스에게 이런 배려를 받게 되는 날이 오다니. 눈물이 다 날 지경이었다.

"그리고."

대뜸 그가 입을 열었다. 그는 잠시 뭔가를 망설이듯 침묵하다가 뒷말을 이었다.

"내가 준 단도랑 목걸이 잘 가지고 있어."

제법 의미심장한 말이었으나, 나는 그 이유를 묻지 않았다.

지금은 뭐든 조심해서 나쁠 게 없었으니까.

"그럴게요."

순순한 대답이 떨어진 후 우리는 함께 마차에서 내렸다.

첫날의 일정은 단조로운 편이었으나, 나는 긴장을 늦추지 않았다. 외출을 삼가고, 방 안에만 틀어박혀 있었다.

무슨 일이 일어난다면 오늘이 적기일 테니까.

그렇게 하루를 무사히 넘겼다. 둘째 날인 오늘만 지나면 나는 원작 소설에서 해방된다.

"저……."

펠루스와 함께 복도를 걷는데 누군가가 나를 불렀다. 처음 보는 남자의 접근에 절로 긴장할 수밖에 없었다.

"무슨 일이시죠?"

펠루스가 곁에 있음에도 나는 가시를 잔뜩 세운 고슴도치처럼 굴었다.

대체 무슨 볼일이지?

"혹시, 사인을 좀 부탁드릴 수 있을까요?"

"…네?"

황당함에 무심코 되묻자, 남자가 눈에 띄게 움츠러드는 것이 보였다.

그러고 보니 남자는 지금도 나와 눈 한번 제대로 마주치지 못하고 있었다.

"그게, 제 동생이 영애를 엄청 존경하고, 사모하고 있어서요."

내 팬이라는 소리인가?

기분이 조금 묘했다. 뭐 에린의 외모와 명성을 생각하면 추종자가 많아도 이상할 건 없지만.

"부, 부담스러우면 거절하셔도 괜찮습니다!"

아, 깜짝이야! 갑작스러운 남자의 외침에 나는 놀란 가슴을 겨우 진정시키며 웃었다.

팬 서비스 차원의 미소였다.

"왜 갑자기 소리를 지르는 거지?"

반면 곁에 있던 펠루스의 태도는 싸늘했다. 언뜻 들으면 상대가 범죄라도 저지른 게 아닌가 싶을 정도였다.
"죄, 죄송합니다."
남자가 다시 고개를 푹 숙였다. 그 모습이 얼마나 안쓰러워 보이는지 없던 동정심도 생길 지경이었다.
"동생분 성함이 어떻게 되시죠?"
결국 나는 상대의 요구대로 사인을 해 주기 위해 펜을 빌렸다.
그러자 남자는 잠시 놀란 듯 두 눈을 크게 뜬 채 나를 보다가 겨우 정신을 차린 얼굴로 들고 있던 천을 내밀었다.
"여기에다가 하면 되는 거죠?"
남자가 고개를 끄덕였다. 부드러운 천 위로 쓱쓱 펜이 미끄러져 나갔다.
"다 됐어요."
내가 천을 내밀자, 남자는 몇 번이나 고개를 숙여 가며 감사 인사를 했다.
그러고는 기쁜 마음을 감추지 못한 얼굴로 달려갔다.
"뭐 하는 거지?"
"뭐가요?"
나는 의아한 얼굴로 되물었다.
"왜 어울리지 않게 친절하게 굴었느냐 의미야."
펠루스의 물음에 나는 주변 사람들을 물렸다. 그러고는 물었다.
"혹시 질투하세요?"
"…뭐?"
황당하단 얼굴로 되물었으나, 그는 끝내 부정하지 않았다. 오히려 뭔가를 고민하는 눈치였다.
결국 보다 못한 내가 먼저 물었다.

"무슨 생각을 그렇게 하세요?"

"아까 그자의 눈을 뽑아 버리고 싶다는 생각?"

"네?"

나는 진심으로 경악했다. 반면 펠루스는 여전히 태연한 얼굴로 말했다.

"농담이야."

"…농담이라고요?"

"그래."

미심쩍은 얼굴로 묻자 그가 고개를 끄덕였다. 으음, 전혀 농담처럼 들리지 않던데.

"그건 그렇고 사람들은 왜 전부 물린 거지?"

"……?"

나는 고개를 옆으로 조금 기울였다. 질문의 의미를 이해할 수 없었다.

그러자 내 속을 읽어 낸 펠루스가 친절하게 덧붙였다.

"이렇게 둘만 남으면 내가 무슨 짓을 할 줄 알고?"

"……!"

차분하게 떨어진 물음에 순간 내 심장도 함께 떨어졌다.

그런데 정작 펠루스는 홀로 태연했다.

사심이라곤 조금도 느껴지지 않았기에 나는 그가 방금 한 말이 무슨 의미였는지를 천천히 다시 곱씹어 보았다.

내가 모르는 다른 의미의 은어인가?

"또 무슨 생각을 그리 하는 거지?"

그때 대뜸 펠루스가 고개를 들이밀었다.

그는 여전히 순진한 얼굴로 태연하게 나를 살폈으나, 나는 그릴 수 없었다.

심장이 울렁거리기 시작했다.

"…지금, 너무 가까운 것 같은데, 좀 떨어져 주시죠?"

내 말에 펠루스는 순순히 뒤로 물러났다. 그러자 나는 기다렸다는 듯 심호흡을 했다.

후하후하.

물론 큰 효과는 없었다. 아아, 젠장.

"저, 전하! 여기는 복도니까. 음, 어……. 일단 저기 옆에 보이는 방으로 들어가실래요?"

당황한 나머지 아무 말이나 한다는 게 정말 아무 말이나 해 버렸다.

아, 진짜. 이게 뭐람. 순진한 아이를 꼬드기는 타락한 어른도 아니고.

"정말 그래도 돼?"

펠루스가 웃으며 물었다. 그가 웃는 모습을 본 건 너무 오랜만이라, 아니지. 거의 처음이라고 봐도 무방하지 않나?

아무튼 그래서 순간적으로 넋을 놨다가 겨우 붙잡았다.

그와 동시에 깨달았다. 순진은 무슨, 아무리 봐도 이건 쌍방 타락이다.

"그, 일단 이쪽으로 오세요."

그리 말하며 옷자락을 잡아끌자, 펠루스는 찰나 당황한 얼굴을 하면서도 순순히 끌려와 주었다.

끼이익— 쾅!

등 뒤에서 문이 닫히는 소리가 들렸다. 이제 이 안에는 오직 둘뿐이다.

오직 둘뿐.

그 사실을 깨닫자 정말이지 정신이 나갈 것만 같았다.

이, 이다음에는 뭘 어떻게 해야……

바로 그때, 펠루스가 자신을 등지고 있던 나를 돌려세웠다.

덕분에 그대로 눈이 마주쳤다. 그의 붉은색 눈동자에는 무어라 형언하기 힘든 감정이 담겨 있었다.

내가 그것을 제대로 읽어 내기도 전에 펠루스의 얼굴이 코앞까지 다가와 있었다.

양쪽 어깨를 붙들린 상황이었기에 피하거나 도망갈 수도 없었다. 결국 나는 그대로 눈을 감았다.

차가운 입술이 볼에 가볍게 닿았다가 떨어졌다. 나는 여전히 눈을 감은 채였다.

그러나 한참의 시간이 지나도 그것 이상의 일은 없었다.

'응?'

당황스러운 마음에 슬쩍 눈을 뜨자 나를 빤히 보고 있던 펠루스와 눈이 마주쳤다.

"이게 끝인가요?"

의아한 마음에 반사적으로 묻고 말았다. 뒤늦게 조금 민망한 기분이 들었지만, 아무렴 어떤가 싶었다.

"…영애는 참 이상한 곳에서 관대하군."

그가 차분히 말을 이었다.

"조금 전까지는 내가 무슨 짓을 할까 봐 벌벌 떨었던 주제에."

"……"

너무 맞는 말이라 반박할 수가 없었다. 그래, 확실히 방금 전까지는 그랬다.

하지만 막상 정말 이렇게 아무 일도 없이 끝나 버리니까 당황스러운 것도 사실이다.

"아니, 그래도 이 정도는……. 어, 근데 전하 얼굴이 왜 그러세요?"

"…내가 뭘?"

"좀 붉은 것 같기도……. 아."

나는 그대로 입을 다물었다. 그러자 펠루스가 신경질적으로 고개를 돌렸다.

화가 났다기보다는 다른 이유 때문인 듯했다.

'맙소사, 너 지금 쑥스러워하는 거니?'

"전하, 지금 혹시…….'

"왜? 내가 뭐."

"아니, 아무것도 아니에요."

저렇게 날카롭게 구는 것을 보니 내 짐작이 맞는 모양이다.

세상에나. 아니 우리 키스도 했잖아! 더 진한 것도 잘만 해 놓고 겨우 볼 뽀뽀에 얼굴을 붉히다니!

그건 너무, 너무……. 귀엽잖아!

마음 같아서는 당장 내 남친이 이렇게 귀엽다고 동네방네 소문이라도 내고 싶은 심정이었다.

아, 역시. 쌍방 타락은 무슨, 그냥 나만 썩은 거였어.

진심으로 죄책감 비슷한 감정이 들었다.

이런 애를 두고 내가 무슨 쓸데없는 걱정을 한 거람.

"…표정은 또 왜 그렇지? 무슨 이상한 생각을 하고 있기에."

"이상한 생각이라뇨. 그런 거 아니에요."

펠루스가 어느 정도 열을 가라앉힌 얼굴로 묻자 나는 고개를 저었다.
 아, 잠깐?
 그러다가 문득 어떤 사실을 떠올린 탓에 표정이 굳어졌다.
 "저기요, 전하. 한 가지 여쭤보고 싶은 게 있는데요."
 "뭔데?"
 "음, 잠깐만 이리로 와 주세요."
 내가 심각한 얼굴로 손짓하자, 그가 다가왔다. 바로 코앞까지 다가온 펠루스를 향해 나 역시 다가갔다.
 그러고는 그의 볼에 가볍게 입을 맞췄다.
 "저희 무슨 사이예요?"
 "……."
 서로 마음을 고백하긴 했지만, 우리는 이런 사이다, 라고 관계를 정의한 적은 없었다.
 "우리가 어떤 사이냐고?"
 잠시 넋이 나간 듯했던 펠루스가 겨우 정신을 차린 채로 물었다.
 차분한 물음에 내가 고개를 끄덕이려던 찰나, 그가 내 턱을 쥐었다.
 "이런 사이지."
 단호한 선언을 끝으로 입술과 입술이 맞닿았다. 담백했던 입맞춤과 달리 노골적으로 혀가 뒤엉켰다.
 볼 뽀뽀를 하며 얼굴을 붉히던 이와 동일 인물이란 생각은 조금도 들지 않았다.
 아니, 진짜 키스를 왜 이렇게 잘해?
 "정말, 잘하시네요."
 입술이 떨어지기 무섭게 감탄의 말이 나왔다. 펠루스는 말이 없었다. 그저 조금 나른하게 나를 응시했다.

"한두 번 해 본 솜씨가 아니신 것 같은데. 혹시, 교제를 많이 해 보셨나요?"

"내가? 대체 누구랑?"

"어……."

비웃음 섞인 펠루스의 물음에 나는 그대로 할 말을 잃었다.

그, 그러게?

"나는 다 처음이야."

담담한 고백이 이어지고, 나는 어색하게 두 눈을 굴렸다.

"…처음인데 그렇게 잘하신다고요?"

"난 원래 뭐든 잘해."

"……."

참으로 대단한 자신감이었다.

조금 어이가 없긴 하지만, 전혀 이해가 가지 않는 건 아니었다. 그래, 뭐 그럴 수도 있지. 솔직히 키스 잘하는 것도 인정.

"이제 그만 돌아가셔야 할 시간인데."

"두 분 다 어딜 가신 거지?"

그때 바깥에서 작은 소란이 일었다. 아무래도 나란히 사라진 우리를 찾고 있는 듯했다.

나는 그대로 등을 돌렸다. 그러고는 방에서 나가기 위해 움직였다.

"슬슬 가 봐야 할 것 같아요."

축복을 받을 당사자인 황태자가 없다면 의식은 치러질 수 없을 테니까.

그러니 이젠 돌아갈 시간이었다.

"잠깐만."

하지만 펠루스는 곧장 이에 응하지 않았다. 대신 나를 붙잡아 세우며 말했다.

"깜빡하고 잊을 뻔한 게 있어."

"…그게 뭔데요?"

질문이 떨어지기 무섭게 손에 뭔가가 쥐어졌다. 회중시계?

"이걸 왜 저한테?"

"혹시 모르니까. 잘 갖고 있어."

"그럴게요."

나는 순순히 고개를 끄덕였다. 그러고는 그가 준 시계를 잘 챙긴 후 함께 방을 나섰다.

축복의 의식이 끝나고 방에 틀어박힌 나는 펠루스가 준 시계를 들여다보고 있었다.

현재 시각은 8시.

자정까지 앞으로 네 시간 정도 남았다. 곧 있으면 이 빌어먹을 내기도 정말 끝이 난다.

'내기가 끝나면, 나는 누굴 골라야 하지?'

대체 어떤 신관을 골라야 내가 살 확률이 더 높아질까.

내 머릿속에는 오직 살기 위한 고민으로 가득 차 있었다.

그때였다.

파직- 팟!

"응? 뭐지?"

열심히 시계를 들여다보던 와중에 불이 꺼졌다. 방 안에 있던 불은 물론이고, 복도를 밝히던 불까지 전부.

벽에 걸려 있는 시계 역시 움직임을 멈췄다.

"마력석에 문제라도 생긴 건가?"

전에 듣기론 분명, 신전의 모든 동력은 마력석에서 나온다고 했던 것 같은데.

'나가 봐야 하나?'

순간적으로 고민했다. 하지만 곧 그럴 이유가 없다는 결론이 났다.

나가서 뭘 어쩌려고? 오히려 혼란을 틈타 사고에 휘말리기라도 하면 곤란했다.

끼이익-

'응?'

그때 어둠 속에서 창문이 삐걱거리는 소리가 들려왔다. 뒤이어 덜컥거리는 소리도 들려왔다.

소름이 끼쳤다.

누군가가 내가 있는 방의 창문을 열려고 하는 것이다.

그리고 이 와중에 놀라운 사실이 하나 있었다.

'창문 아래는 분명 절벽일 텐데.'

이미 몇 번이고 확인한 사실이다. 이 방의 창문 아래에는 분명 깎아지른 듯한 절벽이 위치하고 있었다.

그리고 그런 절벽을 기어올라 내 방의 창문을 열려고 시도할 사람은 딱 하나뿐이다.

"안녕?"

어둠 속에서 익숙한 목소리가 들려왔다.

오델론이었다.

24장.
두 명의 주인공

"…살아, 있었구나."

나는 떨리는 목소리를 겨우 감춘 채 물었다. 피식 웃는 소리가 선명하게 들려왔다.

그가 당장이라도 창문을 뜯어 버리고 안으로 들어올 것 같아서 불안했다.

"이거 열어."

차분한 명령이 떨어졌다. 나는 어찌할 바를 모르고 마냥 그가 있는 방향을 응시했다.

지금은 캄캄해서 잘 보이지 않지만, 창문에는 분명 안쪽에서 잠글 수 있는 걸쇠가 걸려 있었다.

물론 그게 침입자로부터 나를 끝까지 지켜 줄 수 있을지는 미지수지만.

"좋은 말로 할 때 열어."

"……."

"내가 직접 열고 들어가면 뒷감당을 어떻게 하려고?"

"뒷감당은 무슨! 설마 나를 죽이기라도 할 셈이야?"

나는 기가 막힌단 얼굴로 되물었다.

그가 만약 창문을 열고 안으로 들어온다고 해도 내게 할 수 있는 조치는 매우 제한적이다.

내기가 끝나지도 않은 상황에서 나를 죽일 수는 없을 테고, 그렇다고 해서 다른……

"죽이진 못해도 끔찍한 고통을 줄 순 있지."

말을 마친 오델론이 웃었다. 웃는 낯으로 칼을 뽑아 들었다.

설마, 칼을 휘둘러서 창문을 깨고 들어오려고?

내 예상은 맞아떨어졌다. 그가 단숨에 칼을 휘둘렀다.

그러나 깡! 하는 소리만 날 뿐, 창문의 유리가 깨지는 소리는 들리지 않았다.

아마 칼로 창문을 깨기는커녕, 창문에 칼을 대는 일조차 성공하지 못했을 것이다.

"그 자식이 잔재주를 부리고 간 모양이지?"

오델론의 예상은 적중했다.

지금 이 방 전체에는 전에 펠루스가 준 루비 목걸이를 통해 펼쳐진 보호 마법이 걸려 있었다.

덕분에 창문의 걸쇠가 부서지든, 문짝이 날아가든 내 허락 없이는 아무도 들어올 수 없었다.

후우.

나는 놀란 가슴을 쓸어내렸다. 그래도 이젠 한시름 놔도 되겠지.

"설마, 고작 그따위 잔재주를 믿고 방 안이 정말 안전하다고 믿는 건 아니겠지?"

갑작스러운 오델론의 말에 나는 고개를 들었다. 여전히 목소리만 들릴 뿐 그의 얼굴은 보이지 않았다.

"그러게 경계를 게을리하지 말았어야지."

"그게 무슨……."

무슨 뜻이냐고 물으려고 했다. 그런데 그때 불현듯 머릿속을 스치는 것이 있었다.

"이제야 생각났어?"

네가 한 최악의 오판이?

덧붙여진 말에는 나를 향한 비웃음이 가득했다.

※

신전의 모든 전기, 동력 등이 끊어졌다.

원인은 마력석 파괴.

누군가가 신전의 주동력인 마력석을 부숴 놓았다.

범인은 마력석을 지키고 있던 성기사들을 전부 제압할 정도의 실력자라고 했다.

'그자인가.'

펠루스가 생각하기에 그런 일이 가능한 인물은 결코 흔치 않았다.

또한 그중에서 굳이 그런 일을 행동에 옮길 만한 사람 역시 드물었다.

펠루스는 그중 두 가지 모두에 해당되는 사람을 떠올렸다.

오델론 세릭 브란스. 슬로레인의 둘째 왕자.

큰 소란을 일으킨 죄로 감옥에 갇혔으나, 최근 감옥에서 탈옥

하고 행방이 묘연하다고 들었다.
"마력석이 파괴된 탓에 신전 전체가 마비되다시피 한 상황입니다."

그때 흑의 신관이 불쑥 말을 꺼냈다.

굳이 덧붙이진 않았지만, 펠루스는 그녀가 한 말의 의미를 알아챘다.

당장 신속하게 마력석을 고쳐야 하는데 그게 가능할 것 같으냔 의미겠지.

펠루스는 고개를 저었다.

"이렇게 거대한 건 무리야."

"그럼, 영원히 고칠 수 없는 건가요?"

곁에서 침묵을 지키던 백의 신관이 조심스레 물었다. 펠루스는 단칼에 대답을 내놓는 대신, 마력석을 살폈다.

누군가가 인위적으로 무력을 가해 부순 흔적이 선명했다. 이 정도 크기의 손상이라면. 아마.

"이틀은 있어야 완전히 복구할 수 있어."

"이틀이요?"

"그래, 그 이상 날짜를 당기는 건 무리야."

"아뇨, 그런 의미가 아닙니다. 이틀도 충분히 빨라요."

두 신관은 감탄 섞인 시선으로 펠루스를 응시했다. 그들이 이 세계의 신관에 몸을 빌려 신성력을 사용하긴 하지만, 마법까지 쓸 수 있는 건 아니다.

원래의 몸에 있을 때에 비해 제약도 많았다. 그러니 펠루스의 도움 없이 마력석을 고치려면 시간이 제법 많이 든다.

아마 두 신관이 작정하고 힘을 합쳐도 펠루스가 없다면 이 주

이상은 고생을 해야 할 것이다.

"아쉽네요."

"뭐?"

"아뇨, 아무것도 아니에요."

흑의 신관이 웃었다. 펠루스는 그런 그녀의 웃음을 찜찜한 얼굴로 바라보았다.

"폐하께 급하게 드릴 말씀이 있습니다."

그때, 황궁에서부터 동행한 시종이 펠루스를 찾았다. 표정이 썩 좋지 않은 것을 보니 아무래도 좋은 소식은 아닌 듯했다.

"무슨 일이지?"

"그게, 보좌관님께서 모습을 보이지 않으셔서요."

"뭐?"

"저녁 식사도 하지 않으시고, 그렇다고 특별히 어디를 간다고 언질을 주신 것도 아니라서……."

"그렇게 중요한 사실을 왜 이제야 전하는 거지?"

짜증 섞인 펠루스의 물음에 시종은 송구하다는 듯 고개를 숙였다.

"그럼, 영애가 마지막으로 모습을 보인 게 언제지?"

"시녀의 말로는 해가 지기 전에 뵌 게 마지막이었다고 합니다."

해가 지기 전이라, 상당히 추상적인 대답이었다.

신전의 시계가 모두 멈춰 버린 지금은 어쩔 수 없는 일이겠지만.

"무슨 일이십니까?"

곁에 있던 흑의 신관이 짐짓 심각한 어조로 물어 왔다.

문제가 있다면 기꺼이 도움을 주겠다는 태도였으나, 펠루스는 개인적인 문제라며 이를 거절했다.
 일단은 직접 두 눈으로 돌아가는 상황을 살피는 게 먼저였다.
 그렇게 결론을 내린 그는 곧장 에린이 지내는 방으로 향했다.

 결과는 처참했다.
 아직 마력석을 고치지 못한 탓에 어두컴컴한 방 안에는 아무것도 없었다.
 에린은 물론이고, 펠루스가 걸어 둔 보호 마법조차 흔적도 없이 사라져 있었다.
 보호 마법은 보호할 대상이 그 장소를 떠나거나, 마법의 매개체가 되는 물건을 보호 대상에게서 떨어트려 놓으면 풀린다.
 즉, 지금의 상황은 둘 중 하나였다.
 누군가가 에린을 이 방에서 나오게 만들었거나, 그녀에게서 목걸이를 빼앗았다는 것.
 사실을 되새기자 초조한 마음이 온몸을 잠식했다.
 '…이건?'
 그때 방 한쪽에서 익숙한 천이 발견됐고, 펠루스는 그것을 집어 들었다.
 에린이 처음 보는 남자에게 사인을 해 준 천이었다.
 그녀의 정갈한 필체가 담긴 천은 정확하게 반으로 찢어진 채 구석에 대충 던져져 있었다.
 덕분에 펠루스는 직감했다. 저 천이 지금의 상황과 관련이 없지는 않으리란 걸.
 그는 혹시나 하는 마음에 찢어진 천에 남은 마력을 탐색하기 시작했다.

누군가가 에린의 글씨체를 매개로 해서 마법을 사용한 거라면?

그걸로 에린을 방 밖으로 나오게 하거나, 목걸이를 빼앗은 거라면?

"상당히 바빠 보이시는군요."

"그러게요. 역시, 저희에게 도움을 청하는 편이 낫지 않겠습니까?"

그때 뒤에서 불쑥 두 신관들이 나타났다.

한시가 급한 상황에서 방해를 받은 탓에 펠루스는 짜증 가득한 얼굴로 말했다.

"개인적인 일이니 신경 쓸 것 없다고 했을 텐데?"

"그렇다고 해도 신전에서 벌어진 일입니다."

"맞아요, 신전은 저희의 영역이고, 그 안에서 벌어진 일에 대한 책임 역시 저희에게 있습니다."

날카로운 대답에도 그들은 개의치 않았고, 바로 그런 점이 펠루스의 심기를 거슬렀다.

결국 그는 한숨을 내쉬며 품에서 회중시계를 꺼내 시간을 확인했다. 그러고는 물었다.

"이 근처는 보통 몇 시쯤에 해가 지지?"

"요즘은 아마 5~6시쯤일 겁니다."

"그럼 영애가 사라진 건 그즈음이나, 적게 잡아도 한 시간 전일 확률이 크겠군."

그리 말한 펠루스는 들고 있던 시계를 다시 품속에 넣었다.

에린에게 선물한 것과 같은 디자인이지만 색만 다른 시계는 그의 마력으로 움직이는 것이었다.

덕분에 신전의 모든 것이 마비된 지금으로서는 유일하게 시간을 알 수 있는 도구였다.

"폐하, 이쪽에 이런 게 있었습니다."

시종이 들고 온 물건을 본 펠루스의 표정이 단숨에 굳어졌다. 그가 들고 온 건 하얀 편지 봉투와 루비 목걸이였다.

에린을 보호해 줘야 할 목걸이가 이곳에 있다. 그것이 의미하는 바는 뻔했다.

펠루스는 들고 있던 편지를 신경질적으로 뜯어내듯 열었다.

그녀는 내가 데리고 있다.

짤막한 한마디와 함께 봉투 안에는 펠루스를 유인하듯 약도가 그려져 있었다.

그리고 더불어 선명한 분홍빛 머리카락이 몇 가닥 들어 있었다.

에린의 것이 분명한 머리카락을 보며 펠루스는 주먹을 꽉 쥐었다.

"도움이 필요하신 것 같군요."

때마침 들려온 백의 신관의 목소리에 그는 몸을 돌려 두 신관을 응시했다.

"말을 좀 빌리도록 하지."

초조함을 애써 감춘 펠루스의 말에 두 사람은 순순히 고개를 끄덕였다.

༄

현재 시각은 10시. 자정까지 앞으로 두 시간 남았다.

그것을 확인한 오델론이 들고 있던 시계를 품속에 넣었다. 그건 펠루스가 내게 준 시계였다.

저 시계 도둑!

"왜 그런 눈을 하는 거지?"

"그거야 네가 날 이 꼴로 기둥에 묶어 놨으니까! 그리고 내 시계까지 훔쳐 갔으니까!"

"훔쳐 가다니. 잠깐 빌리는 것뿐이라고 아까 말했잖아?"

뻔뻔한 대답에 그저 기가 막혔다.

신전의 마력석을 부순 충격으로 오델론은 자신이 갖고 있던 시계가 망가졌다고 했다.

그러니 내가 펠루스에게 받은 시계를 자신이 잠깐 빌려야겠다고. 그렇게 말하며 순식간에 그것을 앗아 갔다.

근데 그게 빌린 거라고?

"근데 네 시계 제법 유용하네. 마력석을 부숴도 계속 움직이다니."

신전의 마력석은 신전은 물론이고, 그 주변에 있는 장소에도 영향을 미친다.

그 말은 즉, 지금 우리가 있는 이 낡아 빠진 창고에서도 시계 같은 건 사용할 수 없다는 의미다.

"혹시나 하는 마음에 충고 하나 할게."

대뜸 들려온 말에 나는 오델론을 응시했다. 그는 차분하게 웃는 낯으로 덧붙였다.

"쓸데없는 잔꾀를 부릴 생각은 하지 마."

"내가 언제 쓸데없는 잔꾀를 부렸다고."

나는 어이가 없다는 얼굴을 했고, 오델론은 재차 경고의 의미가 담긴 미소를 보였다.

"너야말로 쓸데없는 걱정하지 마. 난 그런 거 안 부리니까."

그 말은 진실이었다.

나는 쓸데없는 잔꾀 말고, 쓸모 있는 잔꾀만 부리자는 주의였으니까.

신전에서 오델론이 그려 준 약도의 장소까지는 원래 말을 타고 세 시간 정도가 소요되었다.

그러나 얼마 전 화재로 인해 숲이 불에 탄 덕분에 지금은 두 시간 안에도 오갈 수 있었다.

물론 그만큼 펠루스가 미친 듯이 말을 몰았다는 의미기도 했다.

"이러다가 낙마라도 하면 그대로 즉사하시겠군요."

백의 신관이 우아한 태도로 비꼬았다. 펠루스는 그녀의 말을 대충 흘려들었다.

평소 같았으면 그렇게 누가 따라오라고 했냐며 한마디 했겠지만, 지금은 그럴 시간조차 아까웠다.

지금 그는 두 신관과 함께 오델론이 있는 장소로 향하고 있었다.

두 사람은 신전에서 납치 사건이 일어났으니, 신관으로서 책임감을 느끼고 있다며 함께 갈 것을 요청했다.

평소의 펠루스였다면 간단히 거절했겠지만, 지금은 급하게 말을 빌려야 했기에 어쩔 수 없었다.

"그런데 참으로 지극정성이시군요."

"……."

"그러게요. 보좌관님을 구하기 위해 위험을 무릅쓰고 호위도 없이 이렇게 먼 길을 가시다니."

펠루스가 침묵을 지켜도 두 사람은 꿋꿋이 대화를 이어 갔다.

대화의 주를 이루는 화제는 그였으나, 그는 결코 입을 열지 않는 기묘한 상황이 이어졌다.

그런 상황을 몇 번이고 반복하면서 달리다 보니 슬슬 약도에서 본 건물이 보이기 시작했다.

펠루스는 타고 있던 말의 속도를 늦췄다. 그러고는 빠르게 주변을 살폈다.

버려진 집이 가득한 마을. 그중에서도 끄트머리에 있는 창고.

'저기로군.'

장장 두 시간 동안 쉼 없이 달려온 것이 드디어 결실을 맺는 순간이었다.

ꕤ

바깥에서 웅성거리는 소리가 들려왔다.

'일부러 인기척을 내는 건가?'

그런 게 아니라면 저렇게까지 적나라한 인기척이 느껴질 리 없다. 덕분에 의문이 들었다.

왜 굳이 이런 식으로 움직이는 거지?

내가 인질로 잡혀 있을 게 뻔한데, 그럼 일단 몰래 들어오는 편이 낫지 않나?

그때 오델론이 비웃음 섞인 얼굴로 나를 응시했다.

"너, 황제한테 진심으로 감사해야겠다. 자정 전까지 도착하지 못하면 널 그냥 죽일 생각이었는데."

"……."

놀라운 사실은 아니었다. 이대로 자정이 되어 내기가 끝나면 오델론은 승리하지 못한다.

그러니 그에 대한 화풀이로 주인공 버프가 사라진 나를 죽이겠다는 것이다.

오델론이라면 능히 그러고도 남았다.

그때 벌컥! 하는 소리와 함께 창고의 문이 열렸다. 고개를 돌리기 무섭게 펠루스와 눈이 마주쳤다.

그는 나를 발견하자마자 창고 안으로 들어왔다.

이에 따라 펠루스의 뒤에 있던 두 신관들 역시 안으로 들어왔다.

그 모습을 본 오델론의 얼굴에 웃음이 번졌다.

"늦지 않게 와서 다행이네. 아직 자정까지 두 시간 가까이 남았으니까."

"네가 그걸 어떻게 아는 거지?"

"이게 나한테 있으니까."

말을 마친 오델론은 내게서 빼앗은 시계를 보란 듯이 흔들어 보였다. 펠루스가 으득 이를 갈았다.

"뭐 그건 나중에 이야기하고, 지금은 그것보다 중요한 게 있어."

어느새 차고 있던 칼을 뽑아 내 목에 겨눈 오델론이 말을 이었다.

"일단 지금 있는 위치에서 두 발 물러나. 그리고 바로 옆에 있는 트레이를 이 앞으로 가져와. 그렇게 하지 않으면."

그가 조용히 내 얼굴에 칼을 가져다 댔다. 죽이지는 않더라도 얼굴에 상처 정도는 낼 수 있다는 의미였다.

"너, 살아서 이곳을 나갈 마음이 없는 모양이지?"

"그건 내가 할 소리지, 친애하는 황제 폐하."

분하지만 오델론의 말이 맞았다.

내가 인질로 잡혀 있는 한 지금과 같은 상황은 펠루스에게 절대적으로 불리했다.

어쩌지?

"그래, 잘했어."

결국 펠루스는 오델론이 시키는 대로 트레이를 가져왔다. 그러자 그 위에는 하얀색 찻잔이 놓여 있었다.

"황제 폐하께서 이 계집에게 죽고 못 사시는 듯하여. 특별히 재밌는 게임을 준비했어."

이런 상황에서 게임이라니, 시작부터 불길했다.

그리고 펠루스 역시 나와 비슷한 생각인지 표정이 썩 좋지 못했다.

"이건 독이 든 차야. 그리고 이걸 황제 폐하나 이 계집에게 먹일 생각이야."

담담하게 진실을 고백하는 오델론의 얼굴에는 묘한 기대감이 엿보였다.

차에 독이 들었다는 사실보다 그 사실이 더 소름 끼쳤다.

"대신 선택권은 폐하께 드리지. 차를 마실 건지 말 건지 선택해. 만약 마시지 않는 걸 선택한다면 차는 그대로 이 계집이 마시게 될 거야."

오델론이 말을 마치기 무섭게 나도 펠루스도 경악했다.

특히, 나는 격분했다.

"넌 대체 왜 이런 짓을 하는 거지? 이건, 약속이 다르잖아!"

"약속? 먼저 나를 배신한 네가 할 말은 아닐 텐데?"

그리 말한 오델론이 두 눈을 곱게 휘며 웃었다. 자신은 한 줌의 악의도 없다는 듯 순진무구한 웃음이었다.

"약속이라니 그게 무슨 소리죠?"

그때 상황을 관망하고 있던 신관들 중 백의 신관이 흥미를 보였다.

"네가 알 거 없어. 어차피 그런 약속 따위 순순히 지킬 마음 없으니까."

오델론의 대답에 백의 신관의 입매가 느릿하게 휘어졌다.

"그렇군요."

그리 중얼거린 그녀는 다시 관전자로 돌아갔다.

나는 이를 악물었다. 오델론은 분명 나와 어떤 약속을 했다.

그리고 그 약속에는 분명 펠루스의 생명을 위협하지 않겠다, 라는 내용이 있었다.

설마, 정말로 슬로레인에서 있었던 일에 대한 앙금을 풀려는 걸까?

그래서 나와의 약속을 깨고 펠루스를 건드리려고 하는 걸까?

"너, 이미 내기에서 승리하는 조건이 뭔지 확신하고 있구나?"

"당연하지."

오델론이 담담하게 긍정했다. 나는 조용히 입술을 짓씹었다.

우리가 각자 내기에서 승리하기 위한 조건.

나는 그 조건의 핵심이 바로 펠루스일 것이라 예상하고 있었다.

"잡담은 여기까지 하고. 그래서 마음은 정했나?"

오델론이 느긋하게 펠루스를 압박했다. 어느 쪽이든 좋으니 빨리 선택하란 의미였다.

나 역시 조금 의아하긴 했다.

이렇게 답이 빤히 보이는 문제를 대체 왜 저렇게 오래 고민하는 거지?

오델론이 차에 탄 독이 펠루스의 유전병과 관련된 독이든, 일반적인 독이든 그런 건 중요치 않았다.

전자의 경우는 펠루스에게만 통하고, 후자는 내게만 통하겠지.

하지만 내게는 아직 주인공 버프가 있다.

그러니 독이 든 차를 마신다고 해도 손해 볼 건 없다.

오히려 오델론의 수를 읽어 내고, 여차하면 목숨을 끊어서 시간을 돌릴 기회도 엿볼 수 있겠지.

'전하, 차는 제가 마시게 해 주세요.'

나는 펠루스와 눈이 마주치기 무섭게 그런 마음을 담아 그를 응시했다.

그는 잠시 말이 없었다. 뭔가를 고민하는 눈치였다.

오델론 역시 펠루스의 고민을 이해한다는 듯 느긋하게 기다려 주었다.

"좋아."

얼마간의 시간이 지난 후 그가 입을 열었다.

무엇을 위한 긍정인지는 알 수 없었지만 나는 펠루스가 현명한 선택을 하리라 믿었다.

"마음을 정한 건가?"

"그래."

단호한 대답이 떨어지자, 오델론은 흥미 가득한 얼굴을 했다. 그러고는 어서 말해 보라며 대답을 재촉했다.

펠루스는 입을 열어 대답을 하는 대신 트레이 위에 있던 차를 단숨에 삼켰다.

"전하!"

찻잔에 있던 차를 전부 비워 낸 펠루스의 안색은 썩 좋지 못했다. 뒤이어 그는 결국 각혈을 했다.

'역시, 찻잔의 독은 펠루스를 향한 함정이었어.'

그 사실을 깨닫기 무섭게 분노와 원망이 뒤엉켰다.

아니, 함정인 거 다 알면서 그걸 왜 순순히 마시고 난리인 건데? 그냥 나한테 넘겼으면 지금보다 훨씬 나았을 것 아니야!

아니면 혹시, 전에 내가 했던 말을 하나도 믿지 않고 있다는 의미인 건가?

머릿속이 급속도로 복잡해졌다.

'어?'

그런데 그때 나를 기둥에 단단히 묶고 있던 밧줄이 스르륵 풀렸다.

당황한 마음에 잠시 허둥지둥하긴 했지만, 가까스로 아직 밧줄이 풀리지 않은 척했다.

'방금 독이 든 차를 마시면서 펠루스가 마법을 쓴 건가?'

가장 가능성 높은 이야기였으나, 한편으로는 아니기를 바랐다. 펠루스가 각혈하는 대가로 밧줄을 푼 거라니. 그건 아무리 봐도 너무 큰 손해다.

내 손을 묶은 밧줄이 풀린다고 해서 당장의 탈출에 큰 도움이 되진 않는다.

내가 무슨 수로 오델론을 뚫고 부상을 입은 펠루스까지 데리고 이곳을 나간단 말인가.

'역시 아까 독이 든 차는 내가 마셨어야 했는데.'

나는 습관처럼 재차 입술을 짓씹었다. 일단은 돌아가는 상황을 조금 더 지켜볼 필요가 있었다.

"고작 독이 든 차를 좀 마셨다고 해서 이런 꼴을 보이는 건가? 한심하군."

기침과 함께 피를 쏟아 내는 펠루스를 오델론은 무표정한 얼굴로 조롱했다.

아까는 잘만 웃더니 지금은 또 왜 저런 얼굴인 거지? 도통 감을 잡을 수가 없는 인간이었다.

정신이 나간 것처럼 보이기도 하고.

"더 이상 살려 둘 가치도 없겠어."

불길한 한마디와 함께 오델론이 내게 겨눴던 칼을 거둬 갔다. 그러고는 펠루스를 향해 다가가기 시작했다.

"그러니 이만 죽어 줘."

말을 마친 오델론의 칼이 펠루스에게로 향했다. 그는 간단한 방어 마법으로 그것을 튕겨 냈다.

"왜? 칼을 뽑을 힘도 없나 보지?"

그리 말한 오델론이 이젠 마구잡이로 칼을 휘두르기 시작했다.

평소 같았으면, 상대조차 되지 않았겠지만, 지금의 펠루스는 큰 내상을 입은 상태였다.

'안 되겠다.'

더는 구경만 할 수 없었다. 그렇게 판단한 나는 밧줄을 풀고, 품에서 단도를 꺼냈다.

펠루스가 준 루비가 박힌 단도. 분명 그의 마력을 담은 검이라고 했다.

나는 예전에 펠루스가 그랬던 것처럼 단도의 날 부분을 세게 쥐었다.

차가운 칼날이 살갗을 파고들며 피가 흘렀으나 아랑곳하지 않았다.

'제발 날 도와줘.'

간절한 마음을 담아 빌자, 단도에서 빛이 쏟아졌다.

"윽! 이게 뭐야?"

오델론을 향해 쏟아진 빛은 얼마간 허공을 가득 채웠다.

그리고 다시 눈을 떴을 때, 우리는 단도와 함께 밖에 나와 있었다. 아무래도 아까 갇혀 있던 창고 주변에 있는 마을인 듯했다.

"전하?"

혹시나 하는 마음에 주위를 둘러보니 다행스럽게도 순간 이동을 한 건 나와 펠루스뿐인 것 같았다.

"순간 이동이 가능하다니, 이 단도 엄청 유용하네요?"

"당연하지, 누구의 마력이 들어간 검인데."

"……."

나는 잠깐 할 말을 잃은 채 멍한 얼굴로 그를 응시했다.

방금 전까지 피를 토해 내기 바쁘더니 이런 농담을 할 기운은 있는 모양이다.

"그래서 이제 어떻게 해요?"

"뭐가."

"여기 계속 이러고 있을 순 없잖아요. 자정까지 버텨야 하는데."

집이든, 어디든 숨어야 하지 않겠느냐는 소리였다.

"일단 걸으실 수는 있어요? 힘드시면 제가 부축이라도 해 드릴까요?"

그는 미간을 찌푸린 채로 손을 내저었다.

"됐어."

"하지만……."

여기서 순순히 알았다며 넘어가기엔 펠루스의 안색이 지나치게 창백했다.

더불어 그의 손 역시 얼음장처럼 차가웠다. 몸 상태가 여러 가지로 말이 아니란 의미다.

그러게 대체 왜 독이 든 차를 들이켜선.

애써 잊고 있던 원망의 감정이 고개를 들었다. 그것을 겨우 억누른 채로 나는 입을 열었다.

"그럼 손을 잡는 것 정도는 괜찮죠?"

당당한 내 말에 펠루스는 고민하는 기색이었다.

아마 내가 그를 부축하고 싶다는 의사를 재차 내비쳤다면 그는 주저 없이 그것을 거절했을 것이다.

"저희 사귀는 사이잖아요. 이런 것도 안 되나요?"

"……."

하지만 이런 식의 접근이라면 펠루스 역시 거절하기 애매할 것이다.

그리고 예상은 적중했다.

"…마음대로 해."

꼭 내가 엄청나게 졸라서 겨우 기회를 따낸 것 같은 반응이었다. 그 사실이 마음에 걸렸지만 지금은 비상사태니까.

나는 넙죽 펠루스의 손을 잡았다. 그러고는 빠르게 걷기 시작했다.

탕! 탕탕!

우리가 걸음을 뗀 지 얼마 되지 않아 미친 듯이 총을 쏴 대는 소리가 들려왔다.

우리의 위치를 알고 쏘는 것이 아니라 마구잡이로 쏴 대고 있는 것이다.

평소 같았으면 총알 정도야 마법으로 막아 낼 수 있었겠지만, 지금의 펠루스에겐 무리일 것 같았다.

'어쩌지?'

여기로 잡혀 오는 과정에서 본 바로는 지금 우리가 있는 마을은 그다지 넓지 않았다.

당연히 잡히는 건 시간문제다.

그나마 다행인 건 빈 마을이긴 해도 사람들이 버리고 간 집이 여러 채 늘어서 있어서 숨을 곳은 꽤 있다는 사실이다.

'당장 달리는 건 무리겠지?'

어디로 숨든 말든 하려면 일단 지금처럼 빠르게 걷는 정도가 아니라, 뛰어야 할 것 같은데.

"꽉 잡아."

"네? 대체 뭘……."

내 말은 이어지지 못했다. 순식간에 시야가 높아지고, 빠르게 내디디던 걸음이 가벼워졌다.

몸이 붕 떠올랐다. 비유가 아니라 정말 허공에 떠 있는 상태였다. 펠루스가 나를 안아 들고 달리기 시작한 것이다.

"…지금 뭐 하세요?"

나는 황당하단 얼굴을 했다.

마음 같아서는 당장 내려 달라며 몸부림이라도 치고 싶었으나, 그랬다가 괜히 펠루스의 상처를 건드리는 건 아닐까 싶어서 이러지도 저러지도 못했다.

"빨리 내려 주세요. 이건 너무 비효율적인 것 같아요!"

"내가 보기엔 이쪽이 더 효율적인 것 같은데. 아까보다 훨씬 빠르게 이동하고 있잖아."

부정할 수 없는 사실이었다.

아까는 빠르게 걷는 수준이었다면, 지금은 빠르게 달리고 있었으니까.

"아니, 아무리 그래도 그렇지. 폐하께서는 환자시잖아요. 근데 이렇게 무리를 하시는 건 좀 아닌 것 같아요."

물론 펠루스는 내 말을 들어 먹지 않았다. 가볍게 못 들은 척 흘려버렸다.

이 인간이?

상처가 덧나든, 말든 일단 뛰어내리고 생각해?

진지하게 고민했다. 그리고 내 고민을 알아챈 듯 때마침 펠루스가 말했다.

"확실히 좀 힘들긴 하군."

이젠 언뜻 들려오던 총소리가 완전히 멈췄다. 단순히 들려오지 않는 게 아니라 발포를 멈춘 것이리라.

그래서 우리도 이렇게 시답지 않은 이야기를 하며 여유로울 수 있었다.

"많이 힘드세요?"

"괜……. 아니, 괜찮지 않아."

미간을 살짝 찌푸린 펠루스의 대답에 심장이 내려앉는 기분이었다. 설마, 정말 상처가 심해진 건 아니겠지?
"혹시 어디 안 좋으세요? 내장이 타들어 가는 것 같다거나?"
"그런 건 아니야. 다만……."
"다만?"
"영애가 너무 무거워."
"……."
"영애가 너무, 매우 무거워."
"……."
두 번이나 비슷한 말을 반복하는 모습에 나는 싸늘하게 식은 눈을 했다.
이런 상황에서도 입을 함부로 놀리다니. 너, 아직 살 만하구나?
"아니, 제가 안아 달라고 애원한 것도 아니잖아요! 그렇게 무거우면 내려 주세요!"
"그건 곤란해. 영애의 느린 걸음은 지금과 같은 상황에서 도움이 되지 않을 테니까."
"그건……."
뼈가 아플 정도로 맞는 말이라 반박할 수가 없었다.
하지만 그렇다고 해서 이대로 계속 달리기만 할 수는 없었다.
"일단, 저 집에 들어가는 건 어떨까요?"
나는 언덕 뒤쪽에 있는 집을 가리켰다.
주변에는 그 집과 비슷한 모양의 집이 다섯 채나 있었다.
나조차도 방금 내가 가리킨 집이 어느 곳인지 헷갈릴 정도였다. 그만큼 혼란스러운 위치였다.

게다가 주변이 여러 채의 집으로 둘러싸인 덕에 여차하면 다른 집으로 숨어들기도 좋았다.

 잠시 고민하던 펠루스는 결국 집 안으로 들어갔다.

 그 역시 마냥 밖을 활보하고 돌아다니는 것보단 이쪽이 안전하다고 판단한 모양이다.

 당연한 소리지만 집 안은 어두컴컴했고, 당장이라도 귀신이 튀어나올 것처럼 스산했다.

 하지만 누군가와 함께 있기 때문인지 생각보다 무섭지는 않았다.

 "이렇게 된 김에 묻고 싶은 게 있어."

 펠루스가 대뜸 입을 열었다. 어둠에 반쯤 잠긴 상황에서 언뜻 보이는 그의 얼굴은 여전히 창백했다.

 어서 의원에게 보여야 할 것 같은데.

 "왜 내가 준 단도를 그렇게 사용한 거지?"

 여러 가지 좋지 않은 생각이 머릿속을 맴돈 탓에 나는 펠루스가 던진 질문을 한 박자 늦게 이해했다.

 "아까 단도를 이용해 창고 밖으로 이동한 걸 말씀하시는 건가요?"

 "그래."

 그가 담담히 긍정했다. 씁쓸함이 느껴지는 얼굴이었다.

 나는 차분하게 진실을 입에 담았다.

 "전에 폐하께서 분명 단도를 몸에서 떼어 놓지 말라고 하셨잖아요. 그래서 그게 혹시나 단도에 신체 일부를 가까이 하면 어떤 효과가 발동하는 건가 싶었죠."

 단순한 이유였다.

단도가 어떤 방식으로든 나를 도와줬으면 좋겠다는 생각에 되는 대로 행동한 것이다.

날 부분을 맨손으로 잡은 건, 슬로레인에 있을 때, 단도가 펠루스를 불러와 줬던 것이 떠올랐기 때문이다.

이번에도 우리를 도와줄 누군가를 불러 주지 않을까 싶었다.

예상과 달리 우리를 순간 이동시켜 줬지만, 일단 그곳에서 탈출한 셈이니 나쁘지 않은 결과였다.

'근데 그럼, 단도는 정확하게 무슨 능력을 가진 거지?'

그런 내 의문을 읽기라도 한 듯 펠루스가 입을 열었다.

"단도에 걸린 보호 마법은 목걸이처럼 무조건 대상을 보호하는 게 아니야. 사용하는 사람의 소망을 읽어 내고 가장 가까운 방향으로 실현하지."

"사용자의 마음을 읽어 낸다는 의미군요?"

"그래. 하지만 단도의 마법으로 움직일 수 있는 사람의 수는 많지 않아. 기껏해야 둘 정도지."

"그렇군요."

그런 거라면 지금의 상황이 이해가 됐다.

누군가를 불러서 상황을 정리하려면 꽤 많은 인원을 불러와야 할 테니까, 차라리 우리 둘을 탈출시켜 준 거겠지.

"저도 여쭤보고 싶은 게 있어요."

이 정도면 단도에 대한 이야기는 충분히 했다. 그러니 이젠 다른 이야기를 할 차례였다.

"뭔데?"

"대체 왜 아까 오델론이 준 차를 드신 거죠? 함정이라는 걸 뻔히 알고 계셨잖아요."

몰랐을 리가 없다. 그리고 몰랐다고 해도 그 상황에선 내게 차를 넘겼어야 했다.

지금의 상황만 봐도 답을 알 수 있지 않나.

만약 내가 독을 삼켰더라면, 물론 그게 나한테 통하는 독이라는 가정하에. 아무튼 독에 당한 상태인 나 정도는 펠루스가 어떻게든 데리고 다닐 수 있다.

아니, 애초에 오델론을 피해서 이런 식으로 도망치지 않아도 된다.

정면 승부도 해볼 만할 테니까.

하지만 반대의 상황인 지금은, 여러 가지로 우리에게 불리했다.

"혹시 전하께서는 제 말을 믿지 않으신 건가요? 제가 거짓말을 하고 있다고 생각해서, 그래서 그렇게……."

"그런 게 아니야."

계속 말이 없던 펠루스가 내 말을 단칼에 끊어 먹었다. 그는 잠시 복잡한 눈빛으로 나를 응시하다가 덧붙였다.

"그 차에 들어 있는 독은 하나가 아니었어. 내게 통하는 독과 영애에게 통하는 독. 총 두 종류였다고."

상당히 의외의 사실이었다. 오델론이 굳이 두 종류의 독을 준비했다고?

"하지만 그렇다고 해도 제 목숨을 앗아 갈 정도로 효과가 강한 독은 아니었을 거예요."

만약 그랬다가 실수로 내가 목숨을 잃는다면 오델론의 계획엔 변수가 생긴다.

어쩌면 모든 게 물거품이 되어 버릴지도 모른단 소리다.

"그걸 어떻게 장담하지?"

펠루스는 할 말이 많은 얼굴이었다. 하지만 그건 나 역시 마찬가지였다.

"그 남자는 자신이 공들여 세운 계획을 한 번에 무너트릴 정도로 바보가 아니에요."

오멜론은 바보가 아니다. 나를 죽이면 자신의 계획이 수포로 돌아갈 수도 있다.

게다가 나를 죽인다고 해서 당장 그에게 어떤 이익이 떨어지는 것도 아니다. 그런데 굳이 그런 위험한 짓을 할 리가.

"그자를 그렇게 잘 아나?"

그리 묻는 펠루스의 얼굴에는 불쾌한 기색이 가득했다. 그가 말을 이었다.

"그렇다면 그자가 굳이 차에 두 종류의 독을 탄 건 무슨 이유지?"

"그건, 아마 죽지 않을 정도의 독을 타서 제가 폐하께 짐이 되도록 하려는 의도가 아니었을까요?"

죽지는 않되, 펠루스의 발목을 잡을 정도로 말이다.

"그래, 그런 거라고 치자. 그럼 상황이 남자의 의도대로 흘러갈 확률은?"

"90퍼센트 이상 되지 않을까요?"

"그럼 영애가 아까 그 차를 마시고 죽을 확률이 10퍼센트나 된다는 의미로군."

"하지만 그건 희박한 확률이잖아요. 소수의 확률이고요."

나는 즉각 반박했다. 그러자 잠시 생각에 잠긴 얼굴을 하던 펠루스가 물었다.

"황궁 내에서 황족이 독살을 당할 확률이 얼마나 된다고 생각하지?"

순간 말문이 막혔다. 뒷말을 듣지 않아도 그가 무슨 말을 하려는 건지 알 것 같았다.

루딘 황태자의 이야기를 하려는 거겠지.

"확률 같은 건 아무 의미도 없어."

그게 펠루스가 나를 대신해서 차를 마신 이유였다.

미묘한 기분이 들었다. 처음에는 그저 펠루스가 나를 믿지 않는 건가 싶어 서운한 마음이 들었는데, 이런 이유가 있었다니.

"그렇다고 해도……."

다음부터는 그러지 말아 달라고 말하려고 했다.

콰광!

콰콰광!

하지만 그때 어마어마한 폭발음이 들려왔다. 아까 들려온 총성과는 비교조차 할 수 없을 만큼 거대한 소리였다.

뭐지? 대체 무슨 짓을 꾸미고 있기에 이런 소리가 들려오는 걸까.

∽

그들이 있는 마을은 그리 넓지 않았으나, 주변에 널린 집의 수가 제법 되었다.

물론 그마저도 마음먹고 뒤진다면 30분 안에 끝낼 수 있겠지만 오델론은 그런 식으로 시간을 낭비할 마음이 없었다.

"빨리 두 사람을 찾아야 할 텐데, 어쩔 생각이죠?"

"폭탄을 터트려서 집 몇 채를 날릴 거야."

흑의 신관의 물음에 오델론은 그리 답했다.

마을에 있는 집을 하나하나 뒤지며 시간을 낭비하는 것보단 그게 나았다.

정확하게 두 사람이 있는 집을 찾아내지 않아도 집 몇 채가 폭발하면 알아서 기어 나오겠지.

"그러다가 아를레인 영애가 폭발에 휘말려서 죽기라도 하면?"

"그럴 일이 없도록 창고와 가까운 집 위주로 터트릴 거야. 그래도 휘말린다면 별수 없고."

뭐가 됐든 아직 내기의 승리 조건을 충족하지 못한 그는 움직여야 했다.

신관들이 한 내기의 승리 조건. 미래를 바꾸느냐, 마느냐의 기준은 바로 황제인 펠루스의 생사였다.

흑의 신관의 말에 따르면 펠루스는 원래 진작 죽었어야 했다.

그러나 그는 아직 살아 있고, 그건 미래가 변했음을 의미한다.

즉, 오델론이 이기려면 오늘 자정이 되기 전까지 펠루스를 죽여야 했다.

그렇게 하지 못하면 내기에서 승리하는 건 에린과 그녀에게 건 백의 신관이다.

아마 에린 역시 그 사실을 알고 있을 것이다.

그래서 오델론은 더욱 필사적으로 움직일 수밖에 없었다.

집 몇 채를 폭발시키는 등의 과격한 방법을 써서라도 내기에서 이겨야 하니까.

가장 좋은 방법은 자정이 되기 전에 두 사람을 잡아서, 에린을 자살할 수 없도록 묶어 두고 펠루스를 죽이는 것이다.

쿠웅!

콰과과광!

벌써 다섯 채가 넘는 집을 날렸음에도 눈에 띄는 반응이 없었다.

오델론은 슬슬 그들이 있을 법한 위치의 집을 터트려야 하나 고민하며 에린에게 빼앗은 시계를 확인했다.

현재 시각은 10시 50분.

자정까지 앞으로 한 시간 십 분 남았다.

&

"아무래도 안 되겠어요."

오델론이 폭탄을 던지는 거리가 점점 좁혀지고 있었다. 이대로 가다간 결국 폭발에 휘말리고 말 것이다.

"안 돼."

아직 아무 말도 하지 않았는데, 펠루스가 막아섰다. 나는 그럴 필요 없다는 의미로 고개를 저어 보였다.

"걱정하지 마세요."

"혹시나 혼자 바깥에 나갈 생각이라면, 꿈도 꾸지 마."

"……."

아니, 그건 또 어떻게 알았대? 참, 귀신같기도 하지.

나는 작게 한숨을 내쉬며 입을 뗐다.

"여기서 이렇게 있다가 함께 죽을 수는 없잖아요."

"차라리 그 편이 나아."

"함께 죽는 쪽이 낫다고요?"

"아니. 적어도 함께 있으면 내가 영애를 지킬 수 있으니까."
"폐하께서 저를요?"
"……."
순간 펠루스의 표정이 굳어졌다. 그럴 의도는 아니었는데, 마지막에 이어진 내 물음이 그를 무시하는 것처럼 들린 모양이다.
나는 그것을 서둘러 수습했다.
"지금 폐하의 몸 상태로는 저 폭발을 완벽하게 막아 낼 수 없어요."
"아니. 막을 수 있어. 그러니까……."
"설령 막을 수 있다고 해도. 그만큼 몸에 무리가 가겠죠."
펠루스의 말을 깔끔하게 자른 내가 덧붙였다.
"그런 건 아까 들이켜신 독 차로 족해요."
나는 더 이상 펠루스가 나 때문에 위험을 무릅쓰지 않기를 바랐다.
그건 사적인 감정 때문이기도 하고, 냉정하게 상황을 판단한 결과이기도 했다.
"제가 이기기 위해서는, 아니. 우리가 이기기 위해서는 폐하께서 살아 계셔야 해요."
이번 내기에서 승리할 수 있는 조건. 그건 바로 펠루스의 생사다.
펠루스가 오늘 자정 이후까지 살아남으면 나의 승리. 반대의 경우는 오델론이 승리한다.
그건 두 신관이 어느 부분에 개입했는가를 보면 알 수 있는 사실이었다.
내가 내기에서 이길 것이다, 에 건 백의 신관은 내 예비 약혼자였던 레안을 죽였다.

그건 내가 레안이 아니라 펠루스와 엮이기를 바랐기 때문이다.

그리고 흑의 신관은 원작과 달리 아를레인 공작을 찾아가 딜을 했다.

오델론의 도망을 도와 달라고. 애초에 그는 공작의 도움이 없었더라도 무사히 제국을 빠져나갔을 것이다.

그럼에도 그녀가 그런 부탁을 한 건 펠루스와 아를레인 공작가의 사이를 갈라놓기 위함이었다.

결국 두 신관 모두 나와 펠루스를 엮이게 하거나, 혹은 갈라놓기 위해 움직였다.

그것을 깨달은 나는 금세 이번 내기의 승패를 가를 조건이 무엇인지 알아챘다.

༄

어느 정도 시간을 두고 폭발을 일으켰음에도 여전히 반응이 없다.

그것을 깨달은 오델론은 전보다 대담하게 움직이기 시작했다. 두 사람이 진짜 있을 법한 집들을 터트리기 시작한 것이다.

'이 정도로 움직임이 없는 것을 보면, 폭발에 휘말리더라도 살아남을 계책이 있는 거겠지.'

예를 들면 황제의 마력이 아직 남아서 보호 마법을 사용할 수 있다든가.

콰앙!

쿠쿠쿵!

콰과광!

전보다 빠르고 대담하게 폭탄을 터트리다 보니 주변이 온통 메케한 연기로 가득 찼다.

그리고 그 연기 속에서 익숙한 실루엣이 드러났다.

긴 머리를 땋아서 반 묶음을 한 여자. 에린이었다.

"혼자 온 거냐?"

폭탄을 들고 있던 손을 잠시 내린 채로 오델론이 물었다. 그녀는 어깨를 한 번 으쓱하며 말했다.

"글쎄?"

어디 한번 정답을 맞혀 보라는 듯 여유로운 태도였다. 아니, 아마 여유로운 척하려고 애쓰고 있는 거겠지.

"황제는 널 전면에 내세우고 홀로 살길을 도모한 모양이지?"

"그런 거 아니야."

"그런 게 아니면, 네가 지금 혼자 내 앞에 있을 리가 없지. 안 그래?"

"……."

에린은 침묵을 지켰다.

오델론의 대답을 인정해서라기보다는 적당히 말을 고르는 눈치였다.

"비겁한 새끼. 결국 네가 죽어도 상관없다는 거잖아."

그는 겉으로는 크게 흥분한 척 차분한 도발을 이어 갔다. 그러나 돌아오는 반응은 없었다.

에린은 물론이고, 펠루스 역시 조용했다.

이렇게까지 도발을 했는데, 돌아오는 반응이 없다면 답은 하나였다.

황제는 이곳에 없다.

적어도 방금 한 대화가 들리지 않는 정도의 거리에 있을 것이다.

아니면.

또 다른 가능성을 떠올린 오델론이 차고 있던 칼을 뽑았다. 그러고는 망설임 없이 에린에게 달려들었다.

챙!

칼이 맞부딪히는 소리가 요란했다. 숨어 있던 펠루스가 모습을 드러낸 탓이다.

"쥐새끼처럼 숨어 있다가 이제야 나온 건가? 비겁한 새끼."

오델론의 비난에도 그는 차분하게 검을 맞받아쳤다.

그만큼 여유가 있다는 의미는 아니었다. 오히려 여유가 없기에 침묵을 지키고 있는 것이다.

채앵! 챙!

"너, 내 검을 받아 내기도 바쁘구나?"

정곡을 찌르는 오델론의 물음에 펠루스의 단정한 미간이 구겨졌다. 마침내 그가 입을 열었다.

"너야말로 비겁하게 무기도 없는 사람을 기습해 놓고 말이 많군."

"네가 근처에 숨어 있을 것 같았거든."

"만약 그게 네 착각이라면 어쩔 셈이었지?"

"그럼 어쩔 수 없는 거지."

허. 옆에서 터져 나온 숨은 에린의 것이었다. 그녀는 기가 막힌단 얼굴로 오델론을 응시했다.

'저 새끼가 정말 날 죽이려고 했어?'

그 사실을 깨달은 에린은 곧바로 품에 있던 단도를 꺼내 오델론에게 던졌다.
 "하, 이따위 잔재주가 나한테 통할 것 같아?"
 하지만 그것을 눈치챈 오델론에 의해 단도는 튕겨져 나오고 말았다.
 "꺄아악!"
 그리고 튕겨져 나온 단도는 그대로 에린의 손바닥을 찢었다.
 "영애!"
 펠루스의 외침과 동시에 오델론이 에린을 향해 칼을 휘둘렀다. 그러나 그것은 그녀에게 닿지 못했다.
 오델론이 에린의 단도를 쳐 냈듯, 펠루스가 그의 칼을 쳐 낸 탓이다.
 날카로운 쇳소리와 함께 오델론의 검이 날아갔다. 동시에 그는 자신의 패배를 직감했다.
 펠루스가 이대로 제게 칼을 꽂아 돌이킬 수 없는 부상을 입힌다면 상황은 그대로 끝이다.
 그러나 그는 그렇게 하지 않았다. 일말의 망설임도 없이 오델론을 버리고 에린에게로 향했다.
 그녀를 보호하듯 제 뒤에 세우고 나서야 펠루스는 오델론을 돌아보았다.
 '멍청한 새끼.'
 오델론은 그런 그의 행동을 이해할 수 없었다. 예전의 펠루스라면 결코 하지 않았을 행동이다.
 누가 봐도 우선순위가 확실한 상황이었으니까.
 일단 오델론부터 찌르고, 에린을 보호하는 건 그다음이었어야 했다.

하지만 펠루스는 그리하지 않았다. 머리보다 몸이 먼저 움직인 것 같았다.

사랑을 하면 다들 저렇게 머저리가 되는 건가?

그런 생각을 하며 두 사람의 위대하신 사랑의 증거 중 하나일 시계를 확인했다.

현재 시각은 10시 59분.

자정까지 앞으로 한 시간 하고도 일 분이 남았다.

오델론이 천천히 걸음을 옮겼다. 그러고는 펠루스가 날려 버린 자신의 검을 회수했다.

승부는 났다.

୬

두 신관 역시 오델론과 같은 생각을 하고 있었다.

승부가 났다고.

더는 숨을 곳도 없고, 지지부진한 싸움도 더 이상 이어지지 못할 것이다.

펠루스의 몸은 진작 한계점을 넘어섰다. 아마 지금은 서 있는 게 고작이겠지.

그러니 이제 와 오델론을 피해 한 시간 넘게 도망을 다닐 수는 없을 것이다.

'이겼다.'

흑의 신관은 진심으로 그렇게 생각했다. 백의 신관 역시 자신의 말이 졌음을 직감했다.

아마 자정이 지나고 오델론이 흑의 신관을 지목하기 전에 에린을 죽이려 들지도 몰랐다.

　백의 신관은 내기에 적극적인 편은 아니었지만, 그렇다고 해서 인간이 자신에게 패배를 안겨 줬다는 사실을 참아 넘길 만큼 자비롭지도 않았다.

　째깍째깍.

　에린과 펠루스의 운명을 직감한 듯, 시계의 초침이 움직이는 소리가 들려왔다. 그 정도로 사방이 고요했다.

　누구도 입을 열지 않은 채 침묵을 지켰다. 들려오는 건 오직 오델론의 회중시계 소리뿐이었다.

　문득 어떤 의문이 머릿속을 스쳤다.

　'초침 소리가 들릴 정도라고?'

　그들이 든 시계는 초침이 움직이는 소리가 들릴 정도로 요란하지 않았다.

　모두가 침묵을 지키고 있긴 하지만, 그런 사실을 감안해도 지나치게 소리가 컸다.

　째깍째깍! 째깍.

　요란하게 움직이던 초침이 멈췄다. 시곗바늘이 가리킨 시각은 11시 정각이었다.

　"마음을 정했어요."

　침묵을 깬 것은 다름 아닌 에린이었다. 그녀는 미소를 띤 낯으로 입을 열었다.

　"저는 아무도 선택하지 않겠어요."

　차분한 에린의 말에 두 신관의 표정이 굳어졌다.

　저게 대체 지금 무슨 소릴 하는 거지?

　의문은 금세 풀렸다. 두 신관의 몸이 천천히, 아주 천천히 발끝부터 부서지듯 사라지기 시작한 것이다.

설마?

"그러니까 둘 다. 당장 이 세계에서 꺼져."

여전히 웃는 얼굴로 에린이 쐐기를 박았다. 그녀는 내기의 승자로서 마음을 정했다.

두 신관 중 누구도 이 세계에 남기지 않기로.

대체 왜? 그리고 어떻게?

그들은 이해할 수 없었다. 지금은 아직 자정이 되지 않았을 텐데?

"그 시계는 내 마력이 담긴 물건이지. 그런데 그걸 믿었나?"

펠루스가 입을 열었다. 그는 아무것도 하지 못한 채 사라져 가는 신관들을 향해 말했다.

"참으로 어리석군."

그는 그들을 비웃고 있었다.

§

처음부터 모두 거짓이었다. 시녀들이 에린이 사라졌다는 사실을 고했을 때.

'그럼, 영애가 마지막으로 모습을 보인 게 언제지?'
'시녀의 말로는 해가 지기 전에 뵌 게 마지막이었다고 합니다.'

전부 거짓이었다. 시종과 짜고 신관들에게 들으라는 듯 거짓을 말하게 했다.

'이 근처는 보통 몇 시쯤에 해가 지지?'

'요즘은 아마 5~6시쯤일 겁니다.'

'그럼 영애가 사라진 건 그즈음이나, 적게 잡아도 한 시간 전일 확률이 크겠군.'

실제로 에린이 방에서 나간 것은 8시쯤이었다.

하지만 신관들 앞에서는 그녀가 7시쯤 사라진 것처럼 말했다.

에린과도 미리 말을 맞췄다. 내기의 내용 때문에라도 오델론은 그녀의 시계를 앗아 갈 것이다.

자정까지 남은 시간을 확인해야 할 테니까. 그러니 그 전에 미리 시계를 한 시간 느리게 맞춰 두라고.

그렇게 하나둘 짜 둔 것들이 모여서 지금의 승리를 이뤄 냈다.

으드득. 분한 마음에 이를 갈던 흑의 신관이 오델론을 응시했다.

"저 계집을 죽여!"

내기가 끝나 버린 데다, 승자인 에린의 선택마저 끝난 탓에 두 신관은 더 이상 이 세계에 영향력을 행사할 수 없었다.

그러나 남의 손을 빌린다면 이야기가 다르다.

지금 오델론이 에린을 죽인다면, 그녀는 그것을 막아 낼 수 없으리라. 곁에 있는 펠루스 역시.

"네가 평생을 준비한 왕위를 잃게 만든 계집이야. 지금이라면 단번에 해치울 수 있어!"

잠시 뭔가를 고민하던 오델론은 결국 칼을 뽑았다. 그러고는 그것을 단숨에 날려 보냈다.

오델론이 던진 칼은 목표했던 바를 정확하게 꿰뚫었다. 허공에 붉은 피가 흩뿌려진다.

털썩-

강제로 무릎이 꿇리고 입에서 피가 나왔다.

"컥! 미, 미친 새끼!"

흑의 신관이 피를 토했다. 이미 대부분의 하반신이 사라지고 상반신만 남은 그녀의 목에는 오델론이 던진 칼이 꽂혀 있었다.

"너, 미쳤나?"

"이거 진짜 병신이네. 아직도 모르겠어?"

오델론은 이젠 정말 인간이나 다름없는, 아니. 인간보다 못한 상태가 된 흑의 신관에게서 자신의 칼을 뽑아냈다. 그러면서 덧붙였다.

"저거랑 나, 같은 편이야."

"…뭐?"

"거기에 황제 폐하까지. 전부."

소름 끼칠 정도로 깔끔한 대답에 흑의 신관의 시선이 찰나 형편없이 흔들렸다.

그것을 즐기듯 뜸을 들이던 오델론이 쐐기를 박았다.

"지금 이거 처음부터 다 짠 거라고."

오델론의 말에 흑의 신관은 물론이고, 백의 신관 역시 멍한 얼굴을 했다.

두 사람의 모습을 비웃던 오델론이 물었다.

"그럼 내가 대체 어떻게 저 계집을 보호 마법에서 끌어냈다고 생각한 거야?"

"그거야 필체를 이용한 마법으로……."

"필체를 이용한 마법? 웃기고 있네. 그런 걸 내가 어떻게 해?"

그대로 침묵이 이어졌다.

두 신관 모두 당연하다는 듯 그런 사실을 고려하지 않았다.

오델론에게는 에린을 밖으로 끌어낼 어떤 방법도 없었다는 사실을 알면서도.

그저, 펠루스가 어떤 천을 든 채 마력을 탐색하고 있는 모습만 보고 지레 짐작했다. 알아서 무슨 수를 썼겠거니 하고.

다만 그 수가 무엇일지까지는 생각하지 않았다. 멍청하게도. 그것이 두 신관이 이런 상황에 놓인 이유였다.

"그냥 저 계집이 순순히 나를 따라 방에서 나온 거야. 마치 나한테 강제로 납치당한 것처럼 꾸미고."

굳이 그렇게까지 했다고? 대체 왜?

오델론의 설명이 이어질수록 의문이 늘어 갔다.

"왜 그렇게까지 한 거지?"

"살아야 했으니까."

이번 대답은 에린에게서 돌아왔다. 그녀는 무표정한 얼굴로 두 신관을 응시하다가 곧 덧붙였다.

"내기의 승자가 되고, 그래서 당신들 중 하나를 선택한다고 해도. 결국은 죽는 거잖아."

애초에 내기의 승패 같은 건 신관들에게나 중요하지 에린과 오델론에게는 중요치 않았다.

내기에서 이기든, 지든 살아남은 신관은 최소 둘 중 한 명, 혹은 둘 모두를 죽였을 테니까.

"그러니까 이렇게 하기로 한 거야. 살고 싶어서. 살아남기 위해서."

그래서 동맹을 맺었다.

"그런 것도 모르고, 멍청하게 속았어?"

조롱하는 것이 분명한 말에도 돌아오는 대답은 없었다. 이젠 정말 끝이 다가온 탓이다.

신관들은 마지막 발악을 했다.

"후회하게 될 거야."

"너는 결국 우리의 내기에 휘말린 가짜일 뿐."

한 사람을 겨냥한 것이 분명한 비수를 꽂은 후 그대로 사라졌다. 다섯 중에 둘이 사라지고 셋만 남은 자리에는 침묵이 감돌았다.

그것을 깬 건 오델론이었다. 뒤이어 펠루스 역시 말을 얹었다.

"마지막 말이 저 모양이라니."

"추하군."

처음이자 마지막으로 오델론과 펠루스의 의견이 일치했다. 에린은 그 사실에 진심으로 놀란 얼굴을 했다.

"살다 보니 별일이 다 있네요."

비꼬는 것이 아니라 진심으로 그렇게 생각했다.

하지만 두 사람의 생각은 조금 다른 듯했다.

"괜찮은 건가?"

"괜찮아?"

"괜찮지 않을 이유가 없죠."

에린은 아무렇지 않은 얼굴을 했다.

정말 그 속까지 그렇다고 장담하기는 어려웠지만, 일단 겉으로는 그래 보였다.

"그보다 폐하께서는 상처부터 치료하셔야 하지 않을까요?"

화제를 돌리려는 건지 진심으로 그가 걱정되는 건지 모를 일이었다.

"어차피 저 정도로는 안 죽어."

오델론이 무심하게 대꾸했다. 그러자 에린은 미간을 찌푸린 채로 그를 응시했다.

"전부 너 때문이잖아! 그러게 왜 계획에도 없었던 독 차를 준비해서는!"

"내가 그렇게까지 했으니까 안 걸린 거지. 신관들이 아주 감쪽같이 속아 넘어간 거 못 봤어?"

"그래, 잘 끝났으니 됐어."

"…네?"

담담한 펠루스의 대답에 에린이 황당하단 얼굴을 했다. 그건 오델론 역시 마찬가지였다.

"…뭐 잘못 먹었어?"

"굳이 꼽자면 네가 준 차겠지."

"이래 봬도 독 차인데, 잘못 먹은 정도가 아니지 않나? 너 지금 그것 때문에 거의 죽어 가고 있……."

"누가?"

"……."

"대체 누가 죽어 가고 있다는 거지?"

"허."

오델론은 기가 막힌단 얼굴을 했고, 펠루스는 어느새 여유를 되찾은 기색이었다.

에린은 조용히 돌아가는 상황을 관망했다. 어떻게 된 거지?

"…참으로 괴물 같은 회복력이군."

"글쎄. 그것보단 네가 구한 독의 효과가 그리 치명적이지 않았던 거겠지."

"괴물 같은 새끼."

"네가 할 소리는 아니지."

펠루스의 눈에 조금 전과는 비교할 수도 없을 만큼 싸늘한 빛이 스쳤다.

"저기요? 일단, 슬슬 돌아가는 게 좋지 않을까요?"

그리고 그것은 에린의 한마디에 그대로 일단락되었다.

※

오델론은 홀로, 그리고 나와 펠루스는 함께 말을 타고 신전으로 이동하기 시작했다.

"타고 온 말도 많으면서 대체 왜 이래야 하는 거지?"

오델론이 투덜거렸다. 나와 펠루스가 함께 말을 타고 가는 꼴을 보기 싫다는 태도였다.

"어쩔 수 없잖아. 폐하께서 혼자 말을 타고 가다가 낙마라도 하시면 어떻게 해?"

"딱 보기에도 멀쩡해 보이는데 대체 뭘 걱정하는 거지?"

"나 아직 아파."

그때 대뜸 펠루스가 끼어들었다. 끼어들기만 한 것이 아니라, 뒤에서 은근슬쩍 내게 몸을 기대기까지 했다.

같은 말 위에 타고 있는 상태라, 안 그래도 가까운 거리가 더욱 좁혀졌다.

"정말이지, 죽을 것 같네."

그리 중얼거린 펠루스가 슬쩍 한 손으로 내 허리를 껴안았다.

물 흐르듯 자연스러운 스킨십에 나는 진심으로 감탄했다.

와, 얘 진짜. 이런 건 또 어디서 배웠대?

"…머리만큼이나 속도 새카만 새끼."

"자신의 마음도 똑바로 자각하지 못하는 머저리 새끼."

"뭐?"

"아무것도 아니야."

오델론이 짜증 섞인 목소리로 되묻자 펠루스가 자연스레 화제를 돌렸다.

그리고 놀랍게도 그 후로 오델론은 나름 침묵을 지켰다. 더 싸우거나 으르렁댈 줄 알았는데.

순간, 진심으로 펠루스가 존경스러워졌다.

"근데 넌 괜찮은 거야?"

한참 후에야 들려온 오델론의 물음에 나는 의아한 얼굴을 했다. 갑자기 뭔 소리지?

"신관들이 사라짐으로써 원래 세계로 돌아갈 단서가 사라진 거잖아. 원래의 영애에 대한 것도."

친절한 설명을 덧붙인 건 펠루스였다. 덕분에 질문의 의미를 이해한 나는 잠깐의 고민 끝에 입을 열었다.

펠루스의 말이 맞다. 이제는 정말 돌이킬 수 없게 되었다.

"어차피 전 못 돌아가요."

하지만 그건 원래도 마찬가지였다. 신관들이 사라지기 전에도 내가 원래 세계로 돌아갈 확률은 없었다.

두 신관들과 몇 번의 대화를 나눈 후에야 깨달았다.

그들은 단 한 번도 원래 세계에 대한 이야기로 나를 꼬시지 않았다.

내가 원래의 나에 대한 기억이 없어서일 수도 있겠지만, 내가 볼 땐 돌아갈 방법이 없어서 그런 것 같았다.
그리고 만약 방법이 있다고 해도 그들은 나를 돌려보내 주지 않았을 것이다.
"마지막에 두 신관이 굳이 그런 말을 뱉은 건 그냥 제가 절망하기를 바라서일 거예요."
그러니 뜻대로 해 줄 생각은 없다.
불행인지 다행인지 내게는 원래 세계의 나에 대한 기억이 없다. 그러니 부모님이나 친구들이 그립지도 않다.
나의 전부는 이곳에 있다.

⚜

신전에 들러서 상황을 수습한 후, 우리는 황궁으로 귀환했다.
즉위식이 끝나고, 축복을 받자마자 그 난리가 났으니 당연한 수순이었다.
이번 일에 대해 황실은 정식으로 신전에 항의했고, 신전은 뭔가 오해가 있었을 거라며 어떻게든 상황을 무마하려 했다.
게다가 신관들이 목숨을 잃었으니, 오히려 황실이 신전에 배상금을 주어야 하는 게 아니냐는 주장을 펼치기도 했다.
그 뻔뻔하기 짝이 없는 태도는 정말이지 어이없을 정도였다.
타국의 왕자에 두 신관까지 얽힌 문제니 간단히 끝날 리는 없다고 생각한 모양이다.
"황실에서 항의한 내용이 맞아. 신관들과 짜고 두 사람에게 해를 끼치려 한 것도 맞고."

하지만 오델론의 자백으로 인해 상황은 급변했다.

그는 기다렸다는 듯이 신전 쪽에 불리한 진술을 이어 갔다.

예를 들면 무기 반입을 철저하게 금하는 신전이 유독 자신에게는 관대했다는 사실이라든가, 하는 것들 말이다.

문제는 오델론이 한 말이 죄다 사실이었기에 아니라고 부정해 봤자 의미가 없었다.

신전 측에서 자신의 주장을 거짓으로 만들려는 기미가 보이면 오델론은 기다렸다는 듯 증거를 들이밀었다.

덕분에 상황은 의외로 순조롭게 풀렸다.

"그자의 속을 정말 모르겠군."

중얼거리듯 그리 말한 펠루스의 표정은 복잡해 보였다.

"걱정하지 마세요."

그가 무엇을 걱정하는지 알아챈 내가 말을 이었다.

"완전히 믿으시란 말은 못 하겠지만, 이제 와 다른 마음을 먹는다고 해도 빠져나갈 방법은 없으니까요."

이미 자신의 죄를 대부분 시인한 오델론이다.

그가 갑자기 말을 바꾼다고 해도 대부분의 증거가 나온 지금의 상황에선 별 의미가 없었다.

더불어 뒤늦게 밝혀진 사실 역시 오델론의 발목을 잡았다.

"게다가 슬로레인의 감옥에서 탈출할 때 자신의 형까지 죽이고 나온 사람이잖아요. 아마, 동정심을 갖는 사람도 거의 없을걸요?"

그는 슬로레인의 감옥에서 탈출하면서 형인 아르델을 죽였다고 했다.

아르델을 향한 오델론의 오랜 원한을 아는 내 입장에선 그리 놀랄 이야기는 아니었다.

"내가 걱정하는 건 그런 게 아니야."

"그럼요?"

"그자가 무슨 마음을 가졌는지 정말 모르는 건가?"

펠루스의 물음에 나는 잠깐 말없이 두 눈을 깜빡였다.

오델론이 무슨 마음을 가졌느냐고?

"둘은 살아남기 위해 동맹을 맺었다고 했지. 하지만 정말 그게 다인가?"

"…무슨 말씀이 하고 싶으신 거죠?"

"목숨을 부지하는 것이 중요하긴 하지. 그러나 그게 자신이 평생을 걸었던 반란을 포기하고 죄인이 될 정도냐는 말이야."

"……."

나는 침묵을 지켰다. 펠루스가 무슨 말을 하려는 건지 알 것 같았다.

"나한테는 그자의 속이 훤히 보이는데."

"잠깐, 잠깐만요."

나는 손을 들어 펠루스의 말을 막았다. 잠시 생각을 정리할 시간이 필요했다.

그리고 어느 정도 생각이 정리된 후 입을 열었다.

"일단, 제가 오델론을 어떻게 설득했는지부터 말씀드릴게요. 그게 맞는 순서인 것 같아요."

슬로레인에 가기 전, 나는 오델론과 함께 몇 번 같은 마차에 탔었다.

'근데 그거 알아? 신관들이 나한테 어떤 방식으로 개입했는지.'

그리고 그때, 그에게 어떤 사실을 알려 준 적이 있었다.
바로 레안의 죽음에 대해서.

"뜬금없이 그게 무슨 소리야?"
"일단 들어 보기나 해."
만약 내가 들려준 이야기를 듣고도 여전히 두 신관을 믿고, 내기에 관심을 두지 않는다면 어쩔 수 없는 일이다.
하지만 나는 오델론이 그렇게 나오지 않을 것이라고 확신했다.
그가 가장 중요하게 생각하는 건 스스로의 안위다.
그런데 두 신관이 우리의 목숨을 벌레만도 못하게 여긴다는 사실을 알면 어떻게 될까?

25장.
소설의 엔딩

모든 이야기가 끝났을 때 오델론은 시큰둥하게 물었다.

"그래서?"

하지만 진심으로 내 말에 흥미가 없었느냐고 묻는다면 그건 아닌 듯했다.

"모든 걸 다 이룬다고 해도 내기가 끝나기 무섭게 죽어 버리면 의미가 없잖아."

"그러니 함께 손을 잡자고?"

"그래."

내 대답을 마지막으로 얼마간의 침묵이 이어졌다. 오델론은 한참 동안 뭔가를 고민하는가 싶더니 이내 말했다.

"싫어."

"……."

덕분에 재차 침묵이 이어졌다. 나는 이해할 수 없다는 얼굴로 물었다.

"…싫다고?"

"그래."

"왜?"

"내가 너무 손해잖아."

맞는 말이었다.

그러나 겨우 이 정도로 물러날 생각이었다면, 애초에 이야기를 꺼내지도 않았다.

"대신, 한 가지 위험 부담을 줄여 줄게. 내 계획이 실패할 것 같으면, 넌 그대로 신관들에게 붙어. 어차피 네가 나와 같은 편인 건 최후의 최후까지 밝히지 않아도 되니까."

우리가 이길 가능성이 보이면 우리에게 붙고, 아니면 그대로 배신을 해도 좋단 소리였다.

내 말에 그는 아닌 척 흥미로운 눈을 했다.

자신의 안위를 가장 중요하게 여기는 오델론으로서는 제법 혹하는 조건이었을 것이다.

"그래도 아직은 좀. 애매하네."

"…너, 따로 원하는 게 있구나?"

"눈치는 빨라서 좋네."

넘어올 듯 말 듯 구는 행동에 슬슬 짜증이 나려고 했다.

그냥 오델론을 포기하는 편이 낫지 않나 싶은 생각도 들었다.

"아르델을 꼬셔 봐."

"아르델이라면, 슬로레인의 일 왕자?"

"그래, 내 형님을 꼬셔서 내가 일으킬 반란을 막아 내면 네 계획에 동참해 주지."

쉬운 듯 어려운 조건이었다. 타국 사람을 끔찍하게 경계하는 일 왕자를 설득하라니.

"일 왕자를 설득하는 게 중요한 거야? 아님, 반란을 막아 내는 게 중요한 거야?"

"둘 다 중요하지만, 일단은 후자가 더 중요하지."

후자라면, 적어도 전자보다는 승산이 있었다.

"좋아, 그렇게 할게."

사실 승산이 없다고 해도, 시도할 수밖에 없었다.

그렇게 새로운 내기가 성사됐다.

"뭐, 대충 그렇게 된 거예요."

이쯤이면 펠루스의 의문이 어느 정도 풀리지 않았을까 싶었다.

"조건을 충족하면 영애를 돕겠다고 약속했다?"

나는 바로 그거라는 의미를 담아 고개를 끄덕였다. 하지만 펠루스는 여전히 표정을 풀지 않았다.

"그런 거라면 더욱 이해가 안 가. 그 조건을 충족한다고 해도, 그자한테 이익이 될 게 없잖아."

"모든 사람이 이익만을 좇는 건 아니잖아요."

"그래, 나 역시 그렇게 생각해. 그러니까 조심하라는 거고."

의미심장한 말에 나는 잠시 두 눈을 깜빡였다. 그러고는 펠루스의 미간을 꾹 눌렀다.

"자꾸 이러고 계시면 주름 생겨요."

그 말에 복잡한 마음처럼 잔뜩 구겨진 미간이 조금 펴졌다. 더불어 피식 웃는 소리도 들려왔다.

"그자는 어떻게 될 것 같지?"

"아마, 슬로레인으로 돌려보내져서 평생을 감옥에서 살게 되지 않을까요?"

슬쩍 화제를 돌리려는 펠루스의 행동에 나 역시 동참했다.
"글쎄. 내 생각은 좀 다른데."
자국의 왕족이나, 귀족이 타국에 나가서 범죄를 저지르면 보통은 비싼 배상금을 치르고 죄인의 송환을 요청한다.
오델론도 일단은 왕족이니, 아마 그쪽에 해당하지 않을까 싶었는데 경우가 좀 다른 건가?
"사고를 치고 감옥에 갇힌 주제에 탈옥을 감행하고, 일 왕자까지 죽였으니, 굳이 배상금을 치르려고 할 것 같진 않아."
"아."
생각해 보니 그랬다.
오델론이 차기 왕위 계승자를 죽인 데다, 직전에 소동을 일으킨 적도 있으니. 아무래도 순순히 배상금을 물고 데려가진 않을 것이다.
왕위야 왕가의 피를 이어받은 방계의 귀족을 데려다가 앉혀도 되니까.
'그렇게 생각하니 좀 불쌍한 것 같기도 하고.'
결국 제국에도, 왕국에도 오델론이 있을 곳은 없다는 의미니까.
"오늘의 일정은 어떻게 되지?"
"아, 오늘은 아마. 점심 이후에 이번 문제에 관한 회의가 있고, 저녁 이후에는 회의에서 나온 서류들만 보시면 될 거예요."
갑작스러운 물음에 나는 머릿속에 있는 일정을 읊어 댔다.
"그래? 그렇군."
그리 중얼거린 펠루스는 뭔가 더 할 말이 있는 눈치였다.
"저한테 할 말이라도 있으세요?"

"그냥. 너무 그자한테 마음 주지 말라고."

"아."

"어쨌든 그자가 그렇게 된 건 본인의 선택이었으니까."

나를 달래기라도 하려는 투였기에 조금 면목이 없어졌다. 펠루스의 입장에서 오델론은 절대 곱게 볼 수 없는 사람일 테니까.

"걱정 마세요. 폐하께서 걱정하시는 일은 없을 거예요."

나는 진심으로 장담했다.

그가 걱정하는 것 중 어느 하나도 실현되지 않을 것이다.

✦

저녁을 먹고 난 후, 나는 도서관에서 빌려 온 자료를 반납하기 위해 복도를 걷고 있었다.

사실 나는 펠루스가 어떤 마음으로 오델론의 이야기를 꺼냈는지 알고 있었다.

자신의 형인 루딘을 죽인 오델론을 동정하지 말라는 의미도 없진 않겠지만, 그가 진짜 하고 싶은 말은 조금 다른 방향인 듯했다.

오델론이 내게 다른 마음을 품은 게 아니냐는 거겠지.

나 역시 펠루스와 같은 생각이었다.

오델론이 내게 어느 정도 호감을 가졌다고 확신한다.

그런 게 아니라면, 내 잔꾀에 순순히 넘어가 줬을 리가 없다.

또한 이런 식으로 모든 걸 포기한 채 간단히 자수하지도 않았겠지.

물론 오직 나를 향한 호감만으로 자수를 하진 않았을 것이다.

나는 그에게 몇 번 지나가듯 루딘 황태자의 이야기를 한 적이 있었고, 돌아오는 반응은 미미했다.

그러나 오델론이 정말 끝까지 아무렇지 않았다고는 못 한다.

원작 속에서는 잘 드러나지 않지만, 그의 마음에는 분명 루딘에 대한 미안함이 남아 있었다.

그런 거였다.

오델론이 나를 도운 건, 나에 대한 호감 때문이기도 하지만, 절반 정도는 루딘에 대한 마음 때문이었다.

"아를레인 영애?"

그때 누군가가 나를 불렀다.

고개를 들어 상대를 응시하니 익숙한 남자가 그곳에 있었다.

아처였다.

"이 시각에 여긴 어쩐 일이세요?"

"폐하를 뵙고 돌아가다가 마침 영애의 모습이 보여서요."

"제게 무슨 볼일이라도 있으신가요?"

"그냥, 고맙다는 말씀을 드리고 싶어서요."

대체 뭐가 고맙냐고 물을 정도로 눈치가 없진 않았다. 그저 잠시 말을 고르다가 입을 열었다.

"앞으로는 어쩌실 생각인가요?"

"우선 그 아이들을 후원할 생각입니다."

"후원이요?"

"네."

후원이라. 확실히 나이가 차서 쫓겨나듯 시설에서 나오는 것보단 그 편이 나을 것 같았다.

"훌륭하게 자라서 후작가의 가신으로 일하게 된다면 그것도 좋고. 아니더라도 하고 싶은 게 있다면 뭐든 하게 해 줄 생각입니다."

그리 말하는 아처의 두 눈은 고요하게 빛나고 있었다.

어린아이가 자신의 꿈을 말하듯 들떠 보이기까지 했다.

그것을 본 나는 마음 한구석이 아려 오는 것을 느꼈다. 그도 저런 얼굴을 할 줄 아는 사람이었구나 싶었다.

"그럼, 결혼은 하지 않으실 건가요?"

나는 무심코 질문을 던졌다. 그는 두 눈을 한 번 깜빡인 후 입을 열었다.

"언젠가는 하게 될지도 모르죠. 하지만 당장은 아닙니다. 어차피 저는 가문을 이어야 할 후계자도 아니니. 미혼이 흠은 아니죠."

"만약 마음이 맞는 상대가 나타난다면요?"

"별로 가능성이 높은 이야기는 아니군요."

아처는 단호하게 장담했다. 나는 빈말로라도 사람 일은 모르는 거라고 말해 줘야 하나 싶었다.

그러나 그럴 틈도 없이 그가 입을 열었다.

"자랑은 아니지만, 전 꽤 많은 여성분들을 만나 봤습니다. 그런데 이 사람이 아니면 안 되는 감정은 안 들더라고요."

"……."

"아무래도 리벨이 제 처음이자 마지막이었던 모양입니다."

말을 마친 아처는 웃고 있었다. 하지만 어쩐지 복잡해 보이는 미소였다.

분명 웃고 있는데 기뻐 보이기보단, 씁쓸하고 슬퍼 보였다.

"그럼, 저는 이만 가 보도록 하겠습니다. 시간이 늦었으니, 영애도 이만 돌아가시는 게 좋겠군요."

"네. 아처 님도 조심히 돌아가세요."

그렇게 인사를 끝낸 우리는 자연스레 갈라서듯 헤어졌다. 다시 홀로 남겨진 나는 빠르게 볼일을 마쳤다.

아닌 척 씁쓸한 마음을 내비쳤던 아처의 얼굴이 쉬이 잊히지 않았다.

나는 오델론을 이해한다.

그가 한 행동은 용서받을 수 없는 것이지만, 그도 어쩔 수 없는 사정이 있었으니까.

만약 루딘을 죽이고, 리벨에게 죄를 덮어씌우지 않았더라면 그는 지금까지 무사히 살아남지 못했을 것이다.

하지만 오델론을 이해하는 것과 용서하는 것은 전혀 다른 문제다.

나는 오델론을 이해할 수는 있어도 용서할 수는 없다. 용서는 나의 몫이 아니다.

용서는 오델론의 손에 루딘을 잃은 펠루스와 리벨을 잃은 아처의 몫이다.

∽

축축하고 습한 기운이 잔뜩 올라왔다.

지하 감옥 특유의 음산한 분위기 속에서 펠루스는 홀로 어두컴컴한 길을 걸었다.

그리고 그 끝에서 붉은 머리의 남자를 만났다.

오델론이 갇힌 곳은 귀족들을 가두는 곳으로, 감옥 특유의 분위기가 있긴 했지만 최소한의 시설은 갖춰진 상태였다.

그를 가둔 철창만 없다면, 평범한 여관이 아닌가 싶을 정도였다.

"친애하는 황제 폐하께서 이렇게 직접 행차하실 줄은 몰랐는데. 그것도 혼자 말이야."

웃음 섞인 오델론의 말에 펠루스는 잠시 침묵했다. 그러다가 물었다.

"나 하나로는 부족한가?"

오델론은 아처를 찾고 있었다. 하지만 아처는 그를 보러 오지 않았다.

두 눈으로 직접 보면 죽여 버리고 싶을 것 같다는 이유였다.

아직 처우가 제대로 결정 나지 않은 오델론을 그렇게 만들 수는 없으니 가지 않겠다고 했다.

아처는 자신이 사고를 칠 거란 사실 자체가 두려운 게 아니라, 자신이 후원하는 아이들에게 그 사실이 알려질까 봐 두려운 듯했다.

"그 계집이 그러더군. 사과를 하라고."

에린이 아처에게 사과를 하라고 했다고?

"할 생각이었나?"

"그럴 리가. 그냥 얼굴 정도는 봐야 하지 않을까 싶어서."

"그냥 얼굴만 마주한 채 평화롭게 끝날 수는 없을 텐데?"

"나도 알아."

그렇다는 건 아처에게 죽기 직전까지 맞아도 상관없다는, 어쩌면 오히려 그걸 기다리고 있다는 의미일 수도 있었다.

"그것이 네 속죄인가?"

오델론은 대답하지 않았다.

펠루스 역시 대답을 바라고 한 질문은 아니었기에 금세 다른 질문을 던졌다.

"그래서 지금 족한가?"

"글쎄."

모호한 대답이다. 하지만 펠루스는 굳이 그 점을 지적하지 않았다.

그저 얼마간 오델론을 응시하다가 몸을 돌려 감옥을 나섰다.

오델론 역시 나서서 펠루스를 붙잡지 않았다.

그것이 두 사람의 끝이었다.

펠루스가 오늘 여기에 온 건 마지막으로 모든 것을 정리하기 위함이었다.

그는 한때, 모두가 함께였던 순간을 기억한다.

루딘과 리벨이 살아 있고, 오델론과 펠루스의 사이가 그리 나쁘지 않았던 때를.

결코 돌이킬 수 없는 순간을.

기억을 되살릴 때마다, 모든 순간이 미련과 후회로 남았던 그 시간을.

마침내 전부 추억 속으로 던져 넣기 위해 펠루스는 지금 이곳에 있다.

모두 끝났다.

오랜 세월 동안 갖고 있던 모든 것을 털어 냈다. 홀가분하기도 하고, 허무하기도 했다.

동시에 에린이 보고 싶었다.

그동안 차곡차곡 쌓아 온 해묵은 감정을 털어 냈으니, 이젠 새로운 마음을 채워 가고 싶어졌다.

그래서 그는 곧장 그것을 실천하기로 했다.

"그게……."

하지만 펠루스의 바람은 바로 이뤄지지 못했다.

최근 그가 에린의 전속 시녀로 고용한 데이지가 난처하단 얼굴로 입을 뗐다.

"아가씨를 찾아온 손님이 계셔서 지금 함께 응접실에 계세요."

"손님?"

이 시간에?

아처와 헤어지고 집무실로 돌아오기 무섭게 데이지가 나를 찾았다.

"아가씨! 손님이 오셨어요!"

그녀는 어쩐지 잔뜩 들뜬 기색이었다. 반면 나는 마냥 의아하기만 했다.

"손님?"

대체 누구지?

속으로 나를 찾아올 만한 사람들의 명단을 하나하나 꼽아 보다가 관두고 손님이 기다리고 있다는 응접실로 향했다.

문을 열기 무섭게 낯익은 얼굴들이 보였다.

"오랜만이구나."

"누님!"

"아."

손님이라는 게 아를레인 공작과 카엘이었구나.

상당히 갑작스러운 방문이었기에 나는 잠시 두 눈을 어색하게 굴리다가 인사를 건넸다.

"안녕하세요. 오랜만에 뵙는 것 같네요."

특별히 의도한 건 아니지만, 제법 딱딱한 인사였다. 하지만 별

수 없었다.

이제 와 원래의 에린처럼 행동한답시고, 두 사람에게 친근하게 굴 수는 없으니까.

그들 역시 그 사실을 깨달았는지 뒤늦게 어정쩡한 태도를 보였다.

결국 몇 마디의 형식적인 인사가 오가고 나는 자리에 앉았다.

두 사람은 내 맞은편에 앉은 채로 말없이 차만 마셔 댔다.

아, 숨 막혀.

정말이지 미칠 것 같았다.

무슨 용건 때문에 온 건지 모르겠지만, 이런 식으로 마냥 시간을 흘려보내고 싶진 않았다.

결국 나는 먼저 입을 열었다.

"근데 무슨 일로 오신 거죠?"

용건만 간단히 하고 썩 꺼지라는 말처럼 들릴까 봐 일부러 어조를 둥글게 하려 애썼다.

그러나 두 사람의 표정이 썩 좋지 못한 걸 보니, 아무래도 장렬히 실패한 것 같았다.

망할.

"큰일을 겪으셨다고 들었는데, 몸은 좀 어떠십니까?"

"보다시피 큰 이상은 없어. 폐하께서 구해 주셨거든."

카엘의 물음에 나는 담담한 어조로 진실을 말해 주었다. 그러자 카엘도 공작도 눈에 띄게 안도한 얼굴을 했다.

뭐지? 설마, 내가 걱정돼서 온 건가?

"우리가 대체 왜 널 찾아왔는지 궁금하겠지?"

공작은 그런 내 속을 정확하게 짚어 냈다. 나는 순순히 고개를 끄덕였다.

"네. 궁금해요. 갑자기 왜 이러시는 건지."
"이기적인 말일지도 모르겠지만, 나는 널 완전히 잃고 싶지 않아."
"…네?"

놀라움과 당혹스러움으로 인해 두 눈이 자동으로 커졌다.

전혀 예상치 못한 이야기였기에 무슨 대답을 해야 할지 알 수 없었다.

내가 어물쩍거리는 사이 공작이 말을 이었다.

"비록 네가 진짜 내 딸이 아니고, 나 역시 진짜 네 아빠가 아니지만. 그래도 역시 이대로 끝내는 건 아닌 것 같다는 생각이 들었단다."

"…그건, 제가 지금 에린의 모습을 하고 있기 때문인가요?"

아니면 혹시, 내게도 정이 들었다는 의미인 건가?

뒷말은 미처 입 밖으로 내지 못했다. 하지만 공작은 들려오지 않은 뒷말을 짐작한 듯 잠시 고민에 빠진 얼굴이었다. 그러다가 불시에 말했다.

"어느 한쪽만 해당된다고 하기는 애매하구나."

둘 다라는 의미였다. 덕분에 나는 무심코 홀로 안도했다.

"물론 네가 원하지 않는다면, 최근에 그랬던 것처럼 끝까지 남처럼 지낼 수도 있어. 혹은, 예전에 그래 왔던 것처럼 너를 진짜 에린으로 대해 줄 수도 있고."

공작의 제안은, 특히 후자는 매우 파격적인 것이었다.

가짜인 나를 진짜와 똑같이 취급해 주겠다니.

카엘 역시 나만큼 놀랐는지 두 눈을 크게 뜬 채 자신의 부친을 응시했다.

"그건 싫어요."

그리고 나는 그것을 거절했다. 이유가 어떠하든 그런 건 싫었다.

에린의 몸으로 살고 있다고는 해도 나는 나. 에린이지만, 에린이 아닌 나로서 인정받기를 원한다.

"그래. 그럴 것 같아서 이런 이야기를 하는 거야. 나 역시, 거짓된 관계를 이어 가고 싶지는 않으니까."

그는 순순히 물러났다. 아무래도 내가 후자의 제안을 받아들이지 않으리란 사실을 처음부터 짐작한 모양이다.

거짓된 관계를 강요할 생각은 애초에 없었던 것이다.

하지만 문제가 하나 더 있었고, 나는 그것을 지적하기 위해 입을 열었다.

"한 가지 여쭤보고 싶은 게 있어요."

"그게 뭐지?"

"사람의 관계라는 게 이런 식으로 딱딱 어떻게 하자, 라고 정한다고 해서 정말 그렇게 되는 건 아니잖아요."

나와 펠루스만 해도 그렇다. 이런 사이가 될 줄 누가 알았느냐는 말이다.

"만약 관계를 유지하기로 했는데, 뜻대로 되지 않으면 그땐 어쩌실 거죠?"

거짓된 관계로 나는 에린인 척, 공작은 나를 딸처럼, 카엘은 나를 누나처럼 생각하고 움직이는 것과 달리 진실된 관계에서는 우리 셋을 하나로 엮어 줄 끈이 없다.

어느 순간 끊어지고, 사라질 가능성이 큰 관계라는 소리다.

"억지로 강요할 생각은 없다. 안 되는 걸 되게 하려고 할 생각도 없어."

공작 역시 그 사실을 잘 알고 있다는 듯 말했다.

실질적으로 해결된 건 아무것도 없지만, 그런 대답을 들은 것만으로도 조금 안심이 됐다.

잠깐의 고민 끝에 결국 나는 고개를 끄덕였다.

"좋아요. 저도 일단 노력은 해 볼게요."

공작과 카엘이 돌아간 후에도 나는 얼마간 응접실에 남아 있었다.

정말이지, 지금의 상황이 마냥 꿈만 같았다.

두 사람이 기별도 없이 나를 찾아온 것만 해도 놀라운 일인데, 먼저 내게 손을 내밀기까지 하다니.

정말이지 예측할 수 없는 일투성이였다.

동시에 새삼 원작이 끝났다는 사실이 실감 났다. 이젠 정말 한 치 앞도 알 수 없다.

'내가 진짜 어떻게든 끝을 보긴 했구나.'

기분이 조금 이상했다.

홀가분하기도 하고, 씁쓸한 것 같기도 하고. 약간 후회가 되는 부분도 있고.

그리고 펠루스가 보고 싶었다.

'보러 갈까?'

시간이 조금 늦긴 했지만, 벌써 자고 있을 것 같진 않은데.

'만약 자고 있으면, 자는 얼굴이라도 살짝 보고 와야지.'

그렇게 사심 가득한 마음으로 응접실을 나왔다.

"헉! 뭐야, 왜 여기 계세요?"

그리고 곧장 응접실 앞에 있던 펠루스와 마주쳤다. 세상에나, 간 떨어지는 줄 알았네.

"귀신이라도 본 얼굴이군."

펠루스의 미간이 살짝 구겨졌다.

불쾌해서 그런 것은 아니고, 조금 어이가 없어서 그런 듯했다.

"그냥, 폐하께 갈까 했는데, 이렇게 문을 열자마자 계셔서 놀랐어요."

"나한테 오려고 했다고?"

"네. 그런데 이렇게 바로 뵙게 되니까 좋네요."

나는 헤실 웃으며 펠루스를 응시했다. 그는 조금 어색하게 내 눈을 피하다가 말했다.

"…나도."

"네?"

"나도 좋다고."

"세상에, 그런 말도 할 줄 아셨어요?"

"비꼬지 마."

"비꼬는 거 아니고 놀리는 건데요?"

"……."

펠루스의 미간이 재차 구겨졌다. 나는 여전히 웃는 낯으로 말했다.

"여기 계속 이러고 서 있기는 좀 그러니까, 장소를 옮길까요?"

"그게 좋겠군."

그 역시 내 말에 동의하는 얼굴이었다. 그가 내 손을 잡아끌었. 생각해 둔 곳이 있는 모양이다.

그렇게 펠루스와 함께 이동한 곳은 수국의 정원이었다.

그의 존재를 상징하는 곳이었고, 사계절 내내 아름다운 수국을 볼 수 있는 곳이지만.

"의외네요."

나는 솔직한 감상을 내뱉었다. 펠루스가 나를 이곳으로 데려오리라곤 전혀 예상치 못했다.

좋은 의미와 다르게 안 좋은 기억이 있는 장소니까.

"새로운 시작을 해야 할 때니까, 과거는 전부 과거로 남겨 두려고."

내게는 그 대답이 죽은 황후의 그늘에서 벗어나고 말겠다는 다짐처럼 들렸다.

어떤 계기로 그런 결심을 하게 된 건지는 모르겠지만, 나는 그런 그의 선택을 진심으로 응원했다.

"근데 아까는 왜 나를 보러 오려고 한 거지?"

자연스레 화제가 바뀌었다. 나는 그 사실을 모르는 척 넘어가 주기로 했다.

"저를 찾아오신 손님 때문에요."

"아를레인 공작과 공자 말인가?"

"맞아요. 나쁜 일이 있었던 건 아니지만, 괜히 기분이 미묘해져서요."

내 입장에서 보면 딱히 나쁜 제안은 아니었다.

최근에 그랬던 것처럼 완전히 끊어진 관계가 아니라, 이어 붙이려면 그럴 수 있고, 아니라면 그때 가서 끊어 버려도 되는 관계가 된 거니까.

"내가 도와줄까?"

"네? 폐하께서요?"

뜬금없는 제안에 나는 의아한 얼굴을 했다.

아니, 우리가 무슨 이야기를 나눴는지도 모르면서 뭘 도와주겠다는 건데?

"공작이나 공자가 마음에 차지 않는 행동을 하면 즉시 내게 말해."

"…저더러 고자질을 하라는 건가요?"

"고자질이 아니지. 그냥 나와 담소를 나누다가 한두 마디씩 흘린 이야기인데. 누가 뭘 어쩌겠어."

결국은 고자질을 하란 소리다. 어이가 없어서 피식 웃음이 났다.

"말씀만이라도 감사해요."

"말로만 이러는 거 아니야."

그는 단호한 얼굴로 내 손을 붙잡았다. 그러고는 말을 이었다.

"공작이 아니라 그 누구라도. 영애의 마음을 상하게 하는 사람이 있으면 말해."

"…설마, 죄다 죽이기라도 하시려고요?"

"그럴 리가. 다만 소소한 복수 정도는 해 줄 수 있겠지."

어쩐지 그가 말하는 소소함과 내가 생각하는 소소함에는 큰 차이가 있을 것 같았다.

'앞으로 입조심해야겠네.'

그리 생각한 나는 일단 알았다며 고개를 끄덕인 후 화제를 돌렸다.

"근데 폐하께서는 왜 제가 보고 싶으셨어요?"

그러자 그는 잠시 침묵을 지키다가 입을 열었다.

"나도 마음이 좀 복잡해져서. 영애한테 할 말도 있고."

"혹시, 오델론 때문인가요?"

"……"

펠루스는 침묵으로써 긍정했다.

그가 사용하는 화법에 익숙해진 나는 펠루스가 오델론에 대한 이야기를 더 이상 하고 싶지 않아 한다는 걸 깨달았다.

그래서 굳이 더 묻지 않은 채 화제를 살짝 옆으로 틀었다.

"그래서 절 보니 복잡한 마음은 좀 나아지셨나요?"

"아주 조금은."

애매한 대답이었다. 이왕이면 기분이 완전히 나아졌다고 대답할 것이지.

"영애한테 할 말이 있어."

"저한테요?"

"그래."

"뭔데요?"

나는 호기심 가득한 얼굴로 물었다.

그러고 보니 아까도 나한테 할 말이 있다고 했었지?

"나랑 결혼할래?"

"뭐, 그거야……. 네?"

갑작스러운 펠루스의 말에 나는 그대로 굳어졌다.

순간적으로 잘못 들은 게 아닌가 싶었지만, 진지한 그의 얼굴을 보니 그건 아닌 듯했다.

"원래는 영애가 먼저 결혼하자고 할 때까지 느긋하게 기다려 주려고 했는데. 아무래도 안 되겠어."

"……."

"나랑 결혼하자."

말을 이어 가는 펠루스의 얼굴에는 초조한 기색이 가득했다.

뭔가에 쫓기기라도 하는 것 같은 얼굴이었기에 나는 약간의 의심을 품었다.

"…혹시, 또 압박을 받으셨나요? 이젠 황제로 즉위하셨으니, 서둘러 결혼하셔야 한다고?"

충분히 가능성 있는 일이었다.

황제가 되기 전에도 펠루스를 들들 볶아 대던 인간들이니, 황제가 된 지금이야 더하면 더했지, 결코 덜하지는 않을 것이다.

"아니. 그냥 내가 못 기다리겠어."

"……."

"우리 결혼하자."

하지만 내 짐작은 보기 좋게 빗나갔다.

덕분에 얼굴이 조금 화끈거렸다.

아니, 진짜. 당신 원래 이런 사람 아니었잖아. 적응 안 되게 왜 이리 적극적이야?

물론 싫은 건 아니었다.

다만 쑥스러운 마음에 자꾸만 얼굴에 열이 올랐다.

"후, 아니. 정말 너무 적응이 안 되는데요?"

"뭐가?"

"아니, 평소랑 다르게 너무 적극적이시잖아요."

"그거야, 그만큼 영애와 결혼하고 싶으니까."

담담한 고백에 가슴이 덜컥 내려앉았다. 아, 진짜. 너 어디 학원이라도 다니니?

나는 울렁거리는 마음을 애써 가라앉힌 채 아무렇지 않은 척했다.

"이거, 너무 반칙인 것 같아요."

"그래서 싫어?"

"…아뇨."

하지만 애써 마음을 가라앉힌 보람도 없이 솔직하게 답하고 말았다.

펠루스가 피식 웃는 소리가 들려왔다.

"그거 지금, 승낙한 거지?"

나는 말없이 고개를 끄덕였다. 아니, 솔직히 이런 청혼을 어떻게 거절해?

그리 생각하며 습관적으로 손부채질을 하던 나는 슬쩍 펠루스의 손을 잡으며 물었다.

"저희 좀 걸을까요?"

"영애가 원한다면."

펠루스의 허락이 떨어지기 무섭게 우리는 정원에 난 길을 따라 걷기 시작했다.

눈을 돌리는 곳마다 수국이 잔뜩 피어 있다.

이곳은 원작 속에서 에린이 단 한 번도 가 본 적 없는 장소였다.

그리고 원래의 에린이라면 펠루스가 아니라 오델론의 손을 잡고 있어야 하겠지.

그 사실을 되새기니 재차 실감이 났다. 이제 정말 끝났다.

원작 소설도, 내기도 전부.

'아니, 이제 시작이지.'

원작이란 이름에 갇혀 있던 시기가 끝났을 뿐. 에린 세르틴 아클레인으로서의 인생은 이제 겨우 막이 올랐다.

겨우 출발 지점을 조금 지났을 뿐이다.

그러니 나와 펠루스는 늘 그래 왔듯, 지금처럼 남은 길을 함께 걸어가리라.

언제까지나.

외전 1.
첫날밤

나와 펠루스의 결혼식은 순조롭게 끝났다.

인생에 딱 한 번뿐인 결혼식이니 마냥 즐겁고 행복할 줄 알았는데, 피곤해 죽을 것 같았다.

머리부터 발끝까지 치장한 채로 하루 종일 사람들에게 시달렸으니 당연한 결과였다.

'게다가 결혼식을 준비한다고 몇 달간 고생했으니. 누적된 피로도 무시 못 하겠지.'

황실에 결혼 준비를 도와줄 사람이 없어서 그런지 더욱 힘든 일정이었다.

'그러네. 정말 아무도 없구나.'

펠루스에겐 부모님도, 형제도, 하다못해 친척도 없다. 말 그래도 혈혈단신인 것이다.

새삼, 그동안 그가 참 외로웠겠구나 싶어서 마음이 짠했다.

나라도 잘해 줘야지.

"아가……. 아, 이게 아니지. 황후 폐하."

나를 부르는 익숙한 목소리에 고개를 돌리자, 데이지가 나를 향해 웃고 있었다.

"이제 슬슬 방으로 가셔야 해요."

아, 시간이 벌써 그렇게 됐나? 하긴, 연회도 다 끝났고. 슬슬 잠자리에 들 시간이긴 했다.

"우선 옷부터 갈아입으시는 게 좋겠어요."

"응. 그렇게 해 줘."

대답을 마친 나는 데이지를 포함한 이들에게 몸을 맡겼다.

'아, 피곤해.'

그래서 그런지 자꾸 눈이 감겼다. 꾸벅꾸벅 졸다가 퍼뜩 고개를 들고, 다시 꾸벅꾸벅 졸기를 반복했다.

"아가씨, 많이 피곤하세요?"

데이지가 걱정스러운 얼굴로 묻자, 나는 고개를 저으며 아니라고 말했다.

나만 피곤한 것도 아닌데, 괜히 징징거리고 싶지 않았다.

결국 눈을 억지로 부릅뜬 채 버틴 결과 여러 과정을 거친 후 침실에 도달할 수 있었다.

'펠루스는 아직인가?'

혹시나 하는 마음에 침실 전체를 한 바퀴 돌아보았지만, 그는 보이지 않았다.

목욕을 해서 잠이 조금 깨긴 했지만, 여전히 피곤한데. 과연 펠루스가 오기 전까지 버틸 수 있을까 싶었다.

으음, 어쩌지?

그런데 그때 침대 옆에 있는 작은 테이블이 눈에 들어왔다.

그 위에는 오늘을 위해 준비된 것이 분명한 와인과 치즈, 얇게 자른 햄, 과일 등의 안주가 놓여 있었다.

'와인이라도 마실까?'

마침 안주도 있겠다. 혼자 홀짝여야 하는 건 좀 아쉽지만 나쁘지 않을 것 같았다.

별 망설임 없이 와인 마개를 딴 후 투명한 잔에 붉은색 액체를 채워 넣었다.

'향 좋네.'

와인에 대한 조예가 깊은 건 아니지만, 그런 내가 보기에도 상당히 고급 와인인 것 같았다.

뭐, 무려 황제와 황후의 첫날밤을 위해 준비한 와인이니 어련하겠느냐만.

나는 와인 잔을 가볍게 흔들어 잔 안에 든 액체가 찰랑거리는 모습을 구경했다.

그러고는 그것을 그대로 입가에 가져갔다.

부드럽고 달달한 와인이 목구멍으로 넘어가니 기분이 조금 들뜨는 것 같기도 했다.

역시, 비싼 게 최고네.

그렇게 중간중간 안주도 집어 먹으면서 한 잔, 두 잔 마시다 보니 순식간에 반병을 비웠다.

펠루스가 온 건 그즈음이었다.

"지금, 뭐 하는 거지?"

"아, 오셨어요?"

나는 웃으며 그를 맞았다. 그는 조금 어이가 없다는 얼굴로 나와 내가 먹던 와인을 응시했다.

"폐하께서 안 오시기에 혼자 마시고 있었어요. 한잔하실래요?"
"됐어."
푹 한숨을 내쉰 그는 내 손에 있던 잔을 빼앗아서 내려놓았다.
조금 아쉬운 마음이 들어서 계속 잔을 응시하자, 펠루스가 나를 번쩍 안아 들었다.
어, 하는 사이에 몸이 침대 위에 눕혀졌다.
설마, 시작인 건가 싶어서 어색하게 눈을 굴리는데, 따스한 천이 몸을 감쌌다.
"대체 이건 또 무슨 꼴이지?"
"네?"
펠루스가 침대에 있던 이불을 내게 덮어 준 것이다.
아니, 내가 뭘?
혹시, 혼자 와인을 홀짝이다가 취한 줄 알고 저러는 건가?
"저, 안 취했어요!"
반병을 비웠음에도 취하기는커녕 얼굴이 달아오르지도 않았다. 완전히 멀쩡했다.
하지만 당당한 내 대꾸에도 펠루스의 표정은 풀어질 줄을 몰랐다.
아니, 대체 뭐가 문제……. 아.
"혹시, 옷 때문에 그러세요?"
내가 그렇게 말하며 펠루스가 덮어 준 이불을 걷어 내자, 그는 당황한 얼굴로 재차 이불을 덮어 주었다.
"그, 그냥 그러고 있어."
'역시, 이게 문제였구나.'
지금의 나는 속이 은근히 비치는 슬립을 입고 가운 하나만 걸친 상태였다.

확실히 상태를 재차 확인하니 약간 민망하긴 했다.

하지만 곧 있으면 첫날밤도 치러야 할 텐데, 내 옷 때문에 이렇게 기겁을 하면 어쩌자는 거지?

게다가 내가 보기엔 펠루스의 상태 역시 나와 크게 다르지 않았다.

나는 안에 슬립이라도 입었지만, 그는 가운 하나만 걸친 상태였다.

또한 나와 마찬가지로 목욕 시중을 받은 후 바로 온 것인지 머리에 물기가 남아 있었다.

방금 샤워를 마치고, 가운만 입은 펠루스라.

어쩐지 묘한 기분이 들었다.

평소에 입던 제복은 좀 더 단정하고, 빈틈없는 느낌을 줬다면 이쪽은 조금 더 풀어진 느낌이었다.

덕분에 나는 문득 어떤 충동을 느끼고는, 내게 빼앗은 와인을 마시던 펠루스를 불렀다.

"저기요, 폐하."

"왜?"

"키스는 제가 먼저 할까요?"

푸흡! 펠루스가 마시고 있던 와인을 잔에 뱉어 냈다. 동시에 그의 목덜미가 순식간에 붉게 물들었다.

"무, 그게 무슨······."

"아니, 일단 저희가 첫날밤을 치르긴 해야 하잖아요. 근데 폐하께서는 딱히 그럴 생각이 없어 보이셔서요."

잠시 침묵이 흘렀다. 슬쩍 펠루스의 얼굴을 살피니, 그는 뭔가를 못마땅해하는 기색이었다.

설마, 첫날밤을 치르기 싫은 건가?

하지만 예상은 보란 듯이 빗나갔다.

"이제 부부가 됐는데, 언제까지 폐하라고 부를 거야?"

"어, 그 폐……."

"펠루스."

"…펠루스가 허락할 때까지?"

"이미 허락했어."

깔끔한 대답에 나는 얼떨결에 알았다며 고개를 끄덕였다.

그래, 뭐 본인이 이름으로 불러 달라는데.

"그럼, 이제 펠루스한테 키스해도 되나요?"

"…안 돼."

말을 마친 그가 뒤로 한 걸음 물러났다.

거리를 두려는 것이 분명한 태도였기에 나는 제법 당황했다.

"어, 왜요?"

"오늘은 안 할 거니까."

"왜 안 하는데요?"

"왜 안 하려는 것 같은데?"

그거야 나도 모르지.

게다가 졸려서 그런가? 머리가 평소보다 잘 안 돌아가는 느낌이었다.

으음, 왜지, 왜 안 하려는 거지?

거기까지 생각하던 나는 알았다는 듯 손뼉을 탁 쳤다. 그리고는 펠루스에게 이리 와 보라며 손짓했다.

"저, 알 것 같아요!"

"뭔데?"

귓속말이라도 할 기세인 나를 향해 펠루스가 가까이 다가왔다. 나 역시 떠올린 것을 말하기 위해 그에게 다가갔다.

"……!"

그러고는 펠루스의 볼에 쪽 하고 입을 맞췄다. 키스는 안 돼도 뽀뽀 정도는 괜찮겠지.

순간 펠루스의 눈동자가 흔들리는 것이 또렷하게 보였다. 당황한 것이 분명한 반응이었다. 덕분에 자꾸 웃음이 났다.

아, 진짜. 왜 이렇게 귀여워.

그는 그런 기색을 서둘러 감추며 입을 뗐다.

"…이게 영애의 대답인가?"

"맞아요."

나는 순순히 조금 전에 한 말이 거짓임을 인정했다.

그러고는 거짓말을 무마하기 위해 재차 생글생글 웃었다.

"펠루스가 무슨 생각으로 이러는 건지 잘 모르겠어요."

아, 근데 진짜. 졸리다. 자꾸만 눈이 감기고, 하품이 나왔다.

아직 자면 안 되는데.

하지만 이미 내 의식은 천천히 흐려지고 있었다.

"그러니까 왜 저랑……."

미처 끝을 맺지 못한 말을 마지막으로 내 의식은 완전히 끊어졌다.

༄

뭔가를 웅얼거리듯 말하던 에린의 몸이 갑자기 옆으로 기울어졌다.

그것을 받아 낸 펠루스가 그녀를 침대에 눕혔다.

'범인은 저 와인인가?'

아까 직접 마셔 본 바로는 제법 고급 와인이었다.

그만큼 맛이 깔끔하고, 홀로 한 병을 마셔도 티가 나지 않는 게 특징이었다.

많이 마셔도 머리가 아프지 않고, 얼굴에 열이 오르지도 않는다.

다만, 그렇다고 해서 취하지 않는 것은 아니다. 스스로가 취한 줄도 모르게 취해서 결국 정신을 잃게 될 뿐.

"하아."

정말이지 한숨이 절로 났다.

이런 와인은 또 왜 가져다 놔서는.

적당히 나눠 마시고 분위기를 부드럽게 만들라는 의미로 갖다 놓은 거겠지만 괜히 괘씸한 마음이 들었다.

"으음."

그때 에린이 몸을 뒤척였다. 그의 시선 역시 자연스레 그녀에게로 향했다.

어느덧 고른 숨소리를 내고 있는 것을 보면 완전히 잠든 게 확실했다.

아마, 내일 아침에 눈을 뜨면 아무것도 기억하지 못할 것이다.

조금 복잡한 마음이 들었다.

오늘이 지나면 적어도 일주일간은 에린과 이렇게 한 침대에 있지도 못할 것이다.

결혼식 준비를 하느라 바빴던 탓에 밀린 정무를 봐야 할 테니까.

그나마 오늘은 식을 올린 첫날밤이고, 후사를 생각해서라도 함께 있으라고 보내 준 거겠지만, 내일부터는 무리일 것이다.

그 사실을 알기에 지금의 상황이 조금 원망스러웠다.

※

'아, 눈부셔.'

창가에서 내리쬐는 햇볕 때문에 눈이 부셨다. 누가 커튼 좀 쳐 줬으면 좋겠는데.

그렇게 생각하며 나는 이불 속으로 파고들었다. 그러자 단단한 뭔가가 손에 닿았다.

그것을 무시하고 다시 이불 안으로 파고드는데 따스한 온기가 팔목을 붙들었다.

으응? 분명 침대 위에는 나 혼자여야 할 텐데?

그 사실을 깨닫자 잠이 확 깨면서 온몸에 소름이 돋았다.

누, 누구야?

그래서 슬쩍 실눈을 뜬 채로 나를 붙잡은 이를 바라보았다.

아, 펠루스였구나.

그 사실을 확인한 나는 다시 눈을 감았다. 이제 보니, 나는 그의 품에 안겨 있는 상태였다.

'어제 내가 먼저 잠들어 버린 건가? 펠루스가 온 건 못 본 것 같은데.'

혼자 와인을 홀짝이던 것까지는 기억이 나는데, 그 후에는 잘 모르겠다.

그렇게 열심히 어제의 기억을 되짚고 있는데, 펠루스가 헝클어진 내 머리카락을 귀 뒤로 넘겨 주었다.

내가 아는 펠루스가 맞나 싶을 정도로 섬세하고 다정한 손길이었다.

기분이 썩 나쁘지 않았다. 솜사탕을 한 움큼 삼킨 것처럼 마음이 간질거렸다.

그때, 문을 두드리는 소리가 들려왔다.

"황제 폐하, 황후 폐하 기침하셨사옵니까."

우리를 부르는 게 분명한 목소리에 나는 천천히 눈을 떴다. 그러자 나를 보고 있던 펠루스와 눈이 마주쳤다.

그는 무표정한 얼굴로 나를 응시하다가 몸을 일으켰다.

기분 탓인지 모르겠는데, 지금 보니 그는 조금 피곤해하는 기색이었다.

설마, 밤에 잠을 제대로 못 잔 건가?

"얼굴이 왜 그러세요? 혹시, 한숨도 못 주무셨어요?"

나는 머릿속에 든 의문을 곧장 입 밖에 냈다. 나를 등지고 있던 그는 그제야 몸을 돌렸다.

허공에서 마주친 펠루스의 눈에는 복잡한 감정이 서려 있었다. 이를테면.

"그래, 못 잤어."

"왜 못 주무셨는데요?"

"영애가 날 두고 먼저 자 버려서."

"네?"

그러니까 펠루스의 눈에 담긴 감정은 서운함이었다. 그 사실을 확인하기 무섭게 말문이 막혔다.

하긴, 나 같아도 결혼 첫날밤에 펠루스가 먼저 나를 두고 자 버리면 서운할 것 같았다.

"많이, 섭섭하셨어요?"

"아니."

안 섭섭하긴 개뿔. 엄청 서운하단 얼굴이구만!

물론 대놓고 저한테 서운하신 것 맞잖아요! 할 수는 없었다.

그건 싸움으로 가는 지름길일 테니까.

"음, 그럼 어떻게 해야 마음이 풀리실 것 같은데요?"

"안 섭섭하다니까."

으음, 계속 이렇게 나오면 결국 제자리걸음인데 어쩌지?

그렇게 내가 딴생각에 빠진 사이 대충 옷을 챙겨 입은 펠루스가 말했다.

"당분간은 편하게 먼저 자. 바빠서 자주 못 올 것 같으니까."

"네? 아, 네."

나는 얼떨결에 고개를 끄덕였고, 그는 대답을 듣기 무섭게 방을 나섰다.

뭐지? 설마, 어제의 일로 앙금이 제대로 쌓인 건가? 그래서 당분간은 나 기다릴 필요 없어, 하고 심술부리는 건가?

어째, 결혼 첫날부터 관계가 삐걱거리는 것 같아서 마음이 좋지 않았다.

그래도 이번에는 내가 잘못한 거니까, 어쩔 수 없지.

그렇게 생각한 나는 일찍부터 서류 정리를 마친 채 펠루스를 기다렸다.

오늘은 옆에 놓인 와인에 손을 대지 않았다. 알고 보니 내가 마신 와인은 도수가 제법 높은 편이었다.

아마, 술을 마시다가 그대로 기억이 끊어지고 결국 잠들어 버린 것도 그 때문이 아닐까 싶었다.

'그런데 펠루스는 왜 안 오지?'

이미 자정을 한참 넘긴 시각임에도 그의 그림자조차 보이지 않았다.

설마, 바쁘다는 게 핑계가 아니라 진짜였나?

바쁘니까 기다리지 말라는 게 나 지금 화났어! 하는 의미로 한 말이 아니라 진심이었어?

하지만 그럼에도 나는 혹시나 하는 마음에 동이 틀 무렵까지 펠루스를 기다렸다.

혹시나 그가 올지도 모른다는 생각 때문이었다. 이틀 연속으로 바람을 맞혀 버리면 정말 할 말이 없어지니까.

'오늘은 안 오는구나.'

하지만 그는 오지 않았다.

그 사실을 깨달은 건 시녀들이 나를 깨우기 위해 문을 두드렸을 때였다.

'많이 바쁜 모양이네.'

그리 생각한 나는 다시 하루를 시작하기 위해 몸을 일으켰다.

그리고 정신을 차려 보니, 이 주가 넘게 지나 있었다.

'아, 진짜. 이건 좀 아닌 것 같은데.'

식을 올린 첫날 이후로 내가 펠루스의 얼굴을 제대로 마주한 날은 손에 꼽을 정도다.

덕분에 나는 확신했다.

펠루스가 그 일로 단단히 화가 났음을.

이건 도저히 섭섭해하고 있다, 정도의 말로는 설명이 안 됐다.

'아니, 진짜 내가 딱 하루 먼저 잠들었다고 이렇게 치졸하게 나오기냐! 그렇게 섭섭했으면 차라리 깨우기라도 하든가!'

나는 진심으로 격분했다.

첫날에 내가 와인만 홀짝이다가 먼저 잠든 건 분명 그가 섭섭해할 만한 일이지만, 아무리 그래도 그렇지.

결혼 초부터 이 주 넘게 독수공방이라니. 이건 좀 너무하잖아.

잠자리를 갖고 갖지 않고의 문제가 아니었다.

결혼한 지 얼마 되지도 않았는데, 남편의 얼굴을 잊어버리게 생겼다는 게 말이 되느냔 말이다!

예전처럼 펠루스를 보좌했을 때라면 모르는 게 있다며 슬쩍 찾아가서 얼굴이라도 볼 수 있을 텐데. 지금은 그럴 수도 없어서 답답했다.

"하아."

서류 한 번 보고 한숨을 내쉬고, 또 서류를 한 번 보고, 한숨을 내쉬고 이런 식이니 일의 능률도 썩 좋지 못했다.

"황후 폐하, 손님이 찾아오셨어요."

그때 들려온 데이지의 말에 나는 의아한 얼굴을 했다. 손님?

"어제 폐하께 알현을 요청한 분이시라는데요?"

"아아, 들어오시라고 해."

평소 같았으면 알현이고 뭐고 바빠 죽겠다며 거절했겠지만, 어제는 펠루스 때문에 한창 심란했던 터라 그냥 승낙했다.

차라리 그를 떠올릴 틈도 없이 바쁜 게 낫지 않을까 싶어서였다.

게다가 알현을 신청한 남자는 황제파 귀족이기까지 했다. 즉, 펠루스나 내게 해가 될 제안을 하러 오진 않을 것이다.

"폐하, 다음 안건은……."

"다 죽여 버리고 싶군."

"예?"

"아니, 아무것도 아니야."

아처가 황당하단 얼굴로 자신을 응시하자 펠루스는 고개를 저었다.

하루 종일 아처와 함께 서류에 파묻혀 지내다 보니 이렇게 불쑥 진심이 튀어나올 때가 있었다.

에린이 황후가 된 후에도 그를 보좌할 수는 없는 노릇이었기에 아처가 펠루스의 새 보좌관이 되었다.

즉, 그는 이런 펠루스의 모습을 최근에 종종, 아니 매우 많이 봐 왔다.

"그 정도면 먼저 한번 찾아가 보지 그래?"

공적인 자리에서는 항상 존대를 하던 아처가 말을 낮췄다.

지금부터는 황제의 보좌관이 아니라, 그의 친우로서 대화를 나누겠단 의미였다.

아처의 말에 펠루스는 영문을 모르겠단 얼굴을 했다.

"무슨 소리지?"

"황후 폐하와 다툰 것 아닌가?"

"그런 거 아니야."

"나한테까지 거짓말할 필요 없어."

"왜 그런 오해를 한 건지 모르겠지만 아니야."

저렇게 재차 못을 박는 것을 보니, 진짜인 듯했다. 뭔가 이상한데?

"다툰 게 아니라고? 정말 아무 일도 없었어?"

"그래."

아처의 물음에 펠루스는 순간 첫날밤의 일을 떠올렸다. 분명 아무 일도 없었다. 너무 아무 일도 없어서 문제다.

"흐음, 이상하군. 그렇다고 하기엔 최근에 뵌 황후 폐하의 안색이 썩……."

"뭐?"

중얼거림에 가까운 아처의 말에 펠루스는 의아한 얼굴을 했다. 에린의 기분이 좋지 않아 보였다고?

그러고 보니 최근 너무 바빠서 그녀의 상태를 살피기는커녕 얼굴조차 제대로 마주하지 못했다.

황제고 뭐고 다 때려치우고 싶단 생각을 하루에도 수십 번씩 하게 된다.

바빠도 정도껏 바빠야지. 식을 올린 이후 이 주가 넘도록 에린을 제대로 마주할 시간도 없었다는 게 말이 되냔 말이다.

"게다가 아까는 한 사내가 황후 폐하께 알현을 청했다는 것 같던데."

아처의 말에 펠루스는 그를 빤히 응시했다. 뒤에 이어질 정보를 더 내놓으란 의미였다.

그는 순순히 펠루스가 원하는 대로 했다.

"트러프 백작의 삼남이고, 외모는 반반, 아니 굉장히 준수한 편이지. 다정하고 착하게 생긴 데다 영애들에게 인기도 좋은……."

"그만."

펠루스가 듣고 싶은 건 그런 게 아니었다.

에린이 어떤 남자와, 그것도 아주 잘생기고, 객관적으로 괜찮은 남자와 함께 있다는 사실 같은 건 알고 싶지 않았다.

"트러프 백작 쪽은?"

"황제파 귀족 가문 중 하나이고, 핵심 영지는 북쪽에 있고, 수도에는 저택이 하나 있지. 작은 광산을 하나 소유하고 있는데, 돈이 되는 곳은 아니고."

"요점만 말해 봐."

아처가 답지 않게 정보를 줄줄이 늘어놓자, 펠루스는 그것을 끊어 냈다.

물론 그가 늘어놓은 정보는 이미 머릿속에 전부 넣어 둔 상태였다.

"트러프 백작은 출세욕이 강한 사람이야. 그리고 그걸 위해선 수단과 방법을 가리지 않는 편이지."

출세욕이 강한 데다, 수단과 방법을 가리지 않는다고? 느낌이 썩 좋지 않았다.

"황후에게 청탁이라도 할 거란 소리인가?"

"내가 보기엔 그래."

듣기만 해도 짜증이 났다.

하지만 큰 걱정은 들지 않았다. 다른 사람도 아니고, 에린이 청탁 같은 것에 넘어갈 것 같진 않았으니까.

"나는 황후를 믿어. 게다가 그녀는 고작 돈 같은 것에 아쉬운 소리를 할 사람이 아니야. 그럴 필요도 없고."

"…그게 대체 무슨 소리야?"

단호한 펠루스의 대답에 아처는 의아한 얼굴을 했다.

"돈이야 당연히 황후 폐하 쪽이 압도적으로 많은데. 그런 걸로 청탁을 할 리가 없잖아? 그보단 자신을 정부로 삼아 달라는 게 현실적이지.”

아처의 말이 끝나기 무섭게 펠루스가 책상을 쾅 내려쳤다. 생각만 해도 열이 받는 모양이다.

그런 펠루스를 향해 안타깝다는 듯 고개를 젓던 아처는 곧 자신의 의견을 덧붙였다.

“이미 결혼을 해서 안심하고 있었던 모양인데. 그러다가 눈 뜨고 빼앗긴다? 전 대륙에 있는 황후 폐하의 추종자가 얼마나 되는지 몰라?”

“…….”

“황후 폐하라면 어리고, 예쁘고, 성격도 좋으니 정부라도 좋다며 달려드는 사내들이 태반일걸?”

콰직!

이번에는 펠루스가 쥐고 있던 펜이 부러졌다.

원래의 모습 같은 건 찾아볼 수 없을 정도로 처참하게 분쇄되었다. 아주 가루가 되었단 소리다.

“그, 나야 전혀 관심 없지만, 다른 사람들은 그럴 거란 소리야.”

이대로 가다간 자신도 저 펜과 같은 꼴이 되지 않을까 싶어서 아처는 서둘러 상황을 수습해 보았다.

그러나 이미 펠루스의 기분은 바닥을 친 상태였다.

෴

“알현을 허락해 주셔서 감사합니다. 저는 트러프 백작가의 삼남 헤젠 트러프입니다.”

그리 말하며 웃는 남자의 표정은 상당히 부드러웠다. 그는 척 보기에도 상당한 미남이었다.

나 역시 마주 웃으며 인사를 건넸다.

"반갑습니다."

그 후엔 무슨 말을 해야 할까 고민하며 차를 홀짝였다. 그러고는 찻잔을 내려놓으며 물었다.

"무슨 일로 알현을 청하셨나요?"

가급적이면 서론은 짧게 하고 빨리 본론을 말해 달라는 의미였다.

남자는 그런 내 마음을 이해한다는 듯 고개를 끄덕이며 입을 뗐다.

"애인이 필요하지 않으십니까?"

"…애인이요?"

나는 순간적으로 내 귀를 의심했다. 하지만 남자는 빙긋 웃으며 고개를 끄덕였다.

내가 맞게 들었다는 듯이.

덕분에 그저 기가 차고 웃음이 났다.

"제 정부가 되고 싶단 의미입니까?"

나는 직구로 물었다. 굳이 그 의미를 포장해 주고 싶지도 않았다. 그럴 가치도 느끼지 못했다.

"네, 맞습니다."

상당히 직접적인 단어에도 남자는 기분 나빠하는 기색 한 점 없었다.

나는 천천히 정부와 관련된 제국의 상황을 되짚었다.

제국의 법상 황후의 정부를 인정하지 않는 법 같은 건 없다. 두고 싶으면 두고 아니면 말고.

물론 너무 공개적으로 티를 내면 비난을 받긴 할 것이다. 이건 황제든, 황후든 마찬가지였다.

아무래도 정략결혼이 대부분인 귀족 사회이니 정부를 두는 것 자체는 흠이 아니다.

다만 사랑에 눈이 멀어 자신의 배우자에게 피해를 주는 건 곤란했다.

'일단 난 정부를 둘 생각이 없지만.'

고민할 것도 없는 문제였다. 그래서 결론을 내기 무섭게 입을 열었다.

"죄송한 말씀이지만, 전 그럴 마음이……."

"과연 황제 폐하께서도 같은 의견이실까요?"

하지만 그는 내 대답을 차단했다. 뒤에 이어질 말이 무엇인지 짐작한 눈치였다.

"두 분께서는 제법 오랫동안 교제를 하셨다고 들었습니다."

일단, 소문상으로는 그러했다. 내가 펠루스의 연인이라는 소문은 제법 오래전부터 퍼졌었으니까.

"게다가 최근에는 이 주가 넘는 시간 동안 서로 함께하지 않으셨다고 들었습니다."

그는 지금 우리가 이 주 넘게 합방을 하지 않았다는 사실을 지적하고 있었다.

그런 것까지 알고 있는 걸 보면 제법 열심히 조사를 한 모양이다.

그러니까 저 말을 해석하자면, 우리가 연애 기간도 제법 긴 데다, 최근 이 주 넘게 합방을 하지 않았다는 건 권태기가 온 게 아니냐? 대충 그런 의미였다.

나는 웃는 낯으로 입을 열었다.

"그렇군요. 제가 생각이 짧았네요."

그렇게 말하고는 옆에 있던 종을 흔들어서 시녀와 시종들을 불렀다.

"이만 돌아가신다고 하니, 배웅해 드려."

내 말에 남자는 조금 당황한 얼굴을 했다.

"황후, 폐하?"

"알현 시간은 끝났습니다. 피곤하니 이만 돌아가세요."

"제가 말씀드린 제안은, 다시 생각해 주시는 건가요?"

"아뇨, 그럴 마음 없어요."

나는 그를 차게 비웃었다.

그러고는 최대한 재수 없어 보일 만한 표정으로 상대를 응시했다.

"무례한 데다, 주제 파악도 못 하는 사람은 딱 질색이라서."

그러니까 괜히 질척거리지 말고 꺼져.

그런 마음을 담아 남자를 향해 활짝 웃어 보였다.

"그 소식 들었나?"

갑작스러운 아처의 말에 펠루스는 보고 있던 서류에서 시선을 뗐다. 무슨 소식?

대답은 빠르게 이어졌다.

"아까 말했던 백작가의 삼남, 황후 폐하께 단단히 혼쭐이 나고 쫓겨났다던데?"

"쫓겨나?"

에린이 백작가의 삼남쯤 되는 이를 쫓아냈다고? 설마 남자가 정말 자신을 정부로 삼아 달라는 부탁이라도 한 건가?

"아마 네가 생각하는 그게 맞을 거야."

아처가 담담히 긍정했다. 펠루스는 허탈하고 황당한 마음에 헛웃음을 지었다.

"결혼식을 올린 지 한 달도 채 되지 않았는데, 정부로 삼아 달라 청했다고?"

"뭐, 두 사람이 막 교제를 시작했을 때 퍼진 소문에 비해 결혼 후의 행보가 워낙 조용해서 그런 것도 있겠지."

확실히 그러했다. 한창 사교계에 펠루스가 에린을 좋아한다는 소문이 돌 때와 비교한다면, 결혼식 이후 이 주 넘게 합방도 하지 않은 지금은 이러쿵저러쿵 입방아를 찧기 좋은 상황이었다.

'그놈의 합방이 문제로군.'

펠루스는 진심으로 화가 났다.

결혼식을 올린 지 얼마 되지도 않았는데, 쓸데없는 소릴 하는 것들도 짜증 나고, 에린에게 자신을 정부로 삼아 달라 청한 새끼도 짜증 나고.

무엇보다 그런 소문들이 생긴 원인인 합방. 그건 자신이 원한 것도 아니었다.

그놈의 일, 일, 일! 황제의 하루는 정무를 중심으로 돌아간다. 황태자일 때도 대부분의 업무를 펠루스가 맡아서 처리하긴 했지만, 이젠 정말 모든 것을 혼자 결정해야 한다.

즉, 정말 시간을 낼 수가 없다.

아니, 억지로 낸다면 낼 수는 있다. 그러나 그런 식으로 쫓기듯

하룻밤을 치르고 싶진 않았다.

그래서 아끼고 아껴 둔 것이다. 그게 결국 이런 결과를 자초하고 말았지만.

후우.

한숨이 절로 나왔다. 마음 같아서는 당장이라도 문제의 백작가 삼남인지 뭔지를 잡아다가 분풀이를 하고 싶었다.

혹은 곧장 에린에게 달려가 정부 같은 걸 들일 생각은 꿈에도 하지 말라고 하고 싶었다.

하지만 그럴 수 없었다. 그런 상황을 가정한 순간, 자신의 부친인 전대 황제가 떠올랐다.

에린이 자신에게서 죽은 황제를 겹쳐 볼까 두려웠다.

황후의 사랑을 원해서, 그녀에게 집착해서 그녀의 모든 것을 앗은 남자. 그 상황을 반복하는 것처럼 보이고 싶지 않았다.

게다가 실질적으로 결혼식 이후 황후가 정부를 두는 건 흠잡을 만한 일이 아니다.

외부에 너무 대놓고 드러내지만 않는다면, 황족이든 귀족이든 연인이나 정부를 두는 건 흔한 일이니까.

그러니 펠루스에게는 에린에게 정부를 두지 말라 할 자격도 이유도 없었다.

※

나는 오늘도 펠루스를 기다렸다. 슬슬 이 기다림을 포기할 때도 되었건만 그럴 수가 없었다.

'정부로 삼아 달라는 말을 들어서 그런가?'

내가 잘못한 건 없지만, 마음이 썩 좋지 않았다.

아마 지금쯤이면 펠루스 역시 남자가 내게 어떤 제안을 했는지 알게 됐을 것이다.

어쩌면 그래서 오지 않는 걸 수도 있다.

평소엔 알현을 죄다 거절하던 내가 마침 알현 신청을 받아들였고, 남자는 기다렸다는 듯이 내게 자신을 정부로 삼아 달라고 말했다.

단순한 우연의 일치라고 보기엔 수상쩍은 감이 있었다.

솔직히 내가 펠루스의 입장이었다고 해도 기분이 좋진 않았을 것이다.

"하아."

한숨이 절로 나왔다. 이번 일은 또 어떻게 수습해야 할지 감이 잡히지 않았다.

※

"정말, 안 가 볼 거야?"

"……."

아처의 물음에 펠루스는 서류만 뚫어져라 응시했다.

하지만 그 역시 영 집중이 되지 않는지 시선만 서류에 고정한 채 손은 움직이지 않고 있었다.

"오늘도 황후 폐하를 홀로 뒀다간 정말 정부를 들이실 수도……."

쾅!

그러다가 이런 식으로 아처가 제 속을 긁는 말을 하면, 이따금 분노를 표출하는 게 전부였다.

"한심하긴."

아처는 그렇게 용기가 없어서 어쩔 거냐며 혀를 찼다.

"아무래도 안 되겠군."

그때 그리 중얼거린 펠루스가 몸을 일으켰고, 아처는 긴장한 얼굴을 했다.

"방금 그건 농담이었어? 알지?"

설마 자신에게 화풀이를 하려는 건가 싶어 절로 식은땀이 흘렀다.

"아무렇지 않은 척 정부를 둬도 된다고 해야 할 것 같은데, 그런 말은 빈말로라도 하고 싶지 않아."

갑작스러운 펠루스의 말에 아처는 당황한 얼굴을 했다. 어쩐지 그는 홀로 어떤 결론에 도달한 사람 같았다.

의문을 품은 아처가 물었다.

"알아듣기 쉽게 설명해 봐."

"당장 황후를 만나러 갈 거야."

"…어?"

바람직한 전개이긴 한데, 좀 급전개인 감이 있었다. 대체 왜 그런 결론을 내린 거지?

"가서 머저리처럼 애원이라도 해 보겠어."

"뭐?"

아처는 진심으로 놀란 얼굴을 했다. 가서, 뭘 해? 애원?

충격에 휩싸인 아처를 뒤로한 채, 펠루스는 집무실 문으로 향했다.

벌컥!

그리고 그때 집무실의 문이 열렸다.

하지만 문을 연 것은 그가 아니었다. 누군가가 펠루스보다 한 발 먼저 문을 열고 안으로 들어왔다.

거침없이 열린 문 사이로 분홍빛 머리카락이 보였다.

에린이다.

"늦은 시간에 기별도 없이 불쑥 찾아와서 죄송해요. 하지만 급하게 드릴 말씀이 있어요."

"아뇨, 하나도 늦지 않았습니다. 매우 잘 오셨어요."

상황을 지켜보던 아처가 잽싸게 나섰다. 그는 생긋 웃는 낯으로 에린을 응시하며 말을 이었다.

"두 분이 천천히 이야기를 나누실 수 있도록 차를……."

"지금, 미쳤나?"

"…네?"

그리고 펠루스는 그런 아처의 말을 간단히 끊어 먹었다. 잔뜩 화가 난 얼굴로 그가 말했다.

"당장 나가."

덕분에 에린의 두 눈이 크게 흔들렸다.

그리고 그녀가 그것을 수습할 틈도 없이 펠루스가 에린의 손목을 잡은 채로 문고리를 당겼다.

문이 열리고 그 틈으로 분홍빛 머리카락이 순식간에 사라졌다.

뒤이어 문이 닫히는 소리가 들려오고, 아처는 숨 막히는 정적 속에 홀로 남았다.

✦

혼자 가만히 있어 봤자 답은 나오지 않는다.

그래서 나는 뭐가 됐든 결판을 짓기 위해 펠루스를 찾아왔다. 그리고 집무실에 발을 들여놓기 무섭게 쫓겨났다.

덕분에 지금은 그에게 손목을 잡힌 채 복도를 걷고 있었다.

어깨에는 펠루스의 겉옷을 걸친 상태였다.

'이게 대체 무슨 상황이지?'

몇 번을 생각해 봐도 이해가 가지 않았다.

"일단, 저희 얘기 좀 해요!"

더불어 잡고 있는 손목도 좀 놔줬으면 했다.

펠루스가 힘 조절을 하고 있는 탓에 아프진 않았지만, 일방적으로 끌려가고 있는 상황 자체가 썩 유쾌하지 않았다.

내 말에 펠루스가 걸음을 멈췄다. 그리고 잡고 있던 손목을 놓았다.

"이런 곳에서?"

그가 물었다. 이곳은 너무 탁 트인 복도가 아니냐는 의미가 담긴 물음이었다.

나는 한숨과 함께 고개를 저었다. 결국 다시 펠루스가 앞장서 걷기 시작했다. 이번에는 내 손목을 잡지 않은 채였다.

"…여긴?"

그리고 그렇게 도착한 곳은 침실이었다.

나는 무심코 당황한 얼굴로 물었다가 이내 금세 납득했다.

황제와 황후의 침실만큼 우리가 안심하고 대화를 나눌 수 있는 공간이 어디 있겠나 싶었던 것이다.

그렇게 우리는 침실 안으로 들어와 소파에 나란히 앉았다.

한동안은 침묵이 이어졌다.

그것을 견디다 못한 나는 펠루스가 내게 덮어 준 겉옷을 벗으며 물었다.
"…혹시, 저한테 화가 나셨나요?"
"아니."
나는 잔뜩 고민하다가 던진 질문이었으나, 그에 비해 대답은 빠르게 돌아왔다.
"그럼, 아까 집무실에서는 왜 화를 내신 거죠?"
"그건……"
펠루스가 망설이는 기색을 보였다. 그렇게 잠시 침묵을 지키던 그가 곧 덧붙였다.
"그대의 옷차림이 마음에 들지 않았으니까."
나는 무심코 그렇군요, 라고 답하려다가 고개를 들었다.
"…네?"
황당함이 절로 번졌다. 아니, 내 옷차림이 왜……? 라고 생각하며 스스로의 모습을 점검했다.
그러다가 이내 납득했다.
'…좀 많이 비치긴 하는구나.'
현대에서 살다 온 나야 이 정도는 입을 수 있지, 싶었지만, 이곳 사람들의 눈에는 음. 조금 야하다는 생각이 들 것 같긴 했다.
"잠깐, 근데 애초에 폐하께 보여 드리려고 입은 옷인데요?"
"그럼 나한테만 보여 주든가."
말을 마친 펠루스가 어색하게 고개를 피했다. 나는 차분히 그의 말을 곱씹었다.
'그러니까, 결국. 내가 아처한테 이런 꼴을 보여서. 그게 싫었다는 거구나?'

"그보다 집무실에는 무슨 일로 온 거지?"

펠루스의 물음에 나는 생각하던 것을 멈추고 그를 응시했다.

"혹시, 최근에 돌고 있는 소문 때문에 저한테 마음이 상하셨나요?"

"……."

그는 말이 없었다.

무슨 소문을 말하는 거냐는 질문도 들려오지 않았다. 오로지 침묵뿐이었다.

느낌이 좋지 않았다.

"황후는 내가 정부를 둬도 상관없나?"

이어진 물음에 가슴이 철렁 내려앉았다. 반면 펠루스는 그저 태연했다. 차분한 얼굴로 뒷말을 이어 나갔다.

"다른 여인과 함께 있어도 상관없어?"

그럴 리가 없지 않나.

그런 가정을 하는 것만으로도 이렇게 밑바닥까지 추락하는 기분인데.

하지만 무어라 말을 꺼낼 수가 없었다. 입을 열면 정리되지 않은 감정이 마구잡이로 튀어나올 것 같았다.

그때였다.

천천히 다가온 펠루스의 손이 내 허리를 끌어당겼다. 그가 나를 자신의 품에 안았다.

"나는 안 되는데."

대뜸 귓가를 파고드는 말에 순간적으로 사고가 멈췄다. 무엇이 안 된다는 거지?

의문은 금세 풀렸다. 그가 차분히 말을 이었다.

"나는 빈말로라도 황후가 정부를 둬도 괜찮다는 말은 못 해. 그런 말을 할 바에야 차라리 혀를 자르겠어."

다소 과격한 표현에 놀랄 틈도 없었다. 그가 제 품에 안겨 있던 나와 조금 거리를 벌렸다. 그러고는 입을 맞춰 왔다.

순간적으로 멍하게 입술을 맞댄 나 역시 뒤늦게 되는대로 이에 응했다.

조심스러운 입맞춤이 이어졌다. 키스라기엔 담백하고, 입맞춤이라기엔 조금 더 짙고 강렬한 느낌이었다.

얼마 동안 숨결이 섞인 끝에 입술이 떨어졌다.

"그러니까 정부 같은 거 두지 마."

애원에 가까운 펠루스의 말에 나는 잠시 멍한 얼굴을 하다가 물었다.

"지금, 저한테 정부를 두지 말라고 명령하신 건가요?"

"아니."

짤막한 대답이 빠르게 들려왔다. 그러나 뒷말이 이어지기까지는 틈이 조금 있었다.

"애원하는 거야."

단호한 펠루스의 대답에 나는 멍한 얼굴을 했다.

애원? 펠루스가 나한테?

하늘이 무너졌다고 해도 이보다 놀랍진 않을 것 같았다.

생각을 이어 갈 틈도 없이 그가 다시 나를 품에 안고는 이마에 입을 맞췄다.

감탄이 절로 나올 정도로 다정한 행동이었다.

"그래서 대답은 안 해 줄 건가?"

"…어, 일단 알겠어요."

"뭘 알겠다는 거지?"

"폐하께서 뭘 걱정하시는지 알겠어요."

그가 걱정하는 건 아마 내가 다른 남자에게 한눈을 파는 것일 터다.

"하지만 폐하께서 걱정하시는 일은 일어나지 않을 거예요. 일단, 제가 얼굴을 좀 많이 보기도 하고……."

그리 말한 나는 슬쩍 펠루스를 응시했다. 그는 조용히 나와 눈을 맞췄다.

"그러니까 걱정 안 하셔도 될 것 같아요."

"무슨 소리를 하는 건지 잘……."

펠루스의 말은 이어지지 못했다.

그의 멱살을 잡은 채로 내가 입술을 맞부딪힌 탓이다. 갑작스러운 입맞춤에 펠루스의 두 눈이 커졌다.

그것을 확인한 나는 이내 몸을 뒤로 물렀다.

당황한 것이 분명한 그의 얼굴을 마주하자 절로 웃음이 났다.

어느새 붉게 달아오른 귀가 현재 펠루스의 심경을 대변해 주고 있었다.

"아, 그런데 이제 슬슬 가 보셔야 하지 않나요?"

"뭐?"

펠루스가 못 들을 말을 들은 사람처럼 순식간에 표정을 굳혔다. 응? 무슨 문제라도 있나?

"아까 보니 엄청 바쁘신 것 같던데."

"그래서?"

그렇게 물은 펠루스는 어느새 나를 제 품으로 당겨 안았다. 평소보다 자연스러운 스킨십에 괜히 민망한 기분이 들었다.

"폐하께서 안 가시면, 아처 님 혼자 다 하셔야 하잖아요."
"그러라고 고용한 거니까, 괜찮아."
"……."
지금 이 순간만큼은 그의 보좌관인 아처가 불쌍했다.
'응?'
그때 갑자기 시야가 훅 높아졌다. 펠루스가 기습적으로 나를 안아 든 탓이다.
"침실로 가지."
뒤에 이어지는 설명은 없었다. 그러나 상황을 이해하는 데 어려움은 없었다.
"자, 잠깐만요!"
나는 그런 펠루스를 잡아 세우려 했으나, 그는 들은 척도 하지 않았다. 그저 무심하게 말했다.
"저번과 같은 상황을 되풀이할 마음은 없어. 그러니 도망갈 생각은 버려."
그러니까 오늘은 꼭 거사를 치르겠단 소리였다.
"죄송하지만, 전 도망갈 마음 없어요."
나는 황당하단 얼굴을 했다. 여기서 도망을? 내가 왜?
"전 그냥 거울을 보면서 제 상태를 좀 확인하고 싶을 뿐이에요."
그래도 명색이 첫날밤이니까. 이왕이면 조금이라도 더 그럴듯하게 기억되고 싶었다.
"그거 본다고 못난 얼굴이 예뻐지진 않아."
그리고 펠루스는 팩트를 날렸다. 덕분에 말을 잃은 나는 삐딱한 시선으로 그를 응시했다.

"말을 참 곱게도 하시네요."

"그런 거 안 봐도 예쁘단 소리야."

"네, 네 그런 거 안 봐도 저는 예쁘……. 네?"

나는 두 귀를 의심했다. 지금 뭐라고? 펠루스가 나한테 예쁘다고 한 거야?

당황스러운데 입가는 자꾸만 올라가고, 아무튼 미묘한 기분이었다.

그리고 내가 무슨 말을 꺼낼 틈도 없이 펠루스가 입을 맞춰 왔다.

평소와 다른 것이 있다면 그의 손이 아슬아슬한 곳을 오가고 있다는 점이었다.

몸이 조금 떨렸다. 두근거려서 그런 건지, 불안감으로 인한 건지 알 길이 없었다.

"왜 떠는 거지?"

"그냥, 조금 긴장되기도 하고 그래서요. 잘 못하면 어쩌나 싶기도 하고."

"쓸데없는 걱정하지 마."

내가 어색하게 웃으며 답하자, 헝클어진 머리카락을 정리해 주던 펠루스가 말했다.

"몸을 쓰는 일이라면, 내가 잘하니까."

"……."

"그러니까 잘 따라오기나 해."

말을 마친 펠루스는 아까 멈췄던 행위를 다시 이어 나갔다. 차가운 손이 이곳저곳에 가볍게 닿았다가 떨어졌다.

나는 그의 키스를 받으며 두 눈을 감았다.

외전 2.
기념일

햇살은 적당히 따듯하고, 날씨가 너무 좋은 어느 날이었다.

"아, 진짜. 일하기엔 지나치게 좋은 날씨다."

나는 그렇게 중얼거리며 기지개를 켰다. 정말이지 빈말이 아니라 날이 너무 좋았다.

"핑계도 참 가지가지군."

"뭐, 어때요? 날씨가 좋은 건 사실인데."

그리 말한 나는 옆에 있던 펠루스의 어깨에 슬쩍 머리를 기댔다.

그러고는 잠깐 산책이라도 가면 안 되겠냐며 은근히 칭얼거렸다.

"일할 마음이 없어 보이는군."

그는 어이가 없단 얼굴을 하면서도 보고 있던 서류를 정리하며 자리에서 일어났다.

나는 방긋 웃는 얼굴로 펠루스에게 팔짱을 꼈다. 그는 입으로는 귀찮다는 듯 말하면서도 내 손을 놓지 않았다.

으휴, 이 한결같은 남자.

뭐, 그게 펠루스의 매력이긴 하지만.

※

그길로 우리는 함께 디저트 카페로 향했다.

그곳은 망고 무스 케이크가 맛있는 집이었는데 펠루스가 먼저 그곳에 가자고 했을 때 솔직히 의아했다.

그는 분명 망고를 싫어한다고 했던 것 같은데.

"왜 안 먹는 거지? 케이크의 상태가 별로인가?"

내가 그렇다고 답하면 당장 케이크를 구운 사람을 찾아서 경을 칠 기세였다.

나는 고개를 저으며 대충 둘러댔다.

"오늘은 어쩐지 망고 말고 치즈가 먹고 싶어서요."

그는 미심쩍어하면서도 더 추궁하지 않았다.

대신 제 앞에 놓인 치즈 케이크를 내 쪽으로 밀어 주며 내가 먹던 망고 무스 케이크를 가져갔다.

"망고 싫어하시잖아요?"

"그렇게 싫어하진 않아."

결국, 싫어한다는 소리다. 나는 어이가 없단 얼굴로 그를 응시했다.

반면, 펠루스는 내 반응 따위 아랑곳하지 않고 망고 무스 케이크에 포크를 가져갔다.

담담하기 짝이 없는 태도에 나는 혹시나 그가 정말 망고에 맛을 들이기라도 했나 싶었다.

"맛이 어떠세요?"

"뭐가?"

"케이크요."

"평소랑 똑같지."

똑같이 별로란 소리다. 쳇.

나는 빠르게 미련을 버렸다. 그러고는 펠루스 앞에 있던 케이크를 가져왔다.

"억지로 드실 필요 없어요."

"아깐 망고보다 치즈가 먹고 싶다며?"

"망고보다 치즈가 먹고 싶다는 거지. 망고가 먹기 싫다는 건 아니었어요."

내 말에 펠루스는 어이가 없단 얼굴로 픽 웃었다.

그러고는 치즈 케이크를 추가 주문했다.

"치즈 케이크 드시고 싶으세요?"

"아니. 한 조각으론 부족해 보여서."

"그 정도는 아닌데요."

대답은 그렇게 했지만, 주문을 취소하진 않았다. 조각 케이크를 하나 더 먹는 것쯤이야.

ஒ

"과자를 나눠 먹는 기념일이 있었으면 좋겠어요. 이왕이면 국가에서 정한 휴일로."

펠루스가 주문한 케이크를 전부 입에 넣은 후 밖으로 나왔다.

"…그건 또 무슨 미친 소리지?"

장난스럽게 던진 내 말에 그는 기가 막힌단 얼굴이었다. 예상했던 반응이기에 나는 그저 어깨를 으쓱했다.

"제가 살던 곳에는 연인끼리 서로 과자를 선물하는 날이 있었거든요."

그러고 보니 정말 여긴 그런 게 없네.

물론 막대 과자 데이는 휴일은 아니었지만, 그래도 그런 게 있으면 재밌을 것 같았다.

"그런 헛소리를 할 정도로 그 집 케이크가 입에 맞는 모양이지?"

"그렇다기보단 망고를 먹을 수 있는 게 여기밖에 없어서요."

"입맛 한번 까다롭군."

펠루스의 타박에 나는 웃는 것으로 대답을 대신했다. 그의 말대로였다.

내가 황제인 펠루스랑 결혼했으니 망정이지 아니었다면 망고 케이크처럼 귀한 음식은 먹기 힘들었을 거다.

제국에서는 망고가 귀한 편이다. 어지간한 귀족들조차 쉽게 입에 댈 수 없을 만큼.

"따로 하고 싶은 거라도 있나?"

"글쎄요, 아!"

펠루스의 물음에 잠시 고민하던 나는 그의 옷깃을 잡아당겼다.

"여긴 어떠세요?"

그러고는 당당하게 눈앞에 있는 공원을 가리켰다. 호수 위에 뜬 달이 아름답기로 유명한 곳이었다.

아직 해가 중천에 떠 있기는 하지만, 뭐 어때? 해가 지고 달이

뜰 때까지 공원 안을 돌아다니면 되지.

"걷자고?"

"네. 소화도 시킬 겸 호수를 보면서 걷고 싶은데."

"그럼 그렇게 해."

순순히 떨어진 대답과 달리 어딘가 미적지근한 태도였다. 아주 미세한 차이였지만 나는 알 수 있었다.

뭐지? 불만이라도 있는 건가?

"내키지 않으면 억지로 제 말에 따라 주실 필요 없어요. 갈 곳은 많으니까."

말은 그렇게 했지만, 좀 아쉽긴 했다.

오늘처럼 눈에 보이지 않는 호위 기사 몇 명만 데리고 외출할 기회는 흔치 않으니까.

"됐어."

펠루스가 고개를 저었다. 그러자 모순되게도 마음이 놓였다. 좋아, 호수에 비친 달을 볼 수 있겠군!

하지만 들뜬 마음은 오래가지 않았다. 생각지도 못한 변수가 있었던 탓이다.

'아, 발 아파.'

내가 신고 나온 구두는 실용성을 전혀 고려하지 않은 디자인이었다.

황후를 위한 신발인 만큼 아름답고 우아해 보이지만, 불편하고, 조금만 걸어도 발이 아팠다.

펠루스와 나란히 공원을 걷기 시작한 지 십 분도 채 되지 않은 것 같은데 발 이곳저곳이 까진 것 같았다.

하지만 아프다는 말을 꺼내기는 뭐했다. 펠루스가 은근히 내키지 않아 하는 것을 내가 오자고 한 거니까.

'그래, 좀 더 걸어 보자. 그러다 보면 통증에 무뎌질 수도 있겠지.'

그때, 함께 걷던 펠루스가 갑자기 걸음을 멈췄다. 그와 팔짱을 끼고 걷던 나 역시 제자리에 우뚝 섰다.

"무슨 일이세요?"

"잠깐 이리 와 봐."

조금 심각해 보이는 말투에 나 역시 덩달아 긴장했다. 뭐지? 무슨 일이기에 이런 식으로 무게를 잡는 걸까.

혹, 나와 펠루스의 신변에 위협을 가할 법한 사람이라도 나타났나? 그래서 저러나?

온갖 생각이 마음을 헤집어 놓는 상황에서 펠루스가 나를 데려간 곳은 공원 구석에 있는 나무 의자였다.

나를 의자에 앉힌 펠루스가 한쪽 무릎을 꿇었다. 물 흐르듯 자연스레 벌어진 일이었기에 나는 한 박자 늦게 당황했다.

"아니, 갑자기 왜……."

"그냥 가만히 있어."

그러고는 내 신발을 조심스레 벗겨 낸다. 그러자 당연하다는 듯 발 이곳저곳에 물집이 잡히고 상처가 나 있었다.

"……."

펠루스가 말없이 반대쪽 신발을 벗겨 냈다. 반대쪽 역시 크게 다를 바 없었다.

얼마간 내 발을 뚫어져라 응시하던 펠루스가 한숨을 내쉬었다. 그러고는 화가 난 것이 분명한 음성으로 물었다.

"왜 이렇게 미련해?"

"이 상처가 보기엔 이래도 생각보다 그렇게 아프지 않……. 아!"

그가 가볍게 내 상처를 건드렸고, 바로 신음이 터져 나왔다.

아, 진짜. 이렇게 바로 확인 사살할 것까진 없잖아.

"당장이라도 울 것 같은 얼굴로 아프지 않다고 말하면 내가 그걸 잘도 믿어 주겠군."

그렇게 빈정거린 펠루스가 내 발에 손을 가져다 댔다. 치유 마법을 사용하려는 거겠지.

그러나 그보다 먼저 내가 입을 뗐다.

"지금 치유 마법 쓰시면, 저 앞으로 두 달간 폐하 안 볼 거예요."

"……."

"어쩌면 석 달이 될 수도 있고요."

덧붙여진 말에 어정쩡하게 허공을 배회하던 펠루스의 손이 우뚝 멈춰 섰다.

잠깐의 침묵이 이어졌고, 그는 재차 한숨을 내쉬었다.

결국, 치유 마법 대신 상처에 약을 바르는 것으로 합의 봤다.

"응? 지금 뭐 하세요?"

발에 난 상처에 약을 바르고, 붕대를 감은 후 신발을 신을 타이밍이었다.

"뭐가."

그는 아무렇지 않은 얼굴을 했지만, 나는 당황스러웠다. 어떤 전조도 없이 나를 안아 든 펠루스의 행동 때문이었다.

"아, 진짜! 다 쳐다보잖아요."

"그럼 아무도 못 보게 해 줘?"

"…설마, 저 사람들 눈을 파겠다거나, 그런 건 아니죠?"

"그걸 원해?"

"아뇨! 제가 미쳤어요?"

내가 어이가 없단 얼굴로 되묻자 작게 웃던 펠루스가 걸음을 옮기기 시작했다. 그의 시선이 찰나 내 발 쪽에 머물렀다.

"이런 꼴로 계속 걸어 다닐 수는 없잖아."

물론 그거야 그랬다. 하지만 그렇다고 해서 이런 식으로 그에게 안겨서 돌아다니는 건 좀…….

"뭐가 그렇게 불만인데? 혹시, 자세가 불편해?"

내가 그렇다고 답하면 즉시, 자세를 바꿔 줄 기세였다.

"아뇨, 그건 아니지만."

"그럼 뭐가 문제인데."

"어…….".

막상 그렇게 대놓고 물으니 이게 문제다! 라고 할 만한 건 없었다. 굳이 꼽자면 좀 부끄럽다는 것 정도?

하지만 그렇게 말한다고 해서 순순히 나를 내려 줄 펠루스가 아니었다.

보나 마나, 그게 왜? 라고 되물으며 의아한 얼굴을 하겠지. 그래서 나는 다른 방법을 쓰기로 했다.

"혹시, 제가 깃털처럼 가볍나요?"

"그거 진심으로 하는 소리야?"

망설임이라곤 없는 물음에 나는 조금 상처받았다. 인간적으로 몇 초 정도는 고민하는 척이라도 해야 하는 거 아니냐.

"그렇게 무거우면 당장 내려놓으시죠."

"무겁긴 해도, 버겁진 않아."

"……."

"그러니까, 자꾸 쓸데없는 소리 하지 말고 얌전히 있어."

그렇게 말한 펠루스가 나를 살짝 고쳐 안았다.

부드러운 옷감 때문에 반쯤 미끄러져 위태로웠던 자세가 다시 안정감을 찾았다.

와우, 뭐가 이렇게 능숙해? 나는 진심으로 감탄했다.

"아기 돌보는 보모 하셔도 될 것 같아요."

"…뭐?"

"칭찬이에요."

그렇게 말하며 새침하게 웃은 나는 공원 구석에 있는 천막을 가리켰다.

"계속 돌아다니기만 하기도 뭐한데, 저기 들어가 보는 건 어떨까요?"

"저 천막?"

"네!"

해맑은 대답에 펠루스는 의외라는 눈으로 나를 보았다.

"저런 거 안 믿는다고 하지 않았나?"

그가 말한 천막에는 〈신이 내린 예언자〉라는 간판과 더불어 '당신이 궁금해하는 모든 것을 알려 드립니다'라는 문구가 적혀 있었다.

"지금도 안 믿어요. 근데 재미는 있을 것 같아서요."

"그럼, 그렇게 하든가."

펠루스의 허락이 떨어지기 무섭게 우리는 천막으로 향했다.

그렇게 들어간 천막 안은 의외로 사람이 많았다. 우리 차례가 될 때까지 기다리라며 대기실로 안내해 줄 정도였으니 말 다 했지.

게다가 생각했던 것보다 훨씬 어둡고 음침했다.

"점을 보러 온 게 아니라 유령을 보러 온 것 같네요."

나는 그 점을 지적하며 빈정거렸다.

이런 식으로 사람의 이성을 한번 흔든 다음에 쉽게 점괘에 현혹되게 하는 건가?

"먼저 오자고 해 놓고, 뭐가 그렇게 불만이야? 혹시 무서워?"

"아니, 꼭 그런 건 아니고……."

"전에 듣기론 유령이나 귀신 같은 것도 안 믿는다고 하지 않았나?"

"안 믿는 건 아니고, 그냥 무서우니까, 없었으면 하는 거죠."

"그래? 근데 방금 뭔가가 지나간 것 같은데."

"아, 진짜! 그런 거 하지 마세요. 이따 밤에 잘 때 생각난단 말이에요!"

"그럼 오늘은 내 방에서 같이 자든가."

"지, 지금 대낮부터 무슨 소릴 하시는 거예요!"

"내가 뭘? 난 그냥 황후가 무서워하니까, 순수한 마음으로 제안했을 뿐이야."

"……."

그는 정말 약간의 사심도 없어 보였고, 덕분에 나만 바보가 된 것 같았다.

그리고 그때, 마침 들려온 노크 소리와 함께 직원이 우리 차례가 됐음을 알려 주었다.

덕분에 우리는 그길로 점술사가 있다는 천막의 가장 안쪽으로 향했다.

"고민이 많아 보이시는 얼굴이군요."

자리에 앉자마자 들려온 물음에 나도 펠루스도 상대를 응시했다.

목소리를 들어 보니 중년의 남성인 듯한데, 천으로 얼굴을 반쯤 가리고 있어서 확신하긴 어려웠다.

'신비주의 컨셉 같은 건가?'

"여성분께서는."

그는 아무런 전조도 없이 나를 언급했다. 과연 대체 무슨 소리를 하려나 싶어서 느긋한 얼굴로 상대를 응시했다.

"귀족이시군요."

"으음."

너무 대단한 사실을 알아채서 기절할 뻔했다.

상대에게 하고 싶은 말이 너무 많지만, 간단히 하기로 했다.

"죄송하지만 아닌데요."

"예?"

"전 귀족 아니에요."

황후니까, 황족이지.

"그럴 리가 없……."

"그런 뻔한 거 말고, 다른 걸 맞혀 보시는 게 어때요?"

나는 자연스레 다른 방향을 제시했다.

"예를 들면 저와 옆에 계시는 남자분. 이렇게 둘 중에 누가 더 나이가 많을까요?"

펠루스는 의아한 얼굴을 했다. 그런 걸 물어서 뭐 하려는 건지 모르겠단 표정이었다.

내 물음에 잠깐 고민하던 점술사가 이내 마음을 정한 듯 고개를 끄덕였다.

"여성분이 더 많으신 것 같군요."

"아니에요."

나는 이번에도 단호하게 부정했고, 점술사는 당황한 얼굴을 했다.

보아하니, 어느 정도 눈치껏 답을 말했는데 틀렸다고 하니 당황스러운 모양이다.

역시, 미래를 볼 수 있다는 건 거짓말이고. 적당히 눈치가 빠르고 말을 잘하는 사람인 듯했다.

'으음, 큰 기대를 한 건 아니지만 좀 실망스럽네.'

"그, 그럼 이번에는 남성분의 마음을 맞혀 보겠습니다."

내가 대놓고 시큰둥한 얼굴을 하자, 그는 타깃을 변경했다. 그러더니 곧 침착한 태도로 입을 뗐다.

"보아하니, 남성분께서는 마음에 둔 여성분이 계시는군요."

"글쎄."

펠루스가 애매한 대답을 했으나, 점술가는 그것만으로도 만족한 듯했다.

"다른 사람은 속여도 저는 속이실 수 없습니다. 남성분께서는 분명 그 여성분의 마음이 자신에게 닿기를 바라고 계십니다."

이 정도면 일단 아무 말이나 내뱉고, 하나만 걸려라! 싶은 수준이다.

펠루스 역시 비슷한 생각이었는지 점술가의 말을 썩 귀담아듣지 않는 것 같았다.

그리고 그것을 눈치챈 상대는 어떻게든 한 건 해 보겠다는 의지를 불태웠다.

"그분의 애정과 남성분의 애정이 온전히 같지는 않지요? 꼭 홀로 외사랑이라도 하는 것처럼 말입니다."

점술가가 아무렇게나 내뱉는 말에 불과하지만, 이 와중에도 그 말만큼은 부정할 수 없었던지 펠루스의 표정이 굳어졌다.

그러나 그건 점술가조차 볼 수 없을 만큼 찰나였다.

나는 그런 펠루스의 표정을 보고 말았지만.

결국, 우리는 조금 미묘한 분위기 속에서 천막을 나와 황궁으로 가는 마차에 올랐다.

이렇게 묘한 긴장감이 감도는 상황에서 산책을 지속하고 싶은 마음은 없었기에 내가 먼저 돌아가자고 했다.

"괜찮으세요?"

"뭐가."

"아뇨, 그냥 기분이 안 좋아 보이셔서요."

"그냥, 헛소리를 계속 들어 주다 보니 기분이 이상해서."

황당한 것도 아니고, 기분이 이상하다는 건 점술가의 말이 어느 정도 들어맞았다는 의미겠지.

한숨이 절로 나왔다. 우리는 연인이 아니라, 부부다. 그것도 결혼한 지 제법 된 사이인데. 펠루스가 혼자 짝사랑 비슷한 것을 하고 있다니.

점술가가 처음 그 말을 꺼냈을 때, 솔직히 나는 그 말을 비웃었다. 우리가 결혼해서 함께 산 생활이 몇 년인데, 짝사랑은 개뿔.

하지만 펠루스의 반응은 달랐다. 아주 찰나였지만, 그는 진심으로 당황했다.

'내가 그 정도로 표현을 안 하고 살았나? 펠루스가 홀로 짝사랑을 하고 있다는 생각이 들 만큼?'

자아 성찰의 시간은 그리 길지 않았다. 고민할 필요도 없는 대답이었다.

나는 아니라고 부정하고 싶었지만, 펠루스의 반응을 보면 답은 뻔했다.

입 안이 조금 썼다.

펠루스를 아주 잠깐 마주한 점술사도 알아챌 정도로 티가 났는데, 나는 그걸 이제야 알았다.

정확하게는 알면서도 별로 신경 쓰지 않았던 거겠지.

'정말, 최악이네.'

"근데 아까 나이에 대한 질문은 왜 한 거지?"

계속된 침묵으로 가라앉은 분위기를 바꾸려는 듯 펠루스가 물었다.

"음, 사실 어떻게 생각하느냐에 따라 제가 폐하보다 훨씬 나이가 많을 수도 있어요."

"⋯뭐?"

"제가 원래 세계에서 산 세월이 적지 않거든요. 그것까지 합치면, 폐하가 저보다 어리시죠."

간단히 덧붙여진 설명에 펠루스는 잠시 놀란 얼굴을 하다가 이내 미간을 찌푸렸다.

"그래서?"

"그래서? 뭐가요?"

"갑자기 그런 얘기를 하는 이유가 뭐야. 말이라도 놓게?"

"딱히 그런 생각으로 꺼낸 말은 아니었는데, 듣고 보니 그것도 나쁘지 않네요."

"정말 말을 놓겠다고?"

나는 산뜻하게 웃는 낯으로 고개를 저었다.

"설마요, 그냥 농담한 거죠."

이제 와 예전 세계의 나이를 운운하며 내가 사실은 너보다 나이가 많네, 어쩌네 할 생각은 없었다.

그리고 애초에 여긴 나름 철저한 신분제 사회다. 나이보다 신분이 우선인 사회에서 그런 게 뭐가 중요하겠는가.

"농담이라기엔 정말 재미없었는데."

"평소에 폐하께서 하시는 농담이 딱 그래요."

"내가 뭘?"

"맨날 실컷 놀려 놓고 수습해야 할 것 같을 때만 농담이라고 하는 거 제가 모를 줄 아세요?"

아, 근데 갑자기 이야기가 왜 이렇게 가는 거지?

문득, 뭔가 이상하단 생각이 들었다. 평소 같았으면 내가 농담이었어요, 라고 말한 순간부터 자연스레 다른 주제로 넘어갔을 텐데.

"혹시, 저한테 할 말 있으세요? 서운하신 게 있다든가."

"글쎄."

갑작스러운 물음에도 펠루스는 당황하지 않고 애매한 대답을 내놓았다.

대놓고 부정하지 않는다는 건 긍정한다는 의미였다.

"전에 나와 했던 내기 기억나?"

"그때 망고 셔벗을 걸고 했던 내기요?"

"그래."

자세한 건 모르겠고, 내가 졌음에도 망고 셔벗을 얻어먹은 기억은 난다.

내기의 대가로 펠루스의 소원을 한 가지 들어줘야 한다는 것도.

"소원을 정하신 모양이군요?"

"뭐, 비슷해."

정했단 소리다.

몇 년을 함께 살다 보니 이제 이 정도는 금세 알아들을 수 있게 됐다.

"뭔데요?"

"그냥, 흠."

펠루스가 잠시 뜸을 들였다. 내 눈을 어색하게 피하는 걸 보니 입에 담기 민망한 소원인 듯하다.

아니, 대체 무슨 소원이기에 저래?

"그러니까, 혹시 전에 내게 했던 말 기억하고 있나? 그, 얼마 전에 둘이서 와인을 마셨을 때 말이야."

'아, 그때 했던 말이라면…….'

"오늘은 모처럼 칼퇴근했으니까. 마시고 죽자!"

"……."

"이거요?"

아, 이게 아닌가?

대놓고 굳어진 펠루스의 표정을 보아하니 절대 아닌 것 같았다. 그럼 뭐지?

"아, 말 놓고 싶다고 했던 거요?"

"아니 그거 말고."

단호하게 부정하는 걸 보니 절대 아닌 모양이다. 음, 그럼 뭐지?

"아까는 다른 세상의 나이를 따질 생각이 없다더니, 그새 말을 번복하는 건가?"

"아니 제가 언제 번복을……."

나는 억울하단 얼굴로 항의하려 했다. 그런데 그때 문득 떠오르는 것이 있었다.

'설마, 그건가?'

"…잘생기면 다 오빠다?"

"…….."

돌아오는 대답은 없었으나, 펠루스가 어색하게 시선을 피했다.

이거구나!

드디어 정답을 맞혔다는 기쁨도 잠시, 더불어 알아낸 그의 소원에 머릿속이 새하얘졌다.

그러니까 지금 오빠라고 불러 달라는 거야?

나는 제발 아니라고 해 달라는 마음을 담아 그를 응시했으나, 펠루스는 단호하게 고개를 끄덕였다.

그거 맞아, 라는 의미를 담아서.

"…폐하께서는 좀 더 솔직해지실 필요가 있을 것 같네요."

다소 오글거리고 당황스럽긴 하지만, 객관적으로 봤을 때 그리 대단한 소원은 아니었다.

그러니까 이왕이면 매도 먼저 맞는다는 심정으로 빠르게 해치우기로 했다.

후우.

"흠흠, 저기요. 펠……."

그러나 뜻대로 되지 않았다. 후우, 다시 심호흡을 한 채 비장하게 입을 뗐다.

"펠루……."

스 오빠, 라고 딱 세 글자만 더 말하면 될 텐데. 왜 이리 어려운 건지. 후우, 이젠 마지막이라는 생각으로 입을 열었다.

"그……. 페, 펠루스 오라버니?"

"……."

"……."

아, 젠장. 내가 생각하기에도 소름 돋을 정도로 어색한 부름이었다. 국어책 읽는 거야 뭐야.

오빠라는 말은 죽어도 못할 것 같아서 오라버니로 바꿨는데, 이것도 어색하긴 마찬가지였다.

아, 젠장! 젠장!

당연히 펠루스의 반응 역시 좋지 않았다. 딱딱하게 굳어진 얼굴과 붉어진 귓가가 그것을 증명…….

잠깐, 붉어진 귓가?

그것을 알아챈 내가 펠루스를 뚫어져라 응시하자, 그가 어색하게 내 눈을 피했다.

뭐, 뭐야? 얼굴은 왜 빨개지는 건데?

설마 내가 입에 담은 호칭 때문인가 싶어서 나는 재차 그를 불렀다.

"펠루스 오라버니?"

"…알았어. 소원 들어준 걸로 할 테니까 그만해."

여전히 나를 똑바로 보지 못하는 그의 모습에 괜히 묘한 기분이 들었다.

어떻게 묘하냐면, 가슴이 뛴다거나 속이 기분 좋게 울렁거린다거나.

더불어 얼굴에도 열이 오르기 시작했다. 덕분에 손으로 부채질을 하며 열을 식히는데 문득 아까의 상황이 떠올랐다.

'그분의 애정과 남성분의 애정이 온전히 같지는 않지요? 꼭 홀로 외사랑이라도 하는 것처럼 말입니다.'

외사랑. 그 단어를 곱씹은 나는 곧장 자리에서 일어났다. 그러고는 펠루스와의 거리를 단숨에 좁혔다.
"지금 뭐 하는……."
그러고는 당황하는 펠루스와 나란히 앉은 채로 물었다.
"입 맞춰도 되나요?"
"뭐?"
"싫으시면 키스는 해도 되나요?"
"…가, 갑자기 이러는 이유가 뭐야?"
펠루스가 말까지 더듬는 것을 보니 많이 당황하긴 한 모양이다. 그 정도로 내 모습이 낯선 건가?
"그냥, 앞으로는 좀 더 솔직해지려고요."
내 대답에 순간, 펠루스의 표정이 미묘하게 변하더니 그가 내 허리를 당겨 안았다.
덕분에 나는 얼떨결에 그의 허벅지에 올라탄 꼴이 되었다.
"지금 이게 무슨……."
아까보다 훨씬 좁혀진 거리에 숨이 멎는 것 같았다. 그러나 그런 감상을 끝까지 내뱉을 틈도 없었다.

눈이 마주치기 무섭게 입술이 맞닿았다가 떨어지고, 이내 더욱 깊은 입맞춤이 이어졌다.

잠시 고민하던 나는 평소와 달리 펠루스의 목을 끌어안은 채 적극적으로 매달렸다.

서로의 숨을 나누기 위해 말캉한 것이 입 안을 가르고 들어오는 느낌이 선명했다.

그가 나를 탐하고, 나도 그를 탐하고 서로를 탐하는 일의 반복이었다.

"하아."

어느 정도 시간이 흐른 후에야 맞닿았던 입술이 떨어졌다. 그러나 나는 여전히 펠루스의 허벅지 위에 올라탄 채였다.

평소 같았으면 재빨리 자리로 돌아갔겠지만, 지금은 고민에 빠진 상태였다.

'여기서 끝내야 하나? 아니면 끝까지 가야 하나?'

원래의 나였다면 주저 없이 전자를 택했겠지만, 점술가의 말을 들은 지금은 고민하지 않을 수 없었다.

나도 그를 좋아한다고 적극적으로 표현할 방법이라면 역시 그런 것밖에 없지 않을까?

"…그만 내려와."

"네?"

"무거워."

"……."

고민은 빠르게 종결됐다. 나는 곧장 그에게서 내려와 원래 자리로 돌아갔다.

"무거운데 눈치 없이 계속 앉아 있어서 정말 죄송하네요."

"그걸 지금이라도 알았다면 다행이고."

"빈말로라도 좀 가볍다고 해 주시면 안 되나요?"

"빈말이나 거짓말은 못하는 성격이라."

"…지금 그게 거짓말이잖아요."

그렇게 말한 나는 한숨을 내쉬었다.

평소와 달리 좀 더 적극적인 모습을 보여 주고 싶었는데, 영 뜻대로 되지 않는다.

"망고 케이크 먹으러 갈래?"

"네? 왜요?"

갑작스러운 제안에 나는 습관적으로 반문했다. 뜬금없이 웬 케이크?

"저희 뭐 먹은 지 얼마 안 됐잖아요."

"케이크를 먹으면 기분이 좋아진다며."

그렇게 말한 그가 슬쩍 내 눈치를 봤다. 아무래도 내 기분이 썩 좋지 않은 걸 눈치챈 모양이다.

"마침 할 말도 있고."

슬쩍 덧붙여진 말에 나는 잠시 고민에 빠진 얼굴로 침묵했다. 그러다가 이내 입을 열었다.

"죄송하지만, 지금은 생각이 없어서요."

나쁠 것 없는 제안이었으나, 나는 이를 거절했다.

"케이크는 다음에 먹어요. 아니다. 다음에는 케이크 말고 다른 걸 먹어요."

지금까지 너무 내 생각만 했다. 애초에 펠루스는 별로 좋아하지도 않는 걸 나 때문에 먹어 주고 있었던 건데.

호의가 계속되면 권리인 줄 안다더니. 내가 딱 그 경우였다.

"그럼 이번에는 내가 가고 싶은 곳으로 가지."

"폐하께서 가고 싶은 곳이요?"

"강요하는 건 아니니 피곤하면 먼저 돌아가도 좋아."

"어……."

나는 잠시 말끝을 흐리며 고민에 잠겼다. 정확하게는 고민하는 척했다.

"그 정도로 피곤하지는 않아요."

"그럼 다행이고."

내 대답을 확인한 펠루스는 곧장 마부에게 지시해 목적지를 바꿨다.

그렇게 도착한 곳은 수도에서 유명한 제과점이었다.

전에 한번 와 본 기억에 따르면 생크림 케이크가 맛있었던 것 같다.

'근데 펠루스가 이런 걸 좋아했던가?'

점원의 안내를 받아 자리에 앉고, 음식을 주문하면서도 의아함을 떨쳐 낼 수가 없었다.

"여긴 왜 오자고 하신 거예요?"

"오고 싶어서."

"…여길 오고 싶으셨다고요? 폐하께서?"

내 물음에는 케이크를 좋아하지 않는데 여길 왜? 라는 물음이 생략되어 있었다.

"그래."

펠루스가 짧게 긍정했다.

"…혹시 저 때문인가요?"

"아니. 내가 먹고 싶은 게 있어서 왔어."

그렇게 말한 그가 마침 등장한 생크림 케이크를 가리켰다.

하지만 펠루스의 식성을 훤히 알고 있는 나로서는 그저 어이가 없을 뿐이었다.

그는 디저트 자체를 별로 선호하지 않았다.

가끔 예외도 있었지만, 적어도 생크림 케이크는 아니었다.

그런데도 펠루스는 뻔뻔한 얼굴로 포크를 들어 잘 구워진 케이크 시트와 그 위에 얹어진 생크림 케이크를 잘라 입으로 가져갔다.

"…맛있으세요?"

"나쁘진 않아."

펠루스가 할 수 있는 최고의 칭찬이었다. 그러나 나는 그의 입매가 미세하게 뒤틀린 것을 보았다.

'역시, 펠루스의 취향은 아니구나.'

"정말 맛있으세요?"

"그렇다니까."

"하늘을 걸고 맹세하실 수 있나요?"

"그래."

"그럼 저도 거실 수 있나요?"

"……."

"…왜 갑자기 침묵하시는 거죠? 정말 맛있다면서요."

"…나를 고작 이까짓 케이크에 아내를 거는 파렴치한 인간으로 만들 셈이야?"

"결국, 맛은 없다는 말씀이시네요."

"맛은 있어. 있는데……."

"있는데?"

"조금 질려."

으이구. 하여튼 그럴듯하게 쏙 빠져나가는 건 참 잘한다, 싶어서 웃음이 났다.

그리고 그는 웃음의 의미를 어떻게 받아들였는지 미간을 살짝 찌푸린 채 포크를 내밀었다.

"그렇게 의심스러우면 직접 먹어 보든가."

"좋아요."

케이크 자체의 맛을 의심한 적은 없다. 펠루스의 입맛에 안 맞을 뿐이지, 나한테는 맛있을 것이다.

그런데도 포크를 건네받은 건 그를 말리기 위함이었다.

무슨 이유인지는 모르겠지만, 입에도 안 맞는 걸 계속 꾸역꾸역 먹게 할 수는 없으니까.

나는 그가 했던 것처럼 케이크를 잘라 입에 넣었다.

"어때?"

"맛있네요."

"거봐. 맛있다고 했잖아."

그렇게 말한 펠루스가 직원에게 부탁해 새 포크를 가져왔다.

그 후, 우리는 함께 주문한 케이크 네 조각을 모두 해치웠다.

말이 좋아 함께지, 사실상 내가 다 먹었다.

"이렇게 잘 먹을 거면서 아까는 왜……."

"네?"

내가 무심코 되묻자 펠루스는 아무것도 아니라는 듯 고개를 저었다. 아니, 그러니까 더 궁금하잖아.

"왜 말을 하다가 마세요?"

"별거 아니니까 신경 쓰지 마."

"별거 아니어도, 그렇게 말을 하다가 말아 버리시면 엄청 신경 쓰이거든요?"

내 말에 펠루스는 잠시 갈등하는 기색이었다.

"그냥……."

애매하게 말끝을 흐리던 그가 곧 덧붙였다.

"생각보다 그렇게 무겁지는 않았어."

"…네?"

"아까 안고 있었을 때, 별로 안 무거웠다고."

"……."

"……."

짤막한 침묵이 이어졌고, 나는 그동안 재빨리 상황 파악을 시작했다.

그러니까 지금 나한테 사과한 거지? 아까 농담으로 나한테 무겁다고 했던 게 마음에 걸려서?

근데 갑자기 왜?

펠루스가 나한테 이런 식으로 틱틱댄 게 하루 이틀도 아닌데.

'아.'

문득, 짚이는 게 있었다.

"정말 안 무거워. 그러니까 살을 빼겠다며 굶고, 그럴 생각은 마."

"……."

이거 정말 펠루스가 단단히 오해한 모양이다.

'내가 무겁다는 말 때문에 기분이 상해서 살을 빼겠다며 케이크를 안 먹었다고 생각하는 모양이네.'

무겁다는 말을 그 정도로 마음에 두고 있진 않았는데.

설마 그것 때문에 나한테 케이크를 먹여 보겠다고 여길 온 건가? 자기가 좋아하지도 않는 케이크까지 억지로 먹어 가면서?

◈

에린의 예상은 적중했다. 펠루스가 나름대로 머리를 쓴 결과였다.

평소와 달리 영 종잡을 수 없는 에린의 태도가 그는 당황스러웠다.

갑자기 입을 맞추겠다며 적극적으로 다가오다가도, 좋아하는 케이크를 먹으러 가자고 하면 싫다고 답한다.

그런 주제에 정신은 자꾸 다른 곳에 가 있고. 여러 가지로 총체적 난국이었다.

그래서 그는 일단 자신의 행동부터 천천히 되짚었다.

평소와 다른 점은 딱히 없었지만, 에린에게 무겁다고 말한 게 조금 마음에 걸렸다.

'설마, 그것 때문에?'

평소 같았으면, 아까는 망고와 치즈를 먹었으니 이번에는 생크림 케이크를 먹을 차례라며 신나 했을 에린이 그것을 거절했다.

그리고 자신은 그녀에게 무겁다는 말을 했다.

우연이라기엔 앞뒤가 제법 잘 맞아떨어졌다.

"그런 거 아니에요. 아니, 애초에 성인 여성을 양손으로 안고 있는데 안 무거운 게 이상하죠."

…라는 건 펠루스 혼자만의 착각이었음을 에린은 단단히 못 박았다.

"그럼 왜 거절한 거지?"

주어가 생략된 물음이었으나, 이를 알아들은 에린은 잠시 침묵했다.

침묵 끝에 돌아온 대답은 다음과 같았다.

"그냥, 그땐 정말 생각이 없었어요."

그러고는 슬쩍 그의 시선을 피한다.

오랫동안 에린을 봐 온 입장에서 장담하건대 저건 거짓말을 할 때 나오는 행동이다.

즉, 그녀는 여전히 뭔가를 숨기고 있었다.

"케이크를 다 먹은 후 가고 싶은 곳이 생겼어요!"

펠루스가 자신의 말을 의심하고 있다는 사실을 깨달았는지 에린이 서둘러 화제를 돌렸다.

"그게 어딘데?"

"카엘한테 줄 선물을 사야 할 것 같으니까, 번화가로 나갈래요."

그러나 그마저도 펠루스의 입장에선 갑작스러웠다.

'정말이지 거짓말에는 재능이 없군.'

뜬금없이 남동생한테 줄 선물을 고르겠다니.

에린과 아를레인 공작가의 사람들이 전보다 가까워진 것은 맞지만, 이런 식으로 뜬금없이 선물을 주고받을 정도는 아니었다.

"…대놓고 안 믿으시는 것 같은데, 이거 한번 읽어 보세요."

그리 말한 에린이 품속에서 편지 한 통을 꺼냈다.

친애하는 누님에게

안녕하세요, 누님. 햇살이 찬란하게 부서지고, 아름다운 장미가 피어나는 계절이 다가왔습니다. 장미가 아무리 아름다워 봤자 누님의 미모에 비할 바는 아니겠지만…(중략)… 이런 날에 눈을 뜨면 늘 누님 생각이 나더군요.
하지만 바쁜 누님께 누가 될까 초대 한번 제대로 할 수 없어 늘 아쉬운 마음뿐입니다.
다만 그럼에도 이번 제 생일 연회에는 와 주셨으면 좋겠습니다. 물론 바쁘시다면 어쩔 수 없지만요. …(중략)…
늘 건강하고 평안하시기를 바랍니다.

카엘

그렇게 끝맺은 편지에는 아를레인 공작가의 인장이 찍혀 있었다.
펠루스가 편지를 끝까지 읽은 것을 확인한 에린이 그것 보라는 듯 당당한 얼굴을 했다.
"…참으로 놀랍군."
펠루스의 미간이 조금 구겨졌다. 갑작스레 에린에게 손을 내민 상대의 태도 때문만은 아니었다.
'연서야 뭐야.'
그가 에린의 남동생임을 알지만, 그래도 썩 기꺼운 기분은 아니었다.

하지만 대놓고 드러내기엔 치졸한 질투였기에 이내 태연한 얼굴로 편지를 에린에게 돌려줬다.

"저도 좀 놀라긴 했어요. 지난 몇 년간 이렇게 직접적으로 다가온 적은 없으니까."

에린은 진심으로 기쁘다는 얼굴을 하고 있었다.

비록 진짜 가족은 아니지만, 진짜 에린의 가족인 공작가 사람들과 거리를 두고 사는 것이 늘 마음에 걸렸던 탓이다.

펠루스 역시 그 사실을 알기에 더는 말을 덧붙이지 않았다. 그저 어서 카엘의 선물을 사러 가자며 에린의 손을 잡아끌었다.

그렇게 그녀는 무기상에서 카엘에게 줄 선물을 골랐다. 그게 무엇인지는 알려 주지 않았다.

카엘과 자신만의 비밀이라며 얄밉게 웃었다.

"진짜 끝까지 말하지 않을 셈인가?"

"뭐가요?"

에린이 아무것도 모르겠다는 얼굴로 물어 왔으나, 펠루스는 그것이 진심이 아님을 알았다.

그녀는 지금 그를 놀리려고 일부러 저러는 거였다.

'아주 신이 났군.'

그 사실이 밉거나 거슬리지는 않았다.

아까처럼 속을 알 수 없는 얼굴로 기운 빠져 있는 것보단 지금이 훨씬 낫다.

"내일 일정이 어떻게 되지?"

"일정? 아니, 폐하의 일정을 왜 저한테 물어보세요?"

"…내 일정 말고."

"그럼 제 일정이요?"

"그래."

"왜 물어보시는 건데요?"

"데이트 신청하려고."

"어……."

당당한 펠루스의 대답에 에린은 당황한 얼굴을 했다.

그가 이렇게 직설적으로 용건을 꺼내는 일은 흔치 않았으니까.

"…그, 그런 말은 또 어디서 배우신 거죠?"

"뭐, 그냥. 이렇게 말하면 좋아할 거라던데."

"……."

"아니야?"

그 말에 에린은 펠루스가 한 말의 출처를 짐작한 눈치였다.

"아처 님이군요."

"글쎄."

그렇게 말한 펠루스가 슬쩍 화제를 돌렸다.

"그것보다 발은 이제 괜찮아?"

"애초부터 호들갑을 떨 정도는 아니었어요. 그냥 조금 까진 것뿐이었으니까. 아, 근데 저희 안 내려요? 마차가 멈춘 것 같은데."

에린의 말처럼 마차는 진작 황궁 앞에 멈춰 선 상태였다.

"내리기 싫은데."

"…네?"

"혼잣말이야. 그냥 못 들은 걸로 해."

"아니, 다 들리게 말해 놓고, 못 들은 걸로 하라니. 그게 뭐예요."

에린은 어이가 없단 얼굴로 중얼거렸다. 그러고는 먼저 거침없이 마차에서 내렸다.

펠루스 역시 아쉬운 얼굴을 애써 감춘 채 그녀를 따라 내렸다.

마차에서 내려, 복도를 지나 각자의 방까지 가는 데 걸린 시간은 찰나였다.

그만큼 아쉬웠다. 아직 몇 마디 나누지도 못한 것 같은데.

"그럼 안녕히 주무세요."

"…그래."

에린은 평소와 다름없이 환한 미소로 인사를 마친 후 돌아섰다. 그리고 펠루스 역시 마찬가지로 몸을 돌렸다.

"잠깐만요!"

다급하게 몸을 돌려 자신을 붙잡은 에린만 아니었다면 그는 금세 자신의 방으로 향했을 것이다.

"대체 무슨 일……."

펠루스가 말을 제대로 끝맺기도 전에 에린이 그에게 뭔가를 안겨 주었다.

"나중에 열어 보세요!"

그러고는 그대로 달려서 사라진다. 순식간에 벌어진 상황이 펠루스는 얼떨떨했다.

'이게 뭐지?'

그가 에린이 준 상자를 열어 본 건 그녀의 뒷모습이 완전히 사라진 후였다.

'이건…….'

그 안에 든 것은 단도였다. 펠루스가 처음 에린에게 선물했던 것과 달리, 실용성에 더욱 신경을 쓴 단도.

◈

"왜 그렇게 기분 나쁘게 웃으십니까?"

"내가 뭘?"

짤막한 펠루스의 대답에 아처가 짜증스레 미간을 구겼다.

"그 단도 때문에 그러시는 거 다 압니다."

"그런 거 아니야."

아니긴. 아까부터 자신의 말은 듣는 둥, 마는 둥 단도가 든 상자만 쳐다보기 바쁘면서 뭘.

"기분이 좋으신 건 알겠는데, 이런 식으로 자꾸 불성실하게 구시면 저도 가만있지 않을 겁니다."

"가만히 있지 않으면 뭘 어쩔 건데?"

펠루스가 뚱한 얼굴로 물었다. 네가 그래 봐야 뭘 어쩌겠느냔 얼굴이었기에 아처는 생긋 웃으며 말했다.

"황후 폐하께 이를 겁니다."

"……."

"황제 폐하께서 요즘 정무에 통 집중을 못 하시는 듯한데, 어제도 두 분이 함께 계셨다고 들었습니다."

대놓고 고자질을 하는 것처럼 보이지 않도록 적당히 말을 돌려서 찌르겠단 소리였다.

"그렇게 말하면 내가 순순히 그 말을 들을 것 같나?"

"말은 그렇게 하시지만, 지금 벌써 서류 두 장을 정리하셨습니다. 역시 효과가 대단하군요."

그렇게 말한 아처는 당장 박수라도 칠 기세였다.

빈정거리는 것이 분명한 행동이었으나, 펠루스는 미간을 구기는 대신 픽 웃었다.

그러고는 다시 서류에 시선을 고정하며 말했다.

"신기하지 않아? 내가 이런 모습을 보인다는 게."

"신기합니다."

"이건 내 오랜 친우에게 하는 질문이야."

"신기해."

바로 말을 낮추는 아처의 태도에 그는 다시 웃었다.

"그럼 너도 이렇게 되고 싶다는 생각은 안 해?"

"글쎄."

아처의 애매한 대답에 펠루스는 침묵을 지켰다. 뒤에 더 이어질 말이 있으리라 짐작한 탓이다.

그의 예상은 적중했고, 아처가 곧 입을 열었다.

"다들 내가 첫사랑의 트라우마에서 벗어나지 못해서 이렇게 살고 있다고 여기는 것 같은데. 그런 거 아니야. 어렸을 때는 결혼을 하지 않으면 큰일이라도 나는 줄 알았지만. 그게 아니라는 걸 깨달았을 뿐이야."

"……."

"나와 정말 잘 맞는 사람이 나타난다면 모를까. 굳이 혼기가 차서, 후계자를 남겨야 하니까, 따위의 이유로 떠밀리듯 결혼하고 싶지는 않아."

아처의 의지는 완강했고, 그 사실을 깨달은 펠루스는 끝까지 침묵을 유지했다.

"그러니까 날 걱정한답시고 이렇게 불필요한 충고하지 마."

"그래, 알았어."

펠루스가 고개를 끄덕였다.

다소 무성의해 보일 수 있는 행동이었으나, 아처는 그의 행동에 악의가 없음을 알았다.

하지만 그렇다고 해도 이 이야기는 여기서 끝내고 싶었다.

"그건 그렇고, 저 단도는 어쩔 셈이야?"

"내 단도가 왜?"

펠루스 역시 그런 아처의 마음을 알아챘는지 더 묻지 않고, 바뀐 화제에 호응해 주었다.

"단도를 받고 좋아하고만 있을 것이 아니라, 보답을 해 주는 게 맞지 않나 싶어서."

"안 그래도 고민 중이긴 했어."

"고민한다고 해결될 문제가 아닌 것 같은데. 어지간한 건 다 사다가 바쳤잖아."

아처의 말이 맞았다.

결혼한 후로 펠루스는 때가 될 때마다 이런저런 구실을 붙여서 에린에게 다양한 선물을 했다.

과장을 조금 보태자면, 그녀에게 주지 않은 선물보다 준 선물이 더 많을 지경이었다.

"직접 물어보는 건 어때?"

"직접?"

듣고 보니 그것도 나쁘지 않을 것 같다는 생각이 들었다. 늘 자신이 생각했을 때 가장 귀한 선물이라고 여긴 것만 선물했으니까.

"그래, 그게 좋겠군."

결정은 빨랐다. 마음을 정한 펠루스는 남은 서류를 정리하며 때를 기다리기로 했다.

✧

"지금쯤이면 진작 안에 든 물건을 확인했을 텐데, 아무 반응도 없네."

내가 펠루스에게 단도를 건넨 게 어제저녁이었는데, 지금은 꼬박 하루가 지나 밤이 되었다.

카엘의 선물은 핑계에 불과했고, 그의 선물을 사러 간 거였는데. 자신의 선물은 그저 덤이라고 생각해서 기분이 상한 건가?

별의별 생각이 다 들었다. 그리고 그 끝엔 역시 괜한 짓을 했나 싶은 마음이 들었다.

그리고 그때, 문을 두드리는 소리가 들려왔다.

"들어와."

나는 습관적으로 대답했다. 이 시각에 내 방을 찾을 사람이라면 매일 수면에 좋은 차를 가져오는 시녀겠지.

"혹시, 많이 바쁜가?"

하지만 내 예상은 보기 좋게 빗나갔다. 익숙한 목소리에 고개를 들었더니.

"폐하?"

그곳에는 펠루스가 있었다. 근데 얘는 이 시간에 여길 왜 온 거지? 평소에는 얼씬도 안 하더니.

"무슨 일이세요?"

"우리가 꼭 무슨 일이 있어야만 볼 수 있는 사이는 아니잖아."

"뭐, 그렇긴 하죠."

틀린 말은 아니지만. 그래도 어쩐지 찜찜했다. 그래서 정말 아무 이유도 없이 온 거라고?

"물어보고 싶은 게 있어."

역시 목적이 있긴 했던 모양이다. 나는 흔쾌히 고개를 끄덕이며 물었다.

"뭔데요?"

"어제 받은 것에 대한 답례를 하고 싶은데, 혹시 원하는 게 있나?"

주어를 빼놓고 대뜸 던진 물음이었으나, 나는 찰떡같이 알아들었다.

어제 나한테 단도를 받아서 매우 기뻤고, 지금은 그 답례를 하고 싶다는 의미인 듯했다.

"원하는 거? 으음, 글쎄요. 딱히 생각해 본 적 없는데."

황궁에서 생활하면서 뭔가가 부족하다고 느껴 본 적은 없다. 항상 모든 것이 완벽하게 채워져 있었으니까.

거기다가 일정한 기간이 지나면 오다 주웠다, 생각나서 샀다 등등의 이유로 펠루스가 온갖 것을 사다 주고는 했으니, 모자란 게 있을 리가.

'아!'

갑자기 생각난 것이 있었다.

"그거, 꼭 물건이어야 하나요?"

"아니. 그런 건 아닌데, 왜? 물건 말고 다른 게 필요해?"

"네."

나는 순순히 고개를 끄덕였다. 그러자 펠루스는 별로 망설이는 기색도 없이 말했다.

"그럼 그러든가."

오 역시 내 남편이야. 쿨해서 좋네.

"그럼 앞으로 둘이 있을 때는 이름으로 부르게 해 주세요."
"이름?"
"네. 예를 들면 펠루스, 이런 식으로?"
"…그러니까, 나한테 말을 놓고 싶다. 이건가?"
"아뇨, 뭐… 꼭 그런 건 아니고요."

나는 웃으며 말끝을 흐렸다. 그에게는 내 요구가 하극상을 하고 싶어 하는 것처럼 보인 모양이다. 맹세코 그런 의도는 아니었다. 그저.

"그냥, 저희 결혼한 지도 제법 됐는데, 서로를 너무 공적으로만 부르는 것 같아서요. 좀 더 친밀한 느낌이 들면 좋지 않을까 싶었어요."

"그때, 점쟁이가 한 말 때문에 그래?"

"네. 그것 때문에 엄청 신경 쓰였……. 아, 아뇨! 절대 아닌데요!"

무심코 본심을 말하다가 아차 싶었던 나는 서둘러 고개를 저었다. 그러나 펠루스는 이미 알아서 결론을 내린 것 같았다.

"그럼 그렇게 해."

"…오, 정말요?"

"그래."

뭐, 허락을 얻어 낸 과정이 좀 그렇긴 했지만, 일단 허락을 받았으니 그걸로 됐다고 생각하기로 했다.

그러고는 혹여나 펠루스의 마음이 바뀔세라 달라진 호칭을 입에 담았다.

"펠."

"……."

"어, 많이 이상해요?"

무표정한 얼굴로 침묵하는 펠루스를 보니, 갑자기 자신이 없어졌다.

그, 그렇게 어색했나?

"…역시 그냥 폐하라고 부르는 쪽이 더 낫나요?"

"아니."

내가 조용히 한발을 빼려고 하자, 단호한 대답이 돌아왔다.

"…그냥, 뭐. 생각했던 것보다 괜찮네."

"생각만 했을 때는 안 괜찮으셨단 소리로군요."

나의 중얼거림에 펠루스가 피식 웃었다. 으휴, 진짜. 잘생겼으니까 봐준다.

"근데 시간이 많이 늦었는데, 슬슬 가 보셔야 하는 거 아닌가요? 폐… 아니, 펠도 슬슬 잘 준비를 해야 하잖아요."

"별로 안 늦었으니까, 괜찮아."

"제가 안 괜찮아요, 저 졸린데?"

"얻어 낼 건 다 얻어 냈으니, 쫓아내겠다?"

"설마요. 그런 의미는 절대 아니었습니다."

"아닌 척 빈정거리기는."

그렇게 말한 펠루스가 자연스레 침대에 걸터앉았다. 당장은 내 침실에서 나가지 않겠다는 무언의 선언이었다.

"다른 건 더 없어?"

"뭐가요?"

"아까 말했잖아. 원하는 걸 말하라고."

"그래서 말했잖아요. 둘이 있을 땐 이름으로 부르고 싶다고."

"소원을 하나만 들어준다고 한 적은 없는데?"

엥?

"고작 하나로는 계산이 안 맞지. 그러니까 조금 더 많은 걸 빌어 봐."

"아니, 그럼 대체 몇 개까지 가능한 거죠?"

"오늘 자정까지 빈 소원은 전부 들어줄게."

와우, 마치 램프의 요정이라도 소환한 기분이었다.

자정까지 무제한이라.

"시간이 더 있었으면 좋았을 텐데, 아쉽네요."

정말 아쉬웠다. 자정이 지나기 전에 규모가 큰 소원을 빌기엔 내 몸이 너무 피곤한 상태였으니까.

그냥 소박하게 가자.

마음을 정한 나는 곧장 소원을 입 밖에 냈다.

"그럼 일단 여기서 주무시고 가세요."

절대 내가 지금 당장 쓰러질 것처럼 피곤해서 이러는 게 아니다.

펠루스가 앉아 있는 침대에 푹 파묻혀 그대로 기절하고 싶어서 이러는 게 아니다.

그냥 부부끼리 오랜만에 한 침대에서 오순도순 대화를 나누고 싶은 것뿐이었다.

"…그거 진심으로 하는 말이야?"

"당연하죠."

말을 마친 나는 이미 침대에 누워 있는 상태였다.

아 진짜 너무 좋다. 이 푹신한 촉감도 그렇고. 이대로 잠들어서 영원히 못 일어난다고 해도 괜찮을 것 같아.

그런 생각을 하며 감고 있던 눈을 떴다. 그러자 나를 물끄러미 바라보던 펠루스와 눈이 마주쳤다.

"왜 그러고 계세요? 자리 많으니까, 이리 와서 누우세요."

내 말에 그는 어이가 없다는 듯 고개를 저었다.

그러다가 결국 내 재촉을 이기지 못하고, 쭈뼛거리며 자리에 누웠다.

나를 등진 채, 침대 끄트머리에 누운 그를 보며 나는 헛웃음을 터트렸다.

아니 왜 저렇게 뻣뻣하게 굴고 난리지? 한 침대를 쓴 게 하루 이틀도 아니면서.

하지만 그런 펠루스의 모습도 좋았다. 귀엽네.

나는 속으로 하던 생각을 감춘 채 침대를 기어서 그에게 다가갔다.

"있잖아요, 펠."

그렇게 운을 뗀 후, 펠루스가 나를 돌아보기 직전에 뒤에서 그를 안았다.

단단한 등의 감촉이 느껴짐과 동시에 그가 움찔하는 것이 느껴졌다.

"지금 이게 뭐 하는……."

"자정이 지나기 전까지 뭐든 다 들어준다면서요."

"……."

"그냥 이렇게 있고 싶어서 그러는 건데, 안 되나요?"

내 물음에 펠루스가 한숨을 내쉰 것도 같다. 그러다가 곧 자신의 허리를 두르고 있는 내 손을 풀었다.

거절의 의미인가?

그런 생각을 하던 찰나 몸을 돌린 펠루스가 침대의 가운데로 나를 잡아끌었다.

 그리고 다시 정신을 차렸을 땐, 펠루스의 눈을 마주한 채로 그의 품에 안긴 상태였다.

 "얼굴을 보고 싶어서."

 뒤로 안으면 얼굴이 안 보이니까, 이렇게 마주 보고 싶단 소리구나.

 별거 아닌 의미인데, 왜 이렇게 얼굴이 뜨거워지는지 모르겠다.

 '펠루스를 놀리려다가 오히려 내가 놀림을 받은 기분이네.'

 자꾸 달아오르는 얼굴을 주체하지 못한 나는 눈을 마주치지 않기 위해 매달리듯 그의 품에 안겼다.

 이런 상황에서 대놓고 눈을 맞추고 있기는 좀 민망했던 탓이다.

 "…좀, 떨어지는 게 좋을 것 같은데."

 "왜, 왜요? 저는 지금이 매우 괜찮은데."

 당황한 내색을 하지 않기 위해 노력하며 한 대꾸에 펠루스는 잠시 침묵했다.

 그러나 곧 마음을 정했는지 강경하게 나왔다.

 "날 놀리고 싶은 마음은 알겠지만, 더는 안 돼."

 예? 아니 뭐야, 내가 놀리려는 걸 알고 있었어?

 당황스러운 마음에 고개를 들자, 그와 눈이 마주쳤다.

 그러나 눈이 마주친 건 찰나였다. 당황스러운 기색이 가득한 눈으로 나를 보던 펠루스는 곧 내 시선을 피했다.

 귓불까지 붉게 달아오른 채로 그가 덧붙였다.

 "그럴 마음도 없으면서 자꾸 붙지 마. 나도 참는 데 한계가 있으니까."

"네? 뭘 참아요?"

내 물음에 펠루스의 표정이 굳어졌다. 아니, 놀리려는 게 아니라 진짜 몰라서 묻는 거야!

억울한 마음에 그렇게 외치고 싶었지만, 어차피 안 믿을 것 같아서 일단 조용히 있기로 했다.

"결혼한 후로 매달 한 달에 한 번씩 꼭 한 거 있잖아."

"아, 합방이요?"

난 또 뭐라고.

내가 대수롭지 않게 되묻자 그가 어색하게 시선을 피하며 고개를 끄덕였다.

"근데 있잖아요, 폐… 아니. 펠, 오해의 소지가 있는 것 같아서 확실히 짚고 넘어가자면."

그런 펠루스의 반응과 달리 나는 태연하게 어깨를 으쓱했다.

"저 펠한테 그런 거 참으라고 한 적 없어요."

"……."

"……."

응? 뭐죠? 이 당황스러운 정적은?

나는 얼마간 펠루스를 따라 침묵했고, 그의 시선은 불안하게 흔들리다가 곧 한곳에 고정됐다.

"그 말, 내 마음대로 해석해도 되겠지?"

동요를 감추려고 애쓰는 펠루스를 향해 나는 고개를 끄덕였다.

그러자 무어라 할 틈도 없이 끌려가 입술이 맞닿았다.

처음에는 가볍게 닿았다가 떨어지는 정도에 그쳤던 입맞춤은 점점 진득한 형태로 변해 갔다.

동시에 옷이 한 겹, 두 겹 벗겨지고 그의 입술은 어느덧 목의 곡선을 따라 내려가기 시작했다.

그런 펠루스의 모습을 보고 있자니 내일은 목이 드러나는 옷은 못 입겠구나 싶었다.

"아."

내가 다른 생각을 하고 있다는 걸 알아차렸는지 그가 짜증 섞인 얼굴로 내 목에 진한 자국을 남겼다.

"집중해."

그게 꼭 자기를 좀 봐 달라며 징징대는 강아지를 보는 것 같아서 귀여웠다.

✽

그날은 우리에게 있어서 매우 특별한 밤이었다. 왜냐면 식구가 하나 더 늘었으니까.

그리고 그 사실을 알게 된 펠루스는 기념일을 하나 만들었다.

"…연인들끼리 서로 케이크를 주고받는 기념일을 만드셨다고요?"

"전에 있던 세계에는 있었는데, 여긴 없다고 아쉬워했잖아."

"그렇긴 하지만 그걸 단순한 휴일도 아니고, 국경일로 지정하실 줄은 몰랐죠. 언제는 그게 무슨 미친 소리냐면서요?"

"내가 언제 그랬어? 그리고 말 함부로 하지 마. 애가 들으면 어쩌려고?"

"……."

이 인간은 아직 애가 태어나지도 않았는데, 벌써 팔불출 기질이 다분했다.

 뭐. 좋은 게 좋은 거겠지.

 태어나지도 않은 애 때문에 국경일까지 만들었으니, 나중에는 얼마나 예뻐하겠어?

 그렇게 생각한 나는 그냥 상황을 즐기기로 했다.

 그리고 나중에 전해 들은 바로는 새로 생긴 국경일에 대한 반응이 생각보다 훨씬 뜨거운 듯했다.

 참신하고, 파격적이면서도 유쾌한 시도라나 뭐라나.

 덕분에 케이크 회사들이 황실에 감사를 표하며 매년 케이크를 잔뜩 보내 주기로 약속했으니, 나름 해피 엔딩인 걸로.

외전 3.
황녀와 사냥터

"귀한 시간을 할애하여 자리를 빛내 주시다니 영광입니다, 황후 폐하."

그리 말한 신관이 부담스러울 정도로 두 눈을 빛내며 따라붙었다.

"사냥터의 호수가 마음에 드시는 모양이군요. 저희 신전에도 아름다운 호수가 있는데……."

"아, 그렇군요."

나는 성의 없는 태도로 신관의 말을 대충 잘라 냈다.

오늘은 일 년에 한 번 있는 사냥 행사였다.

사냥 대회라는 이름 아래에 모인 귀족들이 여러 단체에 기부금을 내고, 적당히 얼굴을 비치다가 돌아가는.

그런 행사에서 나를 마주한 신관이 이토록 집요하게 구는 건 단순히 눈앞의 기부금이 탐나기 때문만은 아니었다.

나와 펠루스는 둘 다 신전에 딱히 좋은 감정이 없다.

덕분에 자연스레 신전을 향한 황가의 지원은 끊어졌고, 대신 황실을 등진 귀족파들이 한동안 신전을 지원하기도 했지만. 지금은 글쎄.

신전에 기부금을 내러 온 이들이 몇 없는 것만 봐도 대충 상황을 짐작할 수 있었다.

"미안하지만, 폐하를 뵈러 가야 해서요."

그러나 그건 신전의 사정이지, 내가 알 바는 아니었기에 나는 가장 손쉬운 방법을 사용해 신관을 떼어 냈다.

"엄마!"

신관을 떼어 낸 후 펠루스를 만나러 가던 나를 발견한 엘리가 소리쳤다.

반가운 마음에 서둘러 달려오던 엘리는 뒤늦게 예법을 지켜야 한다는 사실을 떠올렸는지 걸음을 늦췄다.

그러다가 이내 주변에 있는 사람이 나와 자신뿐임을 알았는지 다시 달리기 시작했다.

'귀엽긴.'

눈에 보이는 건 나와 엘리뿐이지만, 사실 우리 주변에는 최소 스무 명이 넘는 호위 기사들이 대기하고 있을 것이다.

"엄마, 엄마!"

"그래."

나를 부르며 내 품에 안긴 엘리는 내게서 떨어지지 않으려고 했다.

"엄마, 나 너무 졸려. 그러니까 안아 줘."

전혀 졸려 보이지 않는 눈으로 뻔한 거짓말까지 하면서 말이다.

"어제 일찍 잤잖아. 그래도 졸려?"

"응. 계속 걸었더니 졸려."

단호한 엘리의 말에 나는 결국 아무것도 모르는 척 그녀를 안아 들었다.

그러고는 어서 자라는 의미에서 등을 가볍게 두드려 주었다.

"엄마."

"응? 왜?"

"엄마는 왜 아빠랑 결혼했어?"

"…어?"

내가 안아 주기만 하면 금방 잘 것처럼 굴던 엘리가 대뜸 물어 왔다.

"엄마는 얼굴도 예쁘고, 가문도 좋고, 딱히 아쉬울 거 없었잖아."

나는 진심으로 당황했다. 이게 올해로 다섯 살 먹은 딸한테 들을 질문인가 싶었나.

동시에 저런 질문을 듣고 나니 세기의 로맨스 정도는 들려줘야 할 것 같은 의무감이 생겼다.

"황태자였던 네 아빠도 가진 게 많은 건 비슷했어."

문제는 투닥거린 기억밖에 없는 나와 그의 이야기를 어떻게 포장하느냐였다.

"그러니까 우리는 일단 마차가 폭발하면서 운명적으로……."

"왜 하필 아빠야?"

"만났… 뭐?"

"…마차가 뭐?"

"아니, 그건 흘려들어. 근데 엘리 너, 질문하는 뉘앙스가 좀 묘한 것 같은데."

"……."

내 말에 엘리가 입을 꾹 다물었다. 으음, 벌써 견적이 나오네.

아무래도 엘리는 나와 펠루스의 로맨스가 듣고 싶었던 건 아닌 모양이다.

"혹시, 아빠랑 싸웠어?"

"아니."

대답은 빠르게 돌아왔다. 하지만 나는 알고 있었다.

내 딸인 엘리는 대답하기 싫거나, 부정하고 싶은 질문을 받으면 침묵을 지키는 대신 빠르게 아무 대답이나 한다는 걸.

'싸웠네. 싸웠어.'

두 사람이 하루 이틀 티격태격한 것은 아니니 놀랄 건 없었다. 다만 이번에는 좀 심하게 싸운 것 같았다.

'어휴, 진짜. 다섯 살짜리 애랑 싸워서 어쩌겠다는 거야.'

내가 결혼을 해서 남편이랑 딸 하나를 둔 건지, 애 둘을 둔 건지 모르겠다.

그때 엘리의 분노 섞인 하소연이 이어졌다.

"돈이 많고, 제국을 다스리는 황제긴 하지만, 그럼 뭐 해? 완전 제멋대로고 성격도 나쁜데."

아무래도 아까 한 질문의 연장선인 듯했다. 나는 엘리를 꼭 껴안은 채 웃으며 장난스럽게 덧붙였다.

"엘리야, 난 네 아빠 얼굴만 봤어."

"……?"

"엘리야, 인생 그렇게 안 길다?"

그러니 사랑하는 사람과 사랑만 하며 살기에도 바쁘단 이야기를 하려고 했다.

"엄마, 그러면 안 돼."

"응?"

나를 보는 엘리의 눈은 어느새 싸늘하게 식어 있었다. 덕분에 순간 흠칫했다.

엘리의 눈빛이 내가 헛소리를 했을 때 나를 보는 펠루스의 눈과 상당히 비슷했기 때문이다.

…엘리 너, 네 아빠 딸 맞구나.

"엄마, 남자는 성격이야. 성격이랑 인성."

"나 성격도 봤어."

인성까지는 모르겠지만, 그래도 성격은 나름 좋은 편 아닌가?

…아마도?

"엄마, 엄마 눈이 보석처럼 예쁘긴 하지만. 그거 장식 아니잖아."

"……."

"죽을 때까지 함께할 동반자를 고르는 건데, 좀 더 신중했어야지."

나보다 반백 년은 더 산 것 같은 포스로 충고하는 엘리의 모습에 어쩐지 할 말이 없어졌다.

그 말에 수긍하기 때문이 아니라, 조금 황당해서.

"버릇이 없군."

때마침 등장한 펠루스 역시 비슷한 감상이었던지 미간을 찌푸리고 있었다.

"…황제 폐하를 뵙습니다."

갑작스러운 펠루스의 등장에 입술을 꾹 깨물던 엘리가 흠잡을 곳 없는 동작으로 인사를 건넸다.

이에 펠루스는 아무 말 없이 그녀를 응시하다가 손을 살짝 올리는 것으로 인사를 끝냈다.

어디서부터 들은 건지 모르겠지만, 대놓고 기분 상한 티가 났다.

'이거 어쩐지 뒷이야기를 하다가 걸린 기분이네.'

괜히 마음이 좋지 않았다. 내가 펠루스 욕을 한 것도 아닌데 왜 이런 기분을 느껴야 하는 건지 모르겠다.

"저, 폐하, 변명 아닌 변명을 좀 해 보자면……."

"고개 들어."

내 말을 끊은 펠루스가 엘리를 향해 말했다.

냉랭하기 짝이 없는 눈빛으로 명령하니, 새삼 그가 제국을 다스리는 황제라는 사실이 실감 났다.

"황녀의 예법 스승이 마담 레브릴이던가."

"…맞습니다, 폐하."

엘리가 여전히 고개를 숙인 채 답하자 펠루스가 하려던 말을 이었다.

"나는 황녀에게 이런 무례를 가르친 적이 없다."

"……."

"그럼 이건 누구의 불찰일까."

대답이 정해져 있는 질문이었기에 엘리는 침묵을 지켰다. 여기서 엘리가 마담 레브릴의 편을 들어 봐야 상황만 나빠질 뿐이니까.

"폐하."

대신 내가 나서기로 했다.

"이제 곧 저와 함께 이동하셔야 합니다."

정황상 엘리와 함께 떠든 건 나니까, 할 이야기가 있으면 일단 나한테 하는 게 어떠냐는 의미였다.

"황후, 이건 당신이 끼어들 문제가……."

"그럼 누구의 문제죠?"

그때, 지금까지 가만히 있던 엘리가 마치 기다렸다는 듯 입을 열었다.

"…뭐?"

"황후 폐하께 말을 함부로 하지 마세요."

"내가 언제 말을 함부로 했다는 거지?"

"황후 폐하께서 끼어들 일이 아니라고 하셨잖아요. 폐하께서는 제 모후이시니 저에 관한 여러 권리를 행사할 자격이 있으십니다."

으응? 아니, 지금 둘 다 나 때문에 싸우는 거야?

…갑자기?

두 사람의 다툼을 보고 있자니 정말 나 때문에 싸우는 건지, 아니면 싸우고 싶었는데 마침 나라는 핑계가 생긴 건지 헷갈리기 시작했다.

"모두 여기 계셨군요."

한 가지 확실한 건, 마침 등장한 두 남자가 아니었다면 다툼이 더 커졌으리란 거였다.

"죄송하지만, 두 분께서는 먼저 사냥터로 향하셔야 합니다."

그런 아처의 말에 나는 열심히 고개를 끄덕였고, 펠루스는 그 사실이 마음에 들지 않는 듯했으나 아마 별수 없을 것이다.

황제라고 해서 이미 정해진 행사를 자신의 기분에 따라 망칠 수는 없으니까.

"그럼 황녀 전하는 저와 함께 가시는 게 좋겠습니다."

아처의 뒤에 있던 카엘이 다정하게 웃으며 엘리에게 손을 내밀었다.

"좋아요."

그러자 엘리는 기다렸다는 듯 카엘에게 다가가 그의 손을 잡았다.

"소공작이 황녀를 데려가겠다고?"

그러나 그것은 펠루스의 한마디와 함께 제지당했다. 직접 행동으로 제지한 것은 아니고, 그저 한마디를 했을 뿐이었지만, 파급력은 컸다.

금방이라도 이곳을 떠날 듯 보였던 카엘도 엘리도 그 자리에 굳어지듯 멈춰 선 것이다.

하지만 그것은 찰나였다.

"안 될 이유라도 있나요?"

펠루스를 향해 할 수 있는 가장 대담한 물음이었다.

그리고 보통 지금과 같은 상황에서 저런 물음은 카엘의 몫이어야 했다.

하지만 펠루스에게 저 질문을 던진 사람은 카엘이 아니었다. 내 딸 엘리였지.

펠루스 역시 그 사실이 기가 막혔던지 미간을 찌푸린 채 입을 뗐다.

"그게 지금……."

"어서 가요, 소공작님!"

하지만 이번에도 엘리가 한 수 위였다.

펠루스의 말을 잘라먹은 것으로도 모자라 보란 듯이 카엘에게 안아 달라며 두 팔을 벌리고 있었다.

"어서요!"

"…아, 네."

덕분에 난감하단 얼굴로 웃던 카엘이 엘리를 안아 들었다.

펠루스의 미간이 한층 더 매섭게 구겨진 것은 당연했다. 더불어 찰나였지만, 그는 크게 상심한 것처럼 보였다.

그냥 카엘이 잠깐 엘리를 안아 든 것뿐인데, 그 정도로 마음이 상했나?

"폐하."

내가 이 타이밍에 입을 연 건 그런 펠루스가 조금 안됐다는 생각이 들어서였다.

그가 엘리를 많이 몰아붙이긴 했지만, 일단 시작은 엘리가 한 말 때문이었으니까.

"저희도 이제 슬슬 가 봐야 하지 않을까요?"

그래서 나는 평소보다 훨씬 다정하게 굴어 주기로 했다. 이를 테면 굳이 그럴 필요가 없음에도 펠루스의 옆에 착 붙어서 팔짱을 낀다든가.

"……?"

"왜, 그렇게 보시죠?"

의문 가득한 얼굴로 나를 보는 펠루스를 향해 나는 태연하게 웃었다.

마치, 늘 있었던 일이라는 듯이.

그러자 잠시 내게 시선을 고정하던 그가 마주 웃었다. 그리고는 손을 올려 내 머리를 귀 뒤로 넘겨 주었다.

"황후가 너무 사랑스러워서."

"……!"

소름 끼칠 정도로 다정한 행동과 느끼한 말투였다.

'아니, 이 인간이 왜 이래?'

갑작스러운 펠루스의 행동에 굳어진 건 나뿐만이 아니었다.

반응하는 방식은 달랐지만, 이 자리에 있는 모두가 같은 생각이었을 것이다.

폐하께서 왜 저러실까?

물론 펠루스는 주변의 반응 따위에 전혀 흔들리지 않았다. 오히려 한술 더 뜨지 못해 안달이었다.

"행사가 끝나면, 오랜만에 둘이서 데이트를 하는 것도 좋겠군."

꼭 누구를 약 올리는 것처럼 들리는 말투였다. 그리고 그 대상은 고민할 것도 없었다.

펠루스를 노려보고 있는 엘리와 그런 엘리를 향해 여유롭게 미소 짓는 펠루스를 보니 답은 바로 나왔다.

'방금까지는 분명 살벌하게 싸우고 있었던 것 같은데, 갑자기 이게 뭐람.'

둘 다 유치하게 왜 저러는지 모르겠다.

༄

둘 사이의 기류가 심상치 않음을 깨달은 카엘은 어색하게 웃으며 엘리와 함께 자리를 떠났다.

그리고 나는 이따 보자며 두 사람에게 손을 흔들어 준 후, 펠루스를 데리고 행사장으로 향했다.

아처 역시 우리를 돕기 위해 행사장으로 이동했다. 다만, 우리가 단둘이 대화를 나눌 수 있도록 멀찍이 떨어져서 오는 중이었다.

'근데 아처도 나도 펠루스도 여기 있는데, 카엘 혼자 엘리를 감당할 수 있으려나?'

엘리가 아직 다섯 살이고, 보기에는 작고 약해 보여도 비글미가 장난 아니다.

잠깐 한눈을 팔면 어딘가로 사라지고, 보통 그러면 대형 사고와 함께 돌아온다.

'힘내라, 카엘!'

속으로 짧게 카엘을 응원한 나는 대놓고 나 기분 상했소, 하는 얼굴로 이동 중인 펠루스에게 말을 걸었다.

"펠, 아까는 왜 그랬어요?"

"내가 뭘?"

"왜 이렇게 유치하게……. 아니다. 당신은 원래 유치한 사람이니까, 그렇다 치고."

"…그거 지금, 대놓고 내 욕을 하는 건가?"

"칭찬이 아니라는 걸 눈치챈 건가요? 정말 다행이네요."

내가 빈정거리자, 그는 어이가 없다는 얼굴을 했고 나는 웃었다.

"아무튼, 아까는 뭐 때문에 그렇게 화를 낸 거예요?"

"화가 났으니까."

"쓸데없이 말 돌리지 말아요. 난 지금 당신이 왜 화가 났는지를 묻고 있는 거야."

"황녀가 버릇없는 모습을 보였으니까. 눈은 장식이 아니라느니

따위의 말을 입에 담는데. 그럼 그걸 내버려 두라는 건가?"

"…그건, 당연히 아니죠."

혹시 우리가 하는 대화를 제대로 듣지 못했나 싶었는데, 아무래도 그건 아닌 모양이다.

오히려 토씨 하나 틀리지 않고 들은 것 같다.

"그러니까 당신은 엘리가 나한테 말을 함부로 해서 화가 났다, 이건가요?"

"그래."

망설임 없이 돌아온 대답에 나는 눈을 가늘게 떴다.

"정말 그게 다예요?"

"그럼 뭐가 더 있어야 해?"

"꼭 그런 건 아니죠. 하지만 이제 나한테만큼은 솔직해질 때도 되지 않았어요?"

아까 나는 분명 보았다. 카엘에게 안긴 엘리를 보며 섭섭한 티를 냈던 펠루스의 얼굴을.

"그러고 보니 당신, 내가 엘리 가졌을 때, 국경일까지 만들었잖아요."

"…내가 그랬던가?"

"분명히 그랬어요. 내가 일기장에 적어 놓기까지 했으니, 발뺌할 생각하지 마세요."

그렇게 예뻐했으면서, 아니. 지금도 예뻐하면서 왜 항상 말이랑 행동이 따로 노는 건데?

솔직하지 못한 게 펠루스의 매력이긴 하지만, 그런 건 펠루스를 잘 아는 나한테나 통하지, 아직 어린 엘리에게 통할 리가 없다.

"마지막으로 물을 테니까, 솔직하게 말해 봐요. 당신, 엘리가 한 말 때문에 섭섭했죠?"

"……."

펠루스는 침묵했다. 몇 번이나 설명했지만, 이건 긍정의 의미였다.

그는 엘리가 자신에게 한 말을 마음에 담아 두고 있으면서, 나한테 뭐라고 한 것 때문에 화난 척한 것이다.

"엘리도 진심으로 한 말은 아니었을 거예요."

"글쎄, 또 모를 일이지. 황녀는 나를 별로 좋아하지 않으니까."

"그건 또 무슨 소리예요?"

나는 의아한 얼굴을 했다.

방금 펠루스가 한 말은 꼭 이런 일이 처음 있는 게 아니라는 것처럼 들렸다.

"황녀는 나를 좋아하지 않아. 나를 존중하지도 않고. 딱 보면 모르나?"

"난 한 번도 그런 생각해 본 적 없는데, 펠은 왜 그렇게 생각하는 건데요?"

"딱 보면……."

"딱 보면 답이 나온다는 말은 하지 말아요. 나는 천 번을 봐도 모르겠으니까, 펠한테 묻는 거잖아요."

그러니까 제발 말 좀 그만 돌려. 그런 의미를 담아 두 눈을 부릅뜨자, 펠루스가 한숨을 내쉬었다.

"나한테는 한 번도 안긴 적이 없어. 안아 달라고 한 적도 없고."

"……?"

"근데 소공작한테는 덥석 잘도 안기잖아."

설마, 아까 표정이 안 좋았던 게 그런 이유 때문이었니?

"……."

"왜 말이 없어? 당신이 보기엔 엘리가 나를 싫어하지 않는 것 같아?"

"당신의 질문에 대답하기 전에 묻고 싶은 게 있어요."

펠루스가 그게 뭐냐는 얼굴로 나를 응시했다.

"혹시, 엘리한테 먼저 안아 주겠다고 한 적 있어요?"

"없어."

대답은 금세 돌아왔다. 잠깐의 고민도 필요 없을 만큼 확실하다는 의미일 것이다.

"…내가 이럴 줄 알았지."

한숨 섞인 중얼거림에 펠루스의 미간이 조금 구겨졌다. 그것을 손으로 꾹꾹 누르며 나는 말했다.

"당신, 분명 그런 거 질색한다면서요?"

"내가 언제?"

"징징대는 애새……. 암튼, 징징대는 애는 싫다고 전에 한 번 그랬었잖아요."

"그럼 좋아?"

"아니, 그런 의미가 아니라. 그때 엘리도 있었으니까, 아마 어리광 피우지 말라는 의미로 이해하지 않았을까요?"

"대체 왜 그렇게 이해해?"

"오해할 소지가 다분하지 않나요?"

내가 그렇게 말하자, 펠루스 역시 그런가? 싶은 표정이었다.

"당신이 어른이니까. 이따가 엘리가 돌아오면 먼저 얘기해요."

"내가 왜?"

"그럼 이대로 계속 싸울 건가요?"

"황녀의 잘못이 없지는 않잖아."

"엘리의 잘못을 그냥 넘기자는 이야기가 아니에요. 그러니까 당신이 먼저 사과하면, 엘리도 당신한테 사과하게 할게요."

"……."

내가 깔끔하게 상황을 정리하자, 그도 더는 할 말이 없는 듯했다.

짤막한 한숨을 내쉰 펠루스가 말했다.

"…알았어."

"좋아요."

깔끔하게 떨어진 대답에 나는 크게 손뼉이라도 치고 싶은 심정이었다.

그때였다.

쿵! 쿠웅!

큰 소리가 나면서 땅으로부터 약한 진동이 느껴졌다.

"나한테서 떨어지지 마."

나를 자신의 곁으로 바짝 데려온 펠루스의 말에 나는 고개를 끄덕였다.

정확히 무슨 상황인지는 모르겠지만, 펠루스와 가까이 있는 편이 안전하리란 건 확실했다.

"엘리는 괜찮을까요?"

"괜찮을 거야. 소공작이 함께 있으니까."

"그렇겠죠?"

나는 뒤에 덧붙이려던 부정적인 생각을 애써 지워 냈다.

엘리는 보기보다 천방지축이었지만, 그만큼 신중한 아이기도 했다. 모순적인 표현이지만, 그랬다.

실컷 주변을 헤집고 돌아다녀도 넘지 말아야 할 선만큼은 지켰으니까.

"큰일 났습니다!"

미친 듯이 달려온 기색이 역력한 기사가 우리에게 다가왔다.

"대체 무슨 일이지?"

"사냥터 쪽에 문제가 생긴 듯합니다."

"무슨 문제가 생긴 거지?"

"잘은 모르겠지만, 누군가가 사냥터의 짐승들이 난폭해지는 주술을 건 것 같습니다."

"주술?"

"예. 근데 그게 마물의 힘과 비슷한 아주 사악한 힘이라 신관님들께서 정화하셔야 한다고 합니다. 그러니 두 분도 빨리 신관님들이 계신 곳으로 가셔야……."

"근데 넌 그걸 어떻게 알았지?"

"예? 그거야, 신관님들께서……."

"여기서 신관들이 모여 있는 곳까지는 말을 타고도 30분은 족히 걸리지. 근데 넌 여기까지 그냥 달려왔고."

"…그건, 소란이 벌어질 때 운 좋게 근처에 있어서……."

자기가 한 말이지만 앞뒤가 맞지 않는다는 것을 깨달았는지, 기사는 곧 입을 다물었다.

그런 그를 향해 펠루스는 별다른 감정이 없는 어조로 말을 이었다.

"그리고 우리가 이 시각에 여길 지나기로 한 건, 신관들을 포함한 소수밖에 모르는 일이야."

"……."

"그런데 넌 마치 기다렸다는 듯 우리에게 달려왔지. 이건 너무 대놓고 수상한 상황 아닌가?"

그러니까, 펠루스의 말을 종합하자면 이건 모두 계획된 일이란 이야기다.

남은 건 누가, 왜 이런 일을 벌였느냐는 건데. 펠루스는 그마저도 이미 확신한 눈치였다.

나도 대충은 짐작 가는 바가 있었고.

"일단은 저 사람을 잡아 두는 게 좋겠어요."

내가 의견을 내기 무섭게 기사가 무릎을 꿇었다.

본인의 의지로 그런 건 아니었고, 펠루스가 마법을 사용한 것 같았다.

입을 꾹 다문 채 무릎을 꿇은 기사를 아처와 다른 기사들이 포박해서 데리고 있기로 했다.

그리고 우리는 원래 계획했던 것처럼 사냥터로 향하기로 했다.

사냥터를 향해 이동하는 내내 포악한 짐승들이 이곳저곳에서 튀어나왔다.

"정말이지, 귀찮고 짜증 나는군."

미친 듯이 달려드는 늑대 무리를 마법으로 튕겨 내며 펠루스가 중얼거렸다.

"황실에 후원을 구걸하고 싶으면 좀 더 그럴듯한 계략이라도 짤 것이지."

"정말, 후원 때문에 신관들이 이런 일을 벌인 걸까요?"

"그럼, 다른 이유가 있다고 생각해?"

"아뇨, 저도 같은 의견이지만, 꼭 이렇게까지 해야 했나 싶어서요."

"궁지에 몰린 쥐는 고양이를 문다는 걸 보여 주고 싶었던 거겠지."

"으음, 확실히 궁지에 몰린 것처럼 보이긴 했어요. 신관 하나가 자존심도 버려 가면서 제 비위를 맞추려고 하기도 했으니까."

하지만 아무리 그래도 이런 자작극까지 꾸며 내다니, 나로서는 영 이해가 가지 않았다.

"이번 일이 어느 정도 정리되면 신전을 아예 해체해 버리든가 하고 싶네요."

"동감이야."

실제로 그렇게 될 확률은 낮지만, 그래도 보다 확실하게 처벌할 필요는 있었다.

스스슥! 콰직-

그때, 지척에 있던 풀숲에서 기척이 느껴졌다. 아주 빠른 움직임을 보이는 데다, 덩치는 그리 크지 않은 것 같았다.

"이번엔 또 뭐가 튀어나올지 감도 안 잡히네요."

"누님!"

"응?"

그리고 풀숲에서 튀어나온 건 내 동생인 카엘이었다.

아니, 네가 왜 거기서 나와?

"카엘, 너 괜찮아? 다친 곳은 없어?"

일단 질문부터 던지고 나서 확인하니, 일단 눈에 띄는 외상은 없는 것 같았다.

"근데 너 안색이 너무 안 좋아. 혹시 이상한 주술에 당한 거니?"

"그런 거 아닙니다. 저는 괜찮아요."

그렇게 말한 카엘이 씁쓸한 웃음을 흘리자, 어쩐지 불길한 예감이 들었다.
"소공작, 황녀는?"
"……."
"황녀는, 내 딸은 어디에 있지?"
그리고 그 불안은 펠루스의 물음과 함께 현실이 되었다.
"그게……."

⁂

사냥터 주변이 심상치 않다. 엘리는 그 사실을 본능적으로 알아챘다.

아직 어린 데다, 마법을 사용할 수도 없었지만, 엘리의 감각은 일반인들보다 뛰어난 편이었다.

그 덕분인지 특별할 것도 없는 숲의 바람마저도 몹시 스산하게 느껴졌다.

'슬슬 돌아가야겠다.'

아까 카엘에게 안겨 있던 엘리는 펠루스와 에린이 시야에서 사라지기 무섭게 자신을 내려 달라고 했다.

애초에 몇 번 보지도 않은 카엘에게 안아 달라고 한 건, 부친인 펠루스를 자극하기 위함이었다.

그는 에린의 동생인 소공작을 싫어하니까.

그러니까 카엘이 좋아서 안긴 건 아니었다. 오히려 엘리는 그런 자신의 행동을 후회했다.

두 사람이 사라지고, 카엘과 단둘이 남기 무섭게 부끄럽고, 어색한 마음이 밀려왔던 탓이다.

그래서 혼자 있고 싶다며, 카엘과 떨어지려 했으나, 그는 위험하다는 이유로 엘리의 요구를 들어주지 않았다.

'하는 수 없지.'

그래서 그녀는 특유의 사람 혼을 쏙 빼놓는 재주를 발휘해 카엘을 따돌렸다.

아직 어린 엘리가 자신을 따돌릴 수 있으리라 생각지 못한 카엘이었기에 더욱 수월했다.

그렇게 카엘을 따돌리고 혼자가 된 것까지는 좋았는데, 일이 이상하게 돌아갔다.

지금 엘리가 있는 곳은 사냥터의 안쪽이 아니다.

그러니까 짐승은 물론이고, 작은 동물들조차 보이지 않아야 하는데. 자꾸 이상한 소리가 들리고, 작은 동물들이 눈에 들어왔다.

그 사실을 깨달은 엘리는 서둘러 사냥터 근처에서 완전히 멀어지기 위해 달렸다.

콰직!

"아악!"

그렇게 달리던 그녀는 유독 튀어나온 나무뿌리에 발이 걸려 넘어졌다.

덕분에 흙먼지를 뒤집어쓴 채로 몸이 한 바퀴 굴렀다.

"윽!"

그르릉—

그리고 그렇게 굴러서 떨어진 풀숲 너머로 눈을 빛내는 무언가와 눈이 마주쳤다.

늑대였다. 책에서 본 바로는 사람을 잡아먹는다는 그 늑대.

엘리는 본능적으로 자신의 입을 틀어막았다. 너무 무서워서 다리에 힘이 들어가지 않았다.

히끅, 딸꾹질과 함께 울음이 터져 나올 것 같았다.

늑대와 그녀의 대치 상황은 길지 않았다.

크르릉! 크와악!

"꺄아아악!"

늑대가 빠른 속도로 달려들었고, 엘리는 공포에 질린 채로 눈을 감았다.

늑대의 거대한 앞발이 살갗을 찢는 소리가 적나라하게 들려왔다. 소름 끼치는 피 냄새도.

"으흑, 흐으흑."

그러나 고통은 느껴지지 않았다. 대신, 누군가의 따뜻한 체온이 느껴졌다.

"다친 곳은?"

익숙한 목소리가 건넨 물음에 엘리는 훌쩍이면서도 고개를 저었다.

"…안 다쳤어요."

"그럼 됐어."

그녀의 대답에 눈에 띄게 안도한 펠루스가 엘리를 안은 채 몸을 일으켰다.

크르릉, 깨갱!

엘리에게 달려들었던 늑대를 손짓 하나로 제압한 펠루스는 곧장 그녀와 함께 순간 이동을 했다.

사냥터에서 있었던 사건은 나름 순조롭게 정리됐다.

이번 일을 꾸민 신관들과 사제들, 그리고 알게 모르게 도움을 줬던 귀족들은 모두 재산을 몰수당하고 지하 감옥에 갇히는 꼴을 면치 못하게 됐다.

상황이 이렇게 된 가장 큰 이유는 펠루스의 부상이었다.

엘리를 안은 채 우리가 있는 곳으로 돌아온 펠루스는 왼쪽 어깨를 다친 상태였다.

짐승의 발톱이 제대로 들어간 탓에 찢어진 어깨를 봤을 땐, 정말이지 놀라서 기절하는 줄 알았다.

마법으로 공격을 막으면 될 것을, 직접 막아선 모습이 그답지 않다고 생각했다.

'아빠는 마법을 쓰면 될 걸, 그것도 못 막아 내?'

정말 그 사실이 궁금했던 건지, 미안한 마음에 괜히 미운 소리를 한 건지 모르겠지만 엘리는 펠루스에게 그렇게 물었다.

'이 정도 공격 맞는다고 안 죽어. 그래서 그냥 맞은 거야.'

그리고 펠루스의 대답은 이러했다. 실제로도 그는 괴물 같은 회복력을 자랑하며, 금세 나았다.

다만, 그렇다고 해서 같은 상황을 또 반복하고 싶지는 않았기에 나는 약간의 협박을 해 두었다.

또 이렇게 피범벅이 되어서 돌아온다면 두 달 이상 그를 보지 않겠노라고.

다행스럽게도 펠루스는 내 협박을 아주 잘 알아들은 것 같았다.

아무튼, 상황은 그럭저럭 잘 수습됐고, 우리는 무사히 일상으로 복귀했다.

"아빠가 전에 있었던 일이랑 다 사과해서 용서해 주기로 했어. 나도 잘못했다고 말했고."

"전에 있었던 일?"

"얼마 전에 아빠랑 의견 다툼이 좀 있었거든."

"의견 다툼?"

"……."

엘리가 잠시 침묵했다. 대답하기 싫은 건가? 그럼 펠루스한테 가서 물어보는 게 나으려나?

그런 고민을 하고 있을 때 예고도 없이 엘리가 입을 열었다.

"난 …가 더 좋은데, 아빠는 …래."

"응? 뭐라고?"

"나는 엄마가 푸른색이나 보라색 드레스 입은 게 더 좋은데, 아빠는 붉은색 드레스가 제일 좋다잖아!"

"……."

"아빠는 진짜 바보야. 엄마 눈이랑 잘 어울리는 건 푸른색 드레스지!"

"…정말, 그것 때문에 다툰 거야?"

"아빠가 그렇게 바보 같은 소리를 하는데, 딸인 내가 가만히 있을 수는 없잖아."

"…내가 졌다."

나는 고개를 내저었다. 누가 부녀 아니랄까 봐, 유치한 걸로 싸우는 게 아주 판박이였다.

"있잖아, 엄마."

"응?"

"엄마는 여전히 아빠가 좋아?"

갑작스러운 질문이였지만 이번에는 당황하지 않았다.

"응."

"그렇구나."

엘리가 찻잔을 만지작거리며 고개를 끄덕였다.

"있잖아, 엘리야."

"응?"

"전에 왜 네 아빠랑 결혼했냐고 물었었지?"

"응?"

"난, 네 아빠가 날 인생의 주인공으로 만들어 주는 사람이라서. 그래서 좋았어."

그냥 펠루스가 좋아서, 라는 이유가 가장 컸지만, 내가 그를 택한 것에는 그런 이유도 있었다.

그는 나를 소설 속 주인공이 아니라, 나로 봐 주고 좋아해 주는 사람이었으니까.

"그게 무슨 소리야?"

"글쎄, 무슨 소리일까?"

"…이거 퀴즈야?"

"음, 그건 아닌데. 엄마는 네가 이 질문이 어떤 의미인지 알게 해 주는 사람을 만났으면 좋겠어."

말을 마치고 보니, 내가 애한테 말을 너무 어렵게 했나 싶었다.

이해 못 하려나?

"무슨 소리인지 알겠어. 근데 엄마, 난 그거 안 할래."
"응?"
"내 인생의 주인공은 나고, 엄마 인생의 주인공은 엄마야. 그러니까, 날 인생의 주인공으로 만들어 줄 사람은 필요 없어."
"……."
"그냥 내가 좋아하는 사람이면서 나를 좋아하는 사람이면 돼."
"…그래, 그렇네."
나는 고개를 끄덕였다.
내가 말한 것과 아주 약간 의미가 다른 것 같기도 했지만, 원래 의도했던 바와 크게 어긋난 건 아니니까.
"그래, 네 말이 맞아 엘리야. 네가 엄마보다 낫다."
나는 엘리의 머리를 쓰다듬으며, 차를 새로 더 따라 주었다.
"근데 엄마, 오늘은 어디로 산책하러 갈 거야?"
"음, 글쎄. 남쪽에 있는 궁이 좋지 않을까? 꽃이 잔뜩 피어 있다고 들은 것 같은데."
"아빠도 온대?"
"아마 그렇지 않을……."
"벌써 왔어."
지척에서 들려온 목소리에 나도 엘리도 깜짝 놀라서 고개를 돌렸다.
반면 펠루스는 태연하기 짝이 없는 얼굴로 우리를 보고 있었다.
"…아니, 설마 지금 황궁에서 순간 이동한 거예요?"
"그럼 어떡해? 괜히 시간 낭비하기 싫은데."
그렇게 말한 펠루스가 어색하게 눈치를 보다가 엘리에게 손을 내밀었다.

그러자 엘리는 잠시 망설이는가 싶더니, 곧 그의 손을 잡았다.

살갑고 다정하기보다는 어색한 쪽에 가까웠으나, 나름 보기 좋았다.

'오늘은 조용히 빠져 주고 둘이서 다니라고 해 볼까?'

무심코 한 생각이었으나, 나쁘지 않을 것 같았다.

둘 다 아직은 서로를 어색해하는 것 같으니, 함께 다니면 더 빨리 친해지지 않을까 싶었다.

"안 올 거야?"

"갑자기 바쁜 일이 생각나서요."

"엄마, 거짓말하지 마. 오늘 서류 보는 거 말고 다른 일정 없는 거 다 알아."

"그래, 나도 황후궁에 들러서 일정을 확인하고 오는 길이야."

"……."

나 참, 진짜 둘 다 누가 부녀 아니랄까 봐, 이럴 땐 죽이 척척 맞는다.

"그러니까 허튼 생각 하지 말고 빨리 와."

그렇게 말한 펠루스가 나를 향해 손을 내밀었다.

따스한 오후, 그의 손을 잡고 나를 보는 엘리. 나를 향해 손을 내밀고 있는 펠루스.

특별할 건 없지만, 기적처럼 느껴지는 광경이었다.

"빨리."

"얼른 와, 엄마."

나란히 이어진 재촉에 나는 곧 말없이 웃으며 펠루스가 내민 손을 잡았다.

덕분에 나는 펠루스의 오른쪽에 그리고 엘리는 왼쪽에 서서 나란히 그의 손을 잡은 채 걷게 되었다.

"…꽤 걸은 것 같은데, 불편한 곳은 없나?"

"…어, 아마도?"

나를 통하지 않고 이어지는 부녀간의 대화는 여전히 어색했다. 그러나 그것마저도 소중함을 알기에 나는 기다리기로 했다.

어떤 사람과의 관계든 서툴고, 어색한 순간은 있기 마련이니까.

"아까부터 왜 말이 없지?"

"그냥, 좋아서요."

내가 솔직하게 답하며 웃자, 펠루스 역시 피식 웃었다.

"뭐야, 둘 다 왜 웃어? 그리고 엄마는 뭐가 그렇게 좋은데?"

"음, 글쎄."

엘리의 물음에 나는 잠시 고민하다가 말했다.

"그냥, 두 사람이랑 이렇게 걷는 거? 그게 너무 좋아서 웃었어."

"그럼, 엄마는 지금 행복해?"

원작 소설이 끝나고, 모든 것이 정리된 후 홀로 던졌던 질문이 있다.

'원래 세계로 돌아가지 못한 나는 과연 끝까지 행복할 수 있을까?'

그리고 나는 지금에서야 그 질문에 답한다.

"응. 행복해."

나는 행복했다.

마침